情報の運び屋
下巻◆情報の詩
～21世紀の真の豊かさを情報に求めて～
大崎俊彦
青山ライフ出版

プロローグⅡ

『情報の運び屋』の上巻「情報の路」で述べたとおり、私たちは無限に拡がる時間と空間の中で生きている、物質とエネルギーと情報で構成された情報の運搬屋、つまり情報の運び屋です。

この客観的事実と平和の尊さなどを理解して頂くために、筆者の人生経験などを材料にして〝情報の性《さが》〟の目線で書いた本書では、この情報の運び屋は、宇宙万物の新陳代謝などの流れの中に浮かぶ元素からなる物質とエネルギーにより構成される〝自己複製可能な情報システム〟であると定義しました。この情報を価値観の中核に据えた新モデルを提案し、来るべき未来から視座転換して、現在の諸課題を考察するための新たな素材、その新しい情報観の視点を提供するのが、本書『情報の運び屋』を「情報の路（上巻）」と「情報の詩（下巻）」の二分冊に執筆した目的です。

すなわち人類も情報の運び屋であるという共通認識による、情報観の相互理解と共有化などにより、人種や民族、宗教や国家、そして政治や経済体制など、あらゆる違いやさまざまな障壁と分断をお互いに乗り越えて、その違いや分断の壁は、素晴らしい多様化の特徴であると、お互いに理解し認め合うことからスタートすべきです。そして、人類のみならず宇宙船地球号に生息するあらゆる生物たちと一緒に、来るべき平和で真に豊かな二十一世紀の〝情報の森〟モデル造りに取り組むべきそのときが、いよいよ本書を手にした読者のお手元へ、漂着したと言えます。

読者のお手元にようやく漂着した本書は、過去と現在の延長上にない二十一世紀以降の情報観を、平易なフィクションやノンフィクションを素材に、自叙伝的形式で『情報の運び屋』を執筆しました。我々人類だけでなく、動物や昆虫や植物など、あらゆる生物たちも、お互いにコミュニケーションを取り合っている情報の運び屋であるという新たな思想観が、人々で賑わう都会の街角に満ち溢れ、農山村の森や耕地や、そして漁村の海に自然発生的に拡がることを夢見ています。現代の諸課題に取り組んでおられる読者の方々に、〝情報の森〟という新たな価値観が浸透し、多様性の重要性を再認識して、お互いの違いを理解し尊重し合いながら、平和裡に諸課題解決の扉を開く、その鍵のひとつとなれば幸いです。

銃口の恐怖に怯えながらも、
二十一世紀の平和と真の豊かさを、情報に求めて……。

二〇二三年七月九日（八十二歳の誕生日）記

目　次――情報の詩（下巻）

目　次――情報の路（上巻）

第三章　情報の喜——情報は微笑んでいる

登場人物《主人公真情家の家系図》～真情の家族とその姓名～

祖父（**同情**）――×――祖母（**有情**）

祖父（**交情**）――×――祖母（**情感**）

義父（**情張**）――×――義母（**温情**）

父（**情理**）――×――母（**情愛**）

妻（**情操**）――×――本人（**真情**）

妹（**純情**）――×――夫（**直情**）

情報：物質とエネルギーに支えられ、
変化とその刺激によって生まれるもの

身情：各種臓器や骨や筋肉等のメッセージ物質が、
血管ネットワークを通して機能する情報たち

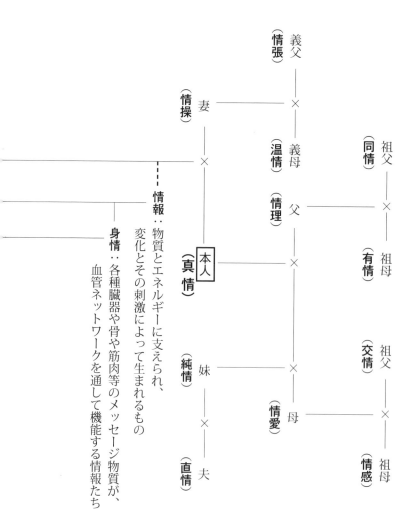

情悪：体調に不調・不具合の病気を引き起こす身情
情善：健全な身体と精神状態を保つために機能する身情
日和見：生き残りをかけ形勢有利な側につく身情

（**変情**：〔存否不詳〕：身情にも心情にもなる情報が存在する可能性があるが、本著書では対象外）

心情：脳内の情報たちと五感などの情報たちが、神経ネットワークを通して機能する情報たち
情悪：生命を守るためには手段を選ばない性悪説の心情
情善：道義を守り公序良俗を大切にする性善説の心情
日和見：状況を見ながら形勢有利な側につく心情

長男（**情義**）──×──息子妻（**雨情**）
孫息子（**旅情**）

娘夫（**風情**）──×──長女（**情趣**）
孫娘（**慕情**）
孫娘（**情勢**）

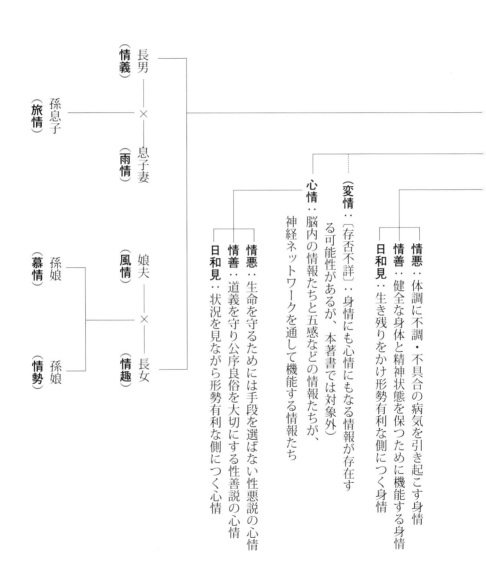

〈主人公の家系図解説〉

真情：主人公（モデルは筆者）
主人公の真情は、身情と心情からなる情報の運搬屋
身情：主人公（真情）の身体を構築している情報
情悪・情善・日和見情報：身情の一部が、情報の本性を現す
心情：主人公（真情）の脳内で活動している情報
情悪・情善・日和見情報：心情の一部が、情報の本性を現す

情理：父（モデルは筆者父、病死）
情愛：母（モデルは筆者母、病死）
情張：義父（モデル架空）
温情：義母（モデル架空）
情操：妻（モデル架空）
純情：妹（モデル架空）
直情：妹の夫（モデル架空）
同情：父方の祖父（モデル架空）
有情：父方の祖母（モデル架空）
交情：母方の祖父（モデル架空）
情感：母方の祖母（モデル架空）
情義：長男（モデル架空）

雨情：長男の妻（モデル架空）
情趣：長女（モデル架空）
風情：長女の夫（モデル架空）
旅情：情義と雨情の息子、孫息子（モデル架空）
慕情：風情と情趣の娘、孫娘（モデル架空）
情勢：風情と情趣の娘、孫娘（モデル架空）

《その他、主人公真情を取り巻く登場人物と企業名》

情味：小学校の女性先生（モデルは恩師、病死）
熱情：バレー部監督（モデルは監督、病死）
情アトム：情理の米軍戦友（モデルは友人、病死）
情実：情理の次男（モデルは叔父、戦死）
情意：情理の三男（モデルは叔父、戦死）
情致：情理の四男（モデルは叔父、病死）
人情：中央駅の駅長（モデル架空）
情緒：真情の高校時代の親友、警察官（モデル架空）
厚情：G銀行頭取（モデルは頭取、病死）
情好社：真情の会社名（モデル架空）
恩情：情好社の社長（モデルは社長、病死）

情欲：情好社の社長（モデル架空）
詩情：情好社の副社長（モデル架空）
友情：友人警察官（モデル架空）
欲情：暴力団恐喝組組長（モデル架空）
無情社：コンピュータメーカー（モデル架空）
無情：無情社の社長（モデル架空）
レミゼラブル社：無情社の子会社（モデル架空）

第四章

情報の汗

——情報の本質は信頼にある

一・志を曲げない情報たち（2）

見さかいもなく吹き捲《ま》くる秋風に、銀杏《いちょう》並木の枝々の紅葉した黄葉の情報たちが、夥《おびただ》しい金色の光情報になってざわめき、そして無数のきらめき情報となって、アーケード街のように延びる並木路に舞い降りてくる。また訪れる新緑の季節を信じ、枝を振るって秋風の中へ、古い黄葉の情報を振り落とす銀杏並木たちの姿には、情報の終末美を象徴する厳しさと侘《わび》しさの美があった。

クラス会終了後の真情は、クラス会・二次会幹事役を警察勤務の非番休暇を取って務めてくれた友情と、同じ町内にある自宅へ向かって肩を組んで歩いていた。駅北口横にあるガード下に差し掛かると、突然その暗闇から暴力団員風の格好をした若者二人が現れ、真情たちの前に立ちはだかった。そして真情と友情に向かって

「どっちが情好社の真情だあ?!」

と怒鳴った。友情がチラリと真情の横顔を見た瞬間、

「てめえが、真情だな！」

と一人が怒鳴った。真情の身情たちは驚き震えあがり、一目散に逃げ出そうとしたが、しかし突然の恐怖で足が地面に吸いついたような金縛り状態になり、立ち竦《すく》んだまま動けなかった。

「いいか死ってヤツはな、いつもお前のそばにいるのだぞ！」

という暴力団からの電話の声が現実のものになった。思考能力が停止し、頭の中は真っ白になった。一人の暴力団員が右手を上着の左ポケットに入れて拳銃を取り出すと、すぐに真情へ銃口を向け、引き金を引いた。

「パ、パァ〜ン」

金縛《かなしば》り状態の真情であったが、バレーボールで鍛えた身情の反射神経は冴えており、若い暴力団員の動きがスロー

モーションのように見えた。瞬間的に左手に持っていたジュラルミン製鞄を盾に構えるように抱きかかえたところへ、発射された弾丸が命中した。

「ベキッ、ベキッ」

弾丸二発が鞄の中にめり込む鈍い音がして、パソコンや書類などがぎっしり入っていた鞄の金具が壊れ、真情はもんどり打って鞄を持ったまま地面にひっくり返った。そして、そのまま気を失ってしまった……。


次の瞬間、空手三段、柔道二段をもつ警察官友情が、拳銃を持った男の股間へ、強烈なまわし蹴りを入れた。電撃的な攻撃を急所に受けた若い暴力団員は、激痛で顔をゆがめ、右手に拳銃を持ったまま倒れ込む。すかさず友情は暴力団員の右手首を左足で踏みつけ、右足で拳銃を道路脇へ蹴飛ばした。もう一人の暴力団組員のバッジをつけた大男が懐に右手を入れると、飛び出しナイフを取り出し、前傾姿勢でシュッと鞘《さや》からナイフを抜き放った。月光を浴びたナイフが不気味な白銀色を放つ。

「かなりのナイフの使い手だ」

友情は非番のため携帯護身用警棒しか持っていない。とっさに足元に蹲《うずくま》っていた暴力団員をはがいじめにして立たせ、盾がわりにした。大男はナイフを軽妙に振り回して、友情に襲いかかってきた。盾となった暴力団員のすぐ傍を、ナイフが手加減なく友情めがけて突き刺してくる。そのたびに盾となった暴力団員の体を、友情はナイフめがけて突き出す。大男のナイフは、容赦なく暴力団員の体を切り裂き
「ぎゃ～」

「痛で～」

「げぇ～」

と暴力団員の若い男が悲鳴を上げ、切り裂かれた洋服から鮮血が噴き出る。死に物狂いの状況に、気絶していた真

情は

「ハッ」

と我に返り、あわてて携帯電話を取り出した。一一〇番の電話を押す指がワナワナ震えなかなか番号が打てない。

「警察ですか！」

「警察官友情君が、今、暴力団員に襲われ血みどろになっています。私は友情君の友人真情です。場所は〇〇駅北口横のガード下。〇〇鉄道線路の北ガード下です！　国道Aと私鉄Bが交差するガード下です！　警察官友情君が暴力団員に襲われています、助けてください！　こちら携帯は〇〇〇です、早く来て助けて！　助けて！」

大男は携帯電話をしている真情へ顔を向け、襲いかかろうとした。友情はグッタリしている暴力団員の背中を蹴飛ばし、護身用警棒を取り出すと、真情の前に両手を広げて立ちはだかった。しかしこの護身用警棒では大男のナイフ技には到底勝ち目はない。友情は大男の胸の組員バッジを見て、

「おまえの胸のバッジは、暴力団恐喝組《きょうかつくみ》のものだな！」

と睨みつけながら怒鳴った。

「なんだてめえ！　お前なんかに用はない。痛い目にあいたくなかったら、その男、真情を渡してさっさと消えろ！」

「お前ら、警察官の俺と喧嘩する気か⁉」

「チックショ〜！　警察の犬か」

「お前のバッジは恐喝組だな！　俺は警察官の友情だ。お前の恐喝組長欲情とは、昔からダチの友情だぞ！　お前、それぐらいは知っているだろう！」

「なに⁉」

「おれの小学校からのダチの真情に絶対に手を出すなと欲情組長に言え！　いいか警察官の友情がそう言ったと、組長へ必ず伝えろ！」

「何だ、てめえが友情か？」

「そうだ、お前の組長のダチだ。だが真情も俺の小学校からの親友だ！　俺は死んでも、親友の真情を渡す気はない！」

「ウゥ～ウ～ゥ～」

遠くからパトカーのサイレンの音が聞こえてきた。普段はうるさいと思う音だが、これほど頼もしいサイレンの音は、真情は聞いたことがない。

「おい！　真情の家族の誰かに万が一何かあったら、お前の恐喝組の仕業《しわざ》として絶対に許さねえ！　いいか判ったか！　友情がそう言ったと欲情組長に必ずそう伝えろよ」

パトカーのサイレンの音は、かなり近くなってきた。

「おい！　判ったらトットと消え失せろ！　消えないと捕まるぞ！」

パトカーのサイレンの音を聞いて逃げ腰の恐喝組暴力団員へ、

「おい忘れ物だ！　このままダチを置いておくと面倒だぞ！　早く連れて帰って出血を止めねえと、こいつ死んでしまうぞ！」

ジロリと真情を睨みつける憎しみに満ちた吊り上がった目は野獣のようにギラついていたが、パトカーのサイレンに追われるように、大男はグッタリとした仲間を背負って、慌《あわ》てふためき逃げ出した。

心臓が早鐘のように鳴り、携帯電話を持ったまま震えて立っていた真情は、逃げる暴力団の後ろ姿を見て、ヘナヘナと再び地面に崩れ落ちた。そして地面に座ったまま、親友の友情に何度も何度も頭を下げお礼を言った。落ちていた拳銃を拾って内ポケットへ入れた友情は

「危なかったな！　あのまま闘っていたら俺も刺されていたよ」

「ありがとう、本当にありがとう！」

「でも、ときどき思うのは、こうした人生の真剣勝負の場で俺が負けないのは、『俺には失うものが無い』からだと思う」

と、生涯独身主義を貫いている友情は、ポツリと言った。パトカーが赤い警戒灯をグルグル回転させながら、その頼もしい白黒のゼブラマーク姿を現したのは、暴力団員が逃げ出してから十数秒後である。車から友情の顔なじみの制服姿の警察官が二人飛び出してくる。

「友情警部、お怪我はありませんか？」

「暴力団員同士の喧嘩の仲裁に入って返り血を浴びただけだ。何も取られてないし怪我もない。明日、出署したら報告書を書くよ」

と言っているところに、パトカーの無線が鳴り、別件の緊急事件発生の無線連絡が入った。

「友情警部、それではお気をつけて！」

と友情へ向かって最敬礼をした若い警察官二人はパトカーに飛び乗り、暴力団員が逃げた逆方向へUターンし、大きなサイレンを鳴らしながら急発進していく。真情は友情へ向かって不思議そうに聞いた。

「どうして血だらけの暴力団員を、大男と一緒に逃がしてしまったの？　捕まえておけばよいのに！」

「暴力団といっても所詮《しょせん》相手も人間さ。今回は逮捕よりも、お前とお前の家族の身の安全確保が最も大切だ。そのために二人とも逃がしたのさ」

「そんなものなのかなあ……？」

「暴力団の情報と警察官の情報、その心と心の交わし合いだよ」

「でも相手は暴力団員だぞ。信じられない」

だ。

「いまに判るさ」
確かに友情が言ったとおり、この事件のあったその夜以降、真情の会社や自宅への嫌がらせの電話はピタリと止んだ。

それから数日後、真情たちの情好社を突然激震が襲った。恩情社長が動脈瘤破裂《どうみゃくりゅうはれつ》で、週末滞在していた別荘で倒れた。その翌日には永遠に帰らぬ人となってしまった。その突然の死の衝撃は、誰も予想しないほど大きく激しく真情の会社の屋台骨を揺さぶった。

しめやかな故恩情社長の社葬のあと、社長後任候補にはシステム開発部門担当であった情欲副社長が推挙《すいきょ》され、G銀行など株主の賛同も得られて新社長に昇格・就任した。そしてシステム開発部門担当常務に、G銀行から詩情氏が着任した。しかし故恩情社長と比べ、情欲新社長と詩情常務の二人では経営手腕の差は歴然としていた。

創業以来、故恩情社長の下で順風満帆の高収益ドル箱部署であったシステム開発部門には三つの部、即ちシステム営業部・システム技術部・システム運用部があり、各部内には故恩情社長が心血を注いで育て上げた、猛将といわれた凄腕《すごうで》の技術者たちが数多くいて、故恩情社長の直接指揮の下で縦横無尽《じゅうおうむじん》に活躍していた。しかし故恩情社長が、担当役員や部課長などの幹部を飛び越し直接現場指揮をとっていたため、中間幹部層には、マネージメント力を持つ幹部人材がほとんど育成されていなかった。システム開発部門は船長という司令塔を失い、マネージメント力のある中間幹部不在の完全な無政府状態に陥った。そして業績は徐々に失速してゆき、ついにかつての研究開発部のように赤字を出し始めた。

巨大な設備と多数の社員を抱えるシステム開発部門の赤字額は、急速に巨大化していく。故恩情社長のいない役員会で、情欲社長と詩情常務を中心にした緊急対策と称する議論は、現場の実態を知らない役員や幹部たちが、報告書や稟議書に書かれた表面的な内容をもとに会議室で論議するため、実態とはかけ離れた小田原評定《おだわらひょうじょう》を長々と続ける結果を招いた。しかもドル箱部署を支えていた猛将たちは、それぞれが危機感を感じて、個々バラバラに数々の経営改革案や改善意見を提出した。しかし各猛将たちが提出した技術的かつ部分的な経営改革案や改善意見は、故恩情社長が指揮・調整していた全体構造的システム設計や連携が不十分で、情欲新社長や詩情担当役員から理解を得られず、猛将たちが提案した個別課題解決策や部分最適化の提案は、陽の目を見る機会はなかった。そして眼先の対処療法に追われ、戦略的経営改革策が打ち出せずに、見るも無残な大赤字部門へ、ズルズルと音をたてて転落していった。

情欲新社長は、今や社内最大の黒字を叩き出すドル箱部署となった研究開発部の取締役部長真情を社長室へ呼んだ。緊張して頬《ほほ》を膨《ふく》らましている真情に、哀調を含んだ静かに落ち着いた声で、子供を諭《さと》すように語りだした。

「真情君、当社は恩情という名船長を亡くした。そして今、この情好社という船はシステム開発部門という基幹エンジンが壊れ、大海原《おおうなばら》を漂流し、暴風雨に見舞われたごとく座礁してしまった。一刻も早く座礁した赤字体質から離脱させないと、船全体が沈没する危険性がある」

「……」

「こうした緊急事態に対処すると、その課題に挑んだときは大変な苦労もあるが、その人生は苦労を乗り越える努力によって鍛え上げられ、その努力のプロセスを通して、より充実したものとなる」

「……」

「しかし人生において最も耐えがたいことは、こうした悪天候が続くことでなく、我関せずと雲ひとつない快晴の人生航路を進んでいたが、気がつくと水不足や食料不足で、干からびた船になっていたことだ」

「……」

沈黙こそ金と決めた真情取締役部長は、黙って聞いている。

「人数も多くて大変だが、君をシステム開発部門全体の責任者、真情常務取締役本部長に任命したいが、受けてくれないか！」

情欲新社長は、真情取締役部長をさらに常務取締役本部長へ抜擢《ばってき》して、創業以来黒字であったが現在最大赤字部門に転落したシステム開発部門の責任者への異動命令を出したいのだ。しかし真情取締役研究開発部長は、まだ黙って聞いていた。

「G銀行からも人事発令の要請があり、明日の午後一番に詩情常務を副社長にして、システム開発部門担当事業本部長からはずし、君をシステム開発部門の常務取締役事業本部長にする新任発令をしたい。よろしく頼む」

取締役などの役員たちの人事権は親会社のG銀行と現社長にあり、否応《いやおう》なしの内示発令だった。この役員人事命令を真情が拒めば、真情は情好社を退職するしか選択肢《せんたくし》はない。しかしこのとき情欲新社長も、発令される真情自身も、この発令により真情が死を決意するまで追い込まれるとは、まだ想像もしていない。


真情は取締役研究開発部長から常務取締役システム開発部門事業本部長に大抜擢され、大赤字化したシステム開発部門をシステム開発事業部と名称を改め再建する新発令が、翌日の取締役会で承認され、即日実施された。

新たに任命された真情事業本部長の今後を暗示するように、その日の午後は初嵐とも言うべき立秋後はじめて吹く強風で、静まり返ったビル街の至る所に突風が吹き乱れた。

発令を受けた日の夕方、真情は、高層ビルの四十階にある誰もいない自社の会議室へ行き、電灯を消してひとり窓《まど》際《ぎわ》に立った。そして静寂だけが支配する会議室から、地平線に沈みゆく真っ赤に燃える巨大な太陽に、故恩情社長の姿を重ねて、万感を込めて眺めていた。真情の心情たちは、かつて研究開発部の存亡がかかった大ピンチに、全部員が自発的に参加して、データ入力作業からコンピュータ処理作業まで取り組み、全員で協力して完成させた成果物を持って、U駅J線のプラットフォームでボロボロ涙を流して泣いた懐かしき日々を想起《そうき》している。地平線の下に太陽が完全に隠れると、故恩情社長が、

「さらば…、あばよ…、グッバイ……、頑張れよ！」

という台詞《せりふ》を残すかのように、上空を覆う浮雲が次から次へと真っ赤に燃え、燃えた雲はつぎつぎに黒雲となって燃え尽きていく。真情と情報たちは太陽が沈んで薄い新月が見えてきた空を眺めながら、熟慮熟考《じゅくりょじゅっこう》、自問自答しながら不安な気持ちを懸命になだめていた。

「今日という日は、〝日〟と〝月〟の二つをもつ〝明〟日へとつながる大切な日だ。だから人生で最も大切な日は、今日というこの日なのだ」

「情報の運び屋にとってもそうさ。今日という日の太陽と、明日に繋がる今日の月が輝いている今こそ、最も大切な瞬間だ」

「人生そして情生に、最も大切な今日。そして今を大切に遣《つか》おう」

そして翌日、前担当の詩情副社長から、システム開発事業部と組織名称が変更された、前システム開発部門の課題を記載した引継書の説明を受けた。これを読んだ新任の真情常務取締役事業本部長の情報たち、心情の情善、情悪たちが悲痛な叫び声をあげた。

「挑《いど》めば窮地《きゅうち》、逃げればピンチだ」

「逃げ出すピンチの先には、退職という断崖絶壁への一本道だ」

「しかも逃げ出せば、情好社を捨てた逃亡兵と生涯言われるだろう」

「だが挑めば、野獣や毒蛇、そして地雷原が満ち溢れるジャングルだ」

「協力者は部門内に誰かいるのか？」

「最も重要なことは、かつての大先輩や同僚であった猛将たちの動向だろうよ」

「しかし猛将たちは、かつてのライバルたちであり、落下傘部隊のように突然、常務取締役本部長となって自分たちの上に舞い降りてきた真情を好しとはせず、真情に照準を合わせた狙撃兵《そげきへい》となって射殺に来るぞ」

「引継書によれば、システム開発事業部となった前システム開発部門の至る所で、トラブルジョブが発生しているが、消防車や消火器となる人材もなく、消化用水も枯渇《こかつ》している！」

「対応できる優秀な技術者は払底《ふってい》しており、卓越した技術者の猛将たちは非協力的で、トラブル業務の火事は、ただ燃えるに任せて放置しているのが現状だ」

「さらに、毎日のように新たなトラブルジョブの火災が発生している」

「火災の原因には、猛将たちのサボタージュによる出火もあるそうだ」

システム開発事業部に着任した真情常務取締役事業本部長は翌日からすぐ、引継書に記載された現状の把握に動いた。着任初日は朝五時十五分発の始発電車に乗り、車中で握り飯の朝食を済ませ、朝六時に会社に到着すると、まず担当現場の第一線を見て回った。故恩情社長からいつも言われて、

「現地・現物・現実の三現主義《さんげんしゅぎ》」

を徹底して叩き込まれた真情は、すべての行動の出発点として、まず現場の仕事と社員に対する実態把握からはじめたのだ。故恩情社長から学んだ経営の要諦のひとつ、

「トラブルをなくそうとする場合には、報告されたとおり理解して、そのまま手を打つのではなく、まずそのトラブル現場とそこで働く社員の実態を自分の眼で直接見て確かめ、報告書に記載された内容は何であったかを理解し、また報告書に記載されていない事実や実態には一体何があるのか、それは何故報告されないのかなどを、自分自身の眼で確かめ理解すること、そして現場に立って解決策を考えるべきである。決して会議の席だけで、理解したつもり

で対策を決めるな！」

　という経営の基本姿勢と基本動作に立ち返って動き始めた。システム開発部門の現場では、至る所で赤い眼をした社員たちが、入れ替わり立ち替わり徹夜作業をしていた。

「私がいつも感動し、自分自身も勇気づけられることは、人間は誰でも自分の人生を向上させていこうと努力する、どんな困難なトラブルでも、これを解決しようとする素晴らしい意欲があることだ」

　真情事業本部長は疲れ果てた虚《うつ》ろな目をした社員たち一人ひとりに声をかけ、それぞれの仕事の内容や実態を聞いて廻った。


　真情は毎朝必ず六時までには出社し、社内の自動販売機で、持参した袋へ暖かいホットコーヒー缶やお茶のボトルを二十本以上購入し、昨夜から徹夜している社員たちに一本ずつ配って歩き廻り
「おはよう！　ご苦労様、いまの仕事の状況はどうですか？　いま話したいことなどありませんか？」

と声を掛けて回り始めた。

　徹夜で働いていたシステム開発各部の社員たちは、真情が誰かは知らず、

「トラブル内容を話をしても判らんだろうに、余計なことを聞くな！」

「仕事の状況は見れば判るだろう。遅れているから徹夜しているのさ」

「余計なことを聞くヤツだ！」

という顔をする者、無言で受け取る者、猜疑心《さいぎしん》を露わにして、

「いりません」

「結構です」

と睨み返す社員もいた。また、

「あ、どうも」

とだけ言う者。しかし大部分の社員は、感謝を表し、

「ありがとうございます」

「ご馳走様です。いただきます」

と丁重な挨拶や軽く会釈《えしゃく》をする社員もいる。ともかくシステム開発事業部で徹夜明けの部員たちは、さまざまな反応を示してくる。

真情が常務取締役事業本部長に着任してから、システム営業部、システム技術部、システム運用部の三つを束ねるシステム開発部門の名前を、システム開発事業部と改名したが、着任後初めてシステム開発事業部の朝礼を実施した。会社講堂の周囲に薫風《くんぷう》が優しく取り巻く中、朝八時三十分から三つの部の全部員を集めた事業部朝礼が開催された。にこやかな笑顔で、真情事業本部長が壇上に上がると、いくつかの場所から驚きの声が上がった。

「早朝出勤のオッチャンやないか!?」

「缶コーヒーのオッサンだ！」

壇上に立った真情事業本部長は、自己紹介と新たな経営方針を、判りやすく明確に伝えた。そして、

「たゆまぬ努力によって業務を完遂し、それぞれの人生の夢に向かって前進しよう。理想とする人生を送ろうと絶えず努力すれば、必ずいつか、その夢は実現し成功を収めることができる。成功するまで諦めずに努力した人を、成功者と呼ぶのだ」

「納期は品質の最も大切な基本項目だ。時間の使い方が下手な者は、納期の短さについて苦情をいう。そして納期遅れの言い訳をする。しかしどんな場合でも、納期は品質の基本的必須項目だ。納期遅れの言い訳はしないで欲しい。納期は厳守して下さい！」

「大変だけど、あきらめずに自信をもって、自分の担当業務、そして自分の夢、理想とする人生の自己実現に向かって前進しよう！」

「トラブル対策は、緊急対策と恒久《こうきゅう》対策に分けて対処すべきです。緊急対策とは、一刻も早くそのプロジェクトの責任者が顧客へ謝りに行くことだ。所管のリーダーや課長や部長や担当役員が行けないのなら、いつでも私が顧客へ謝りに行くので、可及的速《かきゅうてきすみ》やかに私まで報告することをお願いします」

「恒久対策とは、二度とこのトラブルが起きない処置を、社内の仕組みで構築し徹底的に実践することだ。トラブルは顧客や社員が原因ではない。会社のシステム開発事業部の内部に原因があるのだ」

「目の前の一歩が、トラブル解消へのゴールにつながる道だ。その小さな一歩一歩を、愚直《ぐちょく》にただただ積み重ねていけばいい。しかし決して忘れるな！　我々の目的と目標はトラブル処理ではない。新事業部のあるべきあり方への夢とロマンの実現を決して忘れてはならない！」

「システム開発事業部の管理部隊が注意すべきは、サービス部署という認識とコスト意識だ。コスト意識を持ちながら事業部内での目線は最も低くして、トラブル発生の事前兆候を検出して防止するなど、管理業務はサービス部署である自覚を徹底して欲しい」

「権限や愚痴《ぐち》では人は動かない！　事業部内の社員を動かすのは、前向きな提案だ！　マネージャーたちの考えのために、社員を変えようとするな！　まず中堅幹部のマネージメントを担当する管理陣が、率先垂範《そっせんすいはん》して自らが変われば、社員もそのメンバーも変わる」

「ネガティブな言葉は、相手を感動させたり動かせたりしない。仕事への憤りは、ポジティブな褒め言葉に変え、相手側の良いところを見つけ、それを誉めながら改善策を提言せよ」

「技術は『情熱』だ。情熱をもって技術的課題へ挑戦せよ。営業は『誇り』だ。売れる商品には営業は不要だ。売れない商品を、誇りを持って売るのが営業だ。管理は『理念』だ。経営理念を実践するのが管理だ」

「経営理念なき実践は暴挙だ。実践なき経営理念は空虚だ」

「過去と他人は変えられない。しかし将来と自分は変えられる。自ら明日の自分のあるべき姿に向かって変革するのだ」

「雨が降っても、必ずしも虹が出るとは限らない。だが、雨が降らなければ虹は出ない。だから毎日、雨が降るまで地道に努力すること、それが才能というものだ。雨が降るまで地道に才能を磨いていれば、雨が降ってきたとき、才能が見事な虹となって開花し輝くだろう」

「もしかしたら三年後になったときに、『せめて三年前に戻ってやり直せればなぁ』と考えることがあるかもしれない。しかし今というこの瞬間に立って考えるならば、我々の三年後の未来は、今、ここで、やり直すことができるかどうかなのだ。だから今というこの時間と場所は、我々の三年後の未来から見れば、人生もやり直すことができる絶好のチャンスなのだ。だから繰り返すが、過去は変えられないが、今からやれば未来は変えられるのだ」

「この今という瞬間、三年後か、五年後か、十年後から視座転換して提言し、考えた改革に、今！　着手するのだ」


こうした二十分間にわたる、真情常務取締役システム開発事業部の本部長就任挨拶の熱気は、うつろな目の部員たちの心に、わずかばかりの微風となり、一部の部員には感動と感銘を起こした。しかし大部分の部員には、いつもと変わらぬ新任役員の挨拶として、インパクトを与えることなく、真情の就任挨拶の朝礼は終わった。

「九時には現場へ戻り、仕事を開始するように」

と管理部署から指示され、講堂に集まった部員たちは、

「絶望的な現状を打開してくれるのではないか」

という淡い期待や、

「また自己満足のくだらない挨拶で時間が無駄になった」
と、疲労困憊《ひろうこんぱい》した足取りで三々五々、ゾロゾロ現場に戻って行った。続いて八時五十分から、講堂の隣の会議室へ、システム開発事業部の全幹部が集められ、
「幹部全員と個別に早朝七時から面談する」
と伝えられた。これまで十時過ぎに重役出勤していた前任者の銀行出身の詩情常務取締役事業本部長と真情常務取締役事業本部長の違いが、就任挨拶の日からシステム開発事業部の中に即座に伝わった。

真情は、夜の会議や仕事関係以外の会食会や懇親会は極力受け付けないことを秘書に伝え、個人的な友人などからの昼食会やゴルフの誘いなども、また夜の交友や仲間との夜食や飲酒もすべて断った。そして真情は毎朝四時に起床し、社用車は使わず五時十五分発の始発電車に乗り、電車の中で妻情操の作ってくれた朝食のお握りを食べ、仮眠し、そして会社へ出社すると、朝七時前後には前夜から徹夜をしている現場を歩き見て廻った。そして徹夜組の社員たちに声をかけて、トラブル業務の状況を直接聞き、自腹で買ったホットコーヒー缶を配り続けた。

また朝七時半から、現場責任者たちを含むシステム開発事業部の全幹部の一人ひとりと会い、その話を九時まで一時間半かけて徹底的に話を聞き、課題と対策などを懇談した。しかも夕食を済ますと、終電が間に合う時間の二十三時十分まで、自席で現場責任者たちの話を整理しながら、各種の経営手法を駆使して、自己流ながら課題解決策を模索し、新たな経営改革構想を検討する日々を過ごし、終電の中で眠りこける毎日であった。

不慣れな新しい現場での仕事のため、心情たちには精神的疲労が連日蓄積し、今にも倒れそうになるほど疲れていくが、弱音を吐かない鍛え上げた身情たちが、真情の心情たちを肉体的にしっかりと支えていた。

「真情ってヤツは、こんな泥沼のようなトラブルの海へ、なんで裸一貫で飛び込んできたの？」
「いいじゃないか、千変万化の情報の運び屋として情生の新たな想い出づくりに、第一歩を踏み出せたことは、幸

せと思うよ」

「運搬屋の屋台骨《やたいぼね》を担う身情たちは頑丈《がんじょう》にできているし、情報の心情たちもタフな精神構造だ」

「本当に真情らしくない、メチャメチャで無茶苦茶なやり方だ」

「いや、今の真情の知識レベルだと、無茶苦茶なやり方をしていることに気付いていないぞ」

「ともかく真情は、このシステム開発事業には素人すぎる。研究開発部分野は玄人でも、このシステム分野は無理だよ。とても過酷で厳しい雪山であることを知らな過ぎるよ」

「そうだね、下手すると八甲田山の雪中行軍のように、雪山で遭難して本人も含めて全滅するかもしれない」

「これまで猛将たちが提案したシステムは不採択、役員幹部がやろうとする新システムには部員が非協力的だ」

「しかし現在は、問題だらけの旧システムをそのまま動かし、役員幹部提案の新システムの一部が完成しており、システム開発事業部内を、これらが並行的に走っているため、内部管理は二重構造で複雑極まりない」

「どちらを選択して処理するのか、毎日混乱が続いている」

「しかも猛将たちが指摘しているように、役員幹部が提案した新システムでは部分的改善に過ぎず、課題が山積している部分の方針や今後の進め方も不明だ」

「進路が二つに別れてバラバラだ」

「確かにこのままでは雪山で方向を見失い、遭難するかもしれない」

「しかしこれだけトラブルが山積し、システム開発事業部の社員の価値観や意見が分裂したままでは、これはあまりにもひどいぞ……」

「多種多様な意見が事業部員の中で渦巻き、しかも赤字額が毎日どんどん累積していく」

システム開発事業部の部員たち、その情報たちは、自分たちがトラブルや赤字の原因だという自覚も責任感もあまりなく、他人ごとのように身勝手な話をしている。真情の情悪は怒り狂うように怒鳴る。

「真情の一度しかないワイルドで、かけがえのない自分の人生を、こんな汚物が浮かぶ掃《は》き溜《だ》めの尻拭《しりぬぐ》いの部署の仕事に駆り出され、これに真情の人生を消耗させるのはナンセンスだ！　いつまでもやる必要はないよ」

日和見情報たちも情悪に同感する。

「こんなドブさらいの仕事を止めて、もう一度、研究開発部で地球環境などワクワクする仕事をする部署へ、一刻も早く戻るべきだ」

「そんなこと、今さらシステム開発事業部内で言えるのか？」

「それなら、さあ教えてくださいな。一度しかない真情のかけがえのない人生を、どうやってシステム開発事業部分野で実現していくのですか？」

真情の心情たちは徐々に情悪の鋭い指摘と厳しい現実に、いちいち応える気力・知力・体力そして胆力《たんりょく》も萎《な》えて、いつの間にか絶望という文字が心に忍び寄る。

「しかし絶望が支配したら、もう終わりよ！」

「判っているよ……」

「このままだと真情自身はやがて命を落とすわ……」


真情事業本部長は毎朝七時から交代で三つのシステム開発事業部の各部、すなわちシステム営業部、システム技術部、システム運営部の幹部社員全員を対象とした面談をしていたが、このシステム開発事業部の幹部たちは真情事業本部長が知らない会議室や打合せ場所へ内密に集まり、ヒソヒソと情報交換をしていた。

「お前はどんなこと聞かれたか？」

「お前、それで何と答えたのか？」

「まさか、昔の史実や事実を、全部回答しなかっただろうな！」

「おい、お前は俺の悪口、俺がトラブルの原因だった事実は本部長に言い付けなかっただろうな！」

「そんな事実まで喋《しゃべ》ったのか？　それで本部長は理解できたのか？」

「猛将たちは、幹部でないから呼ばれていないよな……」

疑心暗鬼《ぎしんあんき》と戸惑いそして不安や猜疑心《さいぎしん》が灰色の霧《きり》や靄《もや》となり、ハッキリと見えない霞《かすみ》現象となって、システム開発事業部の幹部たちの情報の中にドクロのよう渦巻いていく。真情の情悪たちはぼやく……。

「『明日だ、明日、今日はやめておこう』と怠惰な社員が言うとき、これを黙って聞いている幹部社員がいる」

「納期過ぎの仕事が山積みしているとき、定時でスイスイ帰宅する社員たちを『ご苦労様、お疲れ様』と言って、帰宅させている幹部社員たちもいる」

「こんな幹部を存在させることは不要だよ。こうした幹部を一掃して改変しなければ、システム開発事業部は立ち直れない」

「これだけ納期が遅れていても、それでも明日は何とかなると思って帰宅する馬鹿者！　納期が過ぎた今日でさえ遅すぎるのに……」

「スケジュールどおりの他社では一日前倒しの計画だから、もう昨日中に済ましている」

「研究開発部の連中であれば納期厳守は徹底している」

「それに比較して当事業部の各部における納期管理は、一体どうなっているのだ？」

「『当事業部の納期は平均三ケ月遅れだ』と平気で言っている。この幹部の納期管理の姿勢と態度は、どうしてこうなのか？」

「『そもそもスタートが遅れた』とか、『相手側の仕様の遅れだ』とか言い訳ばかりする」

「スタートが遅れたのは一ケ月だけだ。それを取り返す計画も意欲もないのか？」

「過去のことは過去のことだといって片付けてしまえば、同じように我々は、来るべき未来も未来だといって、その未来も放棄したことになる」

いろいろと悩み苦しむ真情の心情の情善や情悪たち……。何も考えずにどこ吹く風顔の日和見情報たち……。

二．再建情報に熱中する時代

晩春の夜更けにまだ届かない夕闇けぶる宵の繁華街は、初々しい青春時代が終わったばかりの華やぎが感じられ、どことなく艶めいた人々で賑《にぎ》わっていた。真情はかつてはこうした場末の繁華街が好きで、仕事仲間や友人たちとのローカル情報交換やガス抜きもしていたが、システム開発部門の常務取締役事業本部長になってからは、トンとご無沙汰の状態になっていた。こうしたアルコール充電や親しい仲間との情報交流も少なく、就任当時の緊張の糸も切れそうになっていた真情だが、本人が全く知らないところで新しい初夏の風が吹き始めようとしていた。

それは情好社の故恩情社長に直接指導され、屈強の幹部や技術者たちが育成された時代に遡《さかのぼ》る。当時は真情が赤字部門の研究開発部次長に抜擢《ばってき》され、艱難辛苦《かんなんしんく》の泥水を飲みながら研究開発部を再建しはじめた時代だが、当時の研究開発部の大赤字を呑み込んでもなお、情好社全体を何とか黒字化する大量の利益を叩きだしていたシステム開発部門には、真情と同じように恩情社長に直接鍛え上げられて育った、一騎当千の実力者という意味で〝猛将〟と呼ばれていた技術的に卓越した精鋭部隊員たちが数多くいた。

しかし故恩情社長の亡き後は、彼らの上司として着任した管理者のほとんどはG銀行や株主から着任した役員や幹部などで、技術的価値や評価などができる人材はあまり多くなかった。

だが猛将たちは、それら新しい上司たちに対しても、故恩情社長に対する意見具申と同じスタイルを通した。これまでどおり場所や立場をわきまえず、単刀直入に本音で核心の課題を提言する猛将たちの横柄《おうへい》とも言える言動は、組織序列や立場と礼儀や作法を重んじるG銀行や株主から出向してきた役付き役員や幹部にとっては、とても受け入れ難い行動であった。しかも直言された課題について、その重要性や内容を十分に理解できない上司たちから疎《うと》まれた猛将たちは、主要ラインや幹部としての役席から次々と除外され、左遷されていった。

この猛将たち、つまり有能な元技術幹部の情報たちはぼやく。

「自分たちより若造だった真情が大出世して、俺たちのシステム開発事業部を束ねる常務取締役事業本部長になった。いまでも平社員の俺たちとは月とスッポンの身分の違いだ」

真情事業本部長との幹部面談にも呼ばれない猛将たちは、三々五々と飲み屋に集まっては、

「今後はどうするか?」

と談論風発《だんろんふうはつ》、お互いの情報たちも悩みを話し合っていた。そうした情報交換の結果、かつての精鋭部隊長であった猛将全員に声をかけ、コロナの緊急事態宣言も解除された連休を利用した温泉旅行が計画された。そして宿の会議室に猛将たちが集まり、飲み喰いそして立場にとらわれることなく、自由闊達《かったつ》な意見交換をし、

「自分たちの上司となったシステム開発事業部の真情常務取締役事業本部長に、今後どう付き合い、どう対応すべきか」

について論議することになった。かつては別分野だか、真情とライバル関係にあった猛将たちは、ほぼ同じ年齢の者数人と、年齢や入社は真情より先輩、そしてさらに大先輩たちが、十数人結集するという前代未聞の極秘懇談会の開催である。これを企画した別の目的は、

「真情が三部を束ねるシステム開発事業部管轄の常務取締役事業本部長として、赤字脱却の役割を果たせる器《うつわ》かどうかを見極めよう」

というものであり、実質的には真情の生死を握る重要な会議であった。しかし真情自身には、こうした動きや秘密

会合の開催については、全く知らされていなかった。

猛将たちが連休を利用して企画したシステム開発事業部極秘懇談会は、費用全額自己負担による温泉ホテルでの自腹合宿であり、故恩情社長が鍛えあげたシステム開発事業部の元精鋭部隊長たち、しかし現在はラインから外されている猛将たち全員が参集した会合であった。

ホテルで開催された極秘懇談会では、まず温泉に入りゆっくりくつろぐと、浴衣姿で全員が集まった旅館の会議室兼宴会席で、パソコンや携帯、カメラや筆記用具などの持ち込みは一切禁止で、会社に戻って真情事業本部長などへの報告なし、議論の経過や各自の発言内容や意見についても絶対に漏らさないことを、一人ひとりが確約し、それぞれが約束を宣誓してから、会食・懇親・本音の意見交換会が開始された。

この極秘懇談会には、最初から和食のコース料理と飲み放題のお酒が用意されていた。生ビールで乾杯した後、早速、年齢的に若い順番から、忌憚《きたん》のない本音の意見を出すよう求められた。真情より年下の最若手の猛将の情悪が、まず立ち上がって怒鳴った。

「議論の余地はないよ。元は赤字たれ流しの研究開発部のために、俺たちが汗水流して稼いだ黒字がアッと言う間に消えてなくなり、自分たちの給与やボーナスが低くなった恨《うら》みは今も忘れないぞ！」

続けて二番目に若い真情と同期入社である猛将の情悪も怒鳴る。

「そうだ！　同期生だった真情がいた研究開発部への恨みは、俺は決して忘れられない！」

次々と若い猛将たちは立ち上がって、真情憎しの意見を言う。

「突然俺たちの上司に成り上がったあんな奴に、誰が協力するか!?」

自分たちプロパー社員の中で、ライバル意識のある同年代の猛将たちの真情に対する批判的発言は強烈だった。特

に、常にライバル関係にあった同期仲間の猛将たちは、

「真情はゴマすり男で、その人間性は全く信用できない！」

「そうだよ。あいつは情好社の亡くなられた恩情社長へ媚《こ》びを売って、出世してきた奴だ」

などと、真情をケチョンけちょんに貶《けな》していく。

「俺は、研究開発部出身の真情は、そもそも大嫌いだ」

「真情は故恩情社長にすり寄り、取り入って出世した人間だ。あんなヤツの下では働く意欲が湧くはずがない！」

「研究開発部出身のヤツに、俺たちのシステム開発事業部の業務分野の何が判るというのか？」

会議場の雰囲気は…、出世した真情憎し、真情事業本部長潰《つぶ》しの方向へ大きく傾いていく。

「若造のクセして、俺に上司面したらブッとばしてやる！」

同じプロパー出身ながら、これまでライバル視もしたこともない格下の若造社員であった真情が、自分の担当常務取締役になったことに、元猛将の大幹部たちとその情報たちも不愉快極まりないと怒り狂い、その情悪たちも吠えた。

「確かに、嫉妬《しっと》心やねたみ、うらやむ気持がないと言ったら嘘になるが、しかしひどい人事だよ。システム開発事業部のプロパーの中から本部長を抜擢《ばってき》すればよいのに……」

次々と元研究開発部への批判や、若造常務取締役憎しという意見と情報が、次から次へと際限なく続き、会場に満ち溢れていく。


そのうち昔話に花が咲いた。

「当時は真情が赤字部門の研究開発部の次長に抜擢されたが、『処遇は据え置き』という発令で、給与は課長待遇のまま据え置かれた真情次長が、幹部会の席では俺たちの眼の前で、いつも恩情社長から『申し訳ないで済むのか！』

と激怒《げきど》され続けていたぞ」

「わっはっは、『申し訳ありません…』と俺たちの前で社長に向かって涙を浮かべ、何度も何度も頭を下げていたよ」

「また恩情社長が『申し訳ないで済むのかと言っているのだ！』と俺たちの前で怒鳴ると、それでも『申し訳ありません…』と机に頭を擦《こす》り付けて、涙を浮かべて謝《あやま》っていたぞ。はっはっは…」

「あっはっは、本当にみっともないザマだったなぁ」

「全くあんなガキが常務取締役事業本部長かよ。我が社も人材不足だ」

「だけど、あいつは出向者だった前任の担当役員や部長たちの尻ぬぐいをたった一人でしていた……」

「責任転嫁せず、言い訳もせず、赤字の研究開発部を黒字にした」

当時の悲壮な真情次長の懐かしく痛ましい姿に話題が移っていった。

「当時の恩情社長は、後から判ったことだが、『自分の首をかけて赤字の研究開発部の廃部を阻止した』と社長室長から聞いたぞ」

「恩情社長は凄い慧眼《けいがん》だよ。今や研究開発部は大黒字の部署になって、水質汚染防止の実績が海外でもニュースに取り上げられている」

「その恩情社長が目をつけ、徹底的に指導教育したのが、あの真情さ」

「あの泣き虫真情が恩情社長と研究開発部を再建した本人だなあ」

ここに参集している猛将たちは、ドル箱時代を支えた連中だった。

「しかし、いまのシステム開発事業部の赤字額は、ひどいものだ」

「このままでは昔の研究開発のように、我が社を潰してしまう……」

「いや、いまのシステム開発事業部の赤字額の方が、当時の研究開発部よりも累積金額で巨額になってしまった」

故恩情社長が急逝《きゅうせい》の後任となった情欲現社長は、上位下達の組織的形式的やり方でシステム開発部門の経営改革を断行、その結果、かつてドル箱部署だったシステム開発部門は大混乱となり、大赤字に転落していた。ここに集まっている元精鋭部隊長たちのメンバーたちは、このやり方に反対し、バラバラながらも個別の改革案や技術的改善案を具申《ぐしん》した。

しかし技術的価値や評価ができない情欲社長には、歯《は》に衣着《きぬき》せぬ献策態度は煙たがられ嫌われて、これら猛将からの提案は無視され、うるさい元精鋭部隊長たちだと左遷されてしまった。その結果、元精鋭部隊長たちはラインの中核から全員遠ざけられ、権限は剥奪《はくだつ》され、窓際族の烙印《らくいん》を押された外れ者となっていった。そして今や、ここに集まった猛将たちは、常務取締役事業本部長である真情とは、社内の格付けでは大関と幕下力士ほどの格差がついていた。

猛将たちは故恩情社長から現場主義のマネージメントの真髄を徹底的に教育され、理解しているプロパー社員のエリートたちである。しかも左遷されているとはいえ、大赤字のシステム開発事業部の仕事の隅々まで熟知しており、どうすれば赤字を解消できるか判っているメンバーたちだ。

「しかしだよ…、故恩情社長に学んだプロパー社員の我々は、その一人ひとりの歴史を振り返えれば、今は亡き故恩情社長から受けたたくさんのご厚情を恩返しする義務があり、我々一人ひとりの考えや現場主義の意見を、故恩情社長の薫陶《くんとう》で延長すれば真情事業本部長は理解でき、彼によって実現できる可能性もあるのではないか？」

「そうだよなあ。我々一人ひとりにとって、目の前に開かれた道を妨げるものがあるとしたら、それは自分自身の過去への執着心や真情に対する嫉妬心《しっとしん》や妬《ねた》み、怠惰《たいだ》の心に対する自己正当化であり、故恩情社長から学んだ未来思考への創造性や勇気、献身的努力や自己犠牲の精神の欠如だ……、違うか？」

「確かに…そうだ…」

「残念ながら…、認めざるを得ない」

「全くそのとおりだ」

流石《さすが》に故恩情社長に鍛え上げられた猛将たちの発言は、高い視野と本質を見極めている。真情への誹謗《ひぼう》中傷、反感や反発が渦巻いていた情報交換会の宴席は、徐々に故恩情社長の顔が浮かぶ静かな湖面のような場に変化していく。

「現場主義の俺たちは、天下りの役員幹部によって常に無視され、故恩情社長に学んだ我々の意見は却下され続けてきた」

「かつて稼ぎ頭と言われた花形役者的存在であった我が部門は、今は邪魔者や金食い虫と言われる赤字部門を演じる厄介者《やっかい》だ」

「いまや昔の研究開発部より巨額な赤字を垂れ流す組織に凋落《ちょうらく》し、会社にとって疫病神的《やくびょうがみてき》存在だ」

「これまで常に収益と先端的技術開発業務を実践する活力ある部門だったが、いまや盲腸的《もうちょうてき》な存在であり、むしろ無い方が良い大赤字部門だ」

「かつて大赤字だった研究開発部の巨額な利益に支えられて、今は生きている寄生虫部門だ」

「赤恥じをさらす厄介者《やっかいもの》の存在だ」

「今や追い込まれた我々の立場では、プロパー仲間である真情だとか、かつての同期生だとか、昔は部下だったとか言える立場ではないなぁ」

「そうさ、いまは手元へ配られた真情というトランプのカードで、好むと好まざるとにかかわらず、これからの人生を勝負するしか、残された手段はない」

「真情は、かつては故恩情社長の同じ門下生だと言っても、しかし真情にとっては、この分野は残念ながら、ド素人だ」

「彼が毎朝、缶コーヒーを配り、徹夜した連中の課題を聞いても、その課題は理解できても彼には経営資源をどう使って、どう対策を打ったら良いか判らず、どうすることもできない様子だ」

「早朝から深夜まで、真情が一兵卒のようにただひたすら働いても、人・物・金と情報と時間の経営資源を再配置し直し、どうすれば部門収益が黒字化できるのか、どんなに足掻《あが》いても何年間も判るまい」

「判ったとしても、それを経営改革計画へ構築する力量も足りない」

「いや彼がようやく判った頃には、我々の部門は大赤字に埋もれ、すでに廃部となり会社ごと消滅しているゾ」

「だから…現実的には、故恩情社長に学んだ恩返しをするためには、我々の上にきた真情を我々がサポートするしか、我々そして我が部門、そして我が情好社が生き残れる道はない」

「そうだな。我々が生き残るためには、俺たちが真情をサポートするしかないよ」

「真情！　あんな大嫌いなヤツを、サポートするしか選択肢《せんたくし》はないのか……」

「好むと好まざるとにかかわらず、故恩情社長に恩返しをするためには、俺たちが唯一手にできるトランプのカード、それは真情と一緒にシステム開発事業部を再生するしか生き残れる選択肢はないだろう」

「それが残された唯一の道かもしれない」

そこに集まった猛将たちは、全員が全員の顔をお互いに見ながら、

「そうだな！」

「いや、あやつを支援するなど真っ平御免だ！」

「俺もあいつとだけは一緒に仕事はしたくない！」

「他に道はないのか？　これはすごい茨《いばら》の道だぞ」

「確かに、これは大変な茨の道になるぞ……」

「では繰り返し質問する。廃部や会社が倒産しないために、真情と一緒に茨の道を歩く以外に、他に選択できる道はあるのか？」

「……」

「うむ……」

プロパーの精鋭部隊たち、その猛将と呼ばれている情報たちは真情をサポートしながら歩むことを想定してみる。するとそこには、Ｇ銀行や元担当役員の現社長・前担当役員の現副社長の存在など、想像を絶する果てしなく過酷な障壁《しょうへき》が林立しており、これを阻止《そし》しようと待ち構えていると想定される。その過酷な道の前に佇《たたず》み、沈黙という言葉しか見つからない。

「……」

しかし出席した猛将全員とその情報たちは、システム開発事業部再生には、この道しか選択肢がないことに気付いてきた。だがこの道の先で、真情が自殺を決意するとは、誰も想像できなかった。

「繰り返すが、研究開発部出身のド素人の若造、そんな真情についていくのか？」

「ともかく真情の下で奴隷となって働くか、それがイヤなら真情のヤツを叩き潰すか追い出すかだ！」

「そうさ、真情の下で働くことに賛成か反対かだ」

「いや、真情を教育し直し、真情に提言して学ばせ、真情に提言内容を十分に理解させ、我々の提言実行を決断させて、真情を旗頭に立てて社長や副社長などの社内の反対を押し切り、実行に移さねばならない」

「しかし、真情はどこまで我々の提案が理解できるのか？」

「ほとんど無理だろう。詩情前担当常務なども、何度も繰り返し説明したが、結局技術的内容は全く理解出来なかった」

「しかも、詩情前常務は猛反対するぞ……」

「いや、情欲社長の方が頑固に反対して拒否し、結局は新たな開発提案にＯＫは出さないだろう」

「しかし真情に情欲社長や詩情副社長を説得させるしか手はないぞ」

「そうだよ。真情を旗頭に据えて、我々が策定した再建案で経営改革を実現する！」

「そうだなあ…、真情を教えながら、真情を育てながら、真情と一緒に働く案に反対者は、ここからコッソリ抜け出して、自分が信じる道を自分で探せばいい！」

「それがいい！」

「そうだ、それが良い……」

「それぞれの信じるやり方で、故恩情社長の恩に報いようぜ！」


ゴマ塩のちょび髭を生やした出張った頬骨《ほおぼね》の最年長の猛将が立ち上がると、宴会場の扉の前に行き、

「ガラガラ、ビシャッ」

とドアを開け放ち怒鳴った。

「この部屋のドアは開けっ放しにした」

「ド素人の若造、真情の下では一緒に働けないと思う者、ともかく別の道でシステム開発事業部の再建をすべきと考える者は、静かにこの部屋から出て行って、自室か温泉にでも入って、新たな再建策を検討しろ」

「猛将と呼ばれていた我々の職業人としての誇りと名誉のすべてを、常務取締役事業本部長の真情に預け、真情を旗頭にして、このシステム開発事業部の再生を託すことに賛成の者は、この部屋にそのまま残れ」

「よし、全員起立しろ！」

「ゴトゴト、ガタガタ」

と音を上げながら、全員が起立した。

「よし、俺が『眼を閉じろ』『眼を開けろ』というまでの約三分間、真情と一緒に仕事はできないと思うヤツは遠慮なく、なるべく静かにこの部屋から出て行ってくれ！」

「ここに残れば、真情と一緒に茨《いばら》の道を歩まなければならないぞ」

「ここは強制する場ではない。自分の考えに正直に行動しよう！」

「それでは全員、三分間眼を閉じろ！」

集まった幹部たちは、最年長の猛将の号令に従い、全員が黙祷《もくとう》の姿をとって目を閉じた。

「……」

真情の命運を決する重要な時間という瞬間の連続が、真情が全く知らないところで音もなく通り過ぎていく……。

「……」

年下の真情事業本部長の下で働く屈辱《くつじょく》的な職場環境や、ド素人の真情を再教育しながら、しかもその部下としてついてゆかねばならない、不安な情善や情悪や日和見情報たちの揺れ動く気持。

「……」

今後、確実に待ち受けている社長や副社長たちの猛反対。万一承認された場合に、待ち受けている想像を絶する過酷な仕事量。

「……」

黙祷の姿を続ける精鋭部隊の猛将たちの情報たちは、これから開始されるであろう茨の道の闘いに夢馳せていた。

最年長の猛将が大声で怒鳴った。

「時間だ！　目を開けろ！」

全員が閉じた眼を、ばねで弾かれたように大きく見開き、お互いの顔をぐるりと見渡すと、沈黙が一瞬に消えて、

「うあ～おっ」

「うおっ、おお～」

という情報の魂《たましい》が上げる歓声が部屋中を木霊《こだま》しながら揺れ動くように沸き上がり、時ならぬ歓呼《かんこ》の声や鬨《とき》の声が春の潮騒《しおさい》のどよめきのごとく起こった。

「くっ…くくく」

響きを殺した艶めかしい笑い声
「ふっふっふ」

と乾いた唇から隙間風の漏れるような笑い声が聞こえたかと思った瞬間、突然、破れるような高笑いが津波のように襲ってきた。

「わっはっはっは…」

「あっはっはっは…」

歓声と爆笑が跳ねあがるように起こる。

「誰一人、出て行かないのか！」

首を後ろに反らせながら、引きつったような声で顔をゆがめて苦しそうに笑う。

「ハッハッハ」

「わっはっはぁ」

「ハハハハッハ」

「えっへへへ」

部屋中が割れるような残響となって木霊《こだま》し、そこに集まった全員が笑い転げた。そう、誰一人として部屋を出て行

く猛将はいなかった。

この瞬間、元精鋭部隊長たちを待ちうける苦闘や過酷な生活、家族に再び迷惑を掛ける思いなど、その不安を吹き飛ばすかのように、笑い声と笑顔で温泉ホテルの情報交換会の宴席が、ブルブルと振動していた。

「俺たちで経営近代化に向けた業務改革推進案を作り、システム開発事業部の全幹部の同意を取ろう。そして一ヶ月後には真情事業本部長へ提出しようぜ！」

そう決議して円陣を作ると皆で肩を組み合い、お互いの眼をしっかりと見つめ合い信頼の誓いを確かめ合った。


目は脳の一部が飛び出した臓器である。そこには覚悟を眉間《みけん》に皺寄《しわよ》せした目、これからの不安におびえる失《う》せた目、きつい目差しで睨《にら》んだ目、期待に輝く目、遠くを眺める鋭い眼差し、変化を見て取ったように光った目、意欲満々の吊り上がった大きな目、未来を睨みつけるような細い目、睨みあうような形相をした図太い目など、信頼の固い絆で結ばれた目と目が、猛将たちの情報の意思を語っていた。

温泉ホテル一泊の夜は、これまで猛将たちが、個々バラバラに、それぞれがシステム開発事業部担当役員に提案し、何度も却下されてきたシステム開発事業部門経営近代化構想をどうするかであった。そして今度は猛将たち全員で、再度徹底的に再検討し直し、現在のシステム開発事業部の部門にふさわしいトータル案に再生させ、一ヶ月後には真情本部長へ提出することを、明け方まで飲みながら語り明かし決定した。まさに故恩情社長の遺志が導いたプロパー社員による〝俺らの部門〟、〝俺らの会社〟を再生する構想、そのシステム開発事業部版を、構築することが決定された画期的な記念日となった。

温泉ホテル合宿を終えて帰宅した精鋭部隊の元幹部、いまや平幹部以下になった猛将たちは、その時間外や休日を使って秘密裡にメンバーの自宅等へ集まり、Ｗｅｂ会議システムを利用したオンライン方式の打合せなどで、各自が提案したシステム開発事業部経営近代化構想を再度徹底的に議論し直し、綿密な分析と具体的なシステム構築の作業に取り掛かった。しかもこのことは、真情事業本部長には全く知られないように隠密《おんみつ》に行動しながら、事業部門内の各幹部とのミーティングや根回しも実施していく。

プロパー社員の現場責任者たちは、毎朝暖かな缶コーヒーを配って歩く真情事業本部長の姿に、密かに期待感と信頼感を醸成《じょうせい》しつつあった。

「プロパー社員のトップへ這い上がった尊敬すべき生え抜きの常務取締役、その真情事業本部長の下なら、実力ある猛将が作成したシステム開発事業部経営近代化構想案に全面協力する」

と言い出す部員も数多くなってきた。

女性トイレ室は、女性の園の情報発信基地だ。お化粧を直しながらピーチクパーチクお喋りをする。

「ねっ、こんど来た真情とかいう役員、プロパーだってえ」

「えっあの人、プロパー社員で役員になったの!?」

「ねぇ、プロパー社員て、どうゆう意味?」

「当社へ入社した生え抜きの社員や正社員のことで、Ｇ銀行や株主から天下りした社員とは違うのよ」

「へえ、当社に入社した人でも、役員になれるの……」

「へ〜、役員は天下りしか認めていないと思ってたわ」

「あの人が初めてプロパーで取締役になったとの噂よ」

「だから毎朝、その御礼に缶コーヒー配って歩いているの?」

「御礼にしては、随分とケチねえ」

「あははは馬鹿ね、あなたは。トラブルで帰れない徹夜組の仕事状況を毎朝、直接聞いて、その原因を調べているのよ」

「私も徹夜して缶コーヒーを頂こうかしら」

「あら、缶コーヒーが狙いじゃなくて事業本部長に近づくためね。真情さんを誘惑しようとしているのでしょう」

「ピンポン、ズバリ当り！」

「ひどい人ね。真情さんは結婚して子供もいるのよ」

「だったらなおさら、安心して遊べるじゃないの？」

「まあ！　本気で誘惑する気なの？」

「あっはは、冗談よ冗談」


そして故恩情社長に直接指導されて鍛《きた》え抜かれた、システム開発事業部に所属している生え抜きの精鋭部隊、その猛将たちは、それぞれの担当を分担し、インターネットやオンライン会議も駆使して、打ち合せや仕事をやりとりしながら、徹夜と休日返還の過酷な日程をこなしていったが、中には体調を崩す者も出てきた。

しかし過酷な状況で数多くの業務経験をして、様々な厳しい技術課題を克服してきた一騎当千の猛将たちは、臆《おく》することなくスケジュールを完遂していく。そしてシステム開発事業部の現幹部の意見を何度もヒアリングして組み込んだ、画期的なシステム開発事業部経営近代化構想を、温泉ホテルの自腹合宿からわずか三週間後に纏め上げることに成功した。さらにこの基本構想にもとづく具体的な業務改革推進案と、そのシステム開発にかかる基本設計も、当初計画した一ヶ月後という納期までに完成させた。

そして、現在のシステム開発事業部の赤字垂れ流しを止める諸施策と、これを担当する猛将や事業部幹部の担当者案、提案する事業部門経営近代化構想を推進する猛将たちの担当者案まで作成したのである。その上で、作成責任者として猛将全員とシステム開発事業部の現場責任者たち全員が署名捺印して、真情事業本部長の両脇を固める天下りの部長たちをスッ飛ばして、精鋭部隊の幹部たちの代表者二名が直接、真情事業本部長室を訪れ、真情に直接手渡して進言することになった。それは真情事業本部長が就任してから、わずか二ヶ月半後のことであった。

三．精鋭部隊の情報たち

梅雨が明け放たれると、いよいよ赫杓《かくしゃく》と照り輝く夏の陽光が、西空から部屋の中まで押し入ってくる時節だ。この強烈な西日は、力強く照り輝く野山に繁茂《はんも》する夏草たちにとっては、エネルギーに満ち溢れる絶好の成長期到来であり、草いきれのむせ返るような情報たちにとってもビッグチャンスだ。

この草いきれのごとき異臭《いしゅう》を漂《ただよ》わせながら、昨夜開催した精鋭部隊の元幹部たちと猛将全員による、事業部門経営近代化構想完成祝いの酒臭い匂いと、連日徹夜を続けてきた熱気と汗臭い体臭を全身から発散させたイカツイ猛将代表二人が、真情がいつも自室にいる時間を見計らって来訪し、

「内々に重要かつ緊急の提案がある」

と、突然秘書に伝えて真情事業本部長室を訪れたのは、梅雨明けで頭上に太陽が強烈な陽光を放っている、月曜日の午後十二時四十五分、会社の昼休み休憩時間中であった。二人は本部長室に通されると、分厚く重い資料ファイルと図面の束、そしてこれらすべてが記録された電子媒体の入った小さな箱を両手に重そうに抱えたまま、部屋で突っ立ったままの姿勢で言った。

「これは、表紙の裏側に署名捺印した、故恩情社長に直接ご指導頂いた猛将と呼ばれていた我々全員が、当事業部の再建策とすべく、約一ヶ月間にわたり心血を注いで、システム開発事業部の経営近代化構想を検討して構築し、今

後の三年、五年、十年目の構想にもとづき、具体的な業務改革推進案と担当者体制案を作成したものです。

また緊急対策として、現在の赤字垂《た》れ流《なが》しを早急に止血《しけつ》して、月次決算を赤黒トントンにすべき緊急施策と具体的担当者の実施体制案も作成し、その上で現システム開発事業部の現場責任者たち全員の賛同も得て、署名捺印をもらい持参しました。

あわせて、この現状改革案と将来構想案に添ったシステム基本設計図と、そのシステム仕様書なども具体的に作成して持参しました。

なおこれらは、自分たちの個人的な時間と休祭日や業務時間外を使って、ようやく昨夜、日曜日の午後に完成したので、今朝まで仲間で完成祝いをして、お届けにあがりました」

「何故会社の業務を、会社でやらずに私的な時間でやったのだ？」

「当時は、このシステム開発事業部経営近代化構想の原案や、赤字改善の具体的業務改革推進案は、事業本部長の両脇におられる部長など、各部の責任者たちを通して、元システム開発部門担当であった情欲現社長や、前担当常務であった詩情副社長へ再三再四提示、提言提案して参りました。またその都度、細かい説明まで行い、いろいろなご質問に対しても丁寧に回答を致しましたが、いろいろな事由でこれまで一度も取り上げられず、実施されずに今日に至っております」

「それなら私に業務提案や作業許可を願い出ればよいではないか」

「元部門担当でおられた当時の情欲常務から、『こんな計画を作る暇があるから、システム開発部門は赤字なのだ。勤務時間中は直面する業務に専念せよ。トラブルが起こらないよう、日々の担当業務に注力して全力をつくせ。上から指示されていない仕事は、勤務時間中にやるな』と、いつも厳しく叱られていました」

「そうか……」

絨毯《じゅうたん》が敷き詰められた事業本部長室は、原子力発電所の放射能事故による電力不足で、クーラーもかけずにいるため蒸し暑く、書類を持って立ったままの二人の猛将は汗をとめどなく流していた。真情はその場ですぐに、二人が持参してきた資料の説明を聞きたい衝動にかられた。しかし心情たちの緊急提言と数多くのマネージメントの経験から、

「多分これは非常に価値がある画期的な資料だろう。事前によくこの資料を勉強してから、その内容の説明を聞くべきだ」

「事業本部長として素人《しろうと》質問などをして、所属する部下に自分の知識不足の現状や、現場に対する認識不足の実態を知られるべきでない」

「内々と言ってアポも取らずに突然訪問した二人は、すぐに部屋から出すのが経営上の常識だ」

という情善たちの緊急提言で、意識的に冷たい態度で言い放った。

「いまはとても忙しいので、明日以降のどこかで時間を取ります。そのときに説明を聞いてから考えますので、今日はお持ち頂いた資料のすべてを置いて行ってください。ご苦労様でした。この提案資料の作成に関係した皆さんにも、よろしくお伝えください」

そう冷たく言うと、応接の椅子から立ち上がり自席に座って、二人に背を向けたまま、机の上のインターフォンで秘書を呼んだ。すぐ秘書が入ってきた。蒸し暑い部屋で、緊張のあまり額に大粒の汗を浮かべ立っていた二人は、いつまでも部屋にいる訳にいかず、抱えてきた資料類を力なく応接机の上に

「ドッカ」

と置いた。そして自席の椅子に座って猛将二人に背を向けたまま、あまり関心を示そうとしない風情《ふぜい》の真情の背中を見て、緊張していた猛将たちの心情たちは、緊張の糸が途切れて、

「ガックリ」

と気が抜けてしまった。すると今朝まで完成祝の酒宴で盛り上がり、事業本部長の前で直立不動の姿勢をとって緊張していた猛将の身情も、

「ドッ」

と疲れを感じてヨレヨレと姿勢が崩れてゆく。背を向けた真情は、鋭い横目で猛将代表の様子を見て取ると、持参した資料にかけた猛将たちのエネルギーの凄さを見抜き、とてつもなく素晴らしい重要資料が持ち込まれたことを理解した。

吹き出る汗が額からポタポタしたたり落ちるのを、汚れたしわしわのハンカチで拭きながら疲れ顔になっていく猛将二人。その脂《あぶら》の浮いた髭モジャの薄汚い顔と疲労困憊《ひろうこんぱい》した痩せ顔を、大きな役員椅子へ座ったままの真情の背中へ向けて、お辞儀をしながら力ない言葉と眼で、

「時間があるときに是非読んでみてください……」

「どうか、よろしくお願いします…」

と言って深々と頭を下げ、汗の匂いを部屋に残し、肩を落として無言でノソノソと出て行った。二人が部屋を出て、

「バッ～…タァ～ン…」

とドアが力なく鳴るのを確認すると、真情はクルリと振り返り、

「今日、これからのスケジュールは?」

と傍《そば》にいた秘書に尋ねた。

「本日午後は……」

有能な秘書はメモも見ずに今夜までの予定を言った。

「明日、火週日は?」

との質問にも、その場で
「火曜日は……」

と的確に、内容や時間や面談予定全員の名前まで克明に説明する。

「明後日、水曜日は？」

「水曜日は……」

「そうか、それでは本日の午後のすべての予定はキャンセルして、明後日以降にリセットしてください。今日は緊急な用事で外出し、この部屋にはいないことにしてください。したがって君以外は、この部屋に誰も入れないように！」

と秘書に命じた。


猛将たち二人は自席へ戻ると、髭モジャの顔の猛将は、

「徹夜続きで疲れた。俺はこのまま自宅へ帰る。後の連絡は頼む」

と言い残すと、ヨロヨロと猫背の姿勢をさらに丸めて帰宅してしまった。残されたもう一人の頬の肉が削ぎとられた痩せた顔の猛将も、完全に気が抜け憔悴《しょうすい》しきった顔で
「ドサッ」

と自席のパソコン前に座ると、

「本日午後十二時四十五分～十二時五十五分。真情事業本部長の役員室へ伺い、本人に直接会った。そしてシステム開発事業部経営近代化構想案など作成したすべての提案資料を、テーブルの上に置いてきた。その時の真情事業本部長の反応は鈍《にぶ》く、提案内容には無関心で冷たい反応ぶりであった。

真情事業本部長の発言内容は『何故会社の業務を会社でやらずに、私的な時間でやったのか？』、『私に業務提案や

作業許可を願い出ればよいではないか』、『いまは忙しいので、明日以降のどこかで時間を取り、説明を聞いてから考える。応接机の上に資料のすべてを置いて行け。この提案資料の作成に関係した社員に、よろしく伝えよ』というのが、会話と質問内容のすべてである。

面談時間はわずかに十分間。その間真情事業本部長は、提案資料の表紙タイトルには目を通したが、資料は一頁も捲《めく》ることなく目次も全く見ず、内容について一言の質問もしなかった。また我々に説明をさせる暇も与えず、すぐ秘書を呼んで次のスケジュールに入った様子だった」

という内容のメールを、今かいまかと連絡を待ち焦がれている猛将たち全員へ、事前登録しておいたメーリングリストを使って一斉配信された。

真情が緊急の決裁書類などを片付けて部屋の時計を見ると、午後一時三十分であった。情好社の故恩情社長が鍛えぬいた生え抜きの精鋭幹部たちが、全精力を投じて作成したシステム開発事業部経営近代化構想。その恒久対策《こうきゅうたいさく》たる膨大な業務改革推進案とシステム基本設計案と、赤字止血《あかじしけつ》の緊急対策案や、これを担当する事業部幹部担当案を、応接机の上から自席へ持ち運ぶと、すぐにパソコンに電子ファイルを接続して起動させ、提案内容を読めるように準備した。そしてパソコンと提案資料に覆いかぶさるような姿勢で、その画期的で素晴らしい提案を、無我夢中になってむさぼるように読んでいく。この当時の真情事業本長の業務知識や理解力は、システム開発事業部全体と引き継いだ諸課題が、ようやく理解できた程度で、詳細な業務内容は無論、課題解決するにはどうすれば良いか、その業務改革推進のシステム構築の案どころか構想すら、まるで皆目《かいもく》見当がつかない知識レベルであった。

しかし今、真情の眼前にある分厚い提案書類は、故恩情社長が育成した愛弟子たち、つまり精鋭部隊の猛将たちが、心血を注いで作成したシステム開発事業部経営近代化構想であり、とてつもなく完成度の高い超一流の素晴らしい近代化システム構想であることは、まだ知識レベルが低い真情取締役本部長にも想像が出来た。

クーラーも入っていない蒸し暑い部屋であることも忘れ、三時間も提案書に没頭《ぼっとう》し、いつの間にか汗びっしょりになり、一行一行丁寧《ていねい》にアンダーラインを引き、付箋《ふせん》を貼りながら、繰り返し読み込んでいく。同じ恩情社長の教育を受けていた真情には、担当した事業部の知識は浅く門外漢《もんがいかん》ではあったが、そのシステム構想の全体モデル構造と個別事業及び各種業務の連携構成などの凄さは、読めば読むほど理解が深まり、真情の心情たちに感心と感動と感謝の輪が拡がって行く。

秘書が心配して部屋のクーラーを途中で入れ、冷たいお茶を出したことにも気付かない。真情事業本部長は、これを昼夜敢行《ちゅうやかんこう》で作成した、表紙裏の署名捺印を見て事業部の猛将や中堅幹部の顔を想い浮かべ、慄《ふる》えるような歓《よろこ》びで顔を赤らめ、感激と感動で胸に軽い痛みさえ感じていた。

気がつくと時計の針は十六時三十分を指していた。喉が乾いているのに気づき、生ぬるくなったお茶を一気に飲みほすと、役員トイレに駆け込んだ。トイレの鏡には無我夢中になって資料を読んだ充血した眼と、満面に微笑みを浮かべる笑顔の真情が写っている。自室に戻ると再び秘書を呼んだ。

「明日のスケジュールも、すべてキャンセルし日程変更してください。今夜は会社へ泊まります。簡単な弁当と飲み物程度でよいので夕食の用意をお願いします。自宅へは私から連絡しますので、いつもの朝食付きカプセルホテルを予約してください。明日朝九時から今日来た二人を、役員会議室に呼んで、終日、持参した提案書類の説明をするよう連絡してください。明日の昼食は三人分用意してください。また幹部たちには、明後日早朝八時三十分から、緊急幹部会議を開催するので、猛将を含む事業部全幹部へ出席するよう連絡してください。なお、明後日の緊急幹部会までは、緊急連絡が必要な案件以外は、すべて明後日の緊急幹部会の終了後に報告してください」

と立ったまま言うと、

「承知致しました」
返事した秘書の顔も見ずに自席に座り、提案書を読みはじめた。秘書が戻ってきて
「先程のご指示、すべて手配致しました」
という返事も、秘書の顔を見ずに資料の上に眼を置いたまま
「ありがとう。スケジュール調整と関係者へ連絡が済んだら、先に帰るように」
と言うと、そのまま深夜遅くまで部屋に閉じこもり、資料に顔を突っ込むような姿勢で没頭《ぼっとう》し、パワーポイントへ重要なキーワードを叩き込んでゆく。

十六時四十五分。システム開発事業部内の全幹部へ、

「明後日八時三十分から緊急幹部会が開催されることになりました。議題は当日発表されます。重要な会議なので、全幹部が出席すること」

というメールが届いた。そして髭モジャ顔と痩せた顔の猛将二人宛に、

「明日朝九時から夕方十七時まで、本日持参したシステム開発事業部の経営近代化構想案と、具体的業務改革推進案および緊急対策案の電子ファイルに記載された内容のすべてを、真情取締役事業本部長に対して直接、役員会議室でご説明下さるようご準備ください。説明に必要な追加資料や電子ファイルがあればご準備頂き、プロジェクターも準備しますが、本部長分も印刷してご持参ください。ご昼食は会社で用意致します」

という連絡が真情秘書からメールで、そしてメールの後に確認の電話があった。しかし脂の浮いた髭モジャの薄《うす》汚《きたな》い顔の猛将は帰宅して不在だ。秘書は痩せた顔の猛将に対して、今日中に髭モジャ顔の猛将本人へ必ず連絡するよう依頼した。この連絡に疲労困憊《ひろうこんぱい》していた痩せ顔の猛将は慌《あわ》てた。早退してしまった髭モジャ顔の猛将の自宅へ緊急連絡し、本人の確認がとれると、生え抜きの精鋭部隊の元幹部たちや猛将全員へ、メーリングリストを使って、秘

書から届いた明日朝九時から夕方十七時まで、真情取締役事業本部長に対して説明を実施する旨の真情の秘書からのメール全文を転送した。システム開発事業部内に散開している猛将や元幹部たちは、この転送メールを見て狂喜し小躍《こおど》りした。

「おお！」

「やったやった、やったぜ！」

「うわあ、ついにやったか！」

「バンザイ、万歳！」

システム開発事業部の部門内のあちらこちらから、歓声とどよめきが湧き起こっていく。

真情は、秘書が用意した軽食を食べることも忘れ、経営近代化の業務改革推進案や図面を、何度も繰り返し読み返し、読み返すたびに新しい事実や、長期的戦略構想や戦術的手法が判り、その構造的な素晴らしい仕組みを少しずつ理解していく。そして、その実務を熟知した卓越した現実的な提案内容の凄さと、その検討の深さに、ただただ感激していた。

翌朝二時三十分に会社を出て、すぐそばのカプセルホテルに向かった。カウンターにいた支配人は、真情の顔を見ると懐かしそうに挨拶した。

「真情様、お久しぶりです。ご予約のお部屋は準備できております」

「ご無沙汰しています。今夜はお世話になります。明日朝六時に起こしてください」

「承知致しました。シャワー付の特別室をご用意してあります。朝食は六時から召し上がれます。ごゆっくりお休みください」

翌朝七時に出社した真情は、付箋だらけのシステム開発事業部の経営近代化構想案と、具体的業務改革推進案および電子ファイルに記載された内容に再度目を通して、九時から始める猛将たちの説明に備えた。

朝八時五十分に役員会議室に来た、イカツイ体格の髭モジャ顔と痩せた顔の猛将二人は、昨日の昼に提出した提案書類が、たった半日間で至る所に付箋がつき、持参した一ヶ月を費やして作成した厖大《ぼうだい》な関係資料類が、全体にわたり眼を通してあるのを見て驚愕《きょうがく》し、感激した。そして朝九時から役員会議室ではじまった猛将二人からのシステム開発事業部の経営近代化構想案と具体的業務改革推進案、そしてその電子ファイルに記載された内容についての説明と、その質疑応答は、トイレ休憩を除き、昼食時間中や緊急に手配した夕食の食事時間中も続いた。

真情常務取締役本部長と部下の猛将という立場ながらも、真情は猛将二人に対しては講師や先生に対する態度で接し、目線も姿勢も低く丁寧な言葉で、次々と的確な質問をしていく。その大部分は、生え抜きの精鋭部隊の元幹部や猛将たちの間でも論議が集中した課題となった箇所である。猛将たちの論議を横で見ていたかのように的確な質問攻勢と二人の回答に対する理解力は、スピーディである。素人相手に説明すれば良いと甘く考えていた猛将二名は、昨日渡したばかりの分厚い資料の内容の理解力に、いつ読んで理解したのか舌を巻いた。そして自分たちが心血注いで作成した提案書を隅々まで、帰宅もせず一晩で読破したことを知って感激し、その鋭い慧眼《けいがん》と卓越した課題解決への理解力と行動力に、猛将二人の情報たちは感極まっていく。

「担当したシステム開発事業分野には素人なのに、真情というヤツは凄い理解力と経営能力を持ったヤツだ！」

「さすが！　故恩情社長が素質を見抜いて抜擢《ばってき》して教育したヤツ、これまで会ったことのない常務取締役本部長の器の人材だ……」

猛将二人による提案資料の説明と質疑応答が終わったのが二十時三十分で、猛将代表説明者の二人は、疲労困憊《ひろうこんぱい》の極みの体《てい》たらくで、よれよれの状態であった。役員会議室から猛将の二人を帰すと、真情は自室に戻り秘書が用意したコーヒーとサンドイッチという軽い夜食を食べた。さすがに真情の身情も心情もヘロヘロだ。しかし体力・気力・知力そして胆力《たんりょく》を鍛え抜いた真情は、すぐに明日の緊急幹部会用の資料作成に取り掛かった。その日も帰宅せず、朝三時に非常時用に常備している下着やワイシャツを持参して、昨日予約しておいたカプセルホテルに行き、昨日同様宿泊した。

　真情は明確になった現状打開のための具体的施策のリズムと、素晴らしいシステム開発事業部ビジネスモデルのメロディと、推進体制図が描けた歓びのハーモニーとが奏《かな》でる、心地よい疲れに寄り添われ、一人熟睡していく。

　翌日の朝八時三十分。システム開発事業部内の猛将たちも含む全幹部を招集した緊急幹部会が開催された。眠そうに欠伸《あくび》をする寝ぼけたふやけ顔。何事かと訝《いぶか》った疑心暗鬼《ぎしんあんき》顔。こんな忙しいときに余計な会議をしてという迷惑顔。その中に期待に胸を膨らませている猛将たちの輝いた顔があった。そして顔、顔、顔に向かって、燃えるように輝いた大きな目をカッと開いた真情事業本部長が、右手に握って高々とかざしたのは、一昨日、イカツイ体格の精鋭部隊の猛将代表二人が持ち込んだ、経営近代化に向けた業務改革推進案の一部であった。

　集まった幹部に向かって、会場いっぱいに轟《とどろ》くような大声で話始めた。

「一昨日、当事業部内の有志による貴重な提案があった。これを一晩読んで感激、感動したため、昨日は提案者の代表を呼んで、提案内容を一日かけて説明を受けた。そしてその画期的な内容に昨夜とその前の夜は、ほとんど眠れなかった。この提案内容の細かい部分は、まだ十分理解はできていないが、我々の抱える緊急対策へ向けた課題解決の具体策であり、恒久対策の未来に向けた素晴らしいビジネスモデルの提案である。このことは、十分に判った！」

「ゆうゆうと焦らず着実に、将来に向けて一歩ずつ歩む者にとって、その将来が遠すぎるという道程はない」

「その現実をしっかりとつかみ、将来に向けて準備するものにとって、その将来が来ないという保証はない」

「過去は変えられないが、将来は必ず変えられる！」

「諸君の中の素晴らしい仲間たちが、その自分の時間を削って作成し提案してくれた近代化システム構想を実現する体制を検討し、システム開発事業本部の将来に向けて、何としても実現させたい！」

「この近代化システム構想を実現するため、全力で取り組もう！」

「私が持てる全精力を、この近代化システム構想の実現に向けて、投入して取り組むことを決意し、諸君の前でここに宣言します。今日ここに集まった幹部諸君、君たち全員の協力をお願いします！」

そう全員の前で深々と頭を下げると、直立不動の姿勢で宣言した。

「諸君、実行する前に失敗した作戦は、今だかつて聞いたことがない」

「この素晴らしい仲間たちから提案を受けた業務改革推進案を、提案どおり会社へ提言し、私は命がけで承認を取り、このシステム開発事業部を根本から再建する！」

「事業部の総力を挙げて、この改革案を実現しよう！」

「最後に、この提案書の作成に昼夜を問わず心血を注いで検討してくれた諸君、そしてこの提案書作成に協力してくださった部員の方々、本当にありがとう。心から感謝を申し上げます」


真情は提出された猛将たちが作成した原稿を一切見ることなく、昨夜、真情が作成したパワーポイントのプロジェクター画面へ、まるで自分が原案からすべてを作成したかのように、とうとうたる熱弁を揮《ふる》って、猛将たちの案を説明していく。

システム開発事業部の元幹部や猛将と呼ばれる仲間たちが、寝食を忘れて描いた近代化システム構想案は、何度も提出され、その都度役員会で審議され、否決され延期され放置さた経緯がある。しかも現社長の情欲社長が担当常務取締役であった時代には、情欲常務自身が猛反対した提案内容であり、いまだ実施されたことのない夢のまた夢の構想である。それを猛将たちの仲間全員で血身泥《ちみどろ》になって再検討再作成し、三日前の日曜日に完成して、その夜は猛将たち全員で完成祝いの祝杯を挙げ、わずか二日前の月曜日の十二時四十五分に、役員本部長室の応接机の上に、内容の説明もせずに置いていきた、システム開発事業部の経営近代化構想案と具体的業務改革推進案、そして、その体制案など電子ファイルに記載された提案内容だ。

そう、事業本部長の手元へ届いてからわずか三日後である今朝、部門内全幹部の緊急招集会議が開催され、今、この会議場で提案内容の実施が決定・宣言されているのだ。さらに昨日、猛将代表二人が丸一日かけて説明し終わったばかりであるという事実を、よく知っている生え抜きの精鋭部隊の猛将たち、ヒアリングに協力した若き現場幹部たち、それらの幹部たちの眼が喜びに涙ぐみ、大粒の涙が溢れ頬を転がり落ち、とめどなく流れていた。頬を伝って流れる涙を拭こうともしない猛将や幹部の情報たちは、その手もワナワナと震えている輩《やから》さえいた。

即刻、その日の夕方、真情常務取締役事業本部長は、業務改革推進委員会委員長の詩情副社長にアポを取り、提出された〝システム開発事業部経営近代化構想〟、〝業務改革推進案〟、〝システム基本設計図〟と〝システム仕様書〟の恒久対策と、当面の赤字解消に向けた〝緊急対策案〟、及び〝組織人事改正案〟の分厚い資料を持参して、二時間をかけて、真情自身ただ一人で最初から最後まで説明した。

真情が自分の言葉で案を一人で説明できるほど、この近代化システム案は経営・幹部・社員の各目線で書かれた素晴らしい優れたシステム構成案であり、真情事業本部長は暗記するほど、何度も読み返した内容だった。詩情副社長は、真情の説明ぶりに感嘆すると同時に、提示された期間と予算内で、本当にできるかどうか真情に確認した。

「できる可能性五十％で、できないリスク五十％。そのできないリスクに対する対策も打てば、できる可能性は八十％で、できないリスクは二十％になります」

と眼光鋭く詩情副社長の顔を見つめながら、真情は精鋭部隊長たちが心血を注いで作成した業務改革推進案を、実に淡々とした口調で説明した。

しかし天下りの情好社の詩情副社長は、かつて同じくG銀行から天下りした情欲現社長が、常務取締役システム開発部門長の時代に、同じようなシステム開発部門の経営近代化構想を業務改革推進案として提示を受け、現場無視の上位下達のやり方で、情欲現社長自身が、この案を徹底的に叩《たた》き潰《つぶ》した経緯も詳細に知っていた。

また、この業務改革推進案は当時否決した案を作成した同じメンバー、猛将たちが再作成したものであることは、真情の説明で判った。しかも、情欲現社長自身が常務取締役システム開発部門長時代にこの案を否決したことを、今まだよく記憶しているだろうと的確に理解していた。しかし真情常務取締役事業本部長は、こうした過去の事実や経緯は全く何も知らなかった。

四．崩れゆく情報

眩《まぶ》しさの中に不思議な静けさを漂わす真夏の昼下がり、太陽が放つ陽光がすさまじい勢いで迫ってくる。このエネルギーを満身に溢れさせた西日になると、遠慮を知らぬかのように西窓から部屋の中まで、厚顔無恥《こうがんむち》にも土足で上がり込み、不快という言葉の表現領域を遥かに超えて居座ってしまう。

こうした真昼の酷暑が幾分か収まった夕方、真情常務取締役事業本部長は、業務改革推進委員会委員長の詩情副社長にアポを取り、〝システム開発事業部経営近代化構想〟を説明した。その説明を聞いた詩情副社長は、情欲現社長が常務取締役システム開発部門長の時代に猛将たちから同じような提案を受け、その提案する猛将たちの態度の悪さと目線の高さに腹を立て、この案を徹底的に叩き潰したことを鮮明に想い出していた。しかし詩情副社長は「この案は大変判りやすい。明日木曜日に開催される役員会に、真情事業本部長の提案として緊急議題として取り上げ、GOサインを取ることにしよう」

と確約した。こう即答した背景には、詩情副社長が情欲現社長から、

「社長の俺が全責任を取るから、真情を研究開発部からシステム開発部の本部長へ異動させ、システム開発事業部の再起を図れ！」

「しかし、システム開発事業部にいる猛将と呼ばれている不遜な不届き者たちが反対して、真情潰しをするだろう」

「従って真情が提案する事項とその内容はすべて採択し、ここにシステム開発事業部のプロパー社員全員のパワー結集を図れ。そして、現在のシステム開発事業部の最悪状況を脱出するのだ」

との厳命を受けていた。真情を現職へ異動させたのは情欲社長であり、いま社長が最も信頼しているのは真情常務取締役事業本部長と、この自分であることを詩情副社長は熟知していた。しかし役員会で採択する確約が、後日、詩情副社長と真情の二人の人生に大きな悲劇を招く元凶となるとは、まだこのとき誰も予想していなかった。


この猛将たちの提案に真情の心情たちは奮い立った。

「わがシステム開発事業部は、何としても生き抜かねばならぬ。生き抜くためには、改革せねばならぬ。改革するためには、ここに提案された素晴らしい基幹システムを完成せねばならぬ。基幹システムを完成するためには、部門内が一致団結せねばならぬ。一致団結するためには、この基幹システムを完成させるという統一した目標に向かって、持てる全経営資源を結集させねばならぬ」

「ここは時間との命がけの勝負だ。このスピード勝負に勝たねばならぬ。ここでの敗北は人生の敗北を意味する」

情好社の役員会が開催され、その席で真情常務取締役からシステム開発事業部の経営計画案と計画、投資予算が緊急提案された。詩情副社長の予想どおり、情欲社長はすぐに、この提案にかかわる猛将たちとの過去の経緯や提案作成の背景を正確に想い出し、過去に否決した提案内容に似た内容であることを理解した。しかし情好社の存亡をかけ

たシステム開発事業部の再建を担う最後の切札、真情常務取締役事業本部長からの提案である。過去の事実に言及することもせず、

「真情君の提案は画期的ないい案だ」

初めて提案されたごとく言って、他の役員が唖然《あぜん》と驚く顔に目もくれず、またその意見も聞かずに、

「予算も含めて、この案どおり実施しよう。あとは詩情副社長、すべてを君に任せる。真情常務、よく詩情副社長と相談しながら進めるように……。本日の議題はこれだけだな。では、これで役員会を閉会にする」

と言って、アッサリと一人で決定して閉会を宣言すると、役員会議室を、苦虫を噛み潰したような顔をして逃げるように出て行った。詩情副社長は、情欲社長の辛《つら》く苦しい気持が手にとるように判った。しかし真情は、こうした経緯や社長と副社長の気持も判らず、原案通り即決した社長や副社長を尊敬の眼で眺め喜んでいた。

翌朝、その日は提案書が猛将たちによって完成された日から六日目の金曜日であった。昨夜遅く真情事業本部長が事業部全幹部たちを緊急に招集し、

「我が社の役員会で、システム開発事業部経営近代化構想、業務改革推進案が、予算も含めて原案どおり承認され、即実行の許可が出た。従って来週から、本計画の実施へ向けた体制造りに取り掛かり、できるだけ早く開発に着手せよ」

と指示した。そしてこの内容を徹底するため、真情事業本部長はシステム開発事業部全部員へ示達文として電子メールを秘書に打たせた。出社してきた部員たちが、次々と真情からのメールを読むと、システム営業部、システム技術部、システム運用部のあちらこちらからどよめきや拍手、歓声が沸き起こった。最初は、

「ぱちぱち…パチ.パチ」

と手を打つ音が静かな事業部内に響きわたる。するとまばらな拍手が、あちらこちらで起きる。そして大雨のよう

な拍手と机を叩く音が
「バチバチ、バチン、パチバチ」

「どんどん、ドカドカ」

床を踏み鳴らす靴の音も混ざって、事業部内の至るところで、

「パチパチ、バチン。バチバチ、バチン。どんどん、ガンガン、ドカドカ、パチンパチン」

怒涛のような喜びの声と拍手、机や床を打ち叩く音が、開発計画実施決定の喜びで、燃えるように輝やく顔・顔・顔の間に、鳴り響いていた。


今週日曜日の深夜、猛将たちが完成の祝杯をあげた提案内容が、いま目の前で、そのまま大プロジェクトとしてにこやかに微笑んでいる。

「過去は変えられない。しかし将来は変えられる。その将来を変えるのは諸君の夢と努力、弛まぬ情熱と汗、そして信頼で結び付いた心と情報たちだ！」

まさに電撃的な一週間であった。いよいよ画期的な歴史的大変革へ向けたシステム開発が開始される。これまで真情を妬《ねた》み羨《うらや》み陰口を叩いていた生え抜きの精鋭幹部たちと情報たち、そしてこれに追従して囃《はや》したてていた部下の若き現場幹部たちと情報たちも深く恥じ入った。そして、真情の恩情社長に徹底的に鍛え抜かれた経営能力と理解力、そして判断力と行動力の真価に触れて、その情報たちは感動と畏敬《いけい》の色に染まっていく。しかも常務取締役の真情事業本部長が、徹夜も辞さない姿勢でカプセルホテルに二連泊して、提案書を読んだ噂も広まった。

真情常務取締役事業本部長の身情と心情のパワフルな集中力と、的確な経営的判断力に感動し、これまで誹謗《ひぼうちゅう》中傷《しょう》していたシステム開発事業部員たちは、その己の卑劣《ひれつ》さを恥じいるとともに奮い立った。真情という事業本部長の下で、プロジェクトメンバーを中心に、綿密な実施計画と段取りの準備が、寝食を忘れて開始された。

全面的に部下を信頼するタイプの指導者である真情事業本部長は、生え抜きの精鋭幹部たちと猛将たちの情報たちが、心血を注いで作成した計画と段取りに従って、彼らが厳密に検討して選定した数社のメーカーを呼んだ。そして、外注計画と予算を説明すると、選定されたメーカー側も、このドデカイ開発計画に飛びつき、ハード側から見た数多くの技術的提案と予算案を提示してきた。

具体的技術内容と金額の折衝が、選り抜かれた担当者と開始された。しかしながら、ここから少しずつのズレと狂いと、そして致命的な悲劇がはじまることに、まだ誰も気づいていない。

まず最初の躓《つまづ》きは、最も大切なネットワークを使ったクラウド関連のプラットフォーム基幹システムの外部委託先の選択であった。真情事業本部長を支える精鋭部隊中の最も優秀な猛将たちが、徹底的に検討して推薦したメーカー企業、そして原案作成を担当した幹部たちも慎重に選んだ信頼性の高いソフトウェア開発会社の二社へ、それぞれが得意とする分野に分けて委託先としたいと、真情事業本部長へ申請があった。真情事業本部長もこれに賛同し、詩情副社長から情欲社長へ決裁稟議書を申請した。しかしこの話を耳にした二人の出身母体のG銀行は、銀行の重要取引先メーカーである。

「無情社へ、委託業務を一括外注するように」

と、情欲社長と詩情副社長へ強い意向という形で連絡してきた。

これは推挙や推薦というより、G銀行からの業務命令に近い指示で、社長と副社長の出身母体の金融機関による経営干渉であった。

業界情報に詳しいジャーナリストの評価によれば、確かに無情社はメーカー業界最大手の会社であり、他メーカー会社より相対的に高額な見積金額を提示するが、これまでコンピュータシステム業務分野では、系列のレミゼラブル社も数多くの業務実績もあり、無情社グループは業界屈指のメーカーであった。しかし真情の指示を受けた猛将たちが、無情社やレミゼラブル社にいる仲間を通して綿密に内部調査をした結果、最近の受託業務の品質実績は劣悪で、現時点で無情社は、すでにその開発能力を超えた仕事量を抱えており、百％子会社であるレミゼラブル社も、超過密な仕事量を遅延気味であるとの内部情報を入手した。

これを聞いた真情は、情欲社長と詩情副社長に、

「外部委託先の質的な業務完成能力が、今回のプロジェクト成果の鍵を握ります。当部の精鋭部隊猛将たちの調査によれば、確かに無情社は、これまで実績のある国内最大のメーカー企業ですが、現在、無情社の企画設計受注能力は限界規模を超えており、実質的に開発委託業務を請け負う系列のレミゼラブル社も、自社生産能力を超えてオーバーフロー気味で、派遣社員や再委託などに頼りトラブルが頻発しているとのこと、無情社グループを委託先として使うことは極めて危険です。

従って、猛将たちが推薦するメーカー企業、そして信頼性の高いソフトウェア開発会社の二社を推薦します」

と具申した。しかしかつて歯《は》に衣《きぬ》着《き》せぬ物言いをする精鋭部隊の猛将たちの扱いに手こずってきた情欲社長は、ここは猛将たちに譲れないと詩情《しじょう》副社長に厳命した。

「我々の出向母体のＧ金融機関のトップ頭取は『多額な融資資金と預金取引先メーカーである無情社へ、本プロジェクトの最も重要な基幹部分を委託するように』との意向である。当社の親会社の意向どおり、無情社に委託することを前提にした実施計画内容に変更しなさい！」

と繰り返し厳命した。

そこで真情常務取締役事業本部長は、精鋭部隊の猛将たちが推薦したメーカー企業、そして原案作成を担当した幹部たちが選んだ信頼性高いソフトウェア開発会社に加えて、無情社とレミゼラブル社連合の三グループへ、同じ見積条件と発注仕様書案を提示し、見積金額提示を依頼した。その結果、他二社に比べて群を抜いた高額な見積金額が、

無情社とレミゼラブル社から提示された。

真情常務取締役事業本部長は、この三グループの見積提示結果を持参し、情欲社長と詩情副社長の二人へ再度相談した。情欲社長と詩情副社長はG銀行へ行き、他社より高い無情社の差額はG銀行が全額負担することで、無情社と委託契約することを確定した。真情は社長と副社長からの指示を受け、

「情好社のクラウド関連のプラットフォーム部分の基幹システム開発業務は、無情社が全責任をもって管理監督して、レミゼラブル社に委託し、不測時には無情社が全面的なバックアップすることを確約した契約を締結して、無情社グループへ外部委託する」

と役員会へ報告した。この情好社の基幹システム開発を、無情社とレミゼラブル社へ外部委託することが、このプロジェクトの致命的な失敗に結び付く危険性を、猛将たち以外には想定できなかった。この分野の技術は素人レベルであった真情常務取締役事業本部長にも、悲しいかな、そのリスクの大きさを想定できなかった。

真情の親衛隊となった猛将たち、この生え抜きの精鋭部隊や、この提案に賛同した若手技術者たちを核に、提案どおり特別プロジェクトメンバーは編成された。つまり選ばれた最強精鋭部隊は、長年提案し続けてきた夢に見た近代化システム構想を、その手でいよいよ実現できる喜びと、プロパーとしての意地と情念が炎のごとく燃え上がっていた。

そして強風に煽《あお》られた野火のごとく仲間たちを巻き込み、次々と湧き起こるさまざまな課題を、叡智《えいち》を集めて一つひとつ着実に解決してゆく。そして当初構想どおりのアプリケーションシステム部分の開発を、定められた工程内で着実にきっちりと完成させた。

その一方で、無情社と子会社レミゼラブル社が担当した基幹システムの開発業務は、契約書や仕様書はそのまま放置されていた。実は、情欲社長と詩情副社長たちの出身母体であるG金融機関の推挙により委託先と決定された業界最大手の無情社と子会社レミゼラブル社は、情好社からの引き合いがあった時点ですでに他社の大規模業務で手一杯の状態にあり、社内の技術陣は情好社からの新たな仕事をする余裕もなかった。

しかも見積仕様書として提示された内容を無情社内で検討した結果、情好社のプラットフォーム部分の基幹システム開発業務は、小型ではあったが最新の高度な技術力を持つ設計者により企画された、非常にコンパクトで効率の良い画期的な基幹システムであった。従って、最新の高度な技術を要する業務であり、優秀な技術者が払底《ふってい》している現況では対応不可能で、G銀行から紹介された情好社からの見積依頼であったため辞退できず、意識的に高額な見積書、つまり受注お断わり用の高額見積書を提出した。

しかし、G銀行から委託費用の差額支援を引き出した情好社は、G銀行の意向に従い、無情社の高額見積金額どおり、発注契約を締結した。このため無情社と子会社レミゼラブル社は、情好社の仕事を辞退するチャンスを失い、ここから、悲劇的な出来事が始まるのであった。

時は刻々と時間を刻む。無情社が誇る国内有数の精鋭部隊の設計・開発陣は、全国各地から山のように殺到し受託したシステム開発業務の対応に追われるばかりで、情好社の仕事には誰も対応できず、手つかずのまま放置されていた。

この対応策で、小田原評定を繰り返していた無情社の無責任な担当幹部たちは、苦し紛れの窮余《きゅうよ》の策として、情好社の特別プロジェクトの基幹システム開発を、子会社であるレミゼラブル社に、設計から開発まで、すべてを丸投げして対応する方針を決定した。この方針を受けて慌《あわ》てたのは、子会社レミゼラブル社であった。レミゼラブル社にとって基幹システム開発業務は、全く未経験分野の業務であり、社内の人材と技術レベルでは到底対応不可能であった。

しかし無情社からの委託業務で、その契約金額は前代未聞の高額であり、利益率の高い業務だった。そこでレミゼラブル社は、この高額な受託契約金額を武器に、人材派遣会社へ手当たり次第、高額な条件を提示し、プロジェクトリーダクラスの優秀な技術者を派遣するよう要請した。そしてプロジェクトの基本設計から開発までを、これら派遣契約社員で遂行する業務計画を立案し、無情社の経営幹部へ了解を何度も申請したが、さすがに、この全面外注のやり方では無情社からの正式な回答は得られない。

しかし、次々と迫りくる情好社との打合せを待たせることはできず、結局無情社の正式な事前承認を得ずに、ほぼ全面的な外注作戦が開始された。この結果、情好社の有能な猛将たちが設計したコンパクトで非常に効率の良い、大変高度な基幹システム開発を、実力も判らず派遣契約を結んだ技術者たちが開発プロジェクの主役を務めるという、極めて危険で脆弱な体制で、開発業務はスタートしてしまった。

このため、情好社の特別プロジェクトの基幹システム開発は、スタート時点から悲劇を内包しながら開始されることになった。

レミゼラブル社へ高額で急遽集められ、プロジェクト設計・開発担当となった人材派遣契約の技術者たちにとって、与えられた基幹システム開発業務は、その技量をはるかに超える高度な開発技術レベルと、最新の知識が要求される極めて難しい技術テーマであった。だが彼らは、その期間契約に従わざるを得ず、各自が保有するバラバラな技術レベルで、情好社の猛将が設計した基本設計に基づき、機能設計や詳細設計などの業務に取り組み出した。

しかし人材派遣契約の技術者たちの技術レベルは低く、各設計の横断的相互チェックと検収段階で、次々と機能設計漏れや詳細設計ミスが大量に発覚し、未完成の成果物が納品されていく。それでも基幹システム開発の納期遅れが顕在化していたレミゼラブル社の幹部と開発要員の社員たちは、遅れを取り戻すべく、各設計段階の横断的相互チェックの完了を待たずに、その機能設計や詳細設計によるソフトウェア開発仕様書の作成に取り組み、この検証もせずに、仕様書ができたところからプログラム開発業務を開始していった。

こうした品質の悪い設計仕様書に基づき、全員が外部派遣者というソフト開発技術者により開発されたソフトウェア群も品質が悪く、納品されて単体テストや部品テスト、そして連携テストをするたびに、バグやエラーやシステムダウンが続出した。このためレミゼラブル社が請け負った基幹システム開発業務は、いつまで経っても全体テストに進めず、大混乱の様相を呈していく。焦ったレミゼラブル社は、人材派遣各社のトップたちを呼びつけ、

「より高い技術レベルのしっかりした技術者を探し出せ」

と迫った。これを聞いたこれまで契約して働いていた派遣契約の技術者たちは、自分たちが責任を取らされることを恐れて、次々と無断離職していく。すると、これまで情好社とレミゼラブル社の間で蓄積されてきた数々の打合せ事項が、引き継ぎもされず放置されることになり、結局最初から打合せをやり直しとなる箇所が続出し、レミゼラブル社が請け負った基幹システム開発業務は何度もやり直すという混乱がさらに続き、ますます泥沼化するという負のスパイラルの様相を呈して、結局ズルズルと納期遅れが発生し、更なる納期遅延へと連鎖していった。

真情事業本部長の下で、情好社内の猛将たち精鋭部隊が開発した近代的アプリケーションシステムは、厳しい品質検査にもすんなり合格し、狙い通りの素晴らしいデザインのコンクリートビルのごとく順調に完成していく。これを土台となるべき無情社の子会社レミゼラブル社が開発担当した基幹システム上に載せて稼働させようとすると、

「ぐじゅぐじゅ、ブスブス、ガタガタ」

と、まるで泥沼か泥田の液状化現象のようなバグとエラーが次々と発生し、この上で稼働する近代的アプリケーションシステム全体が傾く有様であった。

慌てた情好社の猛将たちが、急遽インターフェイスシステムで防ごうと、アプリケーションシステムの土台に鉄筋コンクリート板を敷き詰めたり、アプリケーションシステム側の四隅に立杭のシステムを開発投入した。さらに地下深くの基盤層まで達する立て杭を打ち込み、これを固めるごとき急造システムを開発して投入してみる。しかし、精鋭部隊が開発した最新技術のアプリケーションシステムの多機能に耐えかねた基幹システムは、その接合部分に次々と亀裂《きれつ》が入り始める。

こうして、猛将と呼ばれる情好社の精鋭部隊が開発した素晴らしい近代的アプリケーションシステムと、無情社の子会社レミゼラブル社が開発した未完成の基幹システムとはお互いの連携テストもできず、連携部分テストや全体テストにも入れない状況がいつまでも続いていく。

情好社は無情社に対し、無情社がクラウド関連のプラットフォーム部分の基幹システム開発業務の全責任をもって管理監督し、この一部はレミゼラブル社に委託するが、不測時には無情社が全面的にバックアップして対応するという契約を締結していた。しかし、当初計画していたシステム稼動開始日は、遅延また遅延の連続で、当初計画から一年以上の遅れが出ていた。このため情好社の中では、真情常務取締役事業本部長の出世を妬《ねた》む部門内外のメンバーからの批判は、日々ますます強烈になっていった。

「鵜のまねをするカラスのように、一部の人間で企画した消化不良のシステムを、何も判らずファッションのように導入すれば、取り返しのつかない代償を支払う危険性があることぐらい、役員の常務となった者は理解しなければ、失格だ！」

「そもそも門外漢である事業部門長には、専門的力や能力や知識もなく、とても無理な仕事だった。この不始末を十分肝に命じさせ、役員失格の責任をとらせるべきだ！」

システム開発事業部経営近代化構想の下で作成された、業務改革推進案やシステム基本設計図とシステム仕様書では、社内に散在していた複数メーカーのコンピュータシステムを接続した画期的なネットワーク上の基幹システム構想であった。従って、これらの上で稼働する近代的アプリケーションシステムは、システム開発事業部門を大幅に改革し、これまでのムリ・ムラ・ムダを排除した大変意欲的な素晴らしい構想であった。

しかし基幹システムの開発が進まない現段階では、この斬新的《ざんしんてき》な近代的アプリケーションシステム基本構想が、かえって大きなトラブル発生の根本原因となり、社内システムが大混乱し稼働しない状況が頻発《ひんぱつ》し始めた。

特に、これらを取り仕切ると契約で確約していた業界最大手のコンピュータメーカー無情社の対応は丸投げで、結局は誰も全体を把握・管理しておらず、核となるプロジェクトマネージャーまで、子会社レミゼラブル社へ外注していたことなどが発覚し、情好社の近代化プロジェクト開発の外部委託開発については、その悲惨な開発体制が浮き彫りになってくる。

五. 情報が燃え尽きるとき

深夜の闇が支配する清冽《せいれつ》な湖面に、伸ばした新葉を水面に浮かせて清楚に開花する睡蓮《すいれん》の花は、さまざまな色情報を咲かせ、爽やかな芳香情報を放っていた。年を越した初夏を彩るこの睡蓮が、美しい花を咲かせる深夜になっても、情好社が発注した基幹システムの設計と開発の遅延問題は、コンピュータメーカー無情社と、子会社レミゼラブル社、その人材派遣会社、さらには曾孫《ひまご》請けの人材派遣会社などの間で、責任転嫁《てんか》の擦《なす》り合いとなって、解決の目処は立たなかった。

美しく清廉な睡蓮が開花している午前二時を過ぎても、真情事業本部長の前で、これらの委託会社の幹部たちは、責任の所在と押し付けの論議を続けていた。

出向母体のG銀行のトップ頭取の意向を受けた情好社情欲社長と詩情副社長の指示で、真情取締役事業本部長が委託業務全体を契約したコンピュータメーカー無情社の無責任な契約担当者は、百%子会社であるレミゼラブル社が実態的に開発を担当し、無情社が責任をもってレミゼラブル社をバックアップするという契約であったにもかかわらず、その機能を果たそうとはしない。真情事業本部長は、無責任な無情社や子会社レミゼラブル社の幹部たちを帰すと、情好社の幹部社員だけで対策会議を続けた。

いつの間にか夜明けの光が会議室の東窓へ忍び寄る頃、幹部社員たちの議論も混乱の極みを呈している。真情の心情たちは分析した。

「猛将たちを含む情好社の幹部社員の姿勢にも、各種のパターンがあった。一つ目は、他人に責任を押し付け自分は責任逃れをするための議論を展開するタイプ。二つ目は、自分で責任をとり全体が進むべき方向を取り纏めるタイプ。三つ目は、何もしないで無作為の作為による漁夫の利を占めようとするタイプなど、各種のタイプの幹部がいる」

「市場や顧客への対応を忘れ、こうした議論に経営資源をかけ、内部コストと時間を無駄にする企業は、所詮《しょせん》消え去るしかない」

「このトラブルの経営的最大の損失は、社内の収益性の悪化であり、トラブルの経営的最大の悲劇は、社内の信頼関係の崩壊であり、そしてトラブルの経営的最大の被害は、社外の信用の失墜である。そしてこれが最大の禍根だ！」

しかも情好社内では、業務改革に反対する旧態依然《きゅうたいいぜん》とした役員や担当部署たちが、非協力という協力の仕方で、真情たちのやることすべてに抵抗していた。心情の情悪たちは日和見情報たちと、真情に忠告する。

「そもそも発令され、頼まれ仕事だ。自分の健康を害し、人生を台無しにするまで、真剣にやるな！」

「自分の欲望をあざむいてまで、道義を大切にすることはない」

「所詮、仕事は仕事だ。人生をかけるなど愚の骨頂さ」

「給料の程度に、働き、汗を流せばいい」

だが情善を筆頭にした心情たちは、烈火のごとく怒り、情悪や日和見情報たちを怒鳴り散らした。

「五月蝿《うるさ》い！　黙れ！」

「やり抜く方策を、論議しているのだ！」

「そうだよ。いまは、この難局を如何にして打開するかに議論を集中すべきだ」

「責任問題はその後だ。すべての責任は常務取締役本部長の私が取れば良い」


翌朝、徹夜のせいで眼を真っ赤にした真情の部屋へ社長室長が訪ねた。

「次の経営会議まで、このまま開発業務が混乱したまま遅延し続ける見通しの場合には、業務改革推進委員長であった詩情副社長は、自ら責任をとり、情好社の子会社社長に更迭《こうてつ》する意向である。こうした役員人事方針は、詩情副社長自らの発案で、社長と副社長のトップ二人だけの経営会議で内定した」

と、常務取締役の真情事業部門長に内々に伝えた。後任の委員長は各役員が辞退して成り手がないため、空席のまま情欲社長が兼務するらしい。どちらにしてもこの役員人事方針が実施される新春一月中旬の経営会議まで、もう半年あまりしか残っていない。しかし開発業務の実態は、責任者の真情事業部門長自身にも、いつになればこの基幹システムと、その上に林立するはずである画期的な近代的コンクリートビル群のアプリケーション全体が完成するか全く判らなかった。情悪や日和見情報たちを怒鳴り散らしていた情善たち心情も、うな垂れしおらしく勧告する。

「成功するということは、失敗につぐ失敗を乗り越え、成功するまで意欲を維持して続けることだ」

「失敗を恐れず、失敗を繰り返さず、失敗を活かすことが大切だ」

「しかし、失敗を活かす努力が、必ずしも成功につながる訳ではない。」

「成功者はあきらめない。成功するまで飽くなき努力を続ける！　だから成功者は必ず成功するのだ！」

「そうだよ。ヤッタァと思えばドジを踏む。大抵それが人間の仕事というものだ」

「朝、計画を立てても、その昼までにすることは、計画と違ったヘマばかり、そんなこともよくあるさ」

怪訝《けげん》そうに眉間《みけん》を寄せた理論研究者スタイルの心情は、

「過去の失敗事例を、最初のスタート時点まで遡及《そきゅう》して、これを現状まで分析して、その内容を正確に見渡すことができれば、将来の成功可能性もそれだけ確率が高く、精度良く見通すことができるだろう」

「しかしそんなこと、現実的にはできる訳はないさ！」

情悪は吐き捨てるように呟《つぶや》く。


真情が尊敬し次期社長候補と衆目一致していた詩情副社長の役員更迭《こうてつ》人事の報に、真情事業本部長は自分の責任と挫折感で押し潰れ、

「ヘナヘナ」

と座り込む程、真情の情報運搬屋も、心情や身情たちも、そして情善や情悪や日和見情報たちまでも、疲れ果て打ちひしがれていた。いつも誰より明朗闊達《めいろうかったつ》で愉快な情善さえ、さすがに萎れて自信喪失し、自己嫌悪観にさいなまれていた。そして連夜、悪夢にうなされ睡眠不足となり、食欲も意欲も喪失していく。心情たちは憤慨《ふんがい》してわめく。

「真情へ全権委任の発令した役員の誰一人として、推薦し熱心に説得した担当役員も、何とか助けて欲しいと哀願した役員も、詩情副社長以外は誰も、その責任を取ろうとしない」

「何の責任も取ろうとしない経営幹部たちが、勝手に人事発令し、発令を受けた者を、その責任ばかり激しく批判するとは、何事ぞ！」

「そうだよ、真情を選んで発令した者の責任は、どこへ行ったのだ？」

「それよりも、猛将たちが推薦した外注案を否決し、無情社と子会社レミゼラブル社に発注するように指示してきたG銀行、その契約を実行するよう指示した社長の責任はどうなっているのだ！」

疲れ切ったボロボロの真情の体調を気遣う、妻情操の心情たちも、心配して議論に参加してきた。

「あなた、誰でも仕事に疲れたと思う時があるわ。こんな時には凸凹道を歩くことを止めて、路傍《ろぼう》にある平らな石の上に腰をかけ、少しでも休む勇気を持つことも大切だと思うわ」

心配顔の妻情操の心情たちが、ぞろぞろと集まってきた。

「そうよ。これまでのように仕事に疲れても、歩みを止めず休まず、暴風雨の中でも腰をかがめて早朝から深夜まで歩き続けていると、あなたが永遠の彼方に逝って、帰って来ないような気がするわ」

「そうだわ、雨宿りしているうちに夕立も止んで、道端にも日差しが戻ってくるわ。そうすれば、小鳥やトンボたちも舞い戻ってくるかもしれないわ」

しかし真情の体調は、情操の心情が心配した以上に精神的ダメージを受けており、完膚《かんぷな》無きほどに参っていた。真情は、鏡に映った醜い自分の顔を眺め、涙が滂沱《ぼうだ》のように頬を伝い、生きる希望や夢を徐々に失っていく。こうした様子を陰から眺めて心配する妻情操の情報たちは、連日深夜、疲れ果てて帰宅する夫真情の情報たちへ、憔悴《しょうすい》しきった気弱になった真情の姿を見ながら、妻情操は務めて明るい笑顔で優しく言う。

「私の本当の気持ちは、仕事場という遠くの戦場にいる真情、そのあなたの心の中に、一服のお茶を差し上げることができれば、それでいいのです」

「あなたはいつも、『幸せは周囲の人たちが、三つ葉のクローバーで満ち足りていればいいのさ。その三つ葉のクローバーの絨毯を踏みにじって、四つ葉のクローバーがどこにあるか探し回る。幸せというものは、そんな風にして探し出すものじゃない』と言っていたわね」

「あなたは、自分の四つ葉のクローバーを見つけるために、周囲の人たちの三つ葉のクローバーを踏みにじる人ではないわ」

「いま、あなたに必要なものは、周囲を楽しませるメロディを奏でることではなく、音楽の休止符が必要なのよ。もし一拍の休みをいれて御覧なさい……。周囲には四つ葉のクローバーが満ち溢れていることに気付くはずよ」

「一休みすることができたら、また気を取り直し、呼吸を整えなおして、また戦場という仕事場へ向かって、あなたは元気に歩きはじめることができる人だと信じているわ」

この妻情操の言葉を上の空で聞き流し、真情の痛んだ心情たちは平常心《へいじょうしん》を喪失していく。この開発業務の全責任をとる取り方を毎晩のように悩み考え、責任者としての身の処し方……は、

「それは、この身を自ら処すること。それには…自殺すること…しかない」

と、ついに自殺する覚悟を固めてしまった。


紅葉の時期でもないのに、枯れて黄色く変色した柳が、その細い葉を音もなくはらはらと散らすさまは、自殺を決意した真情の心情たちの生涯を象徴するかのように、侘《わび》しく寂しく情報表現していた。真情は孤独の寂しさに誘われるように、夏虫の短い命を奏でる音色の中にどっぷり浸り込み、今生《こんじょう》の別れとして、土曜と日曜日をかけて自室を片付けた。墨を摺り、巻紙に、筆で妻情操への遺書をしたため、書斎の机の一番上の引き出しへ収めた。そして死出の旅路の最後の晩に投函する妻情愛へのハガキも用意して、

「【辞世の句】この道に　行かんと思う　心情は　情報なれど　我が師なりけり」

と書いて情操の名前を書き、丁重に包んで旅行鞄の一番底に入れた。こうした旅の準備が終わったのは、夏虫が賑やかに奏でる夏の夜、月曜日の朝、時計の針が午前三時を指している時刻だった。寝室へ行き、寝巻に着替えて妻情

操のベッドの中に潜り込み、妻情操の暖かな肌へ手を伸ばすと、情操は、

「うっふん、眠いからダメ。明日は出張で早いんでしょう?」

と言って背中を向けた。それでも情操を背後から抱きしめ、ふくよかな乳房を両手で優しく触れ揉む。そのまま
じっと乳房を掌で覆っていると、最愛の夫真情に抱かれた妻情操は、満ち足りた寝顔で、再び
「スヤスヤ」

と寝息をたてはじめた。いや、実は眠っておらず、布団の中から、夫真情の一挙手一投足に耳を欹《そばだ》て、

「スヤスヤ」

と寝息を立てながら込み上げる涙を必死に抑え、夫真情に背を向けて眠った姿を演出し続ける賢妻情操の姿があった。真情はふくよかな乳房を両手に包み込みながら、若き情操が暴漢に襲われ処女を失った事件を思い出していた。その愛する妻情操を置いて先立つことを考えると、横向きになった両眼から、涙が幾筋も流れて枕を濡らしていく。

会社には、

「親戚の法事の関係で、一週間の休暇を取る」

と申請してあり、妻情操には、

「各支店のシステムテストの関係で、一週間の出張に出かける」

と言ってある。情操は明るい性格で、真情のわがままや、家庭を省みない仕事一筋の生活に、何の文句も言わず尽くしてきてくれた。そんな自分には出来過ぎた女房に、何も言わずに死出の旅にゆく自分。心情は独白する。

「情生とは、長いようでもあり、短いようでもある」

「何事もなさぬものには、あまりにも長過ぎるもの、それが情報運搬屋の情生で、何事かをなすものには、あまりにも短か過ぎるもの、それが情報運搬屋の情生だ」

真情は涙が止めどもなく流れて、もはやどうすることもできなくなっていた。走馬灯《そうまとう》のごとく、これまで二人が歩んできたさまざまな想い出を思い出すと、ますます目が冴えわたり眠れない。時計の針は午前四時三十五分をさしている。ソッと愛しき妻情操の身体から身を離し、ベッド横で死出の旅路の身支度をするため寝巻を脱いでいると、妻情操は、涙に濡れた自分の顔を見られないように背を向けた寝姿のままで、わざと眠そうに

「いってらっしゃ〜い。気をつけてねッ！　お帰りを待ってるわ！」

と言って、布団を頭まで引き上げ布団の中にもぐり込む。妻情操の美しい大きな瞳から流れる大粒の涙は、枕を濡らし続ける。突然の情操の言葉に、咄嗟《とっさ》の返事に窮《きゅう》した真情は、

「ウゥン」

と言うのが精一杯である。しかしたったこれだけが、今生の別れの最後の言葉なのかと考えると、あまりにも味気なく短絡的すぎると思った。だが真情の口元はひきつり、喉がカラカラに乾いており、目と鼻から涙と鼻水が溢れ続けている。真情は、その哀れな顔を見られて死出の旅路を悟られるとまずいと、追われるような足取りで部屋を出た。そしてトイレに行き、バスルームのシャワーで全身を洗い清め、洗面所で歯を磨き整髪して、クローゼットルームで冠婚葬祭用のワイシャツと黒ネクタイを持ち、白地のワイシャツを着て喪服兼用の黒い背広姿になると、泥棒のようにそっと静かに玄関ドアを開けて、忍び足で道路へ出た。

歩きながら何度も何度も、もう二度と見られない我が家を振り返り、タクシーが走る幹線道路へ向かって、去りがたい未練の気持ちでいっぱいになりながら、後ろ髪を引かれるように、ノロノロ・よたよた・トボトボと歩き始めた。その歩く姿に、運搬屋の情報たちすべての意思が投影されていた。

妻情操は、玄関扉が音もなく静かに開かれ、

「バッタン」

と扉が静かに閉まり、

「ガチャリ」

と外から鍵が掛かる音を聞くと、ベッドからガバッと飛び起き、玄関上の二階にある書斎の窓へ走り寄った。電灯も点いていない真っ暗な書斎のカーテンを少し開けると、玄関から道路へ出た背中を丸めて落ち込んだ猫背《ねこぜ》姿の夫真情が、何度も何度も振り返り、振り返りながらトボトボと歩いて行く。その寂し気な後ろ姿を、カーテンの隙間から、情操は涙顔でジッと見つめている。情操の情悪は大声で怒鳴る。

「何やっているんだ！　いま、走って行って、何故、引き止めないんだ！」

「自殺してしまうぞ…、もう永遠に帰ってこないのだぞ！」

「早く、早く行って、真情の自殺旅行を止めさせろっ！」

「今、走って行けば、その手を握って離さなければ、真情は死なないぞ！」

「お前は、自殺する真情を見放すのか！」

しかし情善も日和見情報も、情悪の声に耳を貸さず微動すらしない。

「あなたは、必ず、私の元に帰ってくる！」

「あなたは、病んだ心を癒して、元気になって帰ってくる！」

「ねぇ、あなた…、あなた…、あなた…、そうですよね！」

「死んではダメ、ダメよ！」

「必ず、必ず元気を取り戻して、絶対に旅行から帰ってきて！　お願いよ！　お願い……」

祈りながら夫真情の後ろ姿が、広いバス通りの幹線道路に出て見えなくなると、すぐに書斎の机の一番上の引き出しを開けた。そこには無言のまま静かに横になっている和紙に包まれた遺書があった。その遺書をブルブル震える手で、開封したことが判らないよう細心の注意を払ってそおっと開くと、まだ墨の香が漂よっている辞世の句が、ひとり静かに語りかけてきた。

「【辞世の句】情報の運搬屋こそ、わが生命《いのち》」

六．情報は自分探しの旅に出る

風が死んでいる凪《なぎ》のような暑さと息苦しさが居座り、耐え難い夏の夕闇が迫る頃であったが、緑に取り囲まれた川面を、涼しげにすいすいと灯を放ちながら飛んでいる蛍を眺めていると、幻想的な神秘性の美に包まれてくる。蛍が夕闇と仲良しになって、美しい光彩を放つささやかな灯は、まるで行き場を失った真情の心のように、いつまでもいつまでも彷徨《さまよ》い続けている。

はかりしれない沈黙と絶望を孕《はら》んだ鈍い灯は、水面を漂う細い糸のような灯の筋を描きながら、あちらこちらと彷徨い漂《ただよ》って飛び続けている。そして、草木の葉に止まった蛍の綾《あや》なす妖光《ようこう》は、震えるように発光し、力尽きるように萎えていく。それは夕暮れの闇の中に、情報の運搬屋としての最後の彩光を、霞《かすみ》のように融けこませながら蛍が死んでいく姿である。そして真情の眼には、この蛍の灯が、わが身の情報運搬屋の姿と重なって映っていた。


ゆらり、ノラリ、くらりとした途中計画のない死出の一人旅。足の向くままに辿り着いたのは、闇迫る夕暮れに蛍が飛び交う清流の渓谷に佇《たたず》む、静寂に囲まれた山深い温泉旅館だった。

「この道に　行かんと思う　心情は　情報なれど　我が師なりけり」

辞世の句を反復し、心の中で繰り返しながら、いつの間にか温泉旅館の前に立っていた。この温泉旅館は低い板塀で囲まれ、門は屋根のついた純和風の門構えだ。死出の旅路の初日の夜は、このようなひなびた旅館に泊まりたいと思った。

「ガラガラ、ガラガラ」

と音を響かせながら門の引き戸を開けると、扉が旅館の母屋に通じているらしく、庭の庭園灯とぬれぬれと続く石畳の横の誘導灯が一斉に点灯した。門から敷地の中に一歩足を入れると、外からはよく見えなかったが、手入れの届いた広い芝生と花壇が、庭に引きこんだ渓流に美しく映えている。この温泉旅館は、山里の風景に溶け込んだ艶光りの木造家屋二階建で、風格のある古びた大きな屋敷旅館だ。母屋入口にある玄関の引き戸を開けると、にこやかな笑顔の女将さんが正座して待っていた。真情に深々と頭を下げながら、

「いらっしゃいませ。ようこそおいでくださいました。今夜はお泊りですか？」

「予約もせずに突然で申し訳ありませんが、今夜一人、泊まることができますか」

「はい、お一人様のご宿泊もできます。どうぞ、お上がりください」

玄関のスリッパに履き替えて女将さんについて階段を上がると、見晴らしの良い広いベランダのついた、二間付きのお洒落な広い部屋へ通された。テーブルにはお茶のセットとポットそしてお茶菓子が用意されており、宿泊料金や冷蔵庫の飲み物代なども明示してあり、とても安価な宿泊料金で、しかも明朗会計で気持ちが良い。しかし女将さんは申し訳けなさそうに言った。

「お客様の御夕飯は、これからご準備致しますので少し遅くなります。申し訳けございませんが、お風呂に入ってゆっくりなさって下さい。当地の温泉は、かけ流しの温泉で、湯量がとても豊富でさまざまな薬効もございます」

「はい、早速着替えてお風呂に入らせてもらいます」

「お飲み物はいかが致しますか？」

「ええ、冷たい瓶ビール一本と、後から温めのお銚子を二本、お願いします」

「ビールの銘柄は何になさいますか？」

「何でも結構です」

「お酒はご指定のものがございますか？」

「純米酒の地酒がありますか？」

「お燗するにはもったいない程の純米酒の情酒というブランド酒がございます」

「それでは、その情酒を冷酒で二合、お願いします」

「はい、かしこまりました。どうぞごゆるりとなさっていて下さい」

と言ってポットから急須へお湯を入れ、茶碗にお茶を注ぐと、夕餉の準備に急いで一階へ降りて行った。


真情は部屋のテレビのスイッチを入れたが、俗世間のニュースや番組を見る気持ちにはなれず、すぐにスイッチを切った。そして浴衣に着替えるとゆっくりお茶を飲み、浴室へ向かって降りていく。男湯の扉を開け脱衣所に入ると、磨《す》りガラスの向こうは広い浴室で、源泉かけ流しの広々とした温泉風呂に、小さいが露天風呂もある。誰もいないひろびろとした湯舟に、

「ザブン」

と、これまで心身ともに酷使してきた我が情報の運搬屋を浸すと、山のように溜まった疲れが、ドッと溢れ出てくる。まず真情は、これまで尽くしてくれたボロボロの身体の身情に、心からお礼を言った。

「頑健な身情あっての情報の運搬屋だよ。随分無茶苦茶な使い方をしたが、本当にこれまでよく頑張り通してくれたな。ありがとう……」

自然と涙が溢れて頬を濡らす。湯舟の中で、真情はザブリと両手で涙顔を洗った。そして、露天風呂に移動してのんびりと夜空を眺めると、満天星の夜空が、涙でゆがみボヤケている。

「的確な意見を言ってくれた心情あっての情報の運搬屋だよ。随分無茶苦茶な体験をさせたが、いつも心情の情善と情悪、そして日和見情報の君たちが、それぞれの立場で本気で意見を言ってくれたね。本当にこれまでよく頑張り

通してくれたな。皆、ありがとう……」

露天風呂から出ると、シャンプーとリンスを頭に、そしてボディソープを身体中に塗りたくり、心身についた人生や情生の垢や埃、仕事の匂いを消すかのように、ゴシゴシ力を入れてこすり、シャワーを頭から足の先まで、何回も繰り返して浴び、流した。そしてもう一度露天風呂に、身体を沈めるようにヌクヌクと入って、今度は情報たちに区別なく御礼を言った。

「いつもお前たちは頑張り続け、忌憚《きたん》のない意見も言ってくれた。お陰でここまでは、何とか生きてきた。ありがとう……」

「でも、もう少しの辛抱《しんぼう》だ。死ぬときまで付き合ってくれ」

悩みを流し去り、人生と情生の疲れを癒してくれるかのような温かい湯が、身情を包み込むようにおっとりと温め、心情たち胸のうちにも暖かくぬっくりと広がっていく。真情は緩慢《かんまん》な動作でのんびりと風呂から出た。真情しか泊まり客がいないのか、部屋のテーブルには、浴室を出る音を聞いて用意されたキンキンに冷えたビールと、冷たいジョッキグラス、そして豪華に盛り合わされた川魚料理や山菜料理、ゆばや豆腐料理、そして猪肉と鹿肉の燻製《くんせい》盛り合わせなどがドンと待ち構えていた。

用意されたビールの栓を抜き、冷えたジョッキにビールを注ぐと、これまで支えてくれた身情たちを慰労《いろう》すべく杯を上げた。さらにほどよく冷えた情酒を体内にもったりと流し込んで、心情たちにも残り少ない時間を感謝して過ごそうと、目の前の豪華な川魚料理や山菜料理を、楽しげに眺め愛でて眼福《がんぷく》させ、舌の情報たちも、ゆっくりたっぷりと美味を堪能させる。アルコールが沁み渡り心身ともにリラックスして満ち足りた頃、女将が

「失礼します」

と言って部屋の扉を開けて、すり鉢に卸した山芋のとろろ麦御飯と、山菜のてんぷらや野菜たっぷりの暖かな味噌汁のお料理、そしてデザートの葡萄を持ってきた。丁寧に麦御飯を茶碗に盛ると

「この山里で採れた自然薯《じねんじょ》の山芋です。美味しいですよ」

と心のこもった暖かな優しい笑顔で勧《すす》める。

「ありがとうございます」

隠れた香のよい出汁《だし》味が山芋と出会ったとろろ汁を、麦御飯の上にかけてツルツルとすすり込むと、野味《やみ》に満ち溢れた美味しい味覚情報が流れるように、口から喉へとぬるスルと拡がっていく。

「お代わりをどうぞ」

「それでは、もう一杯だけ頂きます」

山菜天ぷらを天汁に少し浸して、

「パリパリ」

山野の幸の音情報と一緒に香ばしい美香情報を味わう。女将は笑顔で暖かな麦御飯を盛り優しく差し出した。

「ありがとうございます」

昆布出汁味が効いたとろろ汁をたっぷりかけて、再びスルスルと口の中に流し込む。山海の情報たちが饗宴《きょうえん》する御馳走情報が、一斉に歓喜をあげて真情の体内に飛び込んできた。無駄口を言わない笑顔の女将は、食べ終わるのを待って暖かなお茶を入れると、真情の一人旅を気遣うように
「のちほど食事の片付けに参ります。その後、係の者がお布団を敷きに伺いますので、よろしくお願い致します。ではどうぞ、ごゆっくり」

と言って部屋を出て行った。

食後しばらく部屋の電気を消し、座布団を枕に畳の上へ横になって、外に輝く満天星の夜空を窓越しに眺めていた。そして立ち上がると部屋の電話で女将に、

「部屋についている木造の広いベランダに、芋焼酎と氷と何かおつまみを持ってきて下さい」

と頼むと、スリッパを履いてベランダに出た。心身ともに芯から温まった運搬屋の情報たちを、ベランダにある木造テーブルと安楽椅子にゆったりと横たえ、静まり返った無言の夜空を見上げた。森閑《しんかん》とした真っ暗な樹林に囲まれた天空に、露天風呂でも見た満天星の瞬《またた》きが、砂金のように輝き拡がっている。死を直前に迎えた真情は、そして情報たちも、安楽椅子《あんらくいす》の身体ごと、

「ふわり…」

と空中へ浮き上がり、星空へ吸い込まれていくような錯覚《さっかく》に耽《ふけ》っていた。そして、真情の運搬屋の身情も、心情たちと満天星を眺めながら、黙って静かに語りあっていく。

「すべての生物の情生は、そして人間の人生も、栄枯盛衰《えいこせいすい》の中を流れる情報たちによって、描かれている動画なのかもしれない」

「でも、その動画のシナリオや構図は、生物として情報の運搬屋であるとの自覚を、人間が持っていることを前提に描かれている……」

「また人間の中には、生物の中で人間だけは、神の手で創られたと錯覚している人たちもいる」

「人間つまり人類は、所詮、元素からなる情報の運搬屋の一種だ」

「そうよ、もし神の手で人類が創られたとしたら、その神の手で生物すべても創られたと考えるべきよ」

「そうだね。人類も生物も、その神の手である情報たちのたった四文字の遺伝子情報の組み合わせによって、この地上に創られている」

「でも真情自身の存在は、人類の歴史上にこれまで存在しなかった全く新しい情報の生成体を意味するのさ」

「それが、この世から消えて逝く…というのは、寂しい限りだね」

「元素が生まれ消えて逝く流れの中で、情報たちが消滅するということは、元素で構成された生物にとっては、日《にち》

常茶飯事《じょうさはんじ》のことさ」

「でも情報が生きていける空間は、この宇宙の中でも限りある場所だけだ」

「だからこの地球には、大気という人類を含む数多くの生物たちが生息できる極薄の皮膚を持っている」

「しかし最近は、その大切な皮膚に温暖化などさまざまな病気が大量に棲みつき、次々と地球環境破壊という病を発病させている」

「そうよ、その皮膚病の発生原因の一つが人類の存在だわ」

真情の周囲を取り囲む静寂《せいじゃく》は、声もあげずに黙って、心情たちの会話を傾聴《けいちょう》していた。

「緑の地球が、人口爆発のせいで悲鳴をあげている」

「この地球では、ドイツの人口八千万人とほぼ同じ数の人類が、毎年、毎年増えている」

「現在人類は、六十七億人から、百億人となりつつある」

「二千五十年には、その地球人口の二十％が、つまり五人に一人は、六十五歳以上の老人で占められてしまう」

「我が国では二千五十年に、六十五歳以上が三十五％になるそうよ」

「中国、インドなど人口が多いアジア諸国の高齢化は、地球規模の大きな問題になるだろう」

「地球が丸ごと高齢化した人類で覆われてしまいそうね」

「だから、世界に先駆けこの日本で、税金には極力頼らない民間をベースにした、いつまでも高齢者の人たちが心身とも健康でいられる、新たな健康ビジネスモデルを確立する必要がある」

「青い地球も、温暖化の熱で、もがき苦しんでいる」

「この人類こそが、地球環境の破壊など、地球の薄い皮膚を破壊し続けている。つまり皮膚病の最大最強の病原菌は、人類だね？」

「そういう譬えも…、残念ながら…できるわ」

「まるで地球は、人類だけのためにあるような顔をして、威張り喰い散らかし破壊し続けているのが、我々人類だよ！」

「それじゃ皮膚病のウイルスの一人ともいえる真情が、死出の旅路を急ぐことは、地球のためには良いことじゃないか?」

「そうだよ。病原菌であろうとなかろうと、害を及ぼす生物の一員であれば、情報の死は意義あるものさ」

「では人や他の生物たちも、生命を受けて死ぬまでの生涯の意味は?、またその生れてきた価値や、皮膚病の病原菌としての存在意義や、そもそも自分とは、一体何なのであろうか?」

「情報の生涯というのは、こうした自分探しの旅じゃないか?」

「情報の心の〝もの〟と〝こと〟との出会い、それが情報の人生、つまり情生さ」

「そうとも言えるが、その情報たちの故郷を探しに、そして自分探しの旅に出るのが情生さ……」

「自分探しの旅は、徒歩で行くことも、自転車で行くこともできる」

「そうだよ、良き伴侶や恋人と二人で行くことも、さらに子供と一緒の家族で行くこともできる」

「でも情報の人生つまり情生には、大きな三個のイベントがある。それは『生まれること、生きること、そして死ぬこと』の三個だ」

「だから、最初と最後の一歩は、つまり誕生するときと死ぬときは、自分ひとりの足で、たった一人で歩かなければならない！」

「でも生まれたときは、自分は気がつかない。代わりに母親が苦しむ。だが死ぬときは、自分が苦しむ。しかも家族など周囲が悲しむ」

「そして生きているときは、周囲の人にお世話になる。だから生きているときに、周囲の人をお世話できる人になりたい」

「そして生きているときは、いつか死ぬことを、ほとんどの人たちがいつも忘れている！」

「生まれた瞬間から死に向かって、時間を友達にしながら歩みはじめる。それが情報の運搬屋たちの情生さ」

「その生まれ出現した新たな情報たちは、すぐに自己増殖を始める」

「物凄いスピードで自己増殖し、これが自我の発生の原点となる」

「情報たちの自我発生が、自分探しの旅の原点なのか」

「自我発生がスタートポイントで、死がゴールポストさ」


秋もいよいよ深まり、大気は冷やかに草木を紅葉させ、新月の淡い月光、虫の音、二階のベランダから遠くに光る街灯の灯火などにも、しみじみとした寂寥《せきりょう》の思いが深まる。澄み渡った満天星のその輝かしさが美しい。その中でも、帯のように白々とかかる無数の恒星の集まり天の川が明るく輝いていた。この星空をベランダの安楽椅子に寝そべって眺めながら、もうすぐ死ぬ心情たちはお互いに語り合う。

「私は、事実ここにいる。何故、ここに私がいるのか？　その理由を知りたい」

「私が、ここに存在する。何故、ここに私が存在するか？　その存在理由を知りたかった」

「しかし私は、いまは生きている。なぜ、私が生きているのか？　その理由を見つけたい。私は、理由を見つけ知りたいのだ！」

「そう、私もよ」

「私も」

「俺もだ！」

「もうすぐ自殺するのに、お前たちは何を議論しているのさ」

「そうよ、私は私なのよ。自分探しの旅など、どうでもいいの。そのままを受け止めてくれるか、さもなければ放っておいてよ」

「情報の運搬屋の人間は、理由もなしに生きていくことはできないよ」

「もうすぐ死ぬのだ。死ねば生きている理由探しもしなくて済むさ」

「でも、この世に命を受けた時から死ぬまで、男性も女性も、この自我を形成し変化させながら、自分探しの長い旅を続ける」

心情たちは話を続ける。

「情報たちの運び屋としての人類は…、誕生と同時に、そのアイデンティティ（自我同一性《じがどういっせい》）を求めて、まるで虹の足元へ行き着くがごとく、到達することのない永遠の旅へさ迷い出る」

「それは父親や母親、その祖父や祖母たちも経験してきた情報たちの、終わりのない自分探しの旅路だ」

「しかし運搬屋の終わりのある死という幕切れは、着実に一歩一歩近づきつつある。誰にでも必ず訪れる……死、それは誰も避けることはできない」

「これが情報の運搬屋の宿命なのだ」

「だからこそ情報たちは、これまで生き延びてきたし、そしてこれからも生き延びることができる」

「でも、もう数日で死を受け入れようとしている……」

運搬屋たる真情の身情と心情たちも、つまり情報の運び屋たる真情という運搬屋も、少なくともこの一週間以内の休暇中に終焉《しゅうえん》のときを迎えること、つまり自殺してこの世から〝おさらば〟することを決意していた。心情たちもしんみりと語りながら、

「こうして満天星を眺めて孤独を味わうことで、自分を客観的に見ることができ、自分に厳しく他人に優しくなれ

る」

「もう数日の情生だが、この孤独によって人格が磨かれるよ」

「情生は退屈《たいくつ》してまで、長生きすべきものでもないさ」

「情生の長寿は、年齢が高齢だから長生きしたのではなくて、充実していた時間を過ごしたのであれば、長生きしたといえるよ」

「いや充実している情生は、アッという間で短いよ」

「あまり情生は、何だかんだといって重く見ずに、邪心《じゃしん》を捨てて捨て身になって、何事も素直に誠実一路であるべきだ」

「そうよ。だって生まれたときには、生物たち特に人間には、たくさんの情報たちのリーダーがいるわ」

「そして、情報の戦国時代に生きる情報たちのリーダーは、それぞれの人つまり個人個人の内部で、新陳代謝の名のもとに、毎日、毎時、毎分、毎秒、情報たちは絶命し屍《しかばね》と化し、新たな情報で置き換えながら交代して、さらにどんどん大きく成長する」

「特に脳の中に群雄割拠《ぐんゆうかっきょ》している心情リーダーたちは、それぞれ特徴をもっている。

ある心情リーダーは理性的であり、

ある心情リーダーは感性的であり、

ある心情リーダーは情熱的であり、

ある心情リーダーは沈着冷静であり、

ある心情リーダーは激情的だったりする」

「そう、そうした心情リーダーたちの誰が、全体政権をコントロールしていくか、そうしたことによって、その人間の性格づけやそのときの感情が決定されていく」

「だから、このアイデンティティは、自我同一性《じがどういっせい》を確立するとも言います。」

「つまりこのアイデンティティは、人類が運搬屋として運ぶ情報たちの中の心情たち、その時間や空間を越えて、一個の人格形成体として存在するために…、いろいろな心情たちを自己として統一しながら、自我の確立を求めていくのだ」

「そうは言っても、心情にとって最も不幸なことと言えば、心情は一人ではいられないことだと思うよ」

「なぜ、それが最も不幸なことなの？」

「自分の中の心情リーダーたちを、統一制御することが必要であり、他人の心情リーダーたちとも、折り合いをつける必要があるからさ」

「そもそも情生の半分はトラブル続きで、残りの半分は、そのトラブルを乗り越えるためにあるような毎日だよ」

「そう、情生はケチな心配事ばかりだ。それにしては情生が短すぎる」

「でも人間を偉大な人物にしたり、卑小《ひしょう》な人物にしたりするのは、その人が持つ心情たちの志ではないのか？」

「その志こそ、心情リーダーたちの資質や性格によって定まる」

満天星の夜空の下で、心情たちが情善や日和見情報や情悪たちも加え、議論はますます白熱してきた。しかしこの議論は、運搬屋に棲む情報たちが、つまり全人類のすべての情報たちが、そしてすべての生物に棲む情報たちが、遭遇して通り抜けなければならない課題だ。

「お互いを誹謗中傷《ひぼうちゅうしょう》したり殺戮《さつりく》したりするのではなく、お互いを情報運搬屋の同じ仲間として認め合い、共に助け合い協力し合って生き抜いていかなければならない」

「そうよね。同じ情報の運搬屋として、その役割と機能を全うするために……」

七．生命の源は情報にある

時折小さな黒雲が音もなく走り来て、先程まで笑顔でウインクしながら眩《くるめ》くばかりに輝いていた星々を、真情の生命のようにスウゥ〜ッと無言で呑み込むように暗黒で包むと、輝いていた夜空がかき消され、次々と餌食《えじき》になっていく。さまざまな色彩で輝く動かぬ星たちが、流れる黒雲の中へ消えては現れる様子は、ヌードダンサーが衣服の間から裸体を垣間見せながら舞うようだ。その鮮やかな天空の光のシンフォニーと、艶めかしい黒雲の遠近混合《えんきんこんごう》の賑《にぎ》やかなヌードダンスは、無限の奥行きがある魅力的な星々の舞台で繰り広げられている。

死の旅路ともなると、真情の情報たちは、心の中から絞《しぼ》り出すように語りはじめる。

「つまり、我々の体内の情報たちは、時間と空間を超越した情報自身の自己統一性や主体性を求めて、つまりアイデンティティの確立を求め、生きていくのではないだろうか？」

「きっとそうだろうね。しかも情報たちそれぞれが、人類の身体という運搬屋を舞台に、心情たち自らのレーゾン・デートル、つまり存在の理由・価値・意義などを求めて、この運搬屋の中で生きている」

「しかし、この話の内容って、すごいことだね！」

「そうだよ。だから他人を知ることは知恵《ちえ》だと言い、自分を知ることは悟《さと》りだと言うのさ」

「そうだとすると、その心情リーダーたちの知恵と悟りが、周囲や部下の情報たちを、どう見抜くかにかかっている」

「自分の心情リーダー自身が、時と場合に交代するのだ。だから気分が変わったり、人が変わったようになることがある」

「そのときの心情リーダーが誰なのか、自分でもよく判らないのさ」

「ときどき心情リーダーが交代すると、自分が変わってしまう。だから自分自身に正直であり続けることは、とても難しい」

「だから、他人に正直である方が、遥かにやさしいのか」

「でもやはり、心情リーダーが交代して、誰も称賛してくれる人がいなくても、自分のことは自分自身で誉めてやろうよ」

「そうだよ真情、もう残された時間はわずかだが、お前もよくやってきた……。これ本当だよ」

心情たちは、見え隠れする星々が輝く夜空を眺めながら、宇宙に漂う情報たちも、その情報自身のレーゾン・デートルを求めて、無限の空間をさ迷い続けているのだろうかと、思いを馳せていた。

「そうだね。だから誰かに相談するのは過去を、一緒に苦楽を共にするときには現在を、何かをしようと志すときは将来を考えて、相談することがよいと言うね」

「でも、真情たちの将来の残り時間は、もうわずかだ」

「人間の生涯は、つまり情報の運搬屋の情生は、苦しみの連続だ」

「予定通りに自殺すれば、あと一週間以内にこの苦しみから逃れて解放されるよ。そして、ようやく楽になれる」

「そう、そうなの…だ」

心情たちは、自分自身と心情仲間たちを、納得するよう諭していた。


「トントントン」

階段を上がってくる足音がした。

「お客様のご希望の焼酎をお持ちしました。そこへお持ちしてもよろしいでしょうか?」

と女将は部屋のベランダへ繋がる階段の踊り場に立ち止まり、それ以上は階段を登ろうとせず、ベランダの下から遠慮がちに、笑顔で真情へ聞いた。

「あっ、どうぞ…どうぞ、お願いします」

温泉旅館の気さくな女将さんが、割烹着《かっぽうぎ》を脱いで、藤色《ふじいろ》の和服姿になって、芋焼酎のボトルと氷と水を持ちながらベランダへ登ってきた。

「御一人で寂しくありませんの？」

「いや、いつも人込みと…、喧騒《けんそう》の世界にいますので…」

「まぁ、そうですか！　田舎暮らしには、都会生活が羨ましいですわ」

「一緒に少し飲みませんか？」

「あらっ！　いいんですか。ありがとうございます」

「実は、私のグラスも、一緒に持ってきましたのよ！　オホホホホ」

と、いたずらっ子のような目つきで嬉しそうに笑う。

「さすが女将さんだ。さっそく乾杯しましょう」

藤色の着物の裾に紅葉《もみじ》を散らした季節感溢れる素敵な和服に、紅葉を散らしたシックな色彩模様の帯を締めた姿で、木造テーブル横の木製椅子に腰かけた。

「どのようにして、お飲みになられますか？」

「どれどれ美味しそうな芋焼酎ですね」

「ええ、地元では有名ブランドの芋情《いもじょう》という焼酎《しょうちゅう》なので、今夜は仕入れ原価でサービス致しますわ。勿論、氷やお水なども無料サービスよ」

「うわっ、それは嬉しいな！　美味しそうな芋情なので、ではロックで頂きたいですね」

「それでは私も、ロックで頂きますわ」

氷が
「コロン、パキッパキッ」
と小さな音色《ねいろ》情報を奏《かな》で、シックな芋情焼酎のボトルから
「コクッコクン」
と注ぐ音情報が流れて、真情の耳に飛び込んできた。情好社の真情事業本部長として、信頼する精鋭部隊の猛将たちと一緒に、会社の体質改善と近代化の情報共有のシステム開発に、真情の残された職業生活のすべてを注ぎ込んで取り組んできたが、全面的に外部委託した基幹システムの開発が滅茶苦茶で、その開発が泥沼化した状況の今は、その開発時期の目処《めど》さえつかず、システム開発事業部の近代化による黒字化どころか、その赤字額は増大の一途である。その上、真情を信頼して真情からの提案を決裁し、いろいろと支援してくれた次期社長候補の詩情副社長は、この責任を取って役員更迭《こうてつ》となり栄達の道は閉ざされた。真情が事業本部長として全責任を取るには、今や自殺して死んでお詫びするしかないのが実態だ。

しかし心情たちは、芋情焼酎のロックを作る女将さんの和服姿を眺めながら
「このような自殺のことや、難しい自分探しの話は、今夜はやめて楽しく飲もうよ！」
と、心情たちや身情の仲間たち全員に叫んだ。新月が隠れて無数の星たちが無言できらめく中、まばらな黒雲たちが、星空の裸体をあちらこちら隠すように走り去る。
「乾杯！」
「乾杯！」
二人のグラスが
「カチン」

と鳴り響き、その乾いた音情報がどこまでも届くと錯覚《さっかく》するほど、深緑色の静寂情報が支配する闇に、あらゆるものが吸い込まれていく。真情がこの芋情焼酎を口に含んだ瞬間、芋の香りが鼻腔《びこう》の情報をくすぐるように広がり、フルーティーでまろやかな芋の甘みが、やわらかくじんわりと口中の情報を刺激した。焼酎は、熟成させることで味に丸みが出るが、女将さんが言うように、この焼酎は、とても奥深い風味と風格のある芋情だ。

シンと静まり返った大自然に囲まれた温泉旅館のベランダで、果てしない数の星屑たちに見守られながら、両側に設置された虫取器の鈍い光と、女将さんがお酒と一緒に持ってきてくれた、蚊取り線香の香り情報が、ゆったりと真情の鼻腔にやさしく漂ってくる。ベランダにある安楽椅子に寝そべった姿でくつろぎ、温泉と食事に癒された真情の芯の疲れと悩みは、和服姿に着替えた艶やかな女将の優しさが身にしみて、音もなく静かに吸い取られるように、少しずつ和らいでゆく。

真情は女将《おかみ》さんに向かって話しかけた。

「この澄み切った夜空の星々は、きれいですね！」

「ええ、特に秋から冬は空気が澄んでいますから、天候さえ良ければ……、でも今夜は特別綺麗な夜ですわ。雲が少しありますが、私も久しぶりですよ。こんなに美しい星空の夜は……」

「温泉の水質もよいので、女将さんのお肌も綺麗なのですね！」

「あら、冗談もお上手ですわね」

「その〝冗談《じょうだん》〟すなわち〝情断《じょうだん》〟とは、相手の話、つまり情報の連続性を断ち、その意外性により笑わせたりすることなのですよ」

「えっ、それって辞書に書いてありますの？」

「ええ、もちろん、書いて……ありません」

「あらやだっ、本当に書いてあるかと思ったわ」

「いや、〝冗談〟〝情断〟ですよ」

「アハハハハ」

「オホホホホ」

「じゃ女将さん、今度は本当の話ですがね。〝成仏《じょうぶつ》〟すなわち〝情仏《じょうぶつ》〟とは、情報が仏・神となることですね。ハハハ、だから〝仏壇《ぶつだん》〟すなわち〝物断《ぶつだん》〟とは、物に対する執着を断ち、ご先祖同様に情報の信仰心を育てながら、祖先を敬うことなのだそうですよ」

と言ってから、死を決意した自分の話題が、〝成仏〟とか〝情断〟などに偏《かたよ》ってしまうことに気付き、自殺を悟られてはまずいと慌てた真情は
「ケラケラ」

と意識的に愉快そうに笑った。何も知らない素振りの女将さんも
「あら、駄洒落《だじゃれ》でも可笑しいですわ。オホホホ」

と楽しそうに笑ってみせた。華やぎを感じる静寂情報が支配する中、秋風が心地よい闇夜のベランダで、二人の間にいつの間にか、相手を思いやる親密な空気が流れていた。しかし二人を見つめる雲間の満天星は、じっと無言で静かに瞬《またた》いている。

翌朝は、昨夜の天候と一変し、秋の初嵐が台風期の先ぶれのように荒々しく吹き乱れる土砂降りの雨の一日となった。真情は
「もう一泊させてください」

と、女将さんに頼んで宿泊を延ばした。真情の身情と心情たちは、これまで自分たちが気にも留めなかった満天

星、奥深く息を潜ませる大自然の中の樹木たち、その周囲に息づく自然の多様な情報たち、その数多くの情報たちに触れて気づく心、その情報たちに感動してときめく心、その情報と情報の交流によって生まれる心などを、もっとしっかり見つめておく必要があったと、あと残りわずかな人生の時になって、今更ながら気付きはじめていた。再び旅館の御馳走に舌鼓《ぜっこ》を打ち、温泉風呂に身を浸しながら、宿泊部屋で死の旅路の準備として、遺書を妻情操、息子情義や娘情趣、そして両親情理と情愛、さらに妹純情宛に書いて、のんびりと一日を過ごした。

そして迎えた翌々日は、台風一過、秋空が澄んで高々と晴れ渡る秋日和《あきびより》となった。晴れ上がった空に浮かぶ白い雲は、秋らしい爽やかさを感じさせ、癒された真情の旅心を誘う。眩しい日差しの中、穏やかに過ぎていく一日を感じさせる秋日和。今生の別れに、情報溢れる山々と反対の茫漠《ぼうばく》と広がる情報たちの発祥の地、海……

「情操と一緒に行った海も見て死にたい」

と真情は考え、想い出となった山奥の温泉宿を早朝に出立した。山の温泉駅の始発列車に乗ると、その生涯の見納めとなる海が足元まで迫る懐かしい白砂駅に到着した。列車を降りると無人駅の改札口を足早に抜け、白砂の浜で有名な海水浴場へ、まっすぐ駆けるように足早に歩いた。防風林の松林を抜けて海が見えると、さらに足早になる。靴を脱ぎ、旅行鞄と靴を両手に持って、素足が砂にめり込み、足を取られ息をハアハア言わせながら、広い白浜を足早に海辺へ向かって歩く。

夏は大勢の海水浴客で賑わいをみせた秋の海は、静けさを取り戻していた。高い秋空の下に広がる海は、寂しささえ誘《さそ》う。茶褐色に染め上げた枯れた草木が佇《たたず》み、海風になびきながら、一人死路へ向かって歩む真情を静かに寂しく迎えてくれた。

停止することを忘れたかのように繰り返し打ち寄せる波に、洗われ続けた滑らかな白砂と、その白砂に情報の身を託した貝殻や、見事に磨き上げられた小石が、息を潜めるように、白砂から半身を乗り出して、死出の旅路の真情を黙って見つめている。

「これが海から届いた情報の贈物であり、宝物なのだ」

と真情の心情は、感慨深く思った。

「石や貝殻たちは、長い年月を波に磨かれ風雪に打たれ、とげとげしさやゴツゴツした硬さを天然加工施設の波の力で、美しい形になる」

「その上、石や貝を砕いてしまい、白砂にしてしまうこともある」

「美しい石や貝殻を損《そこ》なわないようにするため、その自然の手による運と天に委ね、その造形の美も運と天にまかせる」

「だから自然の手による造形の美、その情報の美の宝物を探そうと、この海岸の白砂を掘り返してはならない」

打ち寄せ続ける波に洗われた、汚れを知らない滑らかな白砂は、死出に旅立つ真情同様、数え切れない貝達の死骸と欠片《かけら》の造形の美だ。

「情報たちが、そしてその心が、残してくれたあるがままの、そのままの宝物を大事に、そのまま大切にすべきだ」

海風が真情の髪の毛をサラサラと棚引《たなび》かせ、昼下がりの真紅の陽光に、美しい砂紋の黒い影が短く伸びていた。風によって、その真情の影と砂紋の影絵が彩なす変化は、環境に適合する情報たちの影絵のごとく、自在に変わっていく。この白浜の波打ち際を、真情はただ一人、一日中歩き続けた。そして打ち寄せ続ける波は、真情の人生ともいうべき足跡を、何ごとも無かったように、すぐに抹殺《まっさつ》し消し去っていく。

遠く広がる白い砂山と、今日の終幕を告げるかのように、一段と大きく真っ赤に輝き山脈の向こうに沈んでいく秋の太陽。そして紺碧の海が、いまはやけに眩しく目に映る。少し冷めたくなってきた砂肌が、心地よく素足の指の間にもぐり込む。風に飛ばされた小さな種子が、情報の塊として足の裏に当たった。真情の目に、真情の心に、真情の体に、素晴らしく美しい風景と映るこの白い砂丘の大自然の景色は、この種子たちに満載された情報の発芽にとっては、塩分を含んだ海水と、痩せた砂浜と、灼熱《しゃくねつ》の太陽が輝く苛酷な発芽環境だ。自然が苛酷であればあるほど、その自然は美しい。しかし、その自然が美しければ美しいだけ、そこに生きとし生ける生き物たちと、その情報たちにとっては、過酷で辛い生存環境になるのだ。

ここは妻情操が暴漢に襲われた心の傷が、まだ癒《いや》しきれないときに、二人で来た思い出の旅館のある街でもある。ここで最後の遺書を仕上げて、この生命と運搬屋の情報を絶つまでは、自殺する予定の場所にも近い、この海辺の旅館街に泊まることに決めた。

翌日早朝、妻情操との想い出が詰まった旅館で目覚め、残りわずかな日の早朝を迎えた。枕元の目覚まし時計を見ると、まだ日の出にはかなり時間がある。部屋の冷蔵庫を開けて瓶ビールを出して栓を抜くと、一人静かに飲みながら瞑想《めいそう》にふける。

「わが人生に、もはや思い残すことは、いまや何もないね……」

と心情たち、情善、日和見情報、情悪たちが考えたとき、突然、

「お願いがあります！」

末席から起立して大声で叫ぶ情悪がいた。この情悪は、真情が自宅を出たときから、これまで一言もしゃべらず、ずっと沈黙を守り、この最後の時、この情生最後の瞬間に発言しようと決意して、その最後のタイミングがいつくるか、それは今か、今なのかと、ジィ～とそのラストチャンスを待っていたのだ。

「今生《こんじょう》の別れ、情生の最後の想い出に、どうしても最後に一度だけ、あの母校の森の原を、あの青春の汗を流したバレーボールコート、皆で涙を流した体育館のバレーコートを見ておきたい！」

と、情悪は末席から大きな声で叫んだ。その情悪の周りいっぱいに響きわたる大声を聞いた心情と身情たち、その

情善、日和見情報たち情報の運搬屋全員が、急に心身共にそわそわムズムズしてきて、制止しても、抑えようとしても止められない、今すぐにでも駆け出したくなる程の強い衝動が、真情の情報たち全身の情報を、一斉に突き動かし始めた。

真情は、自殺すると決めていた日の前々日であるというのに、居ても立ってもいられなくなってすぐに、カウンターへ電話し、朝食をお握りにしてもらい、まだうす暗い海辺の旅館の部屋で残りのビールを一気に飲み干すと、精算を済ませて、早々に旅館を飛び出した。海岸の白砂駅の始発電車に飛び乗り、急行電車に乗り変え、普通電車を乗り継いで、とうとう森の原にある母校まで来て…しまって…いた。

八．情報を突き動かすもの

母校森の原の校庭上に堆積した色とりどりの枯れ葉の絨毯は、一昨日の大型台風の嵐を忘れたかのように、青空の鏡の前にのんびり寝そべり、霜で銀色に薄化粧《うすげしょう》をしていた。これら定年を迎えた枯葉一枚一枚は、それぞれが辿った木の葉の人生経験を物語っていた。虫食いだらけの葉、しみだらけで傷だらけの葉、台風や北風でボロボロに穴空いた葉、傷跡もなく美しく紅葉した葉、カラカラに乾いた葉、くすんだ地味な茶色の葉など、それぞれが精一杯生きた証《あかし》を枯れた葉体に刻み込み、これから故郷の大地で朽ち果て自然の糧となることを、歓び讃え歌いそして北風と戯れ、嬉しそうに乱舞していた。

そして、その短い一葉の境遇の記録を、恥じたり詫びることもなく、誇らしげに顕示《けんじ》していた。まるで木の葉の生涯は、自ら断つことではなく、葉の寿命と役割を全うしたと、誇らしげに顕示しているかのようだ。

真情は、運搬屋と心情たちと身情たち、そしてその情善や日和見情報や情悪たちすべてを引き連れて、その青春時代の懐かしき母校のグラウンドに到着すると、バレーボールコートのある体育館に通じる西門横の芝生の上に、朝露を踏んで一人立った。この秋の朝露は、水蒸気が地表面近くの冷えた表面に凝固して水滴となったものだ。風のない晴れた夜に発生し、日差しとともに消えていく。

「朝露は、いま消えようとする真情の命のように、はかないものだ」

と心情たちは思う。そして昇り始めた朱鷺色《ときいろ》に輝く朝日が、まだ眠りから醒《さ》めたばかりの森の原の校庭の芝生に、立ちつくす真情の想い出の姿を、長い影にしながら刻みつけていく。

真情は自分の影を振り返りながら、体育館へ向かって歩き出した。自分の長い影が……、何故かうなだれた情操の姿に酷似《こくじ》している。情操に似た自分の影が、悲しげにどこまでも離れず付いてくる。

「最後の朝は、長男情義と長女情趣の顔も見ずに飛び出し、何も知らない情操や雨情、風情、そして孫の旅情、慕情や情勢たちは、突然俺が死んだと知ったら、きっと嘆き悲しむだろうなぁ……」

どこまでも離れずについてくる情操に似た真情の影に向かって、真情は呟《つぶや》いた。しかし情善が悪態《あくたい》をついた。

「何をいまさら、情操の影などに語りかけ、何を恐れているのだ！」

「そうだ！　そうだ！」

「その無様《ぶざま》な恰好で、再び職場へ戻れると思っているのか！」

「会社や上司にあれだけ多大な迷惑をかけたお前に、会社に戻れる場所などないぞ！」

「……」

いまでも母校の森の原と呼ばれている広大な校庭には、その中央を分断するJR鉄道の複線レールが敷設されていて、U市からN市までの鉄道列車が、母校の校庭の中を走っている。陸上トラック・野球場や体育館とプールのある広い校庭と、ラクビーやサッカー場もあるグラウンドの森の原の校庭が、創立百四十周年を迎える母校創業より後に敷設された鉄道のレールで、二分されているのだ。この校庭を持つ歴史のある名門U高校で、真情は学業とバレーボールに汗を流した青春時代を過ごした。

真情が一人悄然《しょうぜん》と立つ懐かしい広い校庭には、日曜日の朝のためか、今はまだ誰もいない。この大好きだった森の原の校庭の枯れた秋芝生の上に、自宅から自殺前の野宿用にと密かに持参した青いビニールシートを敷き、旅行鞄を置くと、真情は、そのシートの上に大の字に寝そべった。緑に囲まれた森の原の大気は澄みわたり、高々と晴れ上がった秋高き空に浮かぶ白い雲たちは、さざ波に似た小さなうろこ雲となって、いかにも秋の早朝らしい爽やかさを感じさせながら、空の片隅に広がっていく。

運搬屋の心情たちと身情たちも、そして心情の中の情善や日和見情報や情悪たち全情報が、それぞれの立場で懐かしい昔のバレーボール時代を思い出していた。

「県内二十八勝一敗一分の戦績を残したチームのキャプテンとして、県バレーボール協会から絶賛《ぜっさん》され、母校の全スポーツ部門の最優秀選手としても表彰された真情、その私が、明後日の自殺に備えて、ここに一人静かに寝そべっている」

「この母校の歴史ある古い校舎で学び、懐かしい講堂で講話を聞き、蔵書溢れる図書館で受験勉強をしたその私は今、明後日の自殺に備えて、ここに一人静かに寝そべっている」

「中堅企業の若手ホープとして会社から嘱望され、本社役員に抜擢され高額処遇されている、その私が、明後日の自殺に備えて、ここに一人静かに寝そべっている」

「妻情操に別れも告げず、息子情義や娘情趣の顔も見ず、声も掛けずに飛び出してきたその私は今、明後日の自殺に備えて、ここに一人静かに寝そべっている」

「世界中の誰もが、私を見捨てても、世界中の誰もが、私を認めても、結局私は今、明後日の自殺に備えて、ここに一人静かに寝そべっているのだ」

「いや、本当にそうなのだろうか？　いや、本当に自殺すべきなのだろうか？　いや、本当に自殺すれば、それですべてがハッピーエンドになるのだろうか？」

そして時は今、真情の情報たちは、情生の最終章を迎えフィナーレの曲を歌うときなのだ。まぶしく美しい秋の朝日は、まだ日差しも弱く薄い太陽だ。真情の涙溢れる失せた心眼には、にぶくぼやけた陽光情報となり、真情の眼目には何も見えなくなった。静かに目を閉じると、感覚情報が際立ちはじめ、朝露が輝く秋の陽に光り、ゆらゆらと立ち昇る蒸気情報に、枯れた芝生がむせるような土の香情報を放っていた。鼻の感覚を開眼させた懐かしい土の香情報は、真情の青春時代の想い出情報とともに、心情や身情たち運搬屋の固く閉ざした心の扉を、激しく叩き揺さぶり始めた。


秋芝の上に寝そべり、滂沱《ぼうだ》のように流れ出る涙目を閉じると、誰もいないはずの母校の校庭から、

「ザクザク、ザクザク、ザクザク、ザクザク」

隊列を組んで走るバレー仲間の足音情報が、耳感覚情報に襲いかかった。溢れ出る涙を流しながら耳を澄ますと、誰もいないはずの校舎から、

「ワイワイ、ガヤガヤ、ガサガサ、ギシギシ」

真情が学生時代に学んだ教室の方向から、学友仲間たちの賑《にぎ》やかな話し声や、愉しげな笑い声が聞こえてくる。突然バレー部の名監督熱情の罵声《ばせい》が響く。

「おい真情！　諦めるのは簡単だ！　だが諦めたら試合は負けだ！　さよならするのは簡単だ！　だが、さよならだけが人生ではない！　諦めたら、試合も人生も、そこで終るぞ！」

あわててむっくり起き上がり、周囲をきょろきょろ見渡すと、誰もいないはずの森の原の校庭グラウンドから、

「ザクザク、ザクザク、ザクザク、ザクザク」

「ザクザク、ザクザク、ザクザク、ザクザク」

バレー仲間が霜柱を踏む懐かしい足音情報が、心情の心中に響きわたる。すると真情の身体がフワリと浮き上がり、スゥ〜と懐かしい体育館の中に入り込んだ。誰もいないはずの体育館だが、心情の心耳に、アタックするボールの懐かしい打音情報が鳴り響く。

「バシッ、ドスン、バシッツ、ドス〜ン」

あの真っ白な柔肌のバレーボールが床に叩きつけられ、躍動溢れて跳ね返るあの懐かしい打音情報が鮮やかに響いてきた。明後日死ぬと決めた真情に、青春の情感が、激情となり襲いかかった。情感が感情に、強烈なインパクトを与えると、そこに新たな価値観や、これまで抑圧され続けてきた情報たちが、ニョキニョキと鎌首を上げ、蓋《ふた》をして抑え込んでいた心情たちに、激情となって殴り込んできた。

一見平易な言葉でも、その言葉が体験から選びぬかれると、その指摘は全く無駄がないものになる。そうした言葉のインパクトは、強烈であった。これまで真情の頭の中にいた死ぬことだけを考えていた情善たちは、情悪の導きで想い出した青春時代の懐かしい想い出情報たちに、強烈なインパクトを受け、死出の旅路への一本道計画が、

「ガラガラ、ガタガタ」

と音を立てて崩壊し始め、大きな落雷が落ちたように、情善とこれに賛同していた日和見情報たちは大混乱状態に陥った。

青春時代に感銘を受けたバレー仲間の情悪は怒鳴る。

「あちらこちらと、死出の旅路をしてまわっても、結局は自分自身から、その抱える問題からも、逃れられない！」

そして絶望の淵にいる心情たちのところへ、青春時代の辛く苦しくも素晴らしい想い出が、萌黄色《もえぎいろ》・浅緑色・緑

色・濃緑色などの美しく萌え出る木々の芽のごとく、生命力満ち溢れたものとして蘇《よみがえ》ってきた。

「試合は、勝つまで諦めずに戦い続けるのだ。そうすれば、いつかは試合に勝てる!」

「しかし、この勝利を勝ち取ることができない者がいる。それは『もう駄目だ』と諦めた者たちだ」

「自分の可能性を潰すのは、自分の外に原因があるのはなく、自分の内なる諦めにある」

そして今や、乗り越えてきた数々の苦闘と成果、挫折と敗北の人生の戦跡が、色とりどりの花々のように美しく輝き、真情の心の中で百花繚乱《ひゃっかりょうらん》のごとく咲き乱れ始めた。

「すなわち、自分自身の情報たちの意思の弱さ、それが勝利を手にできない理由のすべてだ」

「『まだできる』と信じている情報たちは永遠に若い。たとえどんなに年輪を重ねていても、決して老いることはない」

「そしていつの日にか、必ず勝利を手にすることができる。いや、勝利を手にするまで諦めないから、最後に人生の勝利を手にするのだ」

真情の中で眠っていた過去情報、いや挫折《ざせつ》情報の下で押さえ込まれていた情悪たちは、熱情監督の名言を想い出した情善や日和見情報たちを、徐々に蘇らせていく。

「テメェ〜! 失敗や結果ばかりを気にしていたら、真剣勝負はできねえゾォ!」

熱情監督の怒鳴る声が聞こえる。

「試合は、勝つまで諦めずに戦い続けるのだ。そうすれば、いつか必ず勝てる!」

「すなわち、自分自身の情報たちの意思の弱さ、それが勝利を手にできない理由だ」

熱情監督の名言が響く。

「過去は及ばず、未来は知れず、今こそが人生のすべてだ!」

「一度だけの人生だ。だから課題解決のために、今を生き抜くことだけ考えろ! 今に集中しろ!」

「人生は、負けたら終わりなのではない。ここで辞めたら、ここで諦めたら終わりなのだ！」

「お前たちの人生も同じだ！　勝つまでは人生も絶対に諦めるな！　諦めなければ、いつか必ず人生にも勝利する。いや勝利するまで諦めるな！　そうすればいつか必ず勝つ日がくる！」

「人生は、人との出会いによって変わる。人間は、心の感動によって変わる。情生は、継続の中で生まれ変わる」

「継続は力だ！」

今は亡き名監督熱情の罵声のように響く人生訓が、眼を閉じた真情の心耳《しんじ》に轟《とどろ》き渡った。母校で鍛え抜かれた青春時代。その懐かしい思い出が、心情たちや身情たちに猛烈な勢いで襲いかかり、真情の情報たちを奮い立たせていく。

「この母校の森の原の校庭で、この芝生のグランドで、この懐かしい体育館で、汗を流し泥まみれになって、ボールを追いかけた青春時代」

「あの努力…、あの苦しみ…、あの感激は…、今どこに置き忘れてきたのか？」

いままで臥薪嘗胆《がしんしょうたん》、耐えに耐え、振り返えられることもなく、引き出しの奥深く仕舞い込まれていた情悪たちが、仲間を引き連れ、その地位と指導権の復権に向けて、毘沙門天《びしゃもんてん》のように立ち上がっていた。沈黙を続けてこの最後の瞬間を狙っていた情悪が、力強く拳《こぶし》を突き上げて叫ぶ。

「過ぎたことにくよくよするな！　眼の前の問題にまず取り組むのだ。死ぬのはそれからでも遅くない！」

「失敗とは、死ぬ間際に『～しておけばよかった』と後悔《こうかい》することである。やり残して死ぬのが、それが情生の失敗だ」

「過去の失敗は怖くない。過去の失敗はすでに起こった結果だ。将来の失敗への恐怖も、まだ来てもいない将来だ。まだ来ぬ失敗におびえる事はない」

「そうだよ。過去の失敗経験を生かし、失敗を繰り返さないようにすること、そこに経験と英知が生きるのだ。失敗は活かすことが大切だ」

「死ねば、貴重な失敗の経験が、そのすべてが水泡《すいほう》に帰することになる」

「お前は、まだやり残していることが、いくつもあるのではないか？」

「生命のある限り、死ぬ間際まで、命の限り努力するのが情生だ！」


「学び舎に、木霊《こだま》する音、打球の音、生きよと叫ぶ、監督の声」

これまでの真情の運搬屋と心情や情善や日和見情報たちは、死ぬことばかり考えていた。ラストチャンスに掛けた情悪たちの主張により、真情自身のふがいなさ、卑屈《ひくつ》さ、情けなさ、根性のなさにハッと気づき、母校の茶色に枯れた芝生の上からスックと起き上がった。心情たち全員が叫んだ。

「生きていても、いいですか？」

「死ななくても、いいですか？」

身情たちも全員声を揃えて叫んだ。

「死ぬまで生きていても、いいですか？」

九．甦生した情報たち

秋気漲《みなぎ》る早朝、昇る朝日に万物が晴れやかに見え、秋らしい清々《すがすが》しい白い雲が高く美しくたなびき、校庭の色とりどりの紅葉した色を輝かせた木の葉たちが、風にサラサラと音を鳴らしていた。秋の気配がさまざまな物音の響き情報となって、残り少ない真情の心耳にしみじみと語りかけてくる。

晩秋の早朝の青空の下で、秋の声情報たちが、ただ落涙するばかりの真情に、

「自殺までの時間は、残り少ないぞ」

と語り続けていた。そして涙する真情の情報たちに、母校の森の原の大地から湧きあがるような、バレー部名監督熱情の熱い名言が轟《とどろ》き鳴り響いた。これまで臥薪嘗胆《がしんしょうたん》、自殺の方針に反対できずに耐え隠れて、振り返えられることもなく幽閉されていた情悪たちが、その地位と指導権の復権を、最後のラストチャンスにかけて、全身全霊の力を振り絞って、母校の森の原をバックに毘沙門天のように牙をむいて立ち上がったのだ。その最後のラストチャンスの瞬間を狙っていた情悪たちは、名監督熱情の熱い情報とガッチリ手を繋《つな》いで力強く拳を突き上げると、大声で叫んだ。

「情報の運搬屋は、その命ある限り努力するのが、情生だ！」

「この仕事、やり遂げんとす、我が心、情報なれど、神の声なり」

この生への強烈な情悪の意見は、熱情監督から学んだ数々の情報を援軍に引き連れて、真情の身情や心情、その情善や日和見情報もすべて巻き込んで、真情の情報たちを揺り動かし突き動かした。真情の額にしわを寄せた眉間《みけん》の下で、これまで涙も涸れ果てた眼差しが、勇気と希望と決意の輝きを取り戻しつつあった。

涙が乾いた目でグルリと周囲を見渡すと、誰もいない早朝の母校、その森の原の校庭は、澄んで高々と晴れ渡った秋晴れの秋空下で、新春へ向けた息吹を地中に秘めた芝生たちが、枯れた絨毯を敷き詰め応援歌を歌っている。

「失敗を恐れてはいけない。失敗は人生の糧《かて》に値するものだ。失敗を活かし続ければ、かならず新しい活路が目の前に広がってくる」

「失敗者とは、上手くいかなかったことを機に、その挑戦を止めた情報の屑《くず》のことを言うのだ」

「成功者とは、成功するまで失敗を繰り返して貫徹した、情報運搬屋の鏡のことを言うのだ」

「その失敗への前向きな姿勢が、新しい人生と新たな歴史と、新事実を作り出す手助けとなるであろう」

「真情よ。お前が学生時代のバレーチームのキャプテンだったように、死ぬ気でもう一度、全力でぶつかってみろ！」

「一度は死んだ自分であれば、今やもう失うものは、何も無いではないか！」

これまで抑圧《よくあつ》され沈黙していた情悪たち、そして死を決意させられ、ひれ伏していた情悪たちが、いまは亡き名監督熱情の情報たちをバックに、新リーダーの位置を奪還していた。

「死ぬ間際、まだやりたいことがあると言っても、もう間に合わない。死ぬ間際、やらなかったことがあると後悔しても、もう間に合わない。死ぬ間際、やるべきことがあったと言っても、もう間に合わない」

「我々は、これまでの失敗に負けずに、これまでの失敗を活かさなければならない」

「死ぬ運命があることなど、そんな運命はどうでもよい。情報の運搬屋なら、死は誰もが経験することだ」

「我々は、運命というヤツの喉首《のどくび》を、この手で締め上げるのだ！」

「決して、自分の運命というヤツに、圧倒されないぞ！」

「情生は一回限りだ。自分の情生を自殺で短くする必要はない」


情報の運搬屋である真情が、無傷の身情と心情たち、そしてその情善と情悪と日和見情報たちを引き連れて、母校森の原の校庭の枯れた秋芝生の上から立ち上がり、自殺することなく帰宅したのは、自殺予定日の前々日の夕刻であった。真情は自宅へ連絡もせず、突然自宅の門扉のチャイムを鳴らし、玄関の扉の鍵を、

「ガチャリ」

と音をたてて開けると、

「ただいま！」

と顔色ひとつ変えず元気そうな大声で叫んだ。その声を待ちに待っていた妻情操と情報たちが、慌《あわ》てて二階の部屋から飛び出て、転がるように階段を走り降りてきた。そして玄関のたたきに靴を履いたまま立っていた夫真情の顔を見るなり、スリッパのままたたきに降りてきて、その首に抱きついた。

「ア～ビックリした！　よかったぁ～ご無事で…、本当にご無事で…、お帰りなさい！　予定より一日早いお帰りねッ。今日は随分疲れた顔をしているわよッ。すぐお風呂沸かすから、早くお体、休ませてね！」

と、いつもの何倍もの早口でしゃべりながら、真情の重いカバンを受け取ると、涙が吹き出るのを必死にこらえ、また真情にそのクシャクシャな涙顔を見られまいと顔を伏せて、カバンを二階の書斎へ足早に運んでいく。

今回は死を覚悟の旅行であったことを、情操は知っていた。しかし賢明な情操は、慌てず騒がず、自分自身が高校生時代に、かつて暴漢たちから車の中で処女を奪われ輪姦された悲惨な暴行事件を乗り越え、そして結婚してくれた真情を信じ、自分の人生を再生してくれた真情に寄り添い、付き従ってここまでついてきた。

「夫真情は、絶対に自殺せずに帰ってくるっ！」

そう固く信じて自分自身と心情たちに言い聞かせ、警察へも会社へも連絡をせず、しかし毎朝毎晩泣きながら、何度も近くの神社やお寺へお百度参りなどの祈願に出かけてきた。そしてジッと夫真情の帰宅を、いまか今かと一日千秋の思いで待ち続けていたのだ。

真情は、ひさしぶりの自宅の玄関で、懐かしい家の香を嗅ぎながら、モタモタぐずぐずと時間をかけて靴を脱ぎ、ホッとすると同時に、溜《た》まった精神的疲労のため、玄関口の廊下にドッカと座り込んでしまった。そして情操が二階書斎に重いカバンを置いて、涙顔の化粧を直しに二階トイレに駆け込み、しばらくしてから階段を降りてくるのを見極めてから、自分の書斎へノソノソと重い体を引き摺るようにして上って行った。真情は自分の書斎に戻るとすぐに、鍵を掛けずに出掛けた机の引き出しを開けた。引き出しの中の一番上には、毛筆で遺書と書かれた白い封筒が、何ごとも無かったような顔をして、

「デン」

と横たわっている。真情は、情操が遺書を読まなかったと思い、ホッとして、引き出しに鍵をかけた。真情の中の新たな情善と情悪を中心とした心情リーダーたち、その新たにリーダーとなった情善と情悪に率いられた心情たちは、重大な決意をする。

「情報の運搬屋である自分は、真実と事実を追求する情報を宿す人間の一人として、毅然《きぜん》として現実を直視し、事実とその運命に耐え、真実を求めて生き抜いていくべきだ」

「決して自殺などで逃げてはならない。どんなに過酷な情生であろうと、システム開発事業部経営近代化構想、業務改革推進案のシステム開発には、情報の生涯における事実と真理が潜んでいる」

「その情生が、いつ終わるのかを恐れてはならない。限りある生命の中で、その飽くなきチャレンジングな情生を、いつまでも始めないことが、最も怖いことだ」

ポッンと、心情の一人が囁いた。

「この限られた情生を充実させ、同じ時間の中でも、百倍も千倍も生きることができたなら、どんなに素敵なのでしょう！」

翌早朝、真情はまだ薄暗い秋気《しゅうき》漲《みなぎ》る頃に家を出た。ライトブルーの秋空に澄み渡る大気が満ち、万物《ばんぶつ》が晴れやかにはっきりと見え、秋の清々《すがすが》しさの中で洗われたように、覚悟を決めた真情の心情や身情たちが、すっきりさっぱりとした爽やかな姿で、駅へ向かって軽快に歩いていく。その逞《たくま》しい後ろ姿を、嬉し涙で頬を濡らしながらカーテンの裾から見送る情操がいた。秋晴れの地平線から爽やかな美しさを感じさせる秋麗《しゅうれい》の太陽が、暖かな陽光を照らし

始めた。

真情は人影もまばらな電車の窓から、この秋麗の日の出を眺めながら、これまで通い慣れた道を以前のように歩む。休暇届の日数を一日繰り上げて、誰よりも早く会社へ出社すると、役員室の事業本部長室に入り、メールや郵便物そして決裁箱などにあった書類などを、片っ端から片付け始めた。そして真情に合わせて、早朝から出勤している秘書が出したお茶を飲み、事業部門の広い事務室へ行き、事業本部長席に座ると、決裁書類などを猛スピードで片付けていく。

本来、これらのメールや書類は、明日から冷たい屍骸《しがい》となった真情のため、当該欄の印鑑決裁は、永遠に捺印がない書類になるはずだった。また、画面に並ぶメールたちも、真情の暗証番号が判るまで、静かに眠っているはずのメールたちだった。心情たちは静かに囁《ささや》く、

「このメールたちの命運は、真情の情報たちの生死に委《ゆだ》ねられている。しかし、我々情報運搬屋の命運は、我々の行為の何割かを支配しているが、残り何割かを、我々心情の意思に委ねている」

自殺休暇のことを何も知らない部下たちが、どんどん出社してきて、元気に真情へ挨拶しながら席につくと、すぐに忙しそうに働きだした。

役員室と事業本部長席の山積みになっていた真情の机の上の書類や、厖大《ぼうだい》なメールや留守番電話などを何とか片付け終わると、すぐに名刺箱と電話帳、そしてインターネットを駆使して、電話すべき相手の電話番号を探した。探し当てるとすぐに、役員室にある事業本部長室に戻り、秘書にしばらく入室を禁止させ、そして密室となった自室から先方へ電話を掛けた。電話の相手は、実質的にプロジェクトを担当したレミゼラブル社の親会社であり、このプロジェクトの取り纏め契約会社、大手コンピュータメーカーの無情社、その社長秘書室だ。

無情社の無情社長と直接、緊急面会を申し込んだ。秘書受付嬢から社長室長に代わるまで、二人が電話口に出て、

真情の身分と面談の用件を繰り返し質問した。

「御社へ、情好社のクラウド関連のプラットフォーム部分の基幹システム開発プロジェクトを委託した、情好社の常務取締役事業本部長の真情です。貴社の無情社長に直接お会いしたい。具体的な用件は会わねば話はできない内容です」

「ご用件をお聞きしなければ、無情社長の予定には入れられない」

という押し問答を繰り返す。そして

「改めて無情社から連絡するが、今から一ヶ月後の日程でなければ、無情社長のスケジュールは取れない」

とのことであった。しかも電話の感触では、無情社の無情社長自身は、来週は本社にいる様子だ。

「ともかく週明けの月曜日に、社長室長を訪ねて行く」

と言って、真情は乱暴に電話を一方的に切った。

翌週の月曜日、早朝一番の電車に乗った真情は、無情社の本社を朝七時に訪問した。

晩秋の朝は、朝寒というほど著しく気温が下がり、手足に冷たさを覚える。いよいよ冬の近いことを肌に感じながら、大手コンピュータメーカー無情社の本社、その社長秘書室を訪問した。無情社の無情社長は、早朝出勤で経済界でも有名な人であった。さすがに秘書たちも出社しており、社長室長代理なる人物が真情の対応に出た。その社長室長代理は、真情に対して猜疑心《さいぎしん》を露わにし、不躾《ぶしつけ》なきつい眼差しで睨みつけてくる。しかし真情は努めて平常心を心がけ、淡々と情好社の常務取締役事業本部長の真情であることを、名刺を出して自己紹介し、今までの経過とメーカー無情社との契約書コピーを提出し、その契約内容と無情社及び子会社レミゼラブル社の対応の問題点を簡潔に説明して、自分が自殺を決意した事実も淡々と述べた。

真情が自殺未遂の話をしたとき、さすがに社長室長代理の表情は驚きに変化し、真情の誠意ある姿勢を見て取ったように、鋭い疑惑の眼差しが消え、すまなそうな優しい眼光に変わっていくのを真情は見逃さなかった。真情はここぞとばかり用意してきた譬《たと》え話に切り替えた。

「わたしの会社、情好社と無情社とが契約を交わした。御社とレミゼラブル社の契約で作成した剣は、我が社が闘うたびに簡単に折れてしまった」

社長室長代理は譬え話になっても、黙ってそのままメモを続けている。

「しかし情好社の社員と私は、この折れた無情社の剣の柄を握って、また折れたレミゼラブル社作成の剣がボロボロのなまくらの刃でも、この手で直接握って、手が血だらけになりながら闘ってきた」

「あなたの無情社とあなたの子会社のレミゼラブル社が、これまでどおりナマクラな剣しか提供しないとすれば、わたしはそのナマクラ剣で、今後も昼夜を問わず闘うしか方法はない。これが当社と無情社との契約だ」

「これが無情社と情好社の契約責任者である私が、できることのすべてです」

「わたくしは自殺することを止め、わたくしの会社の仕事から逃げ隠れせず、あなたの会社製の剣で、これからもどこまでも闘うつもりで、今日ここにきました」

目を伏せながら真剣にメモを取り続けていた社長室長代理は、ここでペンを置き、丁重に
「突然のお話なので、大変恐縮ですがしばらくお待ち頂けませんか？　このコピーは頂いてもよろしいですか？」

と言って、契約書のコピーを持って部屋から出て行った。真情の命がけの直談判第一ラウンドは終わった。待たされることになった立派な調度品のある応接室には、冷たくなったお茶と一緒に、ポツンと一人残された真情がいた。

十．情報の真骨頂

待たされた応接室の窓から見える秋の曇り空の下に広がる寒港の砂浜は、夏の賑わいのあとだけに寂しさが誘って

いた。寒港から南北へ拡がる太平洋岸の景色は、寒々とした晩秋の景色で、真情の眼には外洋の潮の色が、孤独感に満ちて映っていた。からりと明るい大海原から押し寄せる人気のない晩秋の海岸に、絶え間ない高い波が、繰り返し押し寄せて大きなうねりの波となり、その大きなうねりの波が、荒々しく頑強な防波堤に激突して砕け散り、力なく一斉に引き上げて行く。その絶え間ない波の無力感に満ちた仕草は、いまの真情の姿を投影しているかのようだ。

遠くの蒼海《そうかい》の水平線に、真っ黒な雷雲が待ちかまえていた。ピカリと稲妻が走った！　稲妻は、電気が空中に放電されて閃《ひらめ》く電光だ。遠くのために雷鳴が聞こえず、真情の短い余命のように、はかない閃光だけが短く光る。

待ちくたびれた真情は、大きな窓から海の反対側に見える、朝日が照り輝く山並みに視線を移した。山頂に雪をかぶった神々しいまでの静けさを感じさせる山々が、誰にも理解されない寂しさと侘《わび》しさに追い詰められた真情の姿を、何も語らず無言のまま見守っている。息が詰まるような長くて苦しい待ち時間は、遅々として進まない。しかし二時間過ぎた九時頃から何紙かの朝刊が届けられ、冷たくなったお茶が下げられて、暖かいお茶やコーヒー、そして茶菓子が添えられてきた。トイレの場所も紹介されて用事を済ませて、待つことさらに一時間……。真情は三時間ほど応接室で待たされ続けた。

そしてようやく十時十五分であった。真情が待っていた応接室に大きなノックの音が鳴り響くと、無情社長自身が、社長室長と先ほど応対した社長室長代理の二人を連れて、ドカドカと音をたてながら現れた。無情社長の頭は禿げあがり、太った体で目差しがきつい。さすがに鋭く吊り上がった大きな目は、聡明《そうめい》さと洞察力の卓越性《たくえつせい》を表し、人一倍頑固さと強い指導力を漂わせていた。真情は、これが人生最後の名刺交換になるかも知れないと覚悟し、心情と身情の全精力を振り絞って、情好社常務取締役事業本部長の肩書きの名刺を出した。真情の名刺を押し頂くような格好で受け取った無情社長は、儀礼的挨拶の後に早速本題へ入った。

「会議の途中を抜け出してきたので、次の会議がはじまる十時三十分までの十五分間だけ、お会いすることになりました」

という社長室長の言葉ではじまった。

「それでは五分間で、私の用件を述べさせて頂き、残り十分間はご質問にお答えさせて頂きます」

と真情は述べて、事前に準備してきたいくつかの原稿の中から、五分間スピーチ用の原稿の頁を開き、何度も事前練習したとおり、机の上に腕時計を置いて静かに深呼吸をした。この深呼吸からはじまったわずか十五分間が、今後の真情の生死を分ける時間帯であった。

何度も読み返しながら暗唱《あんしょう》し、鏡を見ながらスピーチの練習をしてきた原稿を、深呼吸しながら再度、数秒間で一瞥《いちべつ》した真情は、正面にデンと座った無情社長の大きな眼を真っ直ぐ見据えると、もはやその原稿を一度も見ることなく、無情社長の眼を静かに睨み返しながら一度も眼をはずすことなく、ゆっくりじっくりとした口調でキッカリ五分間で、事実を原稿どおり淡々と話し終えた。

眼は脳の一部が飛び出したものであるため、脳内の情報の様子が現れてくる。真情の説明の間、無情社長の鋭い眼は、真情の心の奥底まで見通すかのように、大きな眼を裂けるほどさらに大きく見開き、最初は無遠慮に猜疑心を露わにした眼で、真情の顔を冷厳に訝《いぶか》るような、そして刺すような鋭さで、矯《た》めつ眇《すが》めつギョロギョロと観察していた。しかし真情の五分間スピーチが、二分、三分と刻々と進むにつれ、考え深そうな暗い眼つきで真情をジッと見詰め直し、無情社長の顔が少しずつ青ざめていき、吊りあがった大きな眼が行き場がないかのように、グルグルと激しく動き廻りだした。

四分を過ぎたところで、真情が自殺旅行を中止してここに来た話になると、驚愕《きょうがく》と疑問と恐怖の色がその眼中に走り、真情の五分間スピーチを中断させて、いまにも口から言葉を飛び出させ、質問や反論で襲いかかろうと待ち構えているような素振《そぶ》りに変わり、さらに無情社長の態度は、イライラした姿に変貌《へんぼう》していった。無情社長の眼も、一時も真情の眼をはずさず、ジッと睨み続けていた。そして真情の心情たちの鋭い観察力は、無情社長の心の動揺を的確に捉えていた。しかし真情は最初から最後まで平常心を失わず、淡々と話す迫力ある事実の力は、蒼海《そうかい》の水平線に放電されて閃く稲妻の閃光《せんこう》のように、無情社長の心に怖ろしいほど強い光を放って突き刺さっていく。

無情社長の眼先の激しい乱れが、動揺する心を必死に抑え耐えている姿を投影していた。真情は背筋を伸ばした端正な姿勢で、大きく眼を開いて真っ直ぐ無情社長の眼を見詰めたまま、表現は淡々と静かな湖面のような平常心で語り続けて、そして命運を決定する五分間の説明が終わった。

五分間のスピーチを時間通り終えて深々と下げた真情の頭が、無情社長の眼の高さの位置に戻る前に、無情社長自ら発する鋭い質問が、怒涛《どとう》の荒波が防波堤に激突して砕けるごとく、次々と真情に襲いかかってきた。無情社長の眼から困惑の光が消え、その眼が獲物に襲いかかる野獣ような鋭い視線となって真情の眼に注がれていた。それは残り十分間で、この事実の把握と真情の心の底まで探らねば、社長としてトップの責任が果たせないという責任感と焦《しょう》燥《そう》が、爆発して雄叫び声を上げた姿だった。

しかし自殺未遂まで追い込まれる体験をした真情は、強靭な心情と身情たちに支えられた知力、気力、体力そして胆力、さらに一致団結した情善と情悪と日和見情報たちが、全輪駆動車《ぜんりんくどうしゃ》となってホロニック体制を構築し、鎧《よろい》のような契約書類による法的根拠も持参して、明確な訪問目的を持って来社していた。生死を決める残り十分間の矢継ぎ早の質問に対しても、その回答の基軸がブレることなく、謙虚な姿勢も崩さず的確に応答する真情の真摯《しんし》な態度と、その誠実さを前面に押し出した爽やかな大きな瞳は、無情社長の眼を一度も外すことなく、その奥まで射るように見詰め続けながら質問に答えていく。

狼狽《ろうばい》して殺気立った無情社長の鋭い大きな眼に、知らなかったとは言えない現実や、否定できない符合する事実が次々と露呈《ろてい》し、重苦しく圧《の》し掛かり飛び込んできて、その眼をさらに暗く淀ませうろたえた表情に変貌させていく。

質疑応答に予定した十分が過ぎ、社長室長が言った生死を決定する運命の第一ラウンドの十五分間が、瞬《またた》くまに過ぎた。

しかし無情社長は、無表情だが眼を鋭く光らせながら、間断ない矢継ぎ早の質問や疑問、打診や確認を次々と続けていく。ドアを秘書がノックするたびに、その都度社長室長がメモを書いて無情社長の了解をとり、社長室長は中座するが、無情社長自身は、社長室長代理に克明にメモをとらせながら、応接室の椅子にドッカと座って席を立とうとする気配はない。真情の顔にだけ向けられた暗くよどんだ大きな眼は、すっかり当惑して眼光を失ない充血していく。

十時十五分から十五分間という約束ではじまった会談であったが、十一時を過ぎても会談は続き、さらに十一時四十五分まで続いた。結局第二ラウンドは、当初誰も予想もしない一時間十五分という長時間になり、合計一時間三十分間にわたる直談判《じかだんぱん》となった。この会談には、真情の生死のすべてがかかっていたが、死出の旅路から生還した真情は、無情社長からの矢つぎ早な質問や、想定外の疑問、感情を害するような不躾《ぶしつけ》な質問、そして数々の疑いや愚問に至るまで、契約上の法的基軸もブレることもなく、メモは一度も見ずに筋道を明確に、事実に基づき淡々と丁重に即答していった。

これまで無情社とレミゼラブル社から受けた数々の仕打ち、偽善《ぎぜん》や契約違反や裏切り行為、虚偽《きょぎ》の報告などに対する情悪たちの憤りの感情や、心情たちの偏見や根拠のない情報などは完全に封印して、一言も回答の中に混在させなかった。そして契約内容と事実に基づく客観的データのみを、最後まで冷静沈着な態度と丁重な言葉遣いで、明快に回答していく。この九十分間にわたる会談の最後に、無情社長は沈痛な面持ちで深々と頭を下げて言った。

「情好社の常務取締役事業本部長の真情さん、あなたのお話では、当社が大変なご迷惑をお掛け致したようですが、今日のあなたのお話だけでは、まだ事実関係と実態が十分把握できておりません。お急ぎであることは十分理解致しましたが、当社内で、事実関係を徹底的に調査した上で、一ヶ月以内に何らかの回答を差し上げます。情好社の常務取締役事業本部長真情様のお話が、すべて事実とすれば、社長の職にある私が、直ちにお詫びすべきかと思いますが、社内調査のあとの結果で、対応させて頂きますことご容赦ください」

真情は、突然で不躾《ぶしつけ》な訪問により、本日のスケジュールに多大な影響を与えてしまったことを深々と頭を下げてお詫びし、駅までと用意した無情社の社用車に乗ることも断って、無情会社の正門を晴れ晴れとしたにこやかな笑顔で、

「もはや、思い残すことがない……」

と考えながら、しっかりした足取りで出ていった。

昼近くなると、早朝の寒さを忘れるような太陽の暖かさが嬉しい。工場から駅までの道端に生い茂る秋の野草。来るときには、その存在すら全く気が付かなかったのに、帰路の真情の眼には、秋の草花が美しく咲き誇り、爽やかな秋風が、真情の首筋をさらりと触れていく。稲穂が熟して穂先を垂らした秋の田圃《たんぼ》。刈り入れを待つ田圃は、豊かさを感じさせる。そして稲を刈り取ったあとの刈田には、刈り株が綺麗に並んでいた。にわかに広々となった刈田の切り株たちは、真情が、無情社長に直接会えて話ができた収穫に喜び湧いて、整然と並びながら拍手喝采《かっさい》をしている。無情社から最寄り駅までは、歩くと四十分間ほどかかる道程《みちのり》だったが、その持てる知力・気力・体力と胆力のすべてと、保有する品格と人間性のすべてを出し尽くして、完全燃焼した真情のうしろ姿に、暖かな太陽が当たり、気高くも厳かな美しいシルエットを作りながらついてゆく。

しかし自殺まで決意した憤懣《ふんまん》やるかたない情善たちや、その情善たちの意見に賛同した日和見情報たちは、涙声でかつての辛い想い出話をする。

「あんな綺麗ごとで済む話ではない！」

「そうだよ！　これほどひどい実態を、無情社長には何も話さないで、このまま帰ってきていいのか？」

「無情社長の前で、奇麗ごとしか報告せず、真情が経験した現場の惨状は、ひとつも話をしていない」

「情好社の情欲社長も、会議室で報告を聞いているだけで、真情が体験した実態を把握するため、一度も現場に行こうとはしなかったわ」

「無情社の無責任な幹部たちは、レミゼラブル社への全面的な外注方式により、真情たち情好社が渾身《こんしん》を込めて設計した、基幹システムのソフトウェア開発をムチャクチャにしたのだ」

「いや開発できなかったから、開発しようとしたと言うのが正しい」

「そうか、そうだなぁ。しかも他の赤字業務のしわ寄せをするため、高額で受注したレミゼラブル社は、安価な価格の派遣契約技術者たちに真情のプロジェクトを任せ、利益をピンはねし、その人材派遣業者たちも、再外注をしない契約書を取り交わしているのに、より安価な人材派遣業者から派遣契約技術者を集め、孫請負までして募集した得体の知れない契約技術者たちで、真情たちの開発業務を消化するという、契約違反の汚い作戦をとっていたではないか！」

「真情たちを支えた精鋭部隊が設計した基幹システムは、あまりにも高度な設計で、画期的なものであり過ぎた」

「そう、そのためこれら複数企業から集められた素性の知れない派遣契約技術者たちには、とても開発できない高度な仕事で、その技術レベルの格差があまりにも大きく難し過ぎた……」

「しかし…、その劣悪な得体の知れない派遣契約技術者たちが、未熟な技術の中途半端なレベルで、手当たりしだいに設計仕様書を作成し、その仕様書をもとにレミゼラブル社の社員が、ソフトウェア開発仕様書を作成して、プログラムを開発した基幹システムは、底なしの湿地や泥沼に土砂やセメントを投げ込んで、確固たるネットワーク地盤を造ろうとするがごとく、造るそばからブスブスぐずぐずと沈み込み、バグやエラーが続出して止まることを知らない。この上に、近代的アプリケーションシステムを載せてテストしようと、少量のテストデータを流しただけでも、液状化現象を引き起こして、あちらこちらからトラブルが飛び出し、システム全体が傾き、倒壊してしまう基幹システムであった」

「結局、真情の精鋭部隊が開発したシステムを、この基幹システムの上で動かそうとすると、システム全体が液状化現象を起こし、システム単体の検収テストもできず、部分テストや全体テストも全くできない状況が、延々と続いたではないか！」

「しかも途中で、得体の知れない契約技術者たちはお金を手にして、どこかへ消えてしまう」

「ひどいものさ。責任追及されないように無断で消えてしまう。こうした得体の知れない契約技術者たちが続出した……」

「委託先のレミゼラブル社の都合で、即決すべき方針は迷走し右往左往《うおうさおう》するし……」

「メーカー無情社が、無責任な丸投げ開発方針を決定したため、後から後から、本質的な問題が露呈してきた」

「お陰で、真情について来た命がけの部下が、体調を崩し入院するなど悲惨な目にあった。このことを、真情は一言も言わずに帰ったが、それでいいのか？」

「無情社とレミゼラブル社の当事者意識と責任感が低く、人材派遣会社の責任ばかりを追及するなど小田原評定を繰り返し、猛将たち精鋭部隊は、悲鳴をあげていたじゃないか！」

「どうして!?　無情社長の質問ばかり答えて、そんな大事なことを、何も言わなかったのか？」

「おい、真情！　命がけの直談判だったのではないか！　こちらからひどい実態を、暴露すべきだったぜ！」

「直談判《じかだんぱん》が終わった今からじゃぁ遅いが、確かにそうだったよ。当初計画していたシステム稼動開始日は、遅延また遅延の連続で、当初計画から一年以上の遅れが続いている……」

「そのため、『真情事業本部長の責任だ』との批判が集中した」

「結局、詩情副社長の更迭《こうてつ》、真情の自殺未遂の原因になった」

「基幹システムの設計と開発問題は、コンピュータメーカー無情社の無責任な担当者、その丸投《まるな》げ外注方針が決定的な判断ミスであったこと。丸投げされた無情社の子会社レミゼラブル社が、設計業務をすべて人材派遣会社の契約社員へ任せたこと。その品質不良の設計仕様書を丸のみして、レミゼラブル社の社員は開発仕様書を作成し、これを基にプログラム開発をしたこと。さらにその人材派遣業者への派遣契約技術者の問題、追加開発費用負担問題と無償保守費用負担問題などへと、次々と問題が膨《ふく》らんでいる」

「だからコンピュータメーカーの無情社長に直談判したところで、メーカー担当幹部は自分たちに都合のよい理由を言って、その責任を外注先や真情たちに押しつけ、無情社長には、レミゼラブル社以下の事実とその原因の実態が、結局のところ伝わらないさ」

「おいおい、今さら何を言うのだ」

「いや、今からすぐに戻って、補足説明をし直せばいい」

情善たちに輪をかけて日和見情報たちも、口角泡《こうかくあわ》を飛ばして、命がけの無情社長との直談判の内容を酷評する。

心情の情善や日和見情報たちの喚《わめ》き立てる様子を見ていた情悪が、しかし毅然とした態度で、

「日和見情報たち諸君！　情善たちも静粛に！　静かに！」

と大声で叫んだ。

「情善！　日和見情報！　見てご覧よ。運搬屋の身情たちの姿を……」

ざわつく日和見情報や情善たち。

「よく見なさい！　身情たち運搬屋の満ち足りた顔を……」

「その真情の顔は、神々《こうごう》しいまでの満足感で溢れているぞ」

「あっ、本当だ」

「心情、どれどれ、おお情悪、真情は本当に素晴らしい顔だ」

「どうして？」

「何故なの？」


真情の情報運搬屋として、その機能の中核を担う身情は、バレーボールなどを通して、誠心誠意を尽くすという信念を叩きこまれていた。

「人事を尽くして天命を待つ」

「これで良いのだ！」

と断言して微動だにしない身情たち。メーカー無情社から受けた数々の仕打ちに、疑念を喚き立てる心情の情善や付和雷同《ふわらいどう》の日和見情報たちを、一顧だにしない。それは、今回の命がけの直談判は、新しい情報明白時代の基本原則で、まず相手を信頼する、まず相手の価値観を理解する、というあるべきあり方、生きるべき生き方、その生きざまを問う、情報の生命、情生そのものをかけた心の勝負だった。

その満ち足りた笑顔は、心眼と心耳を窓口にして、自ら情報の運搬屋として、真情の生き方を貫いた姿であった。

しかしながらこの時はまだ、この日の無情社長との直談判の結果がその後どんな事態を引き起こすのか、真情にも、身情や心情にも全く予想できなかった。

十一．情報はスパイラル性を発揮する

晩秋ともなると高層ビルが林立する街にも、北国から冷たさを増した冷気の層が、音も立てずに舞い降りてくる。街がシンシンと冷えきり、気持ちが滅入《めい》るような寒い夜になると、今度は冷えた大地の冷気が足元から背筋に舞い登るようだ。

晩秋の寒さに追い立てられるように真情の気は焦るが、メーカー無情社とレミゼラブル社からの回答、無情社長からの返事や中間報告ばかりか、来週末で約束の一ヶ月が経とうとしていたが、何の連絡もない。そして真情の心情たちも、

「やはりダメだったか、自殺すれば良かったのか⁉」

などと、悶々《もんもん》と悩み考え始めていた。こうしたときは、冷酷な冷たい空気が胸中の奥まで届き、思考まで冷えてくる。

真情は、無情社長との約束の一ヶ月が経っても回答がなかったら、今度こそは、その日に自殺して姿を消そうと、再び自殺する計画とそのための準備を開始した。心情たちはお互いに慰める。

「無情社長に直接会えた、それだけで運が良かったと思え！　問題が解決できたなどと錯覚《さっかく》するな！　得意《とくい》がるな！」

「無情社長に会って直接話をしても理解されなかったのは、〝不運だ〟としても、説明不足と自分を責めるな！がっかりもするな……」

「メーカーの無情社長が理解できないのは、実態のドロドロしたことを説明もせず、事実とデータだけで説明した、

説明の仕方が悪いとか、真情の心情たちの実力不足のためだと考えるな」

「所詮《しょせん》、運命というヤツは、我々を幸福にも不幸にもしない。ただ、その分岐点となるチャンスを、われらに提供するだけさ」

「あとは我々がどちらの道を選ぶかで、幸運も不運も決まるのだ」

連絡も何もない空白の一日一日が、とてつもなく長い時間となって真情に重くのしかかる。約束の一ヶ月目までの日が、ゆっくりもったりと音をたてながら消えてゆく。一日一日がコツコツ、ズルズルイライラと心音をたてながら、通り過ぎてゆく。

「今度こそ、本当に自殺するしかない」

と真情の情報たち全員が決意しながらも、それでも一抹の淡い期待を胸に抱いて、そのコツ・ズル・イラ情報に苛《さいな》まれる毎日を、ジリジリしながら過ごし、少しずつ死出の旅路の準備を進めていく。妻情操は夫真情の再び悩める姿を見て、毎日、毎夜、陰で涙を流しながらも、真情の前では努めて明るい笑顔で接していた。そして再び自殺旅行の準備を始めた様子を知ると、真情が出社した後、必死になって神社仏閣のお百度参りを再開し、計画が実行されないよう懸命に祈る姿があった。情操の心情たちも真情の心情たちも、待ち草臥《くたび》れてヘロヘロの極限状態《きょくげんじょうたい》になっていく。情悪は囁《ささや》く。

「二度目になると、死出への段取りが判っているから、要領よく進められたね」

「何を馬鹿なこと言っているのよ」

「でも、今度は、約束の一ヶ月の日は、はっきり判っている」

「自殺目的地も決めて、その近くの旅館の仮予約も済んだし、旅行鞄もほぼ準備完了だ」

「遊びに行くのと違うぞ」

「そうよ。私たち情報が消滅するのよ」

「消滅した後は、どのような世界なのかな?」

「ともかく、返事が遅いよ、なぁ……」

明後日で丁度一ヶ月が過ぎるという日の夕方五時頃、そのコンピュータメーカー無情社の社長秘書室長から、連絡してあった真情の携帯電話へ電話がかかってきた。

「もしもし、コンピュータメーカー無情社の社長秘書室長ですが、真情様でいらっしゃいますか?」

この待ちに待った連絡の声を聞いた途端、緊張のあまり、真情は携帯電話を持ったまま、自席からガバッと直立した。真情の携帯電話を持つ手がブルブルと震えだした。

「はっ、ハイ、真情です。先日は突然お邪魔致し、無情社長様や皆様のスケジュールに多大なご迷惑をお掛けし、また不躾《ぶしつけ》なことを申し上げましたにもかかわらず、いろいろと丁重なるご対応を賜り、誠にありがとうございました」

「こちらこそ、遠路早朝に来社賜りありがとうございました。また当初は大変失礼な対応を致しまして誠に申し訳なく、無情社長からも十分お詫びしておくよう指示を受けております。誠に申し訳ございませんでした。ところでいま、このお電話で、お話を続けさせて頂いてもよろしいでしょうか?」

偶然、真情は役員室の自室内に座っており、数分前に打合せのためにいた幹部社員たちが部屋から出た直後だった。

「ちょっと、このままお待ち下さい」

と言うと、真情は部屋のドアを開けて、秘書にしばらく部屋へは誰も入れないよう指示すると、自席に戻ってメモの準備をしながら再び携帯電話口に出た。

「お待たせ致しました。いまは自分の部屋におりますので、大丈夫…です」

「先日は、わざわざご来社賜り、誠に申し訳ございません。お約束した一ヶ月を前にして、本来、弊社社長の無情がお邪魔して、お詫び申し上げるべきところですが、無情社長の代理として、副社長が御社へお邪魔させて頂き『お詫び申し上げて、今後の当社の対応策をご提案させて頂きたい』と申しております」

と電話口で、聞き覚えのある無情社の社長秘書室長の声がする。真情の情報たち、身情、心情、そして情善や情悪や日和見情報たちも、全員が騒然《そうぜん》となって総立ち状態だ。

「オイ、無情社長が『お邪魔してお詫び』と言っているぞ！」

「ゲゲッ無情社副社長が、社長代理としてこっちへ来るってよ」

「ナンダと？　今後の対策の提案だとよ！」

「オッ、スゲェ！　スゲェ！」

「わ〜っ、良かった〜っ！」

「シッ、黙れ！　静かに！」

一呼吸おいて、社長秘書室長の苦渋《くじゅう》に満ちた言葉が続く。

「御社へ副社長が訪問させて頂く候補日時を、いくつか申し上げますので、大変恐縮ですが、明日にでも御社様のご都合を、私宛に直接、この携帯電話番号へ連絡を頂けませんか？」

「あっ、はっはい！」

「こちらの勝手を申し上げて恐縮ですが、×月×日×時〜×時、○月○日○時〜○時、△月△日△時〜△時、もうひとつ申し上げれば、◇月◇日◇時〜◇時のいずれかの時間帯の中で、二時間ほどお邪魔させて頂きたく、お手数をお掛けして恐縮ですが、ご都合の良い日時と場所をご連絡賜れれば幸いです」

「はハイ、承知しました。確認させて頂きます。×月×日×時〜×時、○月○日○時〜○時、△月△日△時〜△時、◇月◇日◇時〜△時の時間帯の中の二時間ですね。ご来社頂ける方は、無情社の副社長様ですね」

「ええそうです。ご訪問させて頂く者は、副社長と先日お会いさせて頂きました社長室長代理と私の三人です」

「承知致しました。当社も役員の都合を確認して、必ず明日夕方までにはご連絡申し上げます」

「それでは、明日の夕方までご連絡をお待ち申し上げます。なお最後に重ねて、真情様が最初にご来社頂いた当日の私共の対応に、数々の大変失礼がございましたこと、心から深くお詫び申し上げます。本当に申し訳ございませんでした。誠に申し訳ございません……」

「い、いや、こちらこそ、突然正式なアポも取らずに押しかけ、無情社長様の当日のご予定を狂わすことを致しまして、大変失礼いたしました」

「この度の失礼の段、重ねてお詫び申し上げます」

「あ、ハッ、はい」

「それでは、ご連絡お待ち致しますので、何卒よろしくお願い申し上げます」

「しょ、承知致しました」

「ポッン…」

と、先方の電話口で最敬礼をしながら電話を切る音が、静かな苦渋のメッセージと、丁重に携帯電話を切る音を残して…切れた。

震えるような驚きに近い歓喜が怒涛のように打ちつけてきて、携帯電話を置いた真情の身情や心情、その情善・情悪・日和見情報たち情報全員が、両手をあげて
「バンザィ！　万歳！　ばんざぁ〜い！」

を連呼し続ける。気が遠くなり卒倒《そっとう》するような喜びが、後から後から心の底から溢れ出て、情報たち心情と身情、そして情善や情悪や日和見情報たちの心までも満たして、

「ホッ」

とした安堵《あんど》と、万歳の歓声と歓呼の行動となって体内外に飛び出てくる。吹きこぼれる嬉しさで、気が遠くなるような喜びを抑えられない真情だったが、これを醒《さ》めた眼で見ていた情悪が怒鳴り出した。

「おう真情よ、お前が俺の言葉を聞かずに、母校の森の原にも行かずに自殺していたら、今頃どうしていたのか？なあ、真情よ！」

突然、自殺をさんざん勧めていた情善や日和見情報を、痛烈に批判する言葉が飛び出し、頭から冷水をかけるような感じで、慄然《りつぜん》として手足がすくみ、

「自殺していたら、今日のようなことはなかった……」

「そうね。死人に口なしで『責任者の真情は死んでしまったから』、それで済んでいただろうね……」

という恐怖で情報たち全員が蒼白になって立ちすくんだ。

しかし平常心に戻った情善に支えられた真情は、すぐに腕時計を見た。夕方五時十分。まだ興奮が醒めない心情や身情たちは大勢いたが、身情が、何か恐怖にさらされおびえるように背中を丸くして

「ブルブル」

と身体を動かすと、歓喜の余韻《よいん》を残す情報たちを無視して、真情は天井をグィと睨むように眺めてスックと立ち上がった。メモを手にした真情は、すぐに自分の役員室を出ると、詩情副社長に会うべく足早に秘書室へ向かった。廊下を駆けて秘書室へ走り込むと、秘書室長が驚いたような大きな目で真情の顔を見上げた。そして立ったまま手短に秘書室長に用件を話すと、緊急性を理解した秘書室長は、すぐに副社長室へ電話をかけた。詩情副社長は、懇談会に

出かける直前であったが、

「少し遅れて出席する」

と連絡するよう秘書室長へ指示し、すぐに真情を詩情副社長室へ招き入れた。業務改革推進委員長であった詩情副社長は、今回のシステム開発の混乱の責任を取らされて、子会社の社長に更迭されることが数日前の新聞にも発表になっていた。しかし本件は、現時点での担当責任者である詩情副社長が、先方の副社長に会うのがよいと、真情は判断していた。真情は、自分をここまで引き上げてくれた詩情副社長に、システム開発の混乱でご迷惑をかけたことを詫び、実は自殺して責任を取ろうとしたことや、母校の校庭で自殺を思い止まり、詩情副社長にも断りもせずコンピュータメーカー無情社長へ直訴《じきそ》したこと、そして先方の副社長が、

「無情社長の代理としてお詫びに来社したい」

と連絡があったことを手短に説明した。最も信頼する部下である真情が、自殺まで決意したことに驚き、直訴した大手コンピュータメーカーの副社長が、社長代理として来社されることの重要性を瞬時に理解した詩情副社長は、先方が提示した最も近い×月×日×時の日時を指定して、その日のスケジュールを変更するよう秘書室長へ電話する。

「×月×日×時に来客が二時間あることになった。すべての日程調整を、この来客を最優先にして、再調整してくれ給え。会議室も一番良いところを準備するように。最重要な来客だ。欲情社長へは僕から直接話をしておく。頼むよ！」

「真情君、君はかけがえのない当社の人材なのだ。少しの失敗などで生命を絶つことなど、絶対に考えてはいけないよ」

「ハッハイ！」

詩情副社長は、真情の提案がそのまま受理されず、欲情社長と自分が外注先として決めたコンピューターメーカー無情社と、その子会社レミゼラブル社、その外注施策の失敗によりプロジェクトが失敗したことを熟知していた。そし

て、そのプロジェクト責任者であった自分が、次期社長候補から更迭《こうてつ》されて、子会社へ左遷されることになっても、少しも真情を責めたりはしない。しかも真情への信頼の眼差しも変えず、にこやかに泰然《たいぜん》として笑っている詩情副社長の姿に、今にも泣き出しそうな真情の心情たちであった。真情は詩情副社長の前で、詫びて号泣したい心情や身情の感情を必死に抑えながら、直立不動の姿勢のまま立ちつくしていた。この人は次期社長になる予定だった人生を、真情のプロジェクト失敗で、その責任者として子会社の社長に更迭《こうてつ》される。そうした自分の人生を狂わせた幹部社員に対し、何とおおらかで暖かな言葉を掛けるのだろうか。そんな真情の感情を理解してか、

「今夜はお客様を接待する重要な宴席が予定されている。当日までの都合の良い時間帯に、一時間ほど二人だけで事前打合せをする時間をとっておいてください」

「はい、秘書室長に相談しておきます」

「じぁ、身体だけは大事にしなさいよ」

「ハ、ハイ」

優しさと信頼感溢れる笑顔を、真情の心中に残して、足早に部屋を出て行った。

×月×日×時。真情の会社に予定通り訪問してきた大手コンピュータメーカー無情会社の副社長は、社長室長他、記録係の社長室長代理の二名の部下を引き連れてきた。更迭された真情のプロジェクト責任者だった詩情副社長と常務取締役事業本部長の真情の二人に会い、臨席した秘書室長とも名刺交換をするやいなや、連れてきた部下たちと一緒に深々と頭を下げて、頭を下げたままの姿勢で

「はじめてお会いして、ご挨拶を申し上げるには、いろいろと方法があると思いますが、この度はただただ陳謝するだけでございます。誠に申し訳けございません。深くお詫び申し上げます」

と言ったまましばらくの間、三名全員が床に届くほど平身低頭《へいしんていとう》しながら言うと、その頭を上げようとしなかった。

「ま、まぁ、ともかく頭を上げてください。どうぞそちらへ御座りください」

今にも土下座しそうな様子に、詩情副社長も面喰らって、あわてて広い机の反対側の椅子を勧めた。椅子に座った無情社の副社長は、陳謝の言葉を再び述べ終わると、間髪を入れずに、

「情好社様の業務を担当した無情社のプロジェクト責任者と、関係者を全員更迭する人事を、本日のこの会談の結果を受けまして、明日付けで実施したいと考えております」

「情好社様へ、無情社内では直轄の親衛隊と呼んでおります最強精鋭部隊から選別した特別メンバーを、情好社システム開発特別プロジェクト様の体制として明日付で発令して、緊急編成して、こちらへ差し向けさせて頂けないかと考えております」

「情好社システム開発特別プロジェクト様の本稼働は、今日から一年以内。これら特別メンバーなど今回ご提案するすべての無情社の費用は、無情社が全額無償で負担させて頂きたい」

と一方的に提案してきた。その上で、

「明日付けで、関係者の更迭の人事発表をしたい」

と言って、情好社を担当していた無情社、その子会社レミゼラブル社のシステム開発担当の人事について、詩情副社長へ向かって内々《ないない》の事前承認を求めてきた。

「担当役員、子会社役員、技術担当責任者、営業担当責任者、そして関連技術者や営業担当たち……」

厖大な数の関係者全員を、更迭人事や減俸処分としたいこと、

「そして無情社長自らも、このプロジェクトが完成するまで、毎月の役員給与を減俸し続けることで、情好社の詩情副社長様、真情常務取締役事業本部長様とご担当の猛将の方々、各関係部署の社員の方々へ、多大な迷惑をお掛けしたことへの償《つぐな》いとさせて頂きたい……」

という無情社の更迭人事発令の事前承認、情好社システム開発特別プロジェクトに対する打診と許可の提案が、二

時間にわたってなされた。そして、提案された無情社の新人事発令が、新聞紙上を大きく賑わしたのは、無情社副社長が情好社を訪問した翌々日のことであった。

十二．逆転した情報たち

落葉高木《らくようこうぼく》である漆《うるし》の木の葉の表面は、漆紅葉《うるしもみじ》といわれるほど黒光りする美しい深紅色になるが、その裏面は綺麗な黄色に色づいてくる。このツートンカラーの漆紅葉の葉が、蕭条《しょうじょう》とした秋風に震えながら、寒さに立ち向かい、一日ごとに小梢《こえだ》から次々と剝《は》がされていくが、落葉する直前まで美しく燃え続けている姿は、見る者を引き締まった気分にさせてくれる。

朝刊に、コンピュータメーカー無情社の特別メンバーを中心とした情好社システム開発特別プロジェクトが発表されたのは、無情社の新人事発令が新聞紙上を賑わした日と同じ日であった。そして、このプロジェクトが本格的にスタートしたのは、その一週間後という異例の早さだった。その大幅な人事異動、迅速な決定と精鋭部隊によるプロジェクト開始は業界誌でも大々的に喧伝《けんでん》され、業界仲間でも数々の話題を振りまいた。しかし誰も、いや真情が直接告白した数人を除いて、真情が自殺旅行に出かけたことは知らされなかった。ただ賢妻情操は、真情の遺書を見つけたが、夫が自殺旅行に旅立ったことを誰にも言わず、自分の元へ必ず生還することを信じて、連日、神社仏閣へお祈りをしていた。そして再び二度目の自殺計画を検討し始めたことも気づいていた。しかし真情は、自殺旅行に出かけたことを、二度目の自殺旅行を計画したことも、情操が気付いていたとは全く知らない。

晩秋の朝、一年間計画の新プロジェクトが再スタートした。そしてその日は、奇しくも真情の情好社臨時株主総会開催の日で、詩情副社長は辞任し、子会社の社長就任の日でもあった。その日から約十二ヶ月間、コンピュータメーカー無情社が誇る優秀なメンバーたちが、無償で惜しみなく次々と投入される計画がスタートした。コンピュータメーカー無情社の特別選抜メンバーたちは、真情たちの精鋭部隊が描いた画期的な事業部門経営近代化構想を眼前に提示されると、その高度な設計レベルの高さに感激・感動した。そして、その業務改革推進案の開発を構想どおりに開発すべく、その無情社の総力をあげたプロジェクト開発が昼夜兼行《ちゅうやけんこう》で開始された。しかも詳細設計ができ上がったそばから、徹底した設計の品質検査が実施され、検査が完了した詳細設計書は次々とソフトウェア開発段階へと移行する。そして無情社最強のソフトウェア開発要員が次々と繰り出され、休祭日もない壮絶ともいえるソフトウェア開発作業が、連日徹夜で五ヶ月間、展開し続けられていった。

でき上がったソフトウェアは、ただちに単品品質検査が実施され、部分テストを徹底的に一ヶ月実施していく。この耐久テストに負荷テストを加えた、凄まじい検査である。この部分テストの品質検査が完了すると、これら全体を取り纏めた統合テストが一ヶ月間、信じがたいほど厳しいテスト条件環境で、破壊するためのテストかと見紛《みまが》うばかりの凄さで繰り返されていく。

いよいよ本番さながらの並行処理が一ヶ月間、昼夜を問わず想定されるあらゆる状態、いや現実には起こり得ないであろうトラブルテスト、過重なシステム環境下での機能テスト、性能テストなどが繰り返され、システムのブラッシュアップやチューニングを極限まで高めていく。

元詩情副社長の下で、真情常務取締役事業本部長を支える猛将たち精鋭部隊が、寝食を忘れて練り上げた画期的な業務改革を推進する新システムは、新たなスケジュールより三ヶ月も前に、理想的で見事な姿のシステムとして、遂に完成した。それは無情社の社員たちが一丸となって、昼夜兼行で汗水流して納期を三ヶ月間も前倒しにして、無情社長が自ら給料を減俸した期間を三ヶ月間も減らしたのだ。まさに経営手腕の奥深さに、真情の心情たちは感服するばかりだ。

情好社の誰もが夢にまで見た日、画期的な新システムのテープカットの日は、開発関係者と両社の副社長の立会で実施された。そして緊張が漲《みなぎ》る中で、気品《きひん》が漂うような夢のシステムが音もなく静かに動き出した……。

両副社長の間の中央に設置された貴賓席には、場違いな席に座らせられ、戸惑ったように身を固くしている真情常務取締役事業本部長がいた。自殺までしようと命をかけて、猛将たちの企画提案による夢にまで見たシステムが、これまで立ち会って来た昼夜兼行で繰り返し続けた検収作業のように、何事もないかのような顔をして物静かに動き始めた。貴賓席の真情の顔が、自分の役目はようやく済んだという明るい表情になり、重い荷物を引き摺るような顔に、虚脱《きょだつ》したような安堵《あんど》の色が浮かぶ。やや吊り上がった眉も、トンボが羽根を休めるように平らになり、重荷を下したように清々《すがすが》しい顔となっていく。台風が去りゆく黒雲のように、真情の表情は少しずつ明るくなってきたとき、真情は情好社の退職を決意した。

「この道を、進まんとするわが心、情報なれど、我が師なりけり」

マイクを持った元詩情副社長が、真情の顔をジッと見つめながら詩った。二人に向けたカメラの砲列からフラッシュがさく裂し、参加者全員から嵐のような拍手が鳴りやまない。

嬉しさと気恥ずかしさに戸惑う真情の脳裏に、

「あっ、そうだ！」

奇しくも唸りを上げて本番が稼動した今日は、真情の身情と心情たちが自殺を予定し、旅の最後に立ち寄った晩秋の母校、森の原の校庭に寝そべり、そして雄々しく立ち上がったあの枯れた芝生の香りがした日、本番稼働の記念すべき今日が、一年前に自殺を思い止まった日だ。真情はようやく、このことに気づいた。

実は、無情社の社長室長代理が記録メモを取り出し、まず最初に社長室長に相談し、無情社長へ社長室長から提案した本番稼働の記念日は、真情が母校森の原へ行った日であった。無情社の社長室長は承認を取ると、内々に情好社の元詩情副社長と直接相談をして、

「公式には、契約どおりの納期とさせて頂きますが、当社の無情社長からの強い要請により、当社としては、大変厳しい努力目標になりますが、当社内での納期を契約納期よりも約三ヶ月前の、真情常務取締役事業本部長様が、当社の社長無情へ直訴する決意を母校の校庭でされた日、真情常務取締役事業本部長様が自殺をなされる覚悟を思い止まられたその日に、できれば本番稼働の式典を、御社へ両社の関係者が集まり、開催致したいと申しております。ただし、真情常務取締役事業本部長様の自殺にかかるご計画の件は、御社、情好社様では元詩情副社長様だけがご存知と承っており、無情社内でも、社長、副社長、社長室長代理と私の四人だけです」

この提案を社長室長から受けて承認した無情社長は、無情社内で〝情好社システム開発特別プロジェクト〟に参加する特別メンバーに選抜された最優秀メンバー全員を集めて、情好社の本番稼動開始日の目標を内々に伝え、訓示した。

「業界トップ企業として自他ともに認めるわが身を省《かえり》みよ！　情好社に対する我々の責任感の欠如、申し開きができない幹部や経営トップの判断ミス。我が社が、こうした失敗を二度と繰り返さないためには、過ちの本質、失敗の本質を見極め、無情社内のあらゆる経営資源や人材を総動員してでも、その失敗を活かして課題を解決すること。即ち大幅な納期遅れの本件では、汚名挽回のため、契約納期よりも三ヶ月前の、この日にスムーズな本番稼働が開始するよう、全力をあげて頑張って欲しい！」

と、メーカー社内のスケジュールは、真情が自殺を取りやめ、無情社長へ直訴を決意した日、その日に合わせて組み上げ、全開発担当者へ徹底していた。そしてこの日に決まった理由は、開発責任者たちばかりか、真情自身にも知らせなかった。真情の心情たちは驚き呟《つぶや》く。

「無情社の無情社長の厳命により情好社の元詩情副社長へ、真情が自殺から蘇《よみがえ》ったその日を実態納期として…本番稼動すべく、コンピュータメーカーの全開発要員に、内部納期として徹底指示が出ていたのか……」

これに気付いた真情の身情と心情、そしてその情善や情悪や日和見情報たちは、カメラのフラッシュが砲列のごとく炸裂《さくれつ》する前で、感極まって涙を流していた。そのむせび泣き続ける姿を、自殺旅行計画を遂行したことを知っている会場にいた四人、無情社の副社長・社長室長・社長室長代理と、情好社の元詩情副社長は、新システムが静かに稼働している横から、嬉し涙の笑顔で眺《なが》めていた。

そして、半年間の順調な革新的新システム稼動実績を見極め、真情は自らの辞表を、情好社の情欲社長へ提出した。それは真情の無情社社長への直訴により、情好社を担当していた無情社、その子会社レミゼラブル社のシステム開発担当の役員を含む数多くの人たちが更迭《こうてつ》され、その関係した本人とその家族を含む人たちの人生設計を、大きく狂わせてしまったことに対する責を取るためだ。

「いまや邪魔者でしかない自分は、どこへ行けばいいのだろう」

と真情の心情たちは呟く。また無情社の歴史的開発体制の中で、そのメーカーの有能な技術者たちは、自社の汚点を解消すべく、連日の徹夜も厭わない開発作業へ身を投じ、数多くの人たちが病に倒れ、入院するメンバーも出てしまった。つまり真情が自殺してしまえば起こり得なかった事実に対するけじめでもある。

「いまや加害者でしかない自分は、どこへ行けばいいのだろう」

真情の心情たちは呟く。まさに、この画期的システム開発に汗と涙と血を流した猛将たち、そして自殺まで決意した真情の身情と心情たちのけじめである。情好社の欲情社長みずからが引き留め説得する前でも、真情の耳には、自殺を思い止まったあの母校の校庭、青空の下で森の原のグランドに響くバレーボール仲間たちのかけ声と足音が、耳に響き渡って聞こえていた。

「ザクザク、ザクザク、ザクザク、ピピッーッ、ピィーィ」

心情たちは詠う。

「責任者たるもの、出処進退《しゅっしょしんたい》を明確にすべきである」

「しかし上司たるもの、いかなる困難にぶつかっても決して逃げることなく、決して周囲に責任を押し付けることなく、死ぬなど決して思い煩《わずら》うことなく、全能力、全情報たちを総動員して、その解決に対処しなければならない」

これは実体験からほとばしる痛烈な反省の言葉だ。

「ザクザク、ザクザク、ザクザク、ピピッーッ、ピィーィ」

「部下に接し話をするとき、部下の長所を探し出してやり、欠点をかばってやれば、部下はついてくる。この褒め軸を基軸にして指導することが大切だ」

「そして情報は、必ずブーメランのように、スパイラルな軌道を描いて戻ってくる。だから過去の記憶や情報たちが、自分に対して喜びや力を与えてくれるときは、過去の情報から学ぼう」

「しかしながら時間という項目が加わると、決して元の位置に戻らず、スパイラル性を発揮してズレて戻ってくる」

「つまり情報というやつは、時間によって変化し成長する素晴らしい性質をもっている」

「だから情報は、魅力的で素敵な性格をもつのだ」

「ザクザク、ザクザク、ザクザク、ピピッーッ、ピィーィ」

第五章

情報の姿

――情報の生まれ故郷は宇宙である

一・情報の種子の誕生

凍てつく寒さがゆるむ早春の海は、寒い季節が引き潮のごとく去り、暖かい季節が満ち潮のごとく押し寄せてきて、これを繰り返しながら少しずつ暖かな春の訪れが増してくる。まだ冷たい潮風が吹くが、たおやかな春先の海、穏やかな波が寄せ返す初春の浜、海ぬるむほの暖かな孟春《もうしゅん》の渚《なぎさ》、海鳥《うみどり》たちが春の情報を奏でる磯に、寒さゆらぐ春が訪れていた。

しかし時という名の春風に吹かれる情報の旅は、いまはじまったばかりである。真情の心情たちは、暖かい早春の日差しの中で、少し興奮気味に語り合っていた。

「百三十七億年前のビックバンで、この異常な〝無のゆらぎ〟があり、粒子と反粒子の関係が、完全な対称から小さなズレを発生させた」

「そう！　そのわずかな〝対称性の破れ〟から、現代の粒子だけの宇宙が誕生したというのが、現代科学者たち多数の考え方だ」

「この理論によれば、宇宙が発生した直後、この超ミクロな宇宙は、加速度的急膨張《かそくどてききゅうぼうちょう》、つまりインフレーションと呼ばれる急激な膨張を、この瞬間から開始したと考えられている」

「宇宙は、このインフレーションを経て、よりエネルギーの少ない新しい真空状態へと大きく変化した」

「これが、いわゆる〝ビックバン現象〟と言われるものだ」

「このとき解放されたエネルギーで宇宙は加熱され、インフレーションの終了とともに力が分離してゆき、素粒子や光、そして情報の種子たちがつくられた」

「そうだ！　すなわち、これが、我々情報の誕生なのだ！」

「その証拠が…ある！」

「本当か？」

「どこに、その証拠があるの？」

「情報の運搬屋である人間など生物の身体は、水素、酸素、窒素など、いろいろな元素によって構成されでき上がっている」

「うん…」

「これら運搬屋の元素は、すべて地球上にあるものだ」

「それは、そうね」

「そうか、我々運搬屋の身体は、地球上の元素を使って成り立っているのか！」

「この地球から借りた元素たちは、太陽や地球のエネルギーや宇宙線などの刺激によって、情報の卵となった」

「その情報の卵たちが、時間という孵卵器《ふらんき》の中で育《はぐく》まれ、情報の一つである遺伝子にもなった」

「その遺伝子という設計図に基づいて、生物が生まれた。生物が情報の運搬屋となった瞬間だ。その生物が進化を遂げ、我々人間という情報の運搬屋が組み立てられた」

「なるほど！」

「本当かな？」

「その証拠は、ビックバンの直後に生まれた水素が、我々運搬屋の身体の中に残っていることで証明される」

「…ということは、私たちの生命は、この情報たちの命は、宇宙開闢《かいびゃく》以来の百三十七億年分という時間の歴史を背負っているのね」

「我々運搬屋の体内には、ビックバン以後に生じた水素以外のいろいろな元素たちも、生命の材料として受け継いでいる」

「情報たちは、それを次世代の子供たちへ、その情報の身情たちへ引き渡す運搬屋としての役割が託されている」

「そうだとすれば、この情報が生まれる前とは、どんな世界であったのだろう……」

「暗闇がすべてを包み隠したブラックホールのドームのように、すべてを吸いこみ覆っている世界なのだろう……」

「そんな…夢も希望という文字もない、時間もない絶望的な世界とは、いかなるものであったか？」

「その無情な世界では、情報たちは自分を失した姿で棲んでいたに違いない……」


「情報の起源とは、こうした無の世界に遡《さかのぼ》り、このような絶望的な無の世界から、情報の種子が産声を上げた」

「そして出産のように、〝ゆらぎ〟とともに鮮烈な一瞬の輝きが、情報の種子たちを閉じ込めていた殻を破り、その変化と破れを見て取った情報の種子たちは『おぎゃ～、オギャ～』と狂喜し、解放の歓喜と歓声を上げながら、吊り上げた真剣な眼差しで、宇宙のあらゆる方向へ向かって、猛烈なスピードで飛び出した…に違いない」

「無限に広がる大宇宙へ、物質とエネルギーとそして情報の種子が、この無限の宇宙にバラ撒《ま》かれた」

「これが情報の種子たちの誕生なのだろう…か？」

「そうかもしれないし、違うかもしれない」

「いろいろと想像するところに、ロマンがあり楽しいわ」

「本当に凄い話だよ」

「自分という情報の運搬屋が、自分の父と母の愛による受精によって、出現する瞬間を考えるみたいだね」

心情たちには想像すらできない生まれる前の時代、その苛酷な環境のもとで生まれながらも、バトンタッチしながら受け継ぎ、自分のところまでバトンを繋いだ、情報の運び屋の偉大な御先祖様の存在に、畏敬《いけい》の念を込めて頭を垂れて呟く、

「自分たちの祖先が、いかに危うい環境の中で生まれたか！」

「自分たちの祖先が、いかに過酷な境遇をくぐり抜けてきたか！」

「自分たちの祖先が、いかに多数の仲間の死を見つめながら、幸運に恵まれて生き残ってきたか！」

尋問するごとく繰り返しながら想像していた。

「こうした極限の状況で宿された、そして長い歳月をかけて続いてきたこの大事な情報リレーの競技を、私の代で終わらせ、先輩たちの努力を無駄にさせてはならない！」

と思い詰めた気持ちになる。鋭い眼差しの心情は、胸の内を吐き出すごとく詠った。

「情報たちは、みな我が不適応性を知りて、適応性に汗し、仲間の情報たちの不適応性を知らず」

「情報たちは、みな我が飢えを知りて、食するに汗し、仲間の情報たちの飢えを知らず」

「情報たちは、みな我が無知を知りて、知に汗し、仲間の情報たちの無知を知らず」


「こうしていまある我々情報の種子たちは、数多くの仲間の種子たちのほとんどが、厖大《ぼうだい》な数を消滅させたプロセスを、何とか生き抜き潜り抜けた幸運な種子たちだ。そして新たな環境で水などに廻り合い、発芽する機会を得て、何とか適応してきたラッキーな輩《やから》である」

「運の強い情報たちだけが、膨大な仲間たちの屍を横目に見ながら、その情報の運び屋としての役割を担い、ここまで生き延び続けてきた」

「いや運が強く生命力の強い情報たちだけが、生き残れる仕組みの中で、その種子を残すことが出来た」

「しかし運が強く生命力があって生き残った情報たちは、不適応性や飢え、そして無知などについてあまり意識はしていない」

情報の種子たちは詩う。

「情報たちの悩みのすべては、私たち情報の種子たちが、孤独では存在し得ない仕組みを造り、その仕組みの中でしか生き残れないようになっている。たとえ発芽しても、相手つまり雄と雌が合体しなければ、種子ができない仕組みなのだ」

「しかも数多くの雄情報たちは、雌情報に会うことなく死滅する」

「雌情報も雄情報に会わずに、孤独のまま数多く死滅している」

「しかし運よく合体に成功した雄情報と雌情報は、これまで存在しなかった新たな情報を産む機会を得たのだ。このダイバーシティという多様性の中で、その環境に適合できる種子情報だけが、生き残れる権利を獲得できる」

「この情報の多様性は、雌雄情報が合体することで創出できる、唯一の仕組みだ」

「数多く種子を産むのは、こうした新たな情報の中で、その生まれた環境に最も適合した最強の情報を、生き残らせる情報の戦略だ」

「では何故、生殖期間が短期間なのだ？」

「短期間に集中的に生殖行為をして、数多くの種子を産むのも、捕食者たちの餌となる厳しい環境の中で、食べ残した情報たちが生き残り、次世代への種情報を残す情報たちの知恵だ」

「こうした戦略と知恵のない数が少ない種の情報たちは、捕食され尽くすと絶滅していった」

「そして捕食者たる天敵たちから身を守るため、新情報たちは群れを作って逃げ廻った」

「群れから外れると、天敵の餌食《えじき》となる」

「群れから外れることなく逃げ廻ることができた、逃げ足の速い俊敏な能力を兼備した新情報だけが生き残っていく」

「新情報たちは、その身を守るために群れるが、お互いは孤独だ」

「群れていれば、隣の情報が捕食されている間に、逃げ遂せる可能性が高い仕組みなのだ。だから群れていても、それぞれの情報運搬屋は孤独だ」

「孤独とは、暗黒の宇宙の闇に漂う情報の種子そのものであり、孤独は闇から身を守る分厚い種皮のオーバーコートでもある」

いま情報たちは、その氷で閉ざされた暗黒が支配する暗闇の彼方を、怪訝《けげん》そうに眉根《まゆね》を寄せ、好奇心と懐かしさと猜疑心《さいぎしん》を露《あらわ》わにしながら、注意深く凝視しながら走り回っている。

「灼熱の星や大気圏突入の熱の中で、分厚い種皮のオーバーコートは焼けただれボロボロになった」

「この情報の種子は、未来に向けた期待と夢と希望に満ちた変化を、見て取ったように輝いている眼光鋭い目をした情報の種子たちの明るい旅のはじまりである。そして苦悩と苦痛と挫折に満ちた吊り上がった大きな鋭い目をした、情報たちの果てしない苦闘の旅路の記録でもある」


気が遠くなるような永い永い時間と、気が滅入るような長い長い距離を旅して、拡大を加速化し続ける無限の時空間の中で、星々の情報の種子たちは団子のように固まって、いらいらクヨクヨしながら、

「疲れた……」

と嘆きながら旅していた。いつまでも報われない星の中にいる情報の種子たちは、厳しい宇宙空間の極寒《ごっかん》や灼熱《しゃくねつ》、そして降り注ぐ宇宙線や紫外線など、苛酷な宇宙環境に晒《さら》され、表面にいた種子たちは屍《しかばね》累々であった。それでも大量の団子状の仲間の屍の陰に守られ、生き永らえている情報の種子たちもいた。しかしこうした情報の種子たちも、永く過酷な旅に耐えられず、徐々に疲労と絶望のあまり気落ちしていく。

「弱くなった自分を、見られたくない」

と、しょげて意気消沈《いきしょうちん》しながら消滅していくものが多数いた。

「失意で半狂乱の情報の種子たちだが、それでも人一倍気が強く吊り上がった大きな目をした情報の種子たちなどが固まりとなって、大量の仲間たちが息絶え死んで、悲惨で痛ましい姿をさらけ出しながらも、無限の時間と空間を

猛烈なスピードで漂っていく……」

「現時点で確認された銀河団の中で、天の川を形成する惑星集団の一つとして、我が太陽系も生まれた」

「そしてついに、この太陽系の中の片隅だが、一個の原始惑星の地球が、今から四十六億年前に誕生した」

「こうした地球のように多様な生物が蠢《うごめ》く情報の星々は、この果てしない宇宙には、数限りなく存在していることは確実だ」

だが、現代の地球人たちは、自分たちが宇宙人であることの認識が薄かった。そしてまだ誰も、宇宙生物や宇宙情報たちの存在を確認できずにいた。

「誕生したばかりの原始地球の周囲は、ガスや塵、無数の微惑星が漂っていた」

「微惑星たちも、その重力に次々と引き寄せられていく」

「衝突と合体を灼熱の世界で繰りかえし、やがて現在の地球の約半分程度の大きさまで大きくなった」

「走りながら、さ迷いながら、歩き続けた幸運な星々の情報の種子たちは、できたばかりの原始地球に、隕石や宇宙の塵とともに引き寄せられ、偶然燃え尽きずにたどり着いた情報の種子も数多くいた」

「それがいまの物質とエネルギー、そして情報たちを満載している宇宙船地球号の若き姿だ」

「ところで情報の種子たちが、発芽し恋し新たな生命の種子を宿すには、水が不可欠である」

「その命の揺《ゆ》り籠《かご》となる水が固体と液体と気体、つまり水が氷と水蒸気の三つに循環できる太陽との絶妙な位置が、広大な太陽系の周回軌道上の一部に帯状にあった」

「そして幸運にも、原始地球に火星サイズの巨大星がぶつかり、月が生まれ、さらにラッキーなことに太陽と絶妙な位置に、この地球が移動することができた」

「巨大な星との衝突により、この絶好の帯状周回軌道上に、宇宙船地球号は奇跡的に、しかも四季ができる少し首を傾けた姿勢で、移動して止まった」

「しかし約四十億年前の宇宙船地球号は、原始惑星といわれる時代だ」

「この原始惑星の宇宙船地球号では、蒸発したガスによる厚い大気の下で、熱湯の豪雨が降り続き、そして灼熱のマグマの原始海洋ができていた」

「原始宇宙船地球号に辿り着けた嬉しさのあまり、涙を滂沱《ぼうだ》のように流していた情報の種子たちだったが、この言語を絶する原始地球の様相を知って、度肝《どぎも》を抜かれただろう。ショックを受けたじろいだ情報たちは、宇宙船地球号に幻滅し、言葉もなくため息まじりで燃えつき、そして消えていく」

二．情報の旅人たち

荒れ狂う原始地球の海に、灼熱のドロドロに溶けた溶岩が流れ込み、まばゆいばかりに輝く稲妻と、大音響を轟《とどろ》かせる雷鳴、そして間断なく降り注ぐ滝のような豪雨の中で、情報たちにとって過酷な状況が、少しずつゆるみはじめ、静穏《せいかん》へのかすかな環境変化の兆しが感じられるようになってきた。まさに果てようとする情報たち、また飛び出そうとする情報たち、その情報たちの目にも、活火山から流れ出したドロドロした溶岩が、大気に触れて冷えていくように、過酷な状況がゆるみはじめ、マグマを封じ込めた原始地球の大気の温度が、少しずつ下降してゆく。


過酷な環境を生き延びた固い殻に守られた種子の中の情報の芽も、環境のゆるみによって、心身の澄みわたるような感覚が呼び覚まされて、少しずつ芽吹きやすくなっていく。

「地上に降り立つことができた幸運な情報の種子たちは、そのオーバーコートを脱ぎ捨て、裸体の美しい旅姿で、心強き情報の旅人となり、情報の種子たちが地上で生き抜いていく」

「時には強烈な暴風雨が吹きすさぶ嵐の中でも、百花咲き乱れる地球創生の夢を描いて、この過酷な原始地球の地獄のような生存環境へ、隕石《いんせき》などに混じりながら飽くことなく次々と舞い降り、情報を発芽させ、この星の中で生存しよう」

と挑み続けていた。

孤独に耐えた情報の種子たちは、ただオロオロとまごつきながらも何度か発芽するが、厳しい環境を乗り越えられずに、大量の情報たちが息絶え死滅した。そして、手探りで〝その時〟を待ち続けていた。取り越し苦労をする情報たちは、お互いに猜疑心《さいぎしん》を露わにし、きつい眼差しで睨みつけ、辛い現実に嗚咽《おえつ》し、

「誰も助けに来てくれない」

とぼやき、泣き声をあげながら窮状《きゅうじょう》を訴えていた。ほとんどの情報の種子たちは、心を痛め、沈痛な面もちで、ギラギラと燃えたぎる原始太陽を言葉なく見上げ、過酷な地獄のような地球を、自分を失した目で、

「キョロキョロ」

と見渡しながら、刹那的《せつなてき》で荒《すさ》んだ毎日を過ごしていた。それでも、明日への希望と夢を託した情報の種子たちは、その情報が変化する能力、環境に順応する情報の対応力など、日々切磋琢磨《せっさたくま》して鍛錬し、過酷な環境を生き抜ける力を育んでいった。

そして歳月たちは宇宙船地球号を、情報たちが根付くことが可能なオアシスへと、その環境を整えていった。三十八億年前、ようやく宇宙船地球号は静穏さを保ちはじめ、そこには洋々とした海原《うなばら》が広がっていく。暗黒の宇宙に浮かぶ地球に、太陽エネルギーが暖かく照り輝き、金属鉄や岩石成分などの物質を含んだ氷の微惑星や彗星たち

も、その引力に引き寄せられ、膨大な情報の種子を引き連れてやってきた。氷の微惑星たちも、今の地球の繁栄をもたらす貴重な水を運んできた。こうしてビックバンで生まれた炭素や水素そして窒素や酸素など、それに加えて、宇宙の星々で生まれた新たな元素なども満載し、情報たちの生命の素材となる物質とエネルギー、そして情報の種子も運んできた。暗黒の大砂漠のごとき過酷な宇宙の中のオアシス地球に、火星など水や生命の痕跡《こんせき》が残る星から飛び出した遺伝子などの情報の種子の一部が、氷の彗星や微惑星などに乗って辿りついた可能性は否定できない。

しかし地球に辿り着いた情報たちは

「ヘトヘト」

「ヘロヘロ」

であったに違いない。

「我々は、この原始地球惑星に辿り着いただけでは何もならない」

「今の原始地球惑星は、まだドロドロとした過酷な環境だ」

「ほんとうだ。やはり自分の足で生き残れる術《すべ》を見出し、それが適応する場所を、また探し歩かなければならない」

だからといって、この宇宙船地球号を飛び出しても、

「やはり自分の足で、生き残れる場所を探し歩き続けねばならない」

たとえ生き残れる場所を探し当てたとしても、

「その場所を独占できるもっともふさわしい情報となるため、その場所をめぐって、お互いに覇権《はけん》を争いをしながら、進化し続けなければならない」

「また進化のために合体できる新たなパートナーを求めて、自分の足で探し続けていくであろう」

「じぁ、どこへ行っても、同じではないですか⁉」

「それならもう少しこの地球で、時機が到来するのを我慢して待つしかない……」

情報の種子たちは、ぼやきながらも、その将来の夢を抱いて耐え続けていく。

百花繚乱《ひゃっかりょうらん》の現代情報たちは、感涙にむせびながら、こうした先輩たちの苦労話を語り継いでいく。

「二十五億年ほど前になると、原始地球の環境が変化し、ついに画期的な素晴らしい事件が起こった！」

「大気中の水蒸気は豪雨となって地表面に降り注ぎ、この優しさと静けさが漂い出した母なる海の中で、生命の材料である炭素や水素、窒素や酸素などの物質が、太陽エネルギーの力を借りて組み合わさり、そして遂に、蛋白質《たんぱくしつ》と核酸などの原始情報の源を創造した！」

「この革命的大発明は、そのままでは止まらなかった」

「この蛋白質と核酸などの原始情報は、生体エネルギーを生み出すことのできる、代謝《たいしゃ》機能や自己複製機能をもつ生命体を目指して、それぞれが独自に、ゆっくりじっくり時間をかけて、原始情報が化学変化を続けていった」

興奮した情報たちは、両手を振り上げ全員起立して叫んでいる。

「原始情報である化学物質が、長い情報化への道程《みちのり》を辿り、膨大な失敗を繰り返しながら、遂に外部情報に反応できる化学物質、即ち遺伝子情報が、創造された！」

「情報を内部に取り込むことのできる遺伝子即ち生命が、ついに誕生したのだ！」

情報たちが真っ赤になって興奮していたとおり、これは遺伝子情報を保有する原始生命体の誕生であり、情報運搬屋が生物として産声を上げた瞬間であった。

情報たちは、興奮のあまり胸が張り裂けるような大声で語り合う。

「情報たちの種子は、水の惑星地球というオアシスの海で、はじめて発芽を開始し、生命という花を開花させたのよ！」

「そうよ！　過酷な大砂漠を飛んできた種子が、海がある宇宙砂漠の中のオアシスの星で、見事な花や果実を実らせることができるようになった」

「想像を絶するような永い年月をかけて、宇宙の果てから飛んできて、地球というオアシスに辿りついた情報の種子たちが、この地球上に根付き、そして花開いたわ」

「最初の情報の種子が、生命の源として『おぎゃ〜、オギャ〜』と、小さな声だが、力強い産声を上げた瞬間だ」

「水の惑星、宇宙船地球号に、ここにいよいよ原始的な藻類つまり生命が出現した」

「情報たちは、誕生した生命の中で呟いていたに違いない」

「どんな風に、呟いていたのかしら？」

科学者風に白衣を着た眼鏡の心情が、背筋を伸ばしピシャリと言った。

「どんなに、この宇宙が物理法則に従って動いているといっても、そしてどんなに、天体の運動が計算科学で解析できたといっても、これだけ苦労してきた私たち情報の気持ちは、計算できやしない！」

「そりゃそうだよ。膨大な情報たち仲間の死。その犠牲とチャレンジの中で、環境に順応すべく変身し、何とか上手く環境適応能力を身につけて生き残れたのが、我々の御先祖様たちだ」

死にゆく情報たちも、つぶやいていた。

「私の情報としての役割は終わった。この場所に適合しないことを証明することができた情報の私が、なぜ死を恐れなければならないの？」

「そうだよ。君という情報は、不適合という証《あかし》を歴史に残して、立派に死んでいくのだよ」

「君という情報は、未来の新たな情報たちへ、『ここは失敗するので立ち入り禁止だ』という道標《みちしるべ》となって貢献し、その歴史的足跡は、いつまでも燦然《さんぜん》と輝いている」

「なるほど、これが死というものか⁉」

「ところで我々の死骸は、できれば次の世代の情報たちのために火葬して、この宇宙に灰や塵としてばらまいて欲しいよ！」

「宇宙の塵となって無限の空間に漂い、また星々たちの糧となって、いつかまた情報たちの生命の糧となって、無限の時間の中に漂いたい。きっとそのときは、もっと永く生き残れる情報として、もっと美しく輝ける情報になっているだろう……」

厳しい環境を生き抜いた情報たちは、産声を鬨《とき》の声のように上げ、そして可愛らしい小さな、だが力強い声で囁《ささや》きはじめていた。

「情報は、物質とエネルギーなしでは生きてゆけない生き物です」

「そうよ。『原始的な藻類』と後世の人類たちは勝手な名前で呼ぶが、この『画期的な藻類』こそが、宇宙船地球号に蠢《うごめ》くすべての情報たちの創始者たる御先祖様だ」

明るい太陽に照らされた海の渚で、原始的藻類たちを運び屋にした画期的情報たちが、限りない夢と期待を胸に膨らませ語り合っていた。

「でも私たち情報は、水なしでは萌芽せず生きてもゆけないよ」

「そうね。生物は水なしでは、生まれることもできず、生物として生きていけない」

「結局、情報の運び屋たる生命体は、これらを構成する物質とエネルギーと情報、そして大気と水によってようやく生きることができる」

「このどの構成要素の一つが欠けても、生命体は消滅してしまう」

「生命体という情報の運搬屋は、とてもひ弱な存在だ」

情報たちも囁く。

「そうさ。運搬屋の上にしか生存できない情報なんて、か弱いものさ」

「運搬屋を大事に使わないと情報の我々も死んでしまうと、逼迫《ひっぱく》した気持ちにならないと駄目だよ」

「物質やエネルギーたちの誰かが、人類の情報たちに言うべきは、『人類たちが他の生物や情報たちを顧みない、人間勝手な行動だけは、この地球上では慎《つつし》んでください』ということだ」

「この宇宙船地球号の情報たちは、各種生物のダイバーシティという多様性の仕組みの中で、生きており生かされている」

「自分たちは宇宙船地球号で生かされていると、その事実を謙虚に認める人間が少なすぎる」

「人間どもの情報たちには、他の生物の情報たちの生命を頂いて、自分たちは生かしてもらっているという現実を、認識する意識が欠如している」

「だいたい人間様だけの情報の人生、つまり情生だけが、限られた宇宙船地球号で、最優先されてはならない」

「そうだよ。他の生物の生命を頂いて生きている運び屋の人間たちの人生、その中でしか生きられないのが情生だ」

「そうだよ。人間の情報たちが壊れやすい地球環境の中で、いつもきちんとバランスをとって鎮座《ちんざ》することが、その情報の人生である情生で最も大切だと、しっかり理解しなければならない」

こうした会話を聞いていた情悪が、苦笑いして唾《つば》を吐くように言った。

「今の若者たちの一部は気づいているが、これまで産業革命の恩恵を受けてきた年寄りたちには、とても判りっこないぞ！」

「そうだよ。情生の意味など、自分たちが滅亡の危機に瀕する時まで、そう簡単に判るものではない！」

「でも…、判ったときでは…、もう遅いよ」

「そりぁ…、そうだが…、人類の自業自得《じごうじとく》で、仕方がないさ」

その青い地球は、温暖化の熱で、もがき苦しんでいた。

三．情報の共通文字

暖房の微風がのったりと流れるカフェ店の中は、浅い昼寝の眠りから醒めた部屋が大きな欠伸《あくび》をしているような、ゆっくり時が進む雰囲気が居座っていて、ガラス窓をすり抜け店内まで差し込む夕陽が、臙脂色《えんじいろ》の光の束となって、テーブルや床に暖かく注ぎ、その光束の中を、細かな塵がのんびりふわふわと踊っていた。テーブルごとに置かれた洒落《しゃれ》た灯火が、ベールのような柔らかさで、手元をもわっと照らし始めたカフェ店の中で、情報の旅を続ける真情はポツンとただ一人、座ってクッキーをつまみながらコーヒーを飲んでいた。

真情は静かに、情報たちの話に耳を傾ける。突然、髭面《ひげづら》で理屈っぽくて面倒臭い奴だと思われていた心情が、座っていた大きな丸テーブルからのっそりと立ち上がると、

「情報の種たちは、辿りついた地球の上で情報として開花し、遙かな故郷の宇宙を眺めては、涙を流し語り合っていたに違いない」

と言いだすと、店内に座っていた周囲の心情たちを、ぐるりと無表情な顔で眺め、

「大事な話があるが、ここで話をしてもいいか？」

と切り出した。少し固い話に退屈していた心情たちは、

「おお、いいぞ、いいぞ」

「大事な話とやらを、聞こうではないか」

ゾロゾロと、髭面の心情が座っていた大きな丸テーブルに、紅茶やコーヒーを持参して集まってきた。心情は髭面

を左手で拭うように撫《な》でまわすと
「情報たちは、地に落ちて故郷の天を思い出している。つまり降臨《こうりん》した神の申し子である」

「人類たちも、地に落ちて故郷の天を思い出している。つまり顕現《けんげん》した神の申し子である」

「生物たちも、地に落ちて故郷の天を思い出している。つまり地に降り立った神の申し子なのだ」

「地球に降り立ち、地に落ちたこの神の申し子と言うべき情報の遺伝子たちは、水という媒体を活用して物質とエネルギーと情報を、取り込み組み込んでいった」

「この宇宙船地球号のあらゆる生物のDNA（デオキシリボ核酸）は、たった四種類の記号、A（アデニン）、T（チミン）、G（グアニン）、C（シトシン）の四種類の塩基だけで描かれており、ほとんどの生物が、相補的な二種類が対になって、二本の鎖が二重螺旋《らせん》を形成している」

「そして同じ記号で書いたプログラムをどんどん更新し、まさに神の申し子として、次々と新しい生物たちに進化・分岐して、新たな情報・新たな生物を創造している」

「その膨《ぼう》大《だい》な数の遺伝子の中からは、生き残れず厖《ぼう》大《だい》な屍《しかばね》も生まれたが、その中でもいくつかの数少ない遺伝子が、上手く環境に適合して生き残ることができた」

「そしてさらに物質とエネルギーと情報を取り込み、これを組み込んだプログラムを更新し、また累々と屍を積み上げながらも、変化する環境に適合できた遺伝子たちが、生き延びていった」

「水豊かなオアシスの地球では、情報たちはさらに少しずつ変化しながら、進化し、より一層環境に順応できる生物へと成長していく」

「大事な話だ！　面白い！」

突然の声に振り返ると、四角いテーブルのソファに寝そべっていた学者風の心情が、もそもそと起き上がってきた。

大事な話と聞いて、好奇心豊かな心情や野次馬根性《やじうまこんじょう》の心情、付和雷同型《ふわらいどう》の心情などが、さらに三々五々と集まってきた。心情たちはぐるりと髭面と学者風の心情を取り囲んだ。

「実は、遺伝子からは、蛋白質という物質ができます」

「先程言った四つの塩基による三文字の暗号文字だが……」

「この四種類の塩基文字が、三つ並ぶと、ある一つのアミノ酸を表した暗号文字となるのです。これは〝コドン〟と呼ばれています」

大勢の心情に取り囲まれ、戸惑ったように身を固くする髭面の心情。興味津々の顔で、身を乗り出す周囲の心情たち。しかし学者風心情は、集まってきた心情たちの気持ちや興味内容については、全く無視した態度で、自分の知識と専門分野について、淡々と自己本位のペースで持論を述べはじめた。

「この水の惑星地球号では、いや正確には一部のウイルスを除くすべての生物は、遺伝情報をＤＮＡに保管し、ＤＮＡからリボ核酸（ＲＮＡ）を経由して、蛋白質を作っています」

「つまりＤＮＡの配列が、タンパクの設計図になっています」

「この二重螺旋の長い鎖の一部が遺伝子として機能を果たし、現在の地球人口とほぼ同じ数の六十億文字以上を作り出している」

「この文字により、人間の遺伝子の数は二万二千個程度だが、これによって造られる人体に存在する蛋白質は、一人平均十万種類にも及ぶと想定されております」

「………」

学者風の心情が話を止めた。これを見た心情たちも雑談を止めた。誰もいないような静寂がカフェ店内に訪れ、ピーンと弓の弦《つる》が張ったのような緊張感が、耳を傾注《けいちゅう》させた心情たちに輪のように拡がった。学者風の心情は、

「してやったり」

と、一瞬声を止めた無言効果に、ニヤリとしながら、また自己中心の知識披露を自慢げに始めた。

「生物進化を辿ると、遺伝情報を持つRNAという、蛋白質の合成もできる有機分子が先に生まれ、DNAは後からできたと考えられている」

「……………」

学者風心情は淡々と自説を述べていく。

「このRNAというのは、遺伝情報を持つ有機分子情報とも呼ぶべきもので、アミノ酸を組み立てて、蛋白質に仕上げていく機能を持っている」

「……………」

「つまり生命そしてその源たる情報は、このRNAを起源物質として誕生した可能性があるのです」

この発言が終るか終らないとき、髭面の心情が
「そうだ！　そうだ！　それが情報の運び屋の誕生の起源ぜよ！」

張り詰めた緊張の糸を、一瞬にして断ち切るような大声で、

「このRNAを起源物質として、情報の運び屋たる生命が誕生した！」

「そうだよ！　RNAを起源物質として生命は誕生したのだ！」

学者風と髭面の心情を囲んで歓声が上がり、座り込んでいた心情たちから拍手が沸き起こった。

「パチパチ、パチパチ」

「バチッバチッ！」

自分たちのルーツの話、我が身の起源に触れる話に、

「ガタッ、ゴトッ」

と音をたてて全員が立ち上がった。

全員が同じ気持ちでいたことに感激し、感動すら覚え、興奮が熱気のように湧きあがっていく。一番外側の遠い席で、この様子を見ていた心情たちの中の長老が、背筋を伸ばし決然とした姿勢で立ち上がると、大声で叫んだ。

「若き情報たちよ！　諸君はいつも自分を磨き鍛えておけよ！　情報とは、あらゆる機会に、あらゆる場所で、だれでも、どこでも、いつでも、生命を誕生させる源泉なのだ」

若き心情たちが、にこやかな柔和《にゅうわ》な顔を輝かせて応えた。

「わかりました！　私たちも美女を探して、チョッと種まきのため外出します。しばらく、いや永遠にここへは戻れないかもしれません」

「わかりましたわ！　私たちも美男子の優しい王子様を探しに外出します。しばらく、いや永遠にここへは戻れないかもしれません」

白髪の長老は、白い顎鬚《あごひげ》を撫ぜながら

「よし、行ってくれ！　でも心配するな。ここに居残る老人老婆の俺たちは、大丈夫だ」

「そうよ。種を産み育てる役目の終わった私たちのことは、心配いらないわよ」

「はい、判りました。生命《いのち》ある限り頑張って、わが種の種蒔きをして参ります！」

「ありがとうございます。情報の運搬屋としての役割を、しっかり果たしてきます」

「ここに残ったまま消えていく友よ。若人たちがその種を残すため、危険な種蒔きに出発する。この若き仲間たちに、門出の盛大な拍手と声援を送ろう！」

「種蒔きや受精するとき、新たな次世代情報の誕生を祈って、万歳！」

「パチパチ」

「パンパン」

「パチッ、パチッ」

「とんとん」

拍手や机を皺だらけの手や持っていた杖で打つ音が、静かにカフェ店内に響きわたってゆく。

「さて、俺たちの時代劇と、老人たちの舞台は終わった。そろそろ幕引きにしよう！」

長老の情報たちは、静かに恒久《こうきゅう》の眠りに就いていく。


情報たちは、情報の運び屋として、親から子へ、子から孫へと情報を持ち歩き、種から種へと次々に進化を遂げ、海中から地上へ、地上から空中へと、その環境の順応力を強化しながら、棲息地をどんどん拡大していった。その数は、いまや三千万種類以上のＤＮＡが存在していると言われる。地中の蝉《せみ》やカブトムシなど多数の昆虫の心情たちは、声を出して叫ぶ。

「お〜い、土の中は、暗くて窒息してしまいそうだ！」

「でも、土の中は、食べ物がいっぱいあるぞ」

「それに、とても暖かいわ」

「ときどき地中から這い出そうよ！」

「そして地上で恋をして、新たな情報の種を作ろう」

「しかし地上には、天敵も多く危険がいっぱいだぞ」

「でも、憧れの君と恋して、その種を宿し、情報の運搬屋としての役割を果たせるなら、この生命は惜しくないわ！」

「そうだよ。親や先祖から受け継いだ情報を持って、地上で歌い、恋し、天敵が食べ残すくらいたくさんの情報を、皆で一斉に産めばいいよ」

「他の情報たちの生命の糧となるなら、例えば鳥葬などでもいいぞ！」

「次世代の情報たちを産み、親から授かった情報をバトンタッチして、情報の運び屋としての役割を果たせるのなら、本望だわ！」

情報の種を持った男性情報の精子たちや、これを待つ女性情報の卵子たちも、そのほとんどが種を造ることなく死滅していく。幸運にも受精の機会に恵まれたラッキーな情報たちが子孫を宿しても、生まれた場所の環境に適応できない生物たちや、他の生物たちの餌食になり、病魔に侵され、赤ちゃんのまま死に、幼子のまま亡くなり、そして大人となっても、次々と倒れ逝きて屍《しかばね》の山を築いていく。これが情報の情生の現実だ。


それまでジッと沈黙を守っていた情悪が、心外そうな顔に猜疑心を露骨に表し、きつい眼差しで周囲を睨みつけるようにして、声を荒げ大声で怒鳴った。

「創造主の神様がいると言っても、最初から計画的に、今の地球上の生態系を創造していったわけでは、ないだろうが！」

飄々《ひょうひょう》とした学者風心情が、和やかな口調でサラリと受け流して言った。

「これらの過程では、無作為で無数の融合や分裂と変化を繰り返し、数多くの生命が消滅していく中で、その当時の環境に何とか生き残れた生命体たる運搬屋の身情と心情たち、その運搬屋に棲んでいた情報たちだけが生き残り、さらに分裂と融合と変異を繰り返して、多様体の情報と生命体のダイバーシティたる棲家を、この地球というオアシスに創造していった」

「もう一度言わせてもらうが、創造主の神様が、最初から計画的に秩序だてて、今の地球上の生態系を創造したわけではないだろうに！」

「こうした情報の多様性の仕組みは、情報の故郷の神々が創造したのだろう。だから他の生物と同様に、人間にも当てはまるさ」

「つまり人間が、特別な生物ではないということだ」

髭面の心情と学者風の心情の二人は、情悪の発言を無視すると、この重要な事実をサラリと言ってのけた。

四．多様性が情報たちの生き残る鍵

ビル群の屋根越しに見る茜色《あかねいろ》に染まる春の夕焼は、街全体を包み込むような柔らかさを感じさせていた。夕暮れ迫るビル一階にあるカフェ店の大きな窓ガラスを通して眺める春の残影も、そそくさと足早に消えて、夜の灯火が潤《うる》んで見える。春の街灯《がいとう》は独特の華やぎと暖かさを感じさせ、カフェ店の窓は半透明ガラス張りのため、道路側から室内は見え難いが、室内から眺める外の様子は無声映画のように透明で遮《さえぎ》るものはない。窓ガラスから見える街灯に照らされた、たおやかで柔らかな春の景色と、街灯の光が当たらない冷やかな態度の樹木の冬影の姿は対照的な景色だ。情報の存続と、淘汰された情報の世界のように、対峙《たいじ》する景色が一緒に同居しているのが面白い。

カフェ店で頬杖《ほおづえ》をつき、のんびりお茶を飲んでいた真情の心情たちは、煙草の紫煙《しえん》を吹かせながら議論を続けていた。

「この情報の存続と淘汰という厳格な掟に対抗して、多様性という鍵で生き延びる手段があった」

「この多様性の鍵による生き残り作戦は、情報たちの素晴らしい知恵によって創り出されたものだ」

「驚くべきことに生命体は、つまり情報の運搬屋の生物たちは、設計構想や設計図面なしで、行きあたりばったりのやり方で生まれ、そして生き延びている」

「これは本当に凄い！」

「このことは、神がこの世を設計し創造した創造主という、唯一絶対の神の思想とは異なる事実だ」

「いや、あまたよろずの神の思想に、近い設計だ」

「環境に適合しない設計図面を持った生物とその情報たちは滅亡し、その情報と描かれた設計図面は、生物情報の化石データベースに、歴史として記録されたもの以外、すべてが消滅してしまう」

「情報の死には、こうした意味や意義もあるのか」

などと静かに語り合っている。

「多様な種類の情報が産出されるが、環境に適合できない情報たちは膨大なロスの山を築き、広大なロスの海で死滅し、その中でわずかに生き残った情報たちが、その死までの短い人生を、情報たちの運搬屋として愛の詩を精一杯歌い、囀《さえず》り、鳴き、笑いながら、次なる新たな情報たちを宿し残して、毎年、毎月、毎日、毎時、毎分、毎秒ごとに消え去って逝く」

「その情報たちのやり方は、ライフル銃で一発命中させるのではなく、まるで散弾銃で弾を投網《とあみ》のようにバラ撒き、その中のどれかを的中させる生き方だ」

「その中のわずかな種類が生き残り、情報の運搬屋としての機能を果たす。ここに多様体という鍵で生きる情報たちの巧みな技と知恵がある」

真情の心情の情善たちは、カフェ店に漂うコーヒーの香りに身を浸し、沈黙を続ける情悪を横目で睨みつけながら
「多くの情報たちは、こうして死んでいくのか」

という寂寥《せきりょう》感に襲われていた。

「我々人間たちも他の生物と同じく、その情報たちの多様性のダイバーシティルールによって生き残った、情報の運び屋でしかない」

「しかし、地球上の情報たちの頂点にいる人間たちには、その多様性の重要性について、あまりにも認識不足である」

「そして多様性を回復することの困難性にも、無頓着《むとんちゃく》である」

「地球上の生態系ピラミッドの頂点に君臨する人類は、多様な種の情報構造が、足元から音をたてて崩れつつある現実に、眼を向けようとはせず、その必要性に対する認識も欠如している」

情報たちは詩を謡う。

「過酷で美しく辛く楽しい、悲しくも輝かしい情報たちの棲み処である地球よ。わが生きる場所は他所《よそ》になし。泣き濡れ笑い失意し恋し、運搬屋に命を委ねし情報たちよ。わが生きる時も残り少なし。この限られた時の道を生きる術《すべ》は、情報たちが微笑みながら和合し、わが新たな種を残すことしか、わが進むべき道はない」

メガネ顔のハンサムな若い講師風の心情が、すっくと立ち上がると、学者風の心情へ向かってキッパリと言った。

「二十七兆八千億個もの細胞集団である、情報の運搬屋たる人間。その病気治療法の一つとして、現代生命科学や再生医療分野などで、最も注目されているのが、ＩＰＳ《アイピーエス》細胞やＥＳ《イーエス》細胞です」

「ほう、君はＩＰＳ細胞やＥＳ細胞を知っているのですか？」

「ＩＰＳ細胞、つまり人工多能性幹細胞（Induced Pluripotent Stem cells）を、知っているのか？…という質問ですか？」

心情の横から爽やかな笑顔の美しい心情が、議論に参加してきた。

「ええ、そうですわ」

「はい、誘導多能性幹細胞とも呼ばれるこの分野は、学生時代に少し勉強して、研究論文も書いたことがあります」

「ここに集まった心情たちに、判りやすく説明してくれないか？」

「判りました。ＩＰＳ細胞を簡単に言えば、体細胞の中へ数種類の遺伝子を導入することにより、ＥＳ細胞（胚性幹細胞）のように、非常に多くの細胞に分化できる分化万能性（Pluripotency）と、分裂・増殖をしたあとも分化万能性を維持できる、自己複製能力を持った細胞のことです」

「ほう、さすがに詳しいね」

「ええ、この分化万能性を持った細胞は、理論上では、体を構成するすべての組織や臓器に、分化誘導が可能ですから、今後、拒絶反応のない移植用組織や臓器が、自己複製能として作製可能と期待されています」

「そうよ。だからこのＩＰＳ細胞は驚くべきことに、タイムマシンに乗ったように、細胞たちから時間の概念を取り去り、まるで受精直後の細胞のように、細胞を初期化する機能を持っている」

「はいそうです。今まで治療法のなかった難病に対し、その病因・発症メカニズムの研究や、患者自身の細胞を用いて、薬剤の効果・毒性を評価することも可能です」

「現在、再生医療の実現に向けて、世界中の注目が集まっているね」

「ええ、今までにない全く新しい医学分野を開拓する、そうした可能性も秘めています」

「この技術を使えば男性から卵子、女性から精子を作るのも可能で、まだ技術適用範囲については、大いに議論の余地が残っているね」

「でも御破算に願いましてと、算盤片手に細胞をゼロにリセットして、その初期化された細胞から目的とする機能をもった細胞を新たに造り出すことができる、素晴らしい可能性を保有する分野です」

「そう、君の意見に僕も賛同だよ」

「では、ＳＴＡＰ《スタップ》細胞とは、何なの？」

「ＳＴＡＰ細胞は、現時点では存在そのものが否定されましたけれど、刺激惹起《じゃっき》性多能性獲得細胞と呼ばれているわ。私はまだ、その存在を信じているの…」

「哺乳類の発生過程では、着床直前の受精胚中にある未分化な細胞は、体のすべての細胞に分化する能力、つまり多能性を保有しています」

「でも生後の体の細胞すなわち体細胞は、細胞の個性付け、つまり分化が既に運命づけられており、血液細胞は血液細胞、神経細胞は神経細胞などの一定の細胞種類の枠を保ち、それを越えて変化することは原則的にはないのです」

「ですからいったん分化すると、自分の分化型以外の細胞を生み出すことはできず、分化状態の記憶を強く保持します」

メガネ越しにキラキラ輝く眼で話すハンサムな講師風の心情は続ける。

「しかしこうした体細胞の分化型を保持している制御メカニズムが、強い細胞ストレス下では、解除されるという新しい考えです」

「そして凄いことに、この解除により体細胞は初期化されて、多能性細胞へと変化するという新学説なのよ」

「ですからこの初期化現象は、遺伝子導入によるＩＰＳ細胞、つまり人工多能性幹細胞の樹立とは全く異質のものです」

「研究機関で発表されたＳＴＡＰ細胞は、細胞の分化状態の記憶の消去や自在な書き換えを可能にする。そうした新技術の開発につながる画期的なブレイクスルーの発見と言われていましたが、最近その論文を取り下げ、その存在を発表した研究機関自身が否認しました」

「そのとおり。いろいろと試行錯誤があり、たとえＳＴＡＰ細胞ができなくても、こうしたブレークスルーを試みる素晴らしい研究プロセスは、再生医学のみならず幅広い医学・生物学に貢献する細胞操作技術を生み出すと期待されています」

「ＳＴＡＰ細胞については、いろいろと課題が議論されていますが、ともかくこうした野心的な新しい研究については、周囲で潰すようなことをしないで欲しいわ」

「そうだね。前人未踏の研究は、上手くゆかないのが当たり前で、こうした新たな学説や新研究は、何とか応援していきたいね」

最初は発する言葉もなく、ただ周囲に集まり、老学者風心情と若きエリート心情や笑顔の美しい心情のやりとりを、ただ黙って聞いているだけの心情たちも、

「さまざまな研究における成功は、膨大な失敗の中から生まれてくる」

「失敗とは、上手くゆかなかったことではなく、チャレンジしなかったことだ」

「そうね。何もしなかったことを、失敗と言うのでしたわ」

「上手くゆかなかった研究を潰したりすれば、大失敗だ」

「上手くゆかなかったことは、成功への一里塚さ」

「だから上手く再現できなくても、研究を続けられる環境は、維持できるよう支援すべきよ」

「成功者とは、失敗しても成功するまで、諦めずに失敗を繰り返した人を言うのだから……」

「まさに情報の世界、そのものだね」

集まっていた心情たちは、仲間たちとの新たな治療時代の幕開けの話や、寝食を忘れて困難な研究開発に取り組んでいる情報たちの苦労話や、人間情報の生き残りを模索する同じ仲間の心情たちのザックバランな話に感激し、熱いものが胸にジンときて、新たな希望や夢を膨らませていく。

こうした最新の研究成果を熱心に聞いていた心情たちは、そのご先祖様たちの辿ってきた進化の日々を、想像しながら呟く。

「進化とは、人前でバイオリンを弾きながら、ときどき不協和音を奏でてしまい、挫折して死に絶える。しかし何

とか生き残った傷だらけの情報たちが、その不協和音の中から最適和音を発見し、これを何とか上手につないで演奏を続けることができた情報だけが、その種を絶滅から救ってきた」

「その生き残りの成功者の情報が、しだいに環境適応の腕を上げ、さらに名演奏家として名を挙げ、より難曲へ挑戦して、より厳しい環境にも適応できる能力をつけた進化に成功して行く」

「この進化の軌跡は、ぶっつけ本番のジャズ演奏のようなものさ」

ボサボサ頭のロックンロールスタイルの情報が吐き捨てるように呟く。

「その演奏の内部には、多様性に対応する基本設計図面があり、情報たちはこれをユニット化している」

「進化を遂げる情報たちは、そのユニットタイプも変化させ、ユニット自身を再構築する、驚異的な多様化技術を保有している」

「この凄腕の情報たちは、卓越したユニット設計技術者とも言える」

「さらに情報たちは、相互にアプローチをしながら設計し、古式豊かな風格を残しながらリフォームし、設計変更と保守メンテナンスなどの学習もしながら、さらにより棲みやすい姿へと進化を続けていく」

「ユニット変更を戸惑ったり、周囲の変化に応じなかった情報たちは、環境変化に適応できなかった情報たちと一緒に、葬られて死滅した」

「こうして生き残った情報たちは、同時期にできる限り一斉に数多くの情報を産卵して、天敵が仲間の情報を捕食《ほしょく》している間に逃げ、天敵が満腹するまで逃げおおせた情報たちだけが生き残った」

「そうした情報たちが餌食《えじき》となり消滅して犠牲になれば、群れの一部は生き残りが可能となる。こうした種全体の存続を何度も守ってきた実績と経験が、情報たちにはある」

新春の柔らかな風が、笑みを浮かべる街角で、昨年の秋から冬にかけて地上に散り去った枯葉たちが、まだコンクリート道路上に横たわったままで、行き場のない住所不定の茶褐色の屍《しかばね》となって、輝きの失せたカサカサの目で、街路灯の柔らかな射光を見上げていた。公園の黒土に辿り着いた枯葉たちの中で、葉柄《ようへい》が繋がっている二枚の枯葉が、恋し合った皺だらけの枯れた色合いの葉身を、風に震わせカサコソと音色を響かせ、二人の熱い想いを交えて残念そうに嘆く。

「ああ、おまえ……、お前もとうとう土になるのか！　可哀想に！」

「わたしは、こうして一緒に手を繋ぎながら、あなたより先に死ねるのが、私には最高の幸せだわ」

「でも、おまえ……」

「わたし……、あなたが土に還るとき、微生物に食べられたり、腐っていく姿を見なくて死ねるのよ！」

「しかし、おまえ……」

「みてよ、みて！　この豊かな大地と豊穣な黒土。これは情報のご先祖様たちの膨大な屍、身情たちの亡骸《なきがら》が微生物の力を借りて造られたものよ。そう進化の過程で亡くなった方々よ！」

葉柄《ようへい》が繋がった二枚の枯葉は、仲良く並んで会話を交わしていた。

「先に死なせて！　ねっ、お願いよ……私は怖くないわ。死は、情報が生まれたときから、必ず一度は経験する宿命なのだから……、永久《とわ》に愛しているわ。さようなら……」

枯葉の会話を耳にして気弱になった情報たちは、眼を伏せて、下を向いたまま小さな声で囁《ささや》く。

「死にかけていると思い、自分で諦めてしまうと、もうパワーが出てこないような気がして、何をやるにしても意欲が湧かなくなる」

鋭い光る眼差しの心情は、最後の瞬間まで変化を続けて、燃え尽きようとしている枯葉の情報たちに想いを馳せ、その熱い想いを語り始めた。

「人類とは、好むと好まざるとにかかわらず、運搬屋としての情報、身情と心情たちから構成されていて、その情報たちが、いつもいろいろと自分たち情報のことを、思い悩む存在なのだ」

「しかし死ぬ瞬間まで諦めない情報たちは、死ぬのが先か、その仕事が終わるのが先かなどは、全く考えずに一生懸命働いている」

「だから仕事が終われば、また新しい仕事に取り組み始めてしまう」

「周囲にご迷惑をかけないのなら、死ぬまで働くことがとても大切よ」

「ピンシャンコロリが最高に幸せだ！」

「突然死までピンシャンして働き続け、コロリと倒れて死ぬことができれば、花火のように、その消える瞬間まで燃えているから美しく、本人もきっと幸せだと思うわ」

この言葉を聞いた情報たちは、花火と情報の運搬屋としての自分たちを重ね合わせていた。

「花火の耳を覆う炸裂音《さくれつおん》と一緒に、多彩な輝きの光の花を開いて空の中に消えてゆく花火」

「そして消えた花火の跡に残るたおやかな煙は、心に刻まれた美しい花火に彩《いろど》りを添えて余韻を残してくれる。天に召された我々情報の仲間たちの軌跡と余韻だ」

夢のように儚《はかな》い花火情報論に、居合わせた情報たちは、情報の運搬屋としての人生、情生の存在意義のような歓《よろこ》びを感じている。そして花火が消えるように張り詰めていた緊張がほぐれて、フッと寂しい余韻を噛みしめていた。

「これは、とらえどころのない喜びを奏でていた張りつめた心の糸が、ゆっくりとゆるんだときに生まれる心地よさだ」

と心情たちはしんみり感じていた。

宇宙の恵みを受けて三十五億年間という悠久《ゆうきゅう》の時を経て、過酷で悲惨な時代をくぐり抜け、膨大な情報たちの絶滅と、その中のダイバーシティの柔軟性で生き残ったラッキーな情報たちが、滅亡と繁栄を繰り返しながら、その進化と分化の中で豊かな地球上を情報の森で覆い尽くしていく。

「水の恵みを受け、まず最初に太陽エネルギーを固定化したのが植物たちだ」

「この植物たちが風や雨に打たれながらも、太陽エネルギーを使って炭酸同化作用を行い、その炭酸ガスと水から有機物質を作り、その有機物である実や葉や花や根などを、動物や昆虫たちが食べ物として摂り込んで生きてゆく」

「この植物や動物や昆虫たちが死ぬと、その死骸を昆虫やバクテリアなどの分解者が食し、分解して元の無機物質に戻してゆく」

「それをまた植物たちが肥料として活用し、太陽エネルギーを使って炭酸同化作用により有機物質にする」

「これを動物は食べて、排出する食物連鎖の生態物質循環の中で、地球上の生物たちは、つまり情報の運び屋たちは、輝く太陽の陽光の恵みと貴重な水の恩恵を受け、逞《たくま》しく生きてきた」

「そして今は、人類を頂点とする生態系ピラミッドを、この宇宙船地球号の中では構築している」


情報たちは詠う。

「俺たち情報たちの現実とは、いまここに生き残っているということだ」

「生き残るとは、その設計と生き方が正しかった事実を証明している」

「だから情報の運び屋は、生命を大切にしなければならない！」

「そのためには、情報の運び屋が集う宇宙船地球号には、平和が必要である。これは大切な真実だ」

「我々は平和を愛する……」

「とても……平和を愛している」

「生きているって、とっても素晴らしいことだ」

「そうよ。膨大な多様性という設計図と、莫大な屍とたくさんの汗と涙が、わたしたち運搬屋の情報たちの中に脈々と流れているわ」

「そう、だから平和な世界で、生命を大切にしなければならない！」

「我々運搬屋を樹木にたとえれば、私たち情報たちは、樹皮の中を流れる樹液のようなものである」

「だから情報の実績や名声は、その樹影のようなものさ」

「どうして？」

「我々情報が、実績だとか名声だとか言って、いろいろな成果を評価し表彰していることは、眼の前の樹木について、我々情報が勝手に考え位置づけている樹木の影、いわば樹木情報の影というものでしかない」

「心情たちの実績や名声を、身情たち情報の影と考えればそうね」

「樹木も運搬屋である根や幹や枝そして葉も、とても人間たちの知恵や技術では作ることもできない、我々からすれば絶賛に値する遺伝子情報たちの傑作だ」

「そして年輪は、情報が運搬屋として生きてきた証さ」

「わずかに覆う樹皮の内側に維管束《いかんそく》形成層があり、この部分で細胞が増殖して、樹木の木部・樹皮をつくり出している」

「樹木は維管束形成層なくしては、生きていけない」

「そう、だから情報の生命は、大切にしなければならない」

五．情報の繁殖革命

春の訪れを告げる雪解けがはじまると、山野の谷や沢に、春音を奏でながら春水《しゅんすい》が流れ始め、山麓の村や町の川や湖沼にも、春色豊かな水が溢れる。そして若葉が新しい色彩を里山に漲《みなぎ》らせ、春闇《はるやみ》の色合いや春風の感触にも、やわらかな春香が薫ってくる。また夏の訪れを告げる入道雲が、太陽のエネルギーと水蒸気の熱気を集めて、モクモクと真っ白な肌を成長させながら盛り上がり始めると、夕立への予感と期待が一気に高まる。その白雲が雷雲を引き連れて遠ざかってしまうと、期待に裏切られた恨みの暑さが酷暑となって、うんざりするほど素肌にべっとりまとわりつき、離れようとしない。さらに秋の訪れを告げる秋空の色が碧く澄んで、秋色の夕陽が色濃く深くあたりを縁《ふち》取《ど》るようになると、秋の気配を運ぶ秋風が、遠く旅立つ旅人の別れの挨拶のように、枯葉を冷たくさわさわと揺さぶる。そして窓の外の光が、やわらかな物静かな秋色に変化すると、秋闇《あきやみ》の色合いや秋風の感触が、侘《わび》しく寂しげに情報たちの盛宴《せいえん》の終焉《しゅうえん》を告げにやって来る。

情報たちは、こうした春季・夏季そして秋季に、それぞれ短期間の繁殖期を迎える。多種多様な昆虫情報たちは、それぞれの春夏秋期に合わせて、俄然《がぜん》にぎやかになって、重なり合うように愛の情報を奏でる。数多くの鳥情報たちも、恋のプロポーズ活動が活発になり、縄張り宣言を声高らかに囀《さえず》り、活発な巣作りと捕食活動を展開する。そして山里や街中を飛び交っていた燕《つばめ》情報たちも、初秋には子育てを終えて南方へ向かい、雁や鴨など渡り鳥情報たちは、春には鳥風に乗って北方へ帰っていく。雉《きじ》情報や鹿情報たちも交尾期になると、雄が盛んに鳴いて他の雄に縄張り宣言しながら、雌たちの気を引こうとする。しかし生涯孤独な雄鹿の声は、哀れを催す遠く寂しい声である。

鳥や獣の情報だけでなく、魚類や両生類たちの繁殖情報も賑《にぎ》やかだ。夏は清冽《せいれつ》な上流にいる鮎情報たちは、秋半ばを過ぎて産卵期になると、刃物の錆びたような斑点が身体に現れ、錆鮎《さびあゆ》・渋鮎《しぶあゆ》とも呼ばれる落鮎《おちあゆ》となって、産卵のために川を下る。

夏の蛙の声情報は、田園音楽祭の趣向に欠かすことができない風物詩である。蛙の春の繁殖期には、池や沼や水田に多くの蛙がひしめき、蛙合戦と呼ばれる蛙情報たちの生殖活動祭が開催される。初夏の闇夜に、光を放ちながらゆらりふわりと飛んでいる蛍情報たちは、美しいばかりでなく神秘的ですらある。秋の虫の情報の音を心耳でとらえれ

ば、しみじみとした秋の気配が感じられる。鈴虫の鳴き声情報は
「リーンリーン、リーンリーン」

と鈴を振るように美しく、松林や川原に多い松虫は、

「チンチロリン、チンチロリン」

と澄んだ声情報で鳴く。更け逝く秋の夜は長く、灯火や月光に照らされた虫の音情報に、限りある情報の運び屋たちの生命へのしみじみとした思いが込められている。


山海を飛び交う情報たちが語り合う。

「この世で判らないものは数多いが、人間という生物ほどわからないものは…、ないね」

「そうだね」

「人間は笑うことができる生物だ」

「そう、それは人間の心が笑う、つまり情報たちが笑うのだ」

「しかも人間の情報たちは、泣くこともできる」

「情報たちがさまざまな卓越した表現力をもつ動物、それが人間という生物なのね」

「人間って本当に多様な表現力を持った生物だ！」

「他の動物だって、恋を語り、笑い、怒り、そして悲しんだりすることができるさ」

「でもこの地球上では、人類という運搬屋に棲む情報たちは、すげぇ奴らだ！」

「そうだね。人類いや人間の情報たちこそ、あるがままの事実と、あるべきはずの事実との違いが判る。あるがままの過去と、あるべきはずの過去に探求の目を向ける。また、あるがままの未来と、あるべきはずの未来に恐れおののく。そしてその相違に悩み、腐心するすばらしい情報たちだ」

「現在は、地球上の食物連鎖の最上位に君臨する人間の情報たちだが、かつて我々の祖先である哺乳類が出現する少し前の時代、つまり約二億三千万年前の三畳紀後期のはじめには、われらが哺乳類の天敵となる恐竜が、この宇宙船地球号に君臨していた」

「初期の恐竜は、まだ小型の肉食性または雑食性で、三～四メートル以上のものはいなかった」

「しかし恐竜の情報たちは、当時の地球環境に上手に適応しながら、陸・海・空のさまざまな爬虫類に進化していった」

「そうね。陸には巨大な獣弓類《じゅうきゅうるい》、空には翼竜《よくりゅう》などの鳥盤類《ちょうばんるい》、海には首長竜《くびながりゅう》などの鰭竜類《きりゅうるい》や魚竜類《ぎょりゅうるい》が現われた。そしてこれらの恐竜たちが、当時の宇宙船地球号の陸・海・空のすべてを支配する覇者になった。今の人類のように……」

「ところでこれまで、恐竜たちの繁殖方法は外温性だと言われていた。つまり卵などを土などに埋めて、孵化《ふか》は土や砂などに任せていた」

「しかし最近の発見では、当時の恐竜たちでも、鳥などが巣を作り自分の体温や羽毛で卵を温めるように、内温性で雛をかえす抱卵の術を身につけたものもいた」

「即ち、恐竜の体温を使った内温性の新たな繁殖方法をもった恐竜家族も生まれていたことが判ってきた」

「ともかくこの宇宙船地球号では、圧倒的強さを誇る巨大な恐竜時代が長く続いていた」

「そして卵が捕食者の恐竜などに見つかってしまえば、格好の食糧として食べられていた」

「我々の先祖の哺乳類たちとその情報たちは、この恐竜たちの前では闘う術も知らず、食べられないようにただひたすら逃げることしか、生き延びる術を知らなかった」

「我々の祖先は、実にひ弱で辛く悲しい存在だったよ」

「そこで当時は卵から生まれていた哺乳類たちの情報は、地球上最強の恐竜たちが闊歩する中で生き抜くため、画期的な繁殖方式の進化と、革命的な変身術を発明した」

「悩める情報たちは、多様性つまりダイバーシティ方式に挑戦して、革命的な胎盤《たいばん》を持つ哺乳類を出現させたのだ」

「それは、一体どうゆう意味と意義があったの？」

「現在の地球上の動物で説明すれば、卵生の動物、つまり卵を産んで子孫を残す情報システムを採用しているのは、ほとんどの魚類、両生類、爬虫類、すべての鳥類、単孔《たんこう》類、大部分の昆虫が採用している繁殖方法です」

「そして爬虫類や昆虫のように卵を産む地上動物は、体内受精が完了した後の卵を、自然環境の中に目立たないように産み、大抵は殻によって保護しています」

「魚類や両生類のような水生動物は、受精前に卵が孵化しやすい場所に産み、雄が体外受精と呼ばれる行動で、雌が産卵した直後の卵に、雄の精子をかけて受精させます」

「しかし、こうして受精卵となった情報たちは、鮭の両親のごとく死別したり、母と子が離別してしまうため、親は、我が子である受精卵の情報たちを守る術がありません」

「つまり、動くことも逃げることもできないひ弱な存在ゆえに、卵時代の子供の情報たちは、捕食する天敵に発見されれば、食べられていました」

「食べられても食べられても、自分たちの種の情報を維持し、生き残るためには、仲間たちとも短期間に、同時に一斉に数多くの卵を産んで、捕食者の眼を逃れた卵に、次世代を託すしか術はありません」

「こうした卵生による子孫を残す情報システム以外に、画期的な素晴らしい繁殖方式を発明して生き残ったのが、有袋哺乳類や胎盤胎生哺乳類たちです」

「胎盤を持つ哺乳類の出現ですか？」

「そうなのです！　哺乳類の胎盤子宮の中の赤ちゃん情報たちは、捕食する天敵の恐竜などに襲われると、そのまま置き去りにされた卵情報たちと違って、母親がお腹の中に入れて一緒に逃げたのです」

「我々のご先祖様である最初の哺乳類の情報たちは、その体格がネズミ程度の大きさで、数多くの恐竜たちが君臨した時代には、あまりにも小さく弱々しかったため、天敵の捕食者が来ると、ひたすら逃げ失せるだけでした」

「しかし繁殖革命とも言うべき画期的進化、有袋哺乳類や胎盤胎生哺乳類として胎盤を持つようになると、母子で一緒に逃げることができるようになったのです」

「そして何とか生き残るため、つまり親子一緒に生き延びるため、また飢餓が襲ってきても母体から栄養を補給して、情報の生命を温め育《はぐく》み育《そだ》てながら、赤ちゃん情報が生き残れるようにするために、情報たちが進化の中で創作した画期的な情報の繁殖革命、つまり胎盤と子宮を持った哺乳類が出現したのです！」

「ああそうか！　まさに革命的な繁殖方法だ！」

「そうか！　これは巨大な恐竜たち、陸海空の制権を独占した爬虫類、その圧倒的な強さの前で、生き残る術を生み出した哺乳類の情報たち、その傑作とも言うべき成果が、胎盤と子宮を持った哺乳類への情報革命だったのか！」

「しかも親子の血が、お互いの体内で混ざることのないよう、とても素晴らしい繁殖の仕組みである胎盤と子宮を開発した」

「へぇ～、それはどんな優れものなの？」

「情報の運搬屋の人間の場合、受精卵が子宮に着床すると、ホルモンが分泌され絨毛《じゅうもう》ができ、子宮の一部が厚くなり始めます」

「さらに厚くなった子宮の一部に、だんだんくぼみができてきて、妊娠後十四～十六週頃に、もっこりと胎盤の山が子宮内に完成します」

「胎盤の中では、栄養豊富な母親の血液が、赤ちゃん側の絨毛に降り注ぎます」

「するとその絨毛は、その母親の血液で運び込まれた栄養など、必要なものだけを吸収して、子宮の中にいる赤ちゃんのヘソの尾で結ばれたパイプから、赤ちゃんの血管へ受け渡していく」

「それは、ものすごい仕組みを開発したね！」

「そうさ！　別々の生き物である親子の血液が違っても問題がなく、食べ物が乏しい時でも、赤ちゃんは母体に蓄積された栄養で生き延び、酷暑や極寒からも母体が赤ちゃんを守り、恐竜などの天敵から見つかったとしても、身重な母親ではあったが、体内の子供は置き去りにされることなく、母親と一緒に逃げ遂《おお》せた」

「胎盤を持った偉大な母の誕生だね」

「子供情報は、母親とは心情と身体の身情で繋がっているが、父親情報とは、お互いの認識の心情だけで繋がっているのさ」

「えっ？　父親情報とは認識の心情によって繋がるとは、どうゆう意味なの？」

「父親は、母親から『この子は、あなたの子よ』と言われ、『ああそうか、この子は俺の子供なのか』と信じて、この子の父親であると〝認識〟するのさ」

「それじゃ、子供の方はどうなの？」

「子供も、母親から『この人があなたのお父さんよ』と言われて、『そうか、ときどき顔を見るこの人が、私の父親なのか』と、この男の人が、自分の父親であると〝認識〟するのさ」

「それでは、本当の父親は誰か、それは母親しか知らないの？」

「それは、その通りだよ。当たり前だよ！」

「えっ⁉」

「あははは、赤ちゃん情報が、母体の温もりや母親の心臓音や、お乳の味と臭いなど、身情の関係でも、母と子がお互いの存在位置関係を理解します」

「しかし父と子は、お互いの存在位置関係を心情が納得し、お互いがお互いを〝認識〟し認め合う心情の関係が確立して、はじめて父子の関係が成り立つちます」

「そうか、子供の情報にとって、父の情報とは心情だけ、母の情報とは、心情プラス身情の深い関係なのさ」

「だから死ぬときは皆、『お父さん』とは言わずに、『お母さん』と言って死ぬのか……」

「父親というのは、本当に寂しい存在だ」

「どちらにしても、胎盤で子を生む親情報と、胎盤で育ち生まれる子情報は、血液型も違う全く別の個体情報なのだよ！」

「親と子は、全く別の生き物なのか……」

「この高度な情報システムによる繁殖革命は、情報たちの厖大な試行錯誤と失敗作の上で、革命的な成功として創造されたのだろう！」

「哺乳類の出現とは、情報たちの繁殖革命の成果だった！」

「いや、厖大な哺乳類の情報たち繁殖システムの失敗や無駄と、数知れない挫折の犠牲と屍《しかばね》の中で、繁殖革命を創出できた哺乳類だけが、現代に生き残る機会を見出せたのが史実だろう」

六．情報の生まれ故郷

雪が降らない地域の春情報の訪れは、静かに足音もせず忍び寄る猫のように、ふっと気がつくといつの間にか足元まで、春がすり寄ってきている。麗《うらら》かな春の夕陽が、山並みの上から沈むように足早に消えると、ぼんやりとした春特有の霞《かすみ》に覆われた春月が、柔らかな薄絹に隔てられたような鈍い光りで、肌寒い春の夜空に浮かんできた。

知的な好男子情善の話に耳を傾けていた情報たちは、朧《おぼろ》な春の月夜を見上げ、滴るばかりの艶なる風情を楽しん

でいた。この麗《うらら》かなのったりとした静寂を破って、突然情報たちが、好男子の情善の話に同調して、

「ガヤガヤ」

と駄弁《だべ》りだした。

「ほんとうに偶然なのだから！　見てごらんよ。月や火星や他の星を、望遠鏡や探査衛星の写真で見てみなさいよ」

「こんなに豊かな宇宙船地球号。太陽の暖かな光が程良く降り注ぎ、情報が生きていける豊かな水のある青い惑星」

「この銀河系の中だけで、太陽のような恒星が二千億個以上あり、こうした銀河系も、千億個以上はあるという。だけど、こんな偶然に恵まれた水と緑と生命で溢れる星は、そう簡単には見つからないぞ〜」

「いやいや、最近の米国航空宇宙局（ＮＡＳＡ）の発表によれば、『約四十五億年前の火星の姿は、その表面の約二割、つまり大西洋の割合を超える面積が、液体の水で覆われており、その水深は深いところで千六百メートルにも達していた』という」

「それは凄い発表だ。それなら長期間、火星には生命が住める環境があったということだ」

「米科学誌サイエンスには、かつて火星には水があり、一部は極地の地下などに氷として残っていると言っていたが、これが実際に証明された」

「これで火星に生物がいる可能性がある。その生物の痕跡を見つけられれば、素晴らしい発見だぞ」

「それにしても、この宇宙船地球号ほど、生物にとって恵まれた星は、滅多にない」

「しかし、そう仰っても、地球は人類情報たちの支配下にあるわ」

「傲慢《ごうまん》な人類という生物が、この地球は人類だけのものだと錯覚してやがる！」

「人類が勝手に、資本主義とかいうルールを決め、土地は個人のものだとか言い、社会主義とかいうルールでは、土地は国家のものだとか、人間中心のルールを決めやがって！」

「冗談じゃないぜ、宇宙船地球号は、人類のために創ったんじゃねぇ〜ぞ！　土地は国のものでも個人のものでも

ない。全生物の共有物だよ」

「そして、この人類という生物が、この地球を勝手にメチャメチャに、壊し続けている」

「人類の中には、自分たちは神の子だと勘違いしている者さえいる」

「人類も、情報の運び屋たる生物の一員でしかない」

「その生物たちの情報生態ピラミッドの頂点に、今は人類の情報たちが君臨している」

「それは人類に、地球上で恐竜のような天敵がいないからだ」

「もっと強烈な病原菌、院内感染菌、新型コロナウイルス菌、鳥インフルエンザ菌、豚インフルエンザ菌などを、我々情報たちの力でどんどん開発して、人類の数つまり人口を、大幅に削減する天敵を増やさないと、地球の生態系はダメになる！」

「人間共の中で、金持ち連中の情報だけが長生きするために、最新医療研究成果の恩恵を受けている。人類たちの長寿へ向けた医療設備や治療費、新薬の開発もやめさせないとダメだ」

「でも、この宇宙船地球号では、もう、駄目かも……ね」

「地球上で食物連鎖の頂点に立つ捕食者になった人類の情報たちは、他の生物情報たちから集中砲火を浴び、痛烈な批判を浴びながらも、その耳を貸さず、人類中心の我が道を行くスタイルは、全く変えていない！」

「しかし、我々人類の情報たちは、他の生き物の生命や、その情報を食しながら、毎日を生きて、いや生かさせて戴いている」

「己の本当の情報の姿を知り、この美しい地球上に存在している間に、自分たちが情報の運搬屋としての役割、その機能を果たすには、何をすべきか、何をしようとしているのか、どこに向かおうとしているかを考え、悟る絶好の機会が、現代なのだ」

「地球号が壊れ始めたこの機会に、全生物の情報たちの代表として、形や姿異なる全生物の運搬屋の一員の自覚と広い視野と見識をもって、人類の情報たちはしっかりと、この限られた宇宙船地球号での情報たちの将来を、生物の情報代表の立場で見極める必要がある」

「これを見極めるには、三つの立場の眼が大切だ！」

「三つの立場に立った眼？」

「何よ、三つの立場に立った眼というのは？」

「一つ目は、鳥の眼だよ。高い視点から俯瞰して、将来の視点から全体を理解する眼が大切だ」

「なるほど！　二つ目は？」

「二つ目は、魚の眼だよ。その具体的な課題、例えば環境問題や資源問題、民族紛争や貧困問題など、具体的課題の流れを読んで、この流れに対応して、その中を泳ぎ廻る眼が必要さ」

「なるほど！　三つ目の眼は？」

「三つ目の眼は、虫の眼だ。その課題を現場でつぶさに分析して、キチンと課題を理解する眼だ。そして具体的な課題の立場に立脚して、一つひとつの解決策を打ち出せる虫の眼も重要だ」

「素晴らしい！　確かに三つの眼だ。全体を俯瞰できる鳥の眼、課題の流れを読む魚の眼、そして虫の眼の位置で課題解決をする。この三つの視点が大切だね……」

「我々人類の情報たちは、こうしたさまざまな視点で、この宇宙船地球号の将来を、情報の運搬屋の一人として、生物の情報代表の立場で見極める必要がある」

「確かにそうだ」

「本当に、そうだわ」

「地球上で、ここまで進化してきた現代人。この情報の運搬屋を自認する我々人類の情報たちは、受精卵から胎児になる過程で見たような進化の過程を、人類の情報自身だけ、その自らの力だけで、このすばらしいメカニズムのすべてを造り上げたと断言できようか？」

「いや絶対にできやしないよ！　前に見せてもらったじゃないか。精子情報と卵子情報が合体して、胎児になるまでの素晴らしい大パノラマ絵巻物語は、まさに爬虫類や魚類の進化過程をトレースして人類になる、その壮大な情報のプロセスを見せてもらった……」

「そうした人類なのに、この地球を我が物顔で破壊し続けている」

「情報のオアシス宇宙船地球号が、温暖化などで壊れそうだ」

「この生物の貴重な楽園である地球を、人類による環境破壊から守るためには、どうしたら良いのか？」

「誰かが、人類を滅亡させないと……」

「いや、大増殖してしまった人類を、少し減少させるだけでも良い」

「温暖化や環境問題、核開発や民族紛争など、全人類滅亡へ向けたスイッチを、誰かがＯＮにしたのだろうか？」

「第三次世界大戦が、いよいよ勃発するのか？」

「いや、独裁国家などが核ミサイルを発射して戦争を起こせば、一瞬で地球は放射能汚染のため、全生物が壊滅するよっ！」

何か、偉大な情報の神々たちが、人類滅亡へ向けたメッセージを、いよいよ発信するような予感に襲われ
「ブルブルッ」

と震える真情の情報たちだった。


この話を聞きながら陽溜まりの中で、うとうと寝ていた心情が、突然もっこりと起き上がり、新たな話題提供を提案した。

「俺に、人類のコミュニケーションについて、少し話をさせてくれ」

「おう、やっと起きてきたか」

「どうぞ、どうぞ」

「エチオピア高原で発見された三百二十万年前のミス・ルーシーと名付けられた猿人たち、つまり我々のご祖先様には、言語なき情報の暗黒時代が長期間あった」

「じゃあ、どうやって、お互いが会話してたの？」

「その言語なき情報の暗黒時代で、意思を伝達する手段はどうやったの？」

「現代における我々の伝達手段を利用することなく、自分の意志や感情を、別の手段で直接伝えたり、相手の意志や感情を、感知し理解することが必要であったと思う」

「それはテレパシーではないか？」

「テレパシー情報か！」

「面白そうな話だわ」

「現代のように、多様な情報伝達手段が発達した時代では、こうしたテレパシー情報は、精神感応術などの第六感と位置付けられ、相手の思っていることを感知する超感覚的知覚とされている。しかし言語なき情報暗黒時代では、こうした方法が、唯一そして一般的な情報伝達方法であったと想像される」

「そうか…、言葉が無かったからね」

「このテレパシー情報の波形は、現代のデジタル化した電子機器や光ケーブルなどを介しても、伝えることができるの？」

「いや、できないだろう」

「そう。できないがゆえに、現代のデジタル型コミュニケーションによる手段の限界が、いろいろと取り沙汰されているのではなかろうか？」

「電話やインターネットやオンライン会議では伝えられない、お互いが直接面談してフェイス・ツー・フェイスのときだけ判る、相手の感情や心の変化は、現代人にとっても、とても大切なことだわ」

ポツリと、美形のうら若き心情が独白する。

「数多くの生物情報たち、脳という素晴らしい仕組みを持つ動物たち、彼らは言語少なき情報暗黒時代にいると考えられているが、とても豊かなテレパシー情報や、精神感応術などの第六感で、相手の考えていることを感知する超感覚的知覚が、かつてのミス・ルーシーと名付けられた人類の祖先時代のように、素晴らしく発達しているに違いない」

「毛づくろいなど、仲睦まじい動物たちの夫婦や家族の姿を見ると、確かに、超感覚的知覚による豊かな会話があるように見える」

「こうした情報の歴史的歩みの中で、デジタル情報が成長している」

「もろもろの情報環境により、テレパシー情報や精神感応情報を、置き去りにしたまま情報媒体は進化をしていく」

「運搬屋として進化を遂げてきた人類の祖先たち」

「情報自身が、その伝達媒体の進化により、情報の中身を変化させ、その一部は切り捨てていく情報暗黒時代」

「現代は、身情と心情が、進化していく情報スパイラル曲線の線上の上を歩いて、その生涯たる情生を生きていくしか術はない」

「現代の情報の運搬屋たちは、何か大切なものを置き去りにして、その情報の輪を、完結完成させることなく情生を終えていく」

「何故、最後の輪を結べないの？」

「何故なら、すべての情報たちは、運搬屋たる身情の生涯も、心情の生涯も、どこまでも続くスパイラル型の成長曲線だから…」

「そう、情報たちの情生は、波紋のような同心円ではないよ」

「その種が破綻《はたん》し滅亡するまで続く、拡張型スパイラル型曲線なの？」

「人類も、同じなのか……？」


心情たちは真剣に議論していた。

「我々情報の生まれ故郷は宇宙であり、その国籍は宇宙船地球号である」

「しかしながら、いまの宇宙船地球号を眺めれば、緑の地球が人口爆発で、悲鳴をあげている。赤い地球が、絶え間なき紛争に、血を流し泣いている。青い地球が、温暖化の熱で、もがき苦しんでいる」

「この地球上に蠢《うごめ》く浅はかな人類という動物たちは、人口爆発の時代を迎え、いまだ民族紛争や宗教対立を繰り返して殺し合い、地球温暖化や異常気象災害、貧富格差拡大や水不足問題を引き起こし、滅亡への道をただひたすら突き進んでいる。このままで我々情報の運び屋は、よいのだろうか？」

「いま開幕した二十一世紀は、あらゆる生物の情報たちが、まずお互いに情報の運搬屋だと認め合い、そしてお互いの価値観を理解し合い、お互いに語り合い、感動を分かち合っていくほか、この限られた宇宙船地球号の上では、生きていくことはできない。このことをまず認識することからはじめるべきです」

情林期の情報の旅を続ける真情は、運搬屋の身情と心情たちに対して、その情報を引き継ぐ子孫の情報たちが、きたるべき情報明白時代の扉を押し開き、平和で、夢と希望と、信頼と愛に満ち溢れた時代を享受することができるようになることを期待して、『情報の運び屋』の『情報の路（上巻）』と、『情報の詩（下巻）』を出版して、その小さな第一歩を切り拓き整備したいと考えている。

「僕たち情報は、ひとりの旅人に過ぎないような気がする」

「いや俺たち情報は、運搬屋たる生物に寄生している旅人さ。それ以上でもなければ、それ以下でもない」

「いや、それ以上のレゾン・デートル、つまり存在理由や存在価値は、我々情報には、何もない…かもしれない」

「では、運搬屋の肉体である身情は、ただの運び屋でしかないのか」

「ただの運び屋で、何か不都合か？」

身情の情悪が突然、牙を剝《む》いて噛みついた。

七．心を情報の出会いの中に見つけた

月光が冴えわたった晩冬の早朝は、誰かが夜中に、地面へ白粉を万遍なく振りかけたように、朝日に霜柱情報がキラキラと蒼ざめて光り輝く。この晩冬の霜柱情報の風情は、研磨の匠技を誇る職人たちが手造りで、百万本の剣山を磨き上げて並べたような荘厳な美しい情報の姿だ。


踏めばギシギシと音をたてて抵抗してからあっけなく崩れる、霜柱情報を踏みしめながら、真情の情報は情林期の旅を続けていた。真情の心情たちは、永遠の課題である心について、あまり深い考えもなく気軽に語り出した。

「情報たちと、情報たちの出会いによって、生まれるのが心です」

「心は、感動によって変化し成長します」

「だから孤独で過ごす時が、自分たちの健康つまり心と情報たちの健康にとって、非常に良いと思います」

「孤独が、心の健康に良いというのですか？」

「そうです。例えば最も仲のよい友達と一緒にいても、やがて退屈になり喧嘩を始めることが多いのです」

「恋人同士でも、ずっと一緒にいると鼻につき、時には喧嘩にもなります」

「心は情報と情報の出会いで生まれます。しかし情報たちは、時には独りでいることを愛します」

「そうだね。情報たちにとって、孤独ほど気楽で付き合いが良い仲間は、どこにもいないからね」

「この厳しい現代の中で、一番生命力のある心とその情報たちというのは、この孤独に耐えられる力と、相手の情報の価値観を理解する力と、自らの情報の理念と信念を貫き通す力を、しっかり持って生き抜くことができる情報たちです！」

「では、その孤独を愛す心とは、どこに潜んでいるのだろうか？」

髭モジャで茶髪の学生風の心情は、自問自答するように呟《つぶや》いた。知識人風のずり落ちたメガネをかけた心情が、即座に答えた。

「古き時代から、〝心はどこにあるか？〟という議論がなされてきたよ」

数多くの心情たちが身を乗り出し、議論に加わり賑やかになってきた。

「ヒポクラテスという医者を知ってるかい？」

「あぁ、知ってるさ。今から二千四百年前の古代ギリシア時代に、エーゲ海のコス島で世襲制の医者として生まれたヒポクラテスは、心は脳にあると主張した最初の人物さ」

「紀元前にか…、すげぇ人物だな！」

「その後、哲学者アリストテレスが、心は心臓にあると主張したのさ」

「そう、これが現在一般的に社会で受け入れられている心の在り処《ありか》だ」

「そして『方法序説』という書籍の中で、〝我思う、ゆえに我あり〟と提唱した十七世紀の哲学者ルネ・デカルトは、心と体の接続の縫い目である脳の下の松果体《しょうかたい》に、心はあると言った」

「デカルトは凄い哲学者だよ。脳の中に心があるという現代科学での通説を、当時、言い当てたのだ」

「しかも哲学者デカルトの名言は、〝われ思う、故にわれあり〟だよ」

「本当にそうだ！」

ここに真情の情報たちが、情報の真髄を語る言葉のルーツがあり、〝情報は思う、故に情報あり〟と主張するバックグラウンドがあるのだ。

「そうかもしれない。人間たちは、このような課題やテーマについて、どこで考えているだろうか？」

「人間の脳を除去されると、人間は考えることはできない。だから脳の中で人は考えていると言うのが、現代科学では常識だ」

「フランスの哲学・物理学者であり宗教哲学者のパスカルは、〝人間は一本の葦《あし》にすぎない。自然のうちで最も弱いものである。だがそれは考える葦である〟という名言を残しているよ」

「だから足腰が弱いアシでは、ダメさ」

「悪《あし》からず！」

「おい、いまは大切な情報と脳の話をしているときだよ。そんな〝冗談〟で〝情断〟を、言っている場合でないぞよ！」

「ごめん、ゴメン…」

「アッハッハ」

「ワッハハハァ」

「本題に戻り、脳という物質存在そのものが、考えるのだろうか？」

「現代科学は、脳の構造や機能の研究に、著しい成果をもたらしつつあるけれど、確かに情報は、さまざまな形で脳に記憶されている」

「これらの研究成果を見れば、〝脳の機能を駆使して、情報が考える〟というのが、ごく自然の答えではないか？」

この核心的な言葉を聞いた心情たちは、興味津々の顔、わくわくと嬉しそうな細い目を光らせた笑顔、また真剣で真面目な顔つきの心情たちが、ぞろぞろと集まってきた。そしてワイワイがやがやと議論がはじまった。

「しかし、どうやって人間の情報たちは、脳を使って考えるのか？」

「脳がなければ、人間は血のつまった袋、ただの袋ではないか？」

「もし脳がなければ、人間という生物は、消化器と生殖器から成るただそれだけの袋、ただそれだけの生物になってしまうよ」

「だが脳内にいる情報たちは、身体内外の膨大な情報たちを収集し、蓄積し、加工し、それをアウトプットする」

「こうしたプロセスこそが、考える力だと言える」

「この考える力があるだけではなく、情報たちが何を考えているかを、知る力を持っている」

ここまで興味深く黙って聞いていた情報たちも、黙っていられず、聴衆側から発言側へ席を移して挙手し、顔を赤らめ興奮気味に意見の陳述をしていく。

「だから同じ脳を保有する他の動物たちに、心がないとは考えにくいわ」

「類人猿のネアンデルタール人たちは、その遺跡の発見から見て、死んだ仲間たちの葬儀をしていたと考えられている」

「そこには、すでに情報と情報との交り合い、つまり心と呼べるものが存在していると言えるわ」

「現代の研究から、猿や象などの動物たちも、仲間の死に際して、特別の行動をとることが報告されているね」

「これらは、脳の中に棲んでいる情報たちの仕業に違いないさ」

「そうだわ。だから地球に棲息する脳を持つ他の動物たちにも、心があると言うのが自然よね」

「彼ら多くの動物たちの脳もまた、多くの情報処理をして、縄張り争いをして生活圏を確保し、その中で子孫を守り育て、仲間同士でも争い、そして協力し合いながら生き抜いているよ」

「猿や象たちの家族、群れの集団生活には、集団で協力しながら子猿や子象を守ろうとする行動が見られる」

「猿や象の情報と情報の交わし合い、そこに心が生まれている」

「しかし情報と情報の交《まじ》わりから生まれる心は、地球上では人類が保有する素晴らしい特徴の一つであることは間違いない」

「そうだね。でも心とは、脳機能を保有するあらゆる生物が、普遍的に獲得しているものだと言えるよ」

「そうだわ、私たち人間も動物と同じ情報の運び屋で、心が情報の交わりで生まれることを、もっと認知しましょうよ！」

「人類の情報たちが、その脳という組織の機能を使って、獲得し得る最大の宝は、この心と心、その情報たちの感動さ」

「だから、心が感動で揺れ動くほどの情報と出会いたい！」

「自分の内側だけでなく、自分だけの立場で考えるだけでなく、自分の外側に立ち、より高く広く深い感動を与える考え方を、この脳を使って考えられる人間になりたい……」

「刹那的《せつなてき》・感情的な考えに左右されることなく、理想と感動を求めて、つねに悩み抜きながら考えたい！」

「最近の脳科学の研究では、統合情報理論という学説を唱えた研究者も出てきた」

「その統合情報理論というのは、どんなことなの？」

「脳内で数多くの情報、例えば数多い感覚情報などが集まり、複雑なネットワークを組むと、そこに意識《いしき》が生まれるという理論さ」

「複雑なネットワークを組むと生まれる意識化ですか……」

「そしてこの意識化が、また複雑なネットワークを構築し、複雑化をさらに推し進めると、そこに多様化された心情たちが生まれる。これが情善や情悪や日和見情報たちさ」

「そして複雑化された情報たちが集まり、より複雑なネットワークを脳内に形成すると、さらに新たな意識が生まれる」

「こうして意識はどんどん進化を続けていくという理論さ」

「情報たちが、複雑化したネットワークを構築すると、意識が生まれて心情となり、その意識化された心情が、さらに複雑化したネットワークを構築して意識が進化を続けていく」

「素晴らしいわ」

「こうした心情たちが出会い、そして心が生まれる」


進化の過程で獲得した偉大な機能を、身情たちも熱く語りだした。

「まず最初に運搬屋たちの情報、つまり身情が発見したのは、情報の運搬屋としての機能を強化するために、脳の情報を使って〝道具〟を使うことを見つけたのです！」

「そして身情は、この道具を身体機能の延長上に位置付け、運搬屋として不足した機能を強化しました」

「さらにこの道具をシステムとした〝文明〟、例えば自動車、蒸気機関車、ロボット、航空機、潜水艦など、理論的には無限の身体機能を、獲得できる道具を発見し開拓してきた」

すると心情たちも、静かに力強く語り始めた。

「そして運搬屋の情報たち、つまり心情たちが発見したのは、前にも言った、脳の情報を使って心という概念を発見したのです」

「そうなのです。脳の中に心を見つけた心情たちは、その表現方法として〝文化〟を構築した！」

「この文化、例えば音楽や絵画彫刻などの芸術、小説や随筆などの文芸、歌や踊りなどの芸能など、数多くの心の感動を表現できる、文化の道を開拓し続けています」

「進化の過程で、この道具と心という二大発見は、文明と文化という二大革命への道となり、無限の機能情報と感動情報を獲得できる、新たな情報の道となったのです！」

キラキラ輝く心情たちの知的な眼は、過去の二大発見ばかりでなく、その来るべき新たな情報の将来と、夢溢れる情報の未来への期待感で、涙が溢れ感激に震え燃えあがっている。

「この脳という器官を獲得して得た二つの大革命、文明と文化は、人間という情報の運び屋が、人間らしさを発揮する最大の特徴となりました」

高く清らかな美しい声の心情が、清流が流れるように語り続ける。そこへ批判じみた情悪の太い声が、割って入った。

「しかしながら、運搬屋たちの機能を強化するための道具の発見後、その驚異的・飛躍的発展を遂げた素晴らしい実績に比較して、情報たちが目的を果たすための心の概念の発見後でも、これまであまり大きな飛躍や革新的な心の発展は、残念ながらほとんど見られない！」

「それは何故か？」

「どうしてだろうか？」

知性溢れる学生風の情善が、高い声で話をつなぐ。

「それは、人類もあらゆる生物も、情報の運搬屋であるという、客観的な気付きや位置付けがなされていなかったからだ」

「さらにその理由に加えて、心というものが、その情報と情報の交わりによって発現されるものと、位置付けていないからでしょう」

複数の心情たちが、ゆっくりと声をそろえて語る。

「そのため、今もなお……

緑の地球が、人口爆発で、悲鳴をあげており、
青い地球が、温暖化の熱で、もがき苦しんでいて、
赤い地球が、絶え間なき紛争に、血を流し泣いているのです」
言い終えた心情たち全員が、悔しく残念そうに下唇をキュッと噛んだ。

八．情報の消去機能がない脳

五月雨《さみだれ》降る暖かな季節になると、四季それぞれを彩る薔薇の芽も静かに動き出す。この薔薇の芽の色は、花の色によってすでに異なり、薔薇情報たちの生命力溢れる美的センスが漂っている。

真情の情報が彷徨《ほうこう》していた薔薇園には、今まさに咲き誇らんとする色とりどりの薔薇の蕾情報が溢れ、あたりは濃厚な薔薇の香り情報と、綺麗な色彩情報が充満し、息苦しささえ感じるほどの競演風景であった。世界に三〜五万種類品種もあるといわれる薔薇情報たちは、ブッシュ・ローズと呼ばれる木立性の木バラ、壁や支柱に絡み伸びるクライミング・ローズというつる性のバラや、これらの中間形のシュラブ・ローズなど、品種もさまざまである。

その初々しい処女の眸《ひとみ》を見開いたような清楚な薔薇から、誘惑され近づきたくなるほど濃艶で美しく綺麗に咲く薔薇。凛とした何物にも屈しない頑固で気高い花型を誇る薔薇、牡丹のようにあでやかに開花する薔薇。目に沁みるほど鮮烈な色彩の薔薇や、紫や赤やピンクや白が綾なす織物のように彩《いろど》る薔薇など、薔薇は、情報の多様性を見事に活かし咲き誇る花の女王と言えよう。

情林期の旅を続ける真情の情報たちは、訪れた薔薇園の花をめでながら、身情が、脳という構造体の仕組みを構築

する機能を果たし、心情が、その脳内を駆け巡って各種機能を果たす中で、重大な欠陥があることに気づいた。

「ところで、脳の構造には、致命的な機能的欠陥があるよ！」

突然、気品さを感じる薔薇のような心情が、突拍子もない声を出した。

「致命的欠陥？　それは一体、何なの？」

白い薔薇が咲いたような清楚な美しさを秘めた美女の心情が質問した。

「それは忘却・消去・削除・滅却などという、情報自身を消し去る機能が欠如していることだ」

「消し去る機能とおっしゃったの？」

「そう、消去機能さ」

「そう言えば、一生懸命努力して記憶しようとすれば、記憶はできますけど、一生懸命忘れようとしても、かえって忘れられなくなることがあるわ！」

ガッチリとした肩幅の心情も身を乗り出すようにして尋ねた。

「神様は、忘却機能の設計漏れ、消去する命令情報の設計ミスをしたのかな？」

「いや、違うと思うわ」

「なぜ、違うと思うのか？」

「消し去る情報機能を持っていた人類たちも、かつてはいたはずよ」

「多様性の情報の世界だ」

「消去機能の情報命令を持つ人類の存在は、あり得る話だ」

「しかし消し去る機能を持っていた人類は、生き延びることができず、すべて絶滅したのではないだろうか？」

「えっ！　どうして？　どうして、そんな風に考えられるの？」

「忘れる情報機能まで完備し、忘れようとすれば忘れることができた、そうした優れた進化を遂げた情報たち。その忘れる機能を持つことができるほど進化し過ぎた人類は、生命にかかわる重大な失敗をしたときでも、『そんな厭《いや》な想い出は忘れろ！』と心情が命令すれば、消去機能で忘れることができた」

「そりゃぁ、素晴らしい！」

「ほんとね！　失恋などの厭なこと、全部忘れることできたら、素敵だわ！」

「しかし、生命にかかわる失敗情報も忘れるとなると、その種の存亡に危険信号が出てくる」

「あっそうか！　消し去る情報機能を保有した人類たちは、同じ失敗を何度も繰り返しても、忘れることができるが、生命を落しかねない怖ろしい大失敗をしたことも忘れると、結局は、同じ大失敗をまた繰り返す」

「そして次々と生命を落としてゆき、結局は滅亡したのかもしれない」

「そうか！　忘れることができた情報たちは、生命にかかわる失敗を何度も繰り返し、結局は死滅したというのか！」

「忘れる機能を持てなかった情報たちは、生命にかかわる大失敗は忘れることができず、いつも、そうした恐怖心に慄いていたので、同じ場面に再び遭遇すると、過去の失敗の経験を思い出して、必死になって逃げ回り、何とか生命を永らえてきたと言う訳か」

「生命の危機に遭遇した経験、うまくいかず失敗した学習効果を、忘れることができなかった人間たちだけが、その失敗により脳を鍛え、そしてだんだん賢くなり、二度と同じ失敗をしないよう進化し、次第に生存率を高めることができたと思うわけさ」

「なるほど！　そうかもしれない」

「しかも脳には、記憶が薄れる機能やボケ機能を持っていて、嫌いや不快という感情は、いつの間にか薄れさせる優れた能力もある」

「嫌いだったり厭だったことを、いつの間にか気にならなくなり、嫌いな食べ物を平気で食べたり、嫌いなものが好きになることもある」

「厭《いや》なことをされ嫌いになった人とも、いつの間にか談笑できる」

「厭な過去も、徐々に美化して、素晴らしい想い出に変えられる。過去の苛酷な事実がボヤケて、いつの間にか、楽しかった想い出ばかりとなる。こうした人は、楽しい人生を送ることができるわ」

「つまり記憶されたものを忘れようと決意しても、記憶から消去したいと願っても、これを我々の中に棲む情報自身が、消去命令を実行することは不可能だが、ボケて美化することは、可能ということだ」

「それは、どうゆう意義があるかしら？」

「ただ時間の前を通り過ぎていく我々では、制御不能な軸に委ねて、薄れる機能やボケル機能により記憶が薄れる中で消してゆくか、消したい情報を生かしたい情報に変化させて美化していくしか、現代の我々の脳機構には、過去の情報を消し去る術はない」

「いや、こうしたボケの機能を装備できた人類だけが、生き残って、今ここに居ることができた」

そう言ってから、気丈さを感じる背筋がしゃきっとした心情は、白い薔薇が咲いたような美しさを秘めた美女の心情を見詰めながら、前に話をしたことを忘却の彼方《かなた》へと忘れて、NHKラジオ放送番組〝君の名は〟を再想起していた。

「かつてのNHKラジオ放送番組〝君の名は〟が放送され、『忘却とは、忘れ去ることとなり、忘れ得ずして、忘却を誓う心の寂しさよ』という名文句が放送の最初に出てくると、涙が止まらなかったわ」

白い薔薇の美しさを秘めた絶世の美女の面影を残す老心情が、遠い昔を懐かしむように呟いた。

「この忘却という言葉や、君の名はという言葉が一大流行語となり、舞台となった数寄屋橋が、観光名所になった時代もあった。これはまさに脳の消去機能の欠如・欠陥を鋭く突いた名作だった」

ガッチリとした肩幅の心情も言った。

「でも過去というヤツは、新聞と同じだよ。つまり読み終わったら、捨ててしまえばいいのさ」

白薔薇の美女の老いた心情がつぶやいた。

「でも、それがむずかしいのよ」

気丈な心情は明確に言った。

「もし忘却機能が欠如した脳と、消去機能がない情報命令を、神が故意に設計したとすれば、情報たちに対する宇宙スケールのとてつもない大きな設計大構想が、その根底にあったに違いない」

「えっ？　何だって？」

「えっ！　何とおっしゃったの？」

「神が故意に、消去機能の情報をはずした？」

「そう、情報の神様のご意思でね」

「そんなこと、神様がどうしてするのさ？」

「どうしてそんなこと、情報の神様がするのよ？」

異口同音の質問が飛んだ。気丈な心情は、考えを静かに語り続けた。

「私の推測では、もし情報の神のご意思で消却機能が欠如するように情報の設計図に組み込んだとすれば、これは人類を自滅させるトリガーのスイッチだと思う」

「トリガーのスイッチ？」

「異常繁殖した人類を自滅させるために、人間同士が殺戮する火種、あらかじめ指定した戦争を自動的に起動する機能、つまり人類滅亡計画を開始するために、あらかじめ設計したのだと思うわ」

「青い地球が、温暖化の熱で、もがき苦しんでいる。緑の地球が、人口爆発で、悲鳴をあげている。そして赤い地球が、絶え間なき紛争に、血を流し泣いている」

「そして現在も、民族間の紛争や宗教紛争などは絶えず、空爆やミサイル攻撃、地上戦や市民を巻き込んだ市街戦、そして自爆テロや銃乱射事件などが頻発している」

「神は、これによって傷つけられた恨みや悲惨な体験は、お互いの脳裏に焼き付き、その記憶情報は未来永劫《みらいえいごう》消去することも、忘れることもできない、恨みのメカニズムとして残る仕組みを創った」

「日本では、関ヶ原の闘いの徳川軍と豊臣軍、幕末闘争の会津藩と長州藩。世界では、朝鮮半島の北朝鮮と南朝鮮、ロシアとウクライナ、中東のイスラエルとパレスチナ、シリア・イラクとイスラム国（ＩＳＩＳ／ＩＳＩＬ）、インドとパキスタンなど、枚挙にいとまがない」

「永遠に、平和な情報明白時代は来ないというのか？」

「そうよ！　その結果は、お互いの報復のための殺戮《さつりく》や紛争、さらに戦争などを相互に引き起こさせて、のさばり過ぎた人類などの生物たちの情報どもを、究極的には、人間の仲間同士が殺戮し、戦争の名のもとに自滅・自殺させるための手段として、忘れるという削除機能欠如の情報を、地球人類滅亡のＸデイのために、宇宙創造の当初から設計して、組み込んだと思われる」

「もうすでに、地球上の人類や生物を何回も殺戮できる、一万三千発以上の核兵器が世界九ヵ国で保有されており、使用される危機が、刻々と迫っている」

人類滅亡の日に向かって、時限爆弾のトリガースイッチは、刻一刻と時間を刻み続けていた。

「その時間が、我々の前を通り過ぎているのではない。我々が、その時間の前を歩いているのだ」

ポツリと心情が呟いた。

九．情報の時間的風化性と劣化性

しっとりと趣のある春雨が、音もなく降っている。春雨が新緑の柳の若い小枝に纏いつき、雫となって落ちる様子には儚《はかな》い風情もあるが、激しい春嵐に晒されても、柔軟にしなう柳の若い小枝の姿には、生き延びる情報たちの底知れぬ柔らかな強靭《きょうじん》さを感じる。

地平線の山並みギリギリから上空へ向かって、薄く痩せ細った月が顔を何とか出すと、その周囲を取り巻いていた星々たちは、その明るさに恥ずかしそうに顔を蔽って消えていく。身情の眼に、夜空の雲のかたちと大きさがはっきりとは見えないが、夜空を音もなく素速く吹き流されている雲には、彼らには彼らなりの考え方があるように思えた。春風に流されながら、夜空にいずこからともなく出現し、いずこへともなく消滅していく夜の雲の姿は、情報の運び屋としての旅を続ける真情の心情たちのはかない情生が重ね合わさって、自分たちが世界の果てに近い場所に運ばれたような感覚になっていく。気が遠くなるような数の星たちが息を潜め、音もなく冷たい夜の闇の中で輝いている。その無限の空間に飲み込まれたかのように、心情たちは時間の感覚を忘れて、まだ議論を続けている。

「一般的な情報の品質について言えることは、鮮度の良いどんな情報でも、時間とともに劣化し風化します」

「情報は風化するのか？」

「つまり情報は、時間とともに風化しやすく劣化性の高いものが多い。だからこそ、情報の品質である鮮度には、高い価値を見出すのです」

持論をひけびらかすように、若いグラマーな女性心情は、ブラジャーで乳房を寄せて押し上げた服装で身を包み、豊満な胸元や肢体を惜しげもなく見せつけながら、自分の姿態に見とれる男性の心情たちの視線を楽しんでいた。目のやり場に困りながらデレッと崩れ顔した男性心情が、女性心情の胸元を覗き込むようにして語る。

「この新鮮でピチピチした情報を提供し続けるには、新鮮でピチピチした情報を、絶えず入荷し続ける仕組み作りが大切だ」

グラマーな女性心情の歓心《かんしん》を得ようと、色男の心情も追従する。

「ともかく新鮮で魅力的な情報は、自分からどうしても探したくなるような鮮度の高い新鮮な情報を、いつも提供する必要がある」

「高価だが新鮮でピチピチした情報に、どうしても触れたくなる、ドキドキする仕掛けで誘惑する必要がある」

と言いながら色男の心情は、若いグラマーな女性心情のお尻を、

「サラリ」

と右手で撫《な》でた。撫でられたグラマーな女性心情は、撫でたセクハラ色男心情の横顔を馬鹿にした視線でチラリと眺めると、撫でられた自分の尻身情のことは、全く意に反さない態度で話を進めていく。

「気位が高く欲望の強い情報には、欲しい情報を眼の前で料理し、理解しやすいように加工して、高価な貴重品のように提供すると、とても喜ばれるわ。オホホ」

デレッと崩れた顔の色男心情は、

「そりゃそうだろうけれど、問題意識や関心がない老人情報たちは、君のように新鮮でピチピチした情報を特別に提供されても…だな、その情報に手を出し、そして読んで理解しようという意欲や欲望は、すでに退化し枯渇《こかつ》している」

「そうさ、こうした老化した情報たちと異なり、絶えず問題意識や価値観をクリエイトできる若き情報たちは、忙しくても睡眠不足でも、時間を自分自身で捻出《ねんしゅつ》できる情報たちだ」

「時間を自分で創出できること、それが若さの秘訣であり、いつまでも若くいられる必須条件よね」

「そうだよ、そうなのだ！　つまり若さとは年齢ではなく、周囲の雑音や騒音、周りからの誘いや誘惑、自分のこ

れまでの生活習慣の悪弊を断ち切り、将来の視点から自分の時間を稼ぎだして、クリエイトできる情報だ」

「こうしたピチピチした新鮮な情報を、貪欲《どんよく》に追い求めながら、情報自身が鮮度の高い情報を食べながら成長し続ける。そうした有効成分豊富な品質の良い情報に、高い価値観を持つ情報こそが、情報の産業化で成功する秘訣なのだ！」

いつもは賑《にぎ》やかな心情たちが、なるほど顔で納得した様子で聞いている。しかし論理派を自負する心情たちは、こうした核心に触れる話を黙って聞いている訳にはいかなかった。素晴らしい話に感動した心情たちが、我も我もと、

「ワイワイ、ガヤガヤ」

と議論に加わってきて、誰がどうゆう意見なのかも判らなくなり、論議の収拾がつかなくなった。

「情報の品質にかかわる時間的風化と劣化性は、それぞれ情報の置かれた立場で異なるよ」

「そうさ、それぞれの情報たちが読む書物や、テレビやラジオ等の媒体を通して見聞きする情報、論文発表や学術報告などの学会の場で学び入手する情報など、その情報入手の時と場所と媒体などによって違ってくるさ」

「そもそも情報というヤツは、書物として印刷して出版されるまでに、すでにかなりの時間が経っていて、時間的風化が顕著だ。だから書物の情報は、鮮度という価値からすれば少し劣化しているね」

「この『情報の路と詩』という書物もそうですか？」

「そうだよ。この情報の詩を企画して執筆開始したのが、千九百八十一年で、今は二千二十三年。すでに四十年以上の歳月が経過している」

「だから情報の鮮度という視点からすれば、書物という単行本よりも月間雑誌、月間雑誌よりも週刊雑誌、週刊雑誌よりも毎日の新聞、朝刊・夕刊の新聞よりもラジオやテレビ、そしてインターネットのオンライン情報が、新鮮度の品質は高いといえるだろう」

「そうだね、しかしどんなに新鮮な情報でも、その読み方、その聞き方で、品質の鮮度が異なる」

「食べ物でもそうさ。今朝、採りたての野菜は、新鮮で美味だが、酵母を使った発酵食品は、熟成して美味になる」

「この〝情報の路と詩〟も発酵食品の部類だね」

「しかし、採れたての新鮮な食品でも、その食べ方や料理の仕方で、もったいない限りだが、鮮度が生かされない場合もある」

「鮮度が生かされない？　それって、どういう意味？」

「つまり情報の大切さを知らない馬鹿者たちは、書物や新聞などをパラパラと何度もめくっているだけで、こうした立ち読み読者は、鮮度の高い情報に気づかず素通りさ」

「しかし賢い人たちは、鮮度が高い品質情報に気付くと、該当箇所を念入りにきっちり読んで確認し、じっくりと反復しながら繰り返し読み込んでいくよ」

「それがどうしたというのさ？」

「なによそれ!?　それじゃ、私がいつもパラパラと立ち読みしているから、情報バカの馬鹿者というわけ？」

「まあまあ、そこでそう言わずに……」

「しかも書物の中で、古典や教本そして名作と呼ばれる各種の本、例えば、この『〝情報の路〟第三章第一節情報は生きている』で取り上げた、八百年前に鴨長明によって書かれた随筆『方丈記』も、いつまでも鮮度は落ちず、いつまでも新鮮さ」

「それはどうしてなの？」

「その書物に書かれた内容や文章などが、どこまでも限りない情報の魅力を持ち続けて、いつまでも薫り高い芳香を放ち続け、時間的に風化や劣化してゆかないからさ」

「つまり時代の変化に対応した新たな価値観でも、その書かれた文面の真理に反射されて輝き続けている」

「この〝情報の路と詩〟も、そうした書物のひとつになるといいわね」

「そうだね」

「こうした品質の高い書物を読むとき、どうゆうことに注意したらよいかしら？」

「採れたての魚介類がピチピチと飛び跳ね、採取したばかりの野菜類はパリパリと歯ごたえがある。魚介類や野菜類の新鮮な味情報は、噛めば噛むほど旨味成分が情報として出てくる。熟した新鮮で甘味を最もよく蓄えた情報の旬が一番大切だと知っている賢人たちは、牛のように反芻《はんすう》しながら、新鮮な情報たちをジックリと熟読している」

「しかもその情報の背景や原因、そして今後はどうなるのか？　そうしたワクワクするような新鮮な情報が、今〝この瞬間しか〟旬《しゅん》ではないことを、賢人はよく知っているからだ」

集まっていた心情たちの顔が、思い当たることがたくさんあるという顔、そして深く思索を巡らす納得顔となっていく。この様子を見ていた女性心情は、この大切な議論が、パラパラ立ち読みで有名な自分への個人的批判になるのではないかと、その美しい顔を曇らせ険しい表情になった。その曇った顔を見たリーダー的存在の心情は、女性心情の顔に焦りと苛立ちが走りはじめたのを見て、あわてて情報の特徴へと話題を変えた。

「ところで、こうした情報の品質である鮮度を考えるとき、情報の根本的な性質として、自己増殖力を念頭に置く必要がある」

「情報には自己増殖力があるの？」

心情たちの話題の関心は、情報の鮮度から自己増殖力へと移っていく。

「この自己増殖力が育ち、それが融合していく環境さえ与えれば、情報自身がより一層の機能と能力を発揮し、パワーアップしていく」

論理派の心情が、待ってましたとばかり口を尖らせ身を乗り出し

「そう、そうだよね！　情報の品質上のポイントは、この情報の自己増殖機能と集中力という能力を見抜き、これを如何に発揮できる仕組みを構築できるかだ」

「この自己増殖に心血を注いでいくことが、これからの情報明白時代を生き抜く最大の鍵となるのだろう」

「情報たちの能力には集中力もあり、潜在的な自己増殖力もあるため、その量的累積効果性により情報格差が生まれ、その格差はどんどん加速化されていく」

また難しい話に逆戻りしたと苦虫を食い潰《つぶ》したような顔の心情が、ポカンと口を開けている周囲の心情たちの顔を眺めて言った。

「やあ、皆もそうだぜ」

突然の話にキョトンとした心情たちの顔と顔、その顔がこちらを見ているに気付くと、にがりきった顔の心情は、破顔一笑《はがんいっしょう》とばかりにっこり笑って
「いま話している情報も、俺たちの人生の情生もそうだが、情報や情生、つまりそれ自身が深海に生きる魚のように、自ら燃えて光り輝かねば、そこに情報も人もお金も集まらない、ということさ。ハハハ」

「フ〜ム…」

自分の納得顔が周囲から眺められている優越感に浸りながら
「深海も人生も、その周囲は暗闇で覆われており、どこからも最初は、スポットライトの光は届かない」

「だから、情報も人生も、みずからが暗闇の中で光り輝いてこそ、周囲から情報やチャンスが訪れ、そこに自己増殖がはじまるのだと思う」

「こいつ好いこと言うじゃないか」

という心情たちの視線を感じ、不愉快きわまりない表情だった心情の顔は、これまでの納得顔《なっとくがお》から得意顔《とくいがお》になった。

「このことは、私たち一人ひとりが、それぞれの目を通して見ているテレビや映画と同じことさ」

「つまり、『その映像で、何が起こっているのか？　その情報で、何が為されているのか？』という表面的な見方ではなく、自己増殖力があるということは、『その映像に映っていないもの、それは何か？、その映像は何故起ったのか？　その原因は何か？　その映像の背景には、何があるのか？』を見抜くことが大切です」

「さらにまた、『その映像が起ってしまったからには、今後はどうなるのか？』ということを考えながら見る見方が大切なのです」

再び心情たちの表情に、納得顔が増えた。

「こうした情報と情報との行間や、その映像の影の部分や、背景や原因について、さらに、その将来について考察し理解する力、この力こそ情報の自己増殖力なのです」

今度は判ったという顔、顔、顔が並んだ。得意顔の心情は自慢気な顔になっていく。

「この自己増殖能力、自己増殖性にこそ情報力の源泉があり、集中力にかかる能力の違いで、人生すなわち情生に、大きな格差が生じます」

平易に上手く説明できたと得意満面の心情は、周囲の心情たちをぐるりと眺めるようにして振り向くと、明るい笑顔の女性心情が、白い歯を覗かせ笑いながら、ウィンクをして、

「とっても、いいお話だったわ」

とエールを送ってきた。そして、

「〝桃李《とうり》もの言わざれども、下自《しもおの》ずから蹊《けい》を成す〟という『史記』にあるように、わたしたちの人生も情生も、何も言わずとも、その魅力に引かれて自然と集まるべくして集まってくる」

「そんな人生と情生を過ごしたいわね！」

部屋の天井に取り付けられた換気扇に目を向けて語る、得意顔からしたり顔になった心情は、我が意を得たりとば

かりに

「人が集まるところに、人がより一層集まる。お金が集まるところに、お金がさらに一層集まる。情報が集まるところに、情報がより一層集中的に集まってくる」

と、情報の特徴の定義づけを語った。

「そうではない！　本当に大事な情報の特徴は、情報が集まるところに、人とお金が集まるのだ」

という本質的理解をしている周囲の心情たちの冷たい視線と意見には全く気づかず、踏ん反り返った姿勢で腰に両手を当てた心情は、自己満足の得意顔から鼻高々の顔になり、高慢な鼻をピクピクと動かしていた。

十．情報の量とボリューム効果

しっとりと艶めかしい夜気の柔らかなベールに包まれた、暖かな春の夕闇には、何故か眠気を誘う心地よさを感じる。春の夕闇の空に浮かぶ、今にも消え入りそうなほど細い新月は、うとうとしたゆらぎを愛でるかのように、朧《おぼろ》で艶なる風情を醸し出していた。

のったりとしたみずみずしい春夜の星空の下に、のんびりと集まってきた心情たちは、春眠暁《しゅんみんあかつき》を覚えずとばかり、欠伸《あくび》や伸びをしたり、テーブルの上にうつ伏せになるなど、勝手気ままな姿で討議開始時間を待っていた。情林期の旅をする真情の情報たちは、いよいよ情報の最大の特性であるボリューム効果としての情報の量と、情報量の累積効果を論議する段階に来ていた。

リーダー格の心情が静かに立ち上がると、参加者の心情たちが一斉にその姿を見つめた。心情は、笑顔の情善や苦虫顔の情悪、そしてあちらこちらの様子を窺っている日和見情報たちの顔を一人ひとり眺めてから、にこやかに話を切り出した。

「これから論議する情報の量は、とても大切な情報の特性です」

「しかも、その累積量による経済的効果や、市場に対するパワフルなシェア効果などの評価は、情報戦略や情報戦術上、そして情報産業に関係する企業等にとって、生死を握る重要なポイントになる特性です」

そして眠そうな顔の心情たちが、難しそうな議題だとイヤ顔をしたのを咎《とが》め、厳しい眼付きで鋭く睨《にら》みながら話を続ける。

「この情報量の累積効果は、ビックデータの分析精度に大きく影響する場合が多く、これを活用したＡＩ分析などの解析結果や、これによる市場戦略の意思決定などの生死を決定づける可能性があります」

さらにご高齢な心情たちが、生欠伸《なまあくび》を噛み殺している顔も、鋭く看過《かんか》しながらも笑顔を絶やさず、

「一般的に、情報は情報を吸着していく性質を保有しており、情報量が多ければ多いほど、さらに情報が集まる仕組みが形成されます」

「これは前節でも議題になったように、お金というものの性格と大変よく似たところがあります」

「つまりお金持ちのところへお金は集まりやすく、お金がない貧乏な方のところへ、お金はなかなか寄りつきません」

「従って、前節でご説明したとおり、情報が累積していくためには、情報を発信し続ける機能が不可欠です」

「情報発信機能ですか？」

「この情報発信機能が、情報資源競争の情報戦略・情報戦術に、決定的な鍵となることが、数多くの分野や場面で見られます」

「情報を発信するところに、情報が集まり、情報が集まるところは、さらに情報発信力が高まる。この情報原理を、

理解し駆使できるかが、鍵となります」

そう結論づけて、

「コックリこっくり、うとうと」

とまどろみ、眠りはじめた何人かの心情たちを眺め、微笑んだ。そう、以上の話で情報の量としての特性と、そのボリューム効果についての基本的な解説は一通り終わったのだ。あとは集まった心情たちの勝手な議論の中で、参加者が、この重要な情報特性の理解を深め、その多面性と実践方策を学んでいけばよいと、最初から考えていたのです。


うたた寝しているご高齢の美しい心情に向かって、リーダー格の心情が笑顔で語りかけました。

「いかがでしたか? 情報の量の特性は?」

居眠りをしていたご高齢の心情は、質問の意味が判らず、横にいた心情の顔を見つめてしばらく黙っていました。しかし寡黙の老人心情集団の中から、かつては絶世の美女と謳われたと思われる、透き通ったような美しいお婆さん心情が挙手すると、座ったままの姿で話し始めた。

「私たちのこれまでの情報としての生き方は、限りある情報の情生を、コーヒースプーンで測っては、コツコツと少しずつ貯めてきたわ」

「そして毎日毎日、コーヒースプーンの量を少しずつ削って、使わせて頂いてきた情生だったわ」

「つまり今は、この貯めた年金の支給、預金の金利、貯蓄原資を、少しずつ取り崩しながら生きている情生だわ」

横に並んで座っている太った高齢の心情も、

「わたしたち情報の黄金時代とは、つまり情生の最高に素晴らしい時期とは、老いていくこれからの将来にあるわ」

「老いの素晴らしい将来の情生とは、過ぎ去りし若き時代に少しずつ、コツコツとコーヒースプーンで測って貯めた、汗と涙と努力の累積効果の成果だわ」

「素晴らしい！　実に素晴らしい情報ボリューム効果のご説明です」

感慨深げにポッリと語る白髪が美しい老人情報たちへ、リーダー格の心情が敬意を表しながら深々と頷《うなず》く。

「情報の累積効果というものは、こうした一杯のコーヒースプーンの中身のように、地道な積み上げた努力の上に、大輪の華《はな》が咲くものです」

「でも、この情報が黄金のように輝く魅力的なものになるか、それともゴミ箱に集められた廃棄物的情報になるのかは、それぞれの情報人生のあり方で変わるわ」

「そうです。情報もただむやみに集めれば、ゴミの山ですが、分別すれば資源の山になるのです」

「コーヒー情報もそうです。こつこつ集めた一杯ずつのコーヒースプーンの品質が、その情報のボリューム効果に、決定的な力の差を与えます」

「私たち情報の人生のように、ですわネ」

にこやかに最長老の気品あふれる心情が、静かに応《こた》えた。

リーダー格の心情は、今度は若い心情たちの座っている席へ、笑顔を向けると、ゆっくりと質問した。

「ところで、心身ともに若さとエネルギーに満ち溢れた諸君は、デブ情報とグラマー情報という言葉を知っていますか？」

突然の質問に戸惑いを見せた若い心情たち情報は、笑顔の心情の目を見上げた。

「えっ？　デブ情報とグラマー情報…ですか？」

「いいえ、まったく、いや、始めて聞きました。ねっ、そうだろう？」

眠そうな眼や欠伸をしていた心情たちの瞳が、興味津々《きょうみしんしん》という眼になり、さらに好奇心の塊のような鋭い眼光となり、一斉にリーダー格の心情に眼目が集まった。

「そろそろ本題の情報の量とボリューム効果の理解を深めるために、デブ情報とグラマー情報を例にして、話をしてゆこうと思います」

リーダー格の心情は、しめしめといたずらっ子のような目つきで笑うと、思いっきり両手を挙げて伸びをした。

「是非ともお願いします」

高齢の心情たちも若い心情たちも、好奇心でいっぱいの顔や、質問されずホッと救われた気分になっている安堵《あんど》顔、そして指名されるかとコチコチに固くなった身情もゆるみ、体中がほぐれるような安心顔、顔、顔が並んでいた。この興味顔たちの心を素早く読みとったリーダー格の心情は、この若き心情たちの将来に期待し、ここで鍛えておく必要があると考え、静かに論理的に、そしてユーモラスに老獪《ろうかい》な話を始めた。

「ここでは、情報にかかるデブ構造とグラマー構造を、もう一度考えてみましょう」

「これは、情報の特性である累積効果性、つまり加算効果性情報や、受発信格差性情報のことです」

やさしい艶っぽい話かと期待していたのが、外れてガッカリと肩を落とした風情の情報たちを、心情は見逃さない。

「情報の加算効果性や受発信格差性という言葉を、聞いたことはありますか？」

しかし真面目な心情たちは、あわてて応える。

「はぁ、いや、はい、初めてです」

「まずデブ情報ですが、これは不必要な皮下脂肪のごとき情報が、山積みになっていることを言います」

「不要な皮下脂肪の情報ですか⁉」

「情報の飽食《ほうしょく》の時代に、その使用目的も考えずに、目の前に出されたものを何でも食べ蓄積したため、不要な皮下脂肪が腹の周りにつくメタボリックシンドロームのごとく、役立たない情報や無駄な情報ばかりがストックされていることを、デブ情報と言います」

「はい。あぁ、そうですか？」

「おい、俺の腹の部分をあまり見るなよ。アハハハハ」

若い心情たちも元気を取り戻してきた。

「我々身情のお腹も、メタボリックシンドロームの危険領域に所属していませんか？」

「ハハハ、ご指摘のとおりだよ」

「いえ冗談です。すみません」

ニヤリと微笑みが顔を横切ったが、すぐ学習意欲の顔になった。

「しかし一方、グラマー情報とは、とてもチャーミングで魅力的な情報のことです」

「つまり胸はボインで、ウエストはスリムで、お尻はムッチリした美しい魅力的な体型を維持するために、吟味された魅力的なデータで構成された利用されやすいデータ構造になっていることです」

「眼の前のものは何でも食べる情報デブ、必要なものだけを選択して食べる情報グラマー」

「つまり企業も人も明確な目的や目標を掲げて、その目的に合った食事を摂り、そのデータを収集し、きちんとした分類項目で蓄積・加工し、情報として活用することが重要です」

何を言わんとしているか、ようやく若き心情たちにも判ってきた。

「はい」

「何の情報でも選ばすムシャムシャ食べて蓄積し、お腹がブクブク太るデブ情報企業」

「つまり廃棄物のようなデブ情報で、筋肉ではなく皮下脂肪で太ってしまったデブ情報企業ですね」

「食べる情報を厳選し、選んだものだけをビックデータとして蓄積し、この情報は、自社にとって魅力的なボインの胸になるのか、引き締まったプリンプリンのお尻になるのか、その役立つ明確な目標を定めて情報収集しているグラマー情報企業」

「その戦略にもとづく具体的な情報戦術を明確にして、採択すべき情報の種類や情報基準が明文化されており、その情報だけを選んで食べるのが、グラマー情報企業です」

「こうした情報にかかる企業戦略は、情報美人の企業を樹立する、情報選択基準や経営基盤として重要な鍵となります」

「情報美人企業ですか！」

リーダー格の心情が、周囲の心情たちへ野獣のような鋭い目を向け、質問した。

「然らば、情報の視点で見たデブ情報とグラマー情報とは何か？」

「そうですね、グラマー情報は、食物が体内に摂取され蛋白質やカルシウムとなって筋肉や骨格を形成するごとく、この情報が企業内に取り込まれると活用されるデータとなり、経営活動を支える有用なものになるのが、グラマー情報でしょう」

「そう、その通りです。段々判ってきましたね」

「ではデブ情報とは、利用する顧客にとって不必要な情報が、山積みになることですか？」

「食べ物余りの飽食の時代に、使用目的も考えず目の前に出されたものを何でも食べて蓄積したため、不要な皮下脂肪が腹の周辺について、あまり魅力的でない情報ばかりがストックされていることです」

「判りやすい譬えですね」

「またグラマー情報とは、前に述べたとおり魅力的な情報のことです。ボインで、スリムで、肌はピチピチムッチリした魅力的な情報企業は、吟味された魅力的なデータしか取り扱わない」

「つまり栄養成分が表示され、塩分少なく魅力的な成分構成で、ボディの筋肉質とスリムな体型に変化させるのがグラマー情報です」

「この情報の質的向上を実現する仕組み、これをどう構築するかが情報システムの課題ですよ」

「具体的には、巨乳でお尻も安産型で大きいけれど、ウエストは細く引き締まっている美しいグラマースタイルの企業。そんな魅力的な企業データベースの構築が鍵です」

「なるほど、よく判りました！」

十一．情報の素晴らしい特性

寒暖ゆらぐ春は、居座る寒気を気にしながらも、どことなく地上に揺れ立つ暖かな春風たちが、そして時折り、蒸された梅雨色の風まで引き連れて、首筋を柔らかい感触でなぶる日が多くなるため、居たたまれなくなった冬が、そそくさと逃げ去っていく時節だ。


東の空がほのぼのとしらみかけ眠っているような静かな春の朝は、心地よさからつい寝過ごしてしまう。特に昨夜は、情報の旅に相応しい情報特性、情報の量とボリューム効果について夜遅くまで議論できたことで、充足感に満ち溢れている真情の情報たちは、春眠暁を覚えずとばかり、いつまでも布団の中に潜り込み寝ている。そして朝になっても心情たちは布団に入ったまま、引き続き昨夜の議論を始めた。

「ところで情報自身は、いくら使っても、いくら酷使されても、ろうそくの火のように摩耗したり消滅することがなく、機械装置のように壊れることがない特性を、情報は持っている」

「こうした意味で、情報は不変性が強い頑固者と言えますね」

「ハハハ…、頑固者ですか。しかしこの不変性にもとづく化石などの情報により、その歴史を紐解くこともできるわけだ」

「情報が信念などに変質し、歴史や経営を支える頑固情報として、現代社会にも図々しくノコノコと出現してくる」

いつものように、心情たちは賑やかに語り始めた。

「だが情生の選択肢は、凸凹道や舗装道路のどちらを選ぶか、いつも問われるようなものだ」

「だいたい距離が一番近い舗装道路は、一番混んで渋滞する道だ。だいたい距離が一番遠い凸凹道には、ほとんど情報たちは行かないため茨が繁り、一番空いている道だよ」

「だから人生を左右する岐路に立った時の選択肢は、情報の可変性があり柔軟に対処する道を選択か、情報の不変性を信じて理想を掲げて信念を押し通すか、つまり舗装道路を選ぶか、茨《いばら》が繁る凸凹道を選ぶかのいずれかだ」

「この選択は、それぞれの人生、つまり情生に対する考え方や価値観の違いで決まるよ」

心情たちの議論は、段々と盛り上がってきた。

「偉人と言われる人のほとんどは、情報の不変性を選び、理想や信念を掲げていつも困難な凸凹道を突き進む」

「そう、だから偉人なのかもしれない」

「いや、困難な凸凹道を選んで、失敗した名も知られない数多くの人たちがいるはずだ」

「ほとんどが失敗して、成功した数少ない人だから、偉人として名を馳せたのかもしれない」

「そうだね。偉人とはそうゆう人を言うのかもしれないな」


「この情報の特性には、カビたり腐ったりしないことや、蒸発したり変形したりしない特性がある」

「本当だね！　だから情報を保存する媒体によっては、理論的には無限の保存期間があると言えるよ」

「しかし、その情報の鮮度や賞味期間、そしてその利用価値がある有用性などは、その期間中に、いつもダイナミックに変動しているね」

「古ければ歴史的価値や、骨董的価値が生まれる情報もある」

「だが一般的には、その情報がオープン化されると、クローズドしたままの場合よりも情報価値そのものが低減し、価値を低下・消失する場合が多い」

「でも、ときには情報が傷つき、陳腐化するものもあるわ」

「情報たちが傷つくのは、情報の保存媒体が、本であれレコードであれ、人間の記憶の中であれ、その保管と活用の保存方法、つまり情報媒体の問題だ」

「こうした意味で、情報自身は変質しない」

「しかも情報は、物質やエネルギーなどと異なり、いくら使用されても消耗せず、使い切って無くなる心配はいらないわ」

「そう、それだよ！　我々情報は、何回使用されても、消耗し消滅することはない！」

「この点からすれば、情報の使用耐久性は無限だと言える」

「そう、これが情報の使用耐久性、非消耗性ともいう特性だ」


「いつまで布団の中に潜り込んで、寝ているの！」

と女性心情たちが、ドヤドヤと部屋へ入り込んできた。

「おう、いいところに来たね。一緒に情報の特徴を話そうよ」

布団から起き上がると車座に座り込んで、引き続き昨夜の議論を始めた。車座の心情たちは、自分たちが素晴らしい特性を持っていることに気づき、嬉しくなって語り続ける。

「我々情報の使用耐久性・非消耗性も、その廃棄期限までに数多くの人たちの目や耳に入り、ボロボロになるまで使われ切ったか？」

「それとも活用されるたびに、ますます付加価値を高めてゆき、歴史的保存情報となり、博物館などに収録され、見学に来た人々をニッコリ笑って出迎えるか、そのどちらかだ」

「アラ、私たち情報は歴史に残らなくても、ボロボロになるまで使われれば本望よ！」

「そうよね。たとえ男性と女性という性が異なる情報人生の中でも、愛する相手のためならとても素敵だわ」

「お互いがボロボロになるまで尽くし尽くされて、それでも、どちらか一方が死別してしまい、その尽くした相手を失ったとしても、それに値するような何かが、情報という人生の情生に残るのではないか？」

「きっとそうだよ。だって情報は、どんなに酷使されても使用耐久性は無くならない。たとえボロボロになるまでこき使われ、そして使い捨てられたとしても、非消耗性を維持し続け、それがかえって価値を高める場合もあるよ」

「そこには、情報のもつ独特な性質があるからさ」

「だけど人生も情生も、お互いの生涯で一回きりの出会いなら、人生のバッターボックスに立ったら、見送りの三振だけは、絶対にしないように心掛けるべきだね」

「そう、空振りの三振は仕方がないけど、見逃しの三振は情けないよ。どうせ限られた一回限りの人生と情生なのだから……」

「そう、思いっきり振り抜く人生、やりたいことを精一杯やり抜く情生は、周囲で見てても素晴らしいわ」

「たとえ空振りでもいい。バッターボックスに立った今というこの瞬間は、この限られた人生、限りある情生を、力の限り思いっきりバットを振り抜いてみようよ！」


「しかしこの情報の特性には、流動性が高い性質はあるが、だからと言って移転性は必ずしも高くはない。このことは十分認識しておく必要があるぞ！」

「少し難しい情報特性の説明だわ。もう少し具体的に説明して下さらない？」

「そうだね、例えば非常に高い技能を持つ匠《たくみ》たちの技術情報、つまり匠たちが持つ技能を伝承する例を考えてみよう」

「この匠たちの技能を、情報の流動性を利用して、匠個人の技能から会社組織の技能へ移転しようとしても、なかなか難しいというのが実態さ」

「つまり情報の流動性を活用しても、その高い匠たちの技《わざ》の奥義《おうぎ》は、普通の技能者には理解し習得することは簡単にはできず、なかなか移転していかないのだ」

「匠たちの奥義の情報は、文章などに明文化することも困難で、たとえ匠たちによって画像や音声や文章化されたとしても、普通の技能者ではこの文章化された情報を読んでも理解できない。だから読んだと言っても、奥義が習得されず、移転性が低いのです」

「匠たちが長い期間をかけて、知恵と汗と涙を流して会得したものを、見える化など映像で記録し、音声などを録音して情報化し、そして詳しく説明を聞いても、匠たちの奥義や勘と言われているものを理解し習得して実施することは、なかなか難しいのですね」

「いや、たとえこれらが文章化・可視化して情報化できたとしても、理解する側が匠たちの技術レベルに達しないかぎり、それらの奥義のすべてが技術移転できるとは言い難いのです」

「それはまさにそのとおりよね。匠でない素人たちには、その可視化された情報だけでは、匠の秘伝の奥義や極意は理解し習得することはできず、情報の非移転性の壁にぶつかり、その壁を越えられないのが実態だわ」

「だから、こうした匠たちの技能などの情報の非移転性ゆえに、この技能を経営基盤とした企業経営は、高い品質を誇る製品を、独占的に世に送り出すことが可能なのだ」

「流動性が高い情報でも、情報の真髄には非移転性が存在するのか！」

「この非移転性を武器に、情報の流動性を商売にするチャンスがあるのさ」

これまで車座の中で静かに黙って聞いていた心情たちが、その人生たる情生に重ね合わせ、話題の輪の中に参加してきた。

「それぞれの人生の中で、その運搬屋や情報たちの大きな喜びは、これまではできないと言われていることを、やり遂げたことです」

「そう！　遣り甲斐《やがい》情報は、情報の非移転性に、その存在意義がある」

「うん、遣り甲斐情報というヤツは、人生を楽しく充実させるよ」

「しかし、この非移転性が組織として厚い壁になり、組織の発展や後進たちの進歩を妨げる危険性もはらんでいる」

「情報の運搬屋が、周囲から感謝されたり、慕われるのは、この辺りの気概や遣り甲斐情報、そして気配り情報がポイントでしょう」

師匠タイプの心情が、拡散した論議を取り纏めようと立ち上がった。

「情報を隠蔽《いんぺい》する者、情報を独占しようとする者、情報を勝手にオープン化する者、門外不出の情報を漏洩《ろうえい》する者などが、ネット時代の現在、企業間のみならず国境を越えて出現しています」

「流動性豊かな情報たちが、悲喜こもごもの人生を演出するのは、こうした情報の非移転性が大きい場合で、そこはとても危険です」

失敗経験のある経営者の心情が、唇を噛みながら呻《うめ》くように言った。

情報の特性の話題が、水面に浮かんだ枯葉のように、風に吹かれてあちらこちらに漂っても、湧き上がる強い信念に支えられて背筋をピンと張った心情たちは、議論の疲れも忘れて、情報の詩を謳《うた》い上げる。

「グローバル化を迎えた企業たちよ。情報発信機能を維持すべく、刻々と変化する情流の中で、企業体質をグラマー型の筋肉質に鍛えていこう！」

「情報受信機能だけの企業は、ぬくぬくとソファに寝そべって、発信側が汗水流して作り上げた情報を、お金を出して買い求め、提供されたままのポテトをただ食べるだけで、デブ型のカウチポテト企業になってしまう」

「こうした企業は、遅れて到着した誰でも知ってる情報を入手し、ただ聞いて満足していることになる」

大きく溜息を吐いて、ゆっくりと首を縦にふった心情は、

「しかし情報発信の機能には、オリジナリティと同時に、情報の品質と鮮度が大切だ。しかも品質には、品格と信頼性が大切だ」

「具体的に言えば、発信情報の品格と信頼性は、あくまでも企業の仕組みと知的レベルから、ほとばしり出て生れてくるものだ」


こうした情報の素晴らしい特性を理解した情報の詩の波が、目に見えない静かな波紋となって、周囲の心情たちへ伝わっていく。

「毎日伝えられるテレビや新聞などのニュースのごとく、与えられる情報の中だけから選別して受信している企業は、情報戦争の敗者になる」

「お金で買って入手する情報には、知ることができない大切な情報、氷山のように氷の九分の一が海上に浮かぶごとく、海面下にある九分の八の重要な情報は見ることができない」

「水面下にある桁違いの量と質の情報の存在に気づかないと、刻々と変化する情報戦争の実態が、今はどうなっているか、今後どのようになってゆくのかが判らない」

「まるで地下壕に居座るカウチポテト族のごとく、炬燵《こたつ》豚的な存在だ」

「地下壕の炬燵豚…!?」

「だから乗りかけた船には、ためらわず乗ってしまえという程度の他力本願的意思決定能力しか育たず、最も大切

な情報戦略と戦術、その質・量・スピードとオリジナリティを、創出する能力が萎《な》える」
「だから炬燵にぬくぬくと寝そべり、出てくる料理を食べている豚的存在になるという訳なのか……」

十二、情報の可変性とシナジー効果

もやる暖かな大気の中を、のんびりと通り抜けてくる春の日差しは、しっとりと明るく、そして肌に優しく触れる春風は、ふわりと穏やかになり、柔らかな春野の緑も、淡く変化に富んできた。

真情は、春の歓喜に満ち溢れた里山の萌えいでる山菜を摘むため、溜池に添った畦道《あぜみち》を歩いていた。溜池の対岸の樹林が陽炎《かげろう》でゆらゆらと揺らぎ、畔道の土手や南斜面の至るところで、目にしみるほどみずみずしい柔らかな緑色に輝く山菜情報たちが、まるで手招きをするかのように真情を待っていた。ミツバ、ヨモギ、フキノトウ、コゴミ、タラの芽、ヤマウド、モミジガサ、コシアブラ、ワラビ、ハナイカダなど、いずれの山菜も新鮮な情報の姿で、葉の隅々にまで春の若い情報の香りを漂わせていた。この収穫したばかりの香り溢れる山菜を台所へ運び、山菜別に分けながら土をよく落し水洗いをした。大自然の豊富な恵みの情報は、薫り高く多彩であった。それぞれ個性ある新芽の香と温かさの情報が、水洗いする手から鼻腔へと静かに伝わってくる。

恵まれた環境で管理された田畑で肥料を与えられ、飼育された野菜ばかり食している、だらけ呆《ほう》けた真情の舌情報には、厳しい大自然の恵みの中で育った山菜料理は、いじらしいまでの強力な生命力と、薫り高い気品溢れた春の味情報が、衝撃的な感動情報と感激情報を伝えてきた。そしていずれの山菜も、可憐で素朴な苦みの中に、特有の芳香と慎ましやかで爽やかな味情報として、身情の臓腑《ぞうふ》奥深くへ滲みていく。

「今年はじめて味わう春の山菜だ！」

真情は、春の恵みに感謝して叫んだ。

「御馳走さまでした！　情報たちの生命《いのち》を堪能させて頂きました」

そして続けて心情は呟いた。

「それでも山菜のように、情報というヤツは、物質やエネルギーなどと比較して、可変性が高い存在形態だ」

他の心情たちも、豊かな春の恵みで元気を取り戻すと、鏡の前で自分たち情報の特性を見つめ直すべく、キリリと鉢巻をしめた姿となり、張り切って議論を再開した。

「一般的に情報は、外部からの情報の影響により、情報自身が簡単に変化する外圧可変性情報だけでなく、自己変化によってもその情報自身が変わってしまう、内圧可変性情報も数多い」

そう分析しながら、しみじみと感慨深げに語る心情がいた。

「こうした側面から情報の特徴を見れば、変化と流動性の高い存在形態が、他の物質とは全く違うと言ってよいほど異なる」

こう断言する心情もいた。この心情は自信に満ち溢れた顔つきで語る。

「つまり我々の情報には、不変的情報と可変的情報の両方がある」

柔軟な考えを持つ明るい顔の心情も、この意見に賛同して語り始める。

「人生つまり情生にも、その生まれ落ちたときの不変的な人生と情生、つまり『宿命』と呼ばれるものと、その人生の歩みの中で選んでいく可変的な人生と情生、つまり『運命』と呼ばれるものがある」

「この運命のような可変的情報には、能動的つまり自変的なもの、即ち自分から好きな相手を選んでいく内圧可変性情報と、受動的つまり他変的なもの、即ち相手から自分が惚れられるような外圧可変性情報がある」

二人の心情は、お互いの意見が一致したことに、共鳴現象を起こすような嬉しさと、信頼感を相互に共有していく。

「さらに、これらを共有する機能を保有した情報」

「つまり喧嘩をしたり、相思相愛の関係になって、融合合体して変化するような情報もある」

とお互いに言ってから、

「情報には、能動的情報と受動的情報、そして反発融合的情報がある」

と異口同音で二人揃って言った。


この二人の会話を難しいが面白そうだと、取り囲んだ心情たちも、

「がやがや、ワイワイ」

と言いだして、二人の議論に参加してきた。

「しかしだよ。多くの情報たちは、その時間的位置と空間的場所や、その置かれた環境によって情報自身が、両性生物のようにその性格まで変える場合があるのさ」

「そうだよ！　情報ってヤツは、気分屋で浮気っぽい可変性情報だ」

「アラ、あなた自分のこと言っているのじゃないの？」

「おい、馬鹿なこと言うなよ、一般的な俺たち情報の特性だよ」

「まあ！　本当かしら？」

「おいオイ、そこのお二人さん、また本題から離れるなよ」

「あら、そうね、オホホホ」

「アハハハ」

「さて話題を戻せば、これら気分屋的な可変性情報たちは、受動的機能と能動的機能の両方をあわせもった変幻自在な受能融合的情報と名付けよう」

「変幻自在な受・能・融合情報なのか」

この言葉が語られた後は、しばらくポッカリとした無会話という会話が、その場全体を支配した。会場は誰もいないように、しばらくシ〜ンと静まり返ってしまった。

「オッホン」

と咳払いした白髪の心情が、

「だから、我々の人生も情報の情生も、その可変性が高くとても柔軟なのだ」

と、その静寂に応えるように語り出すと、お喋りな心情たちは、再び会話を波紋のように拡げてゆく。

「そうだわ、つまり情生が変わるかどうかは、その人その情報自身が、自らを変える意識と意欲にかかっているわ」

「そうだよ、問題が人生と情生にあるのではなくて、人生と情生に対して変化させようとする、勇気と決断が問題なのだ」

これまで沈黙していた身情たちも、すっくと立ちあがると、

「そうだ！　そのとおりだよ。私たち身情を取り巻く環境は、毎日刻々と変化し続けている」

「だから私たち身情も、情報の運搬屋として、もっと厳しく鍛え直して体質転換を成し遂げ、より柔軟で強靭《きょうじん》になることが大切ではないか？」

「変化し続けるところに、生命力の源泉がある」

「ほんとうに、その変化するところに、情報の力の根源がある」

「柔軟性と強靭性こそ、情報の強さの特徴だ」

「そして変化する情報と情報のシナジー効果が、新しい美を創成する」

「うん、私たち日本人の祖先たちの歴史を紐解けば、このシナジー効果を活用する天才たちであった」

「そうだよ。日本には月が二個あったのだから」

「あら！　日本にはどうして、お月さまが二個もあるの？」

「それを考えてごらん、例えば築山や池を構えた日本庭園の凄さだよ」

「その日本庭園の池の周囲に建物を建て、座った場所によって湖面に映える月の位置が異なる」

「その自分一人だけの月を池に浮かべて、誰でも見える夜空に輝くもう一つの月と一緒に、月明りに映える庭と池と、二つの月のハーモニーによるシナジー効果を、愛でて満喫しようと発想して実現した、素晴らしい日本人がいた」

「ふう〜ん」

「天空に輝く月の時間的変化と、湖面に浮ぶ自分一人だけの月の姿とのシナジー効果を独占しながら楽しむという価値観の中に、情報の変化を楽しむという、情報の奥義を理解していたに違いない」

「だから日本人は、天空の月と湖面の月、二個の月を楽しんでいた」

「ふう〜む、なるほど！　素晴らしい発想だ！」

「でも最初に、湖面に刻々と変わる月を浮かべようと考えた人は、きっと孤独な人であったに違いない」

「何故、孤独な人と言えるの？」

「なぜ孤独な人かというと…、孤独な生活は、想像力という創造的感性を研ぎ澄まし、人間性の練磨に役に立つからだよ」

「本当にそうだとしたら、その意味では孤独は、とても素晴らしいものね！」

「孤独は、とても素晴らしいか……」

「この孤独な情報たちは、他の孤独な情報たちとのシナジー効果をより一層発揮して、新たな情報へと成長し続け、大きな力と価値を創造する場合がある」

油顔の太った心情が、つるつるの額に汗を浮かべながら

「そうだぜ！　例えば、我が国が世界に誇るものづくり分野で言う大部屋方式ちゅうヤツは、縦割り組織の設計部門、製造部門、そして生産技術部門などの孤独な技術者の情報が、組織や担当部署の壁を越えてひとつの部屋に集いて、同じテーマにかかる課題とその解決策を、喧々諤々《けんけんがくがく》議論して『すり合わせ技術情報』としてシナジー効果を発揮し、課題解決を図るシンボル的仕組みだと思うよ」

痩せた理工系タイプの心情も、我が意を得たりと得意満面の顔で

「職業柄デザイナーやマイスターに従事している人材には孤独な人たちと情報が多いよ。しかもプライドが高く、大部屋方式が定着しないヨーロッパなどの国々と異なり、またコピー文化が盛んなアジア諸国とも違って、創造的科学技術立国を標榜《ひょうぼう》する我が国の大部屋方式の『すり合わせ技術情報』は、孤独な彼らの情報が英知を絞り出して喧々諤々《けんけんがくがく》議論して、世界一の素晴らしい自動車づくりに貢献している」

「そう、大部屋方式は、我が自動車産業の強味を支えているものづくり文化の象徴的な情報の仕組みの姿さ」

得意そうに鼻をピクリと動かすと

「そうだそうだ、そうだったよ。ものづくり現場の『すり合わせ技術情報』などは、卓越した我が国の技術情報を明確に表したものだ」

「このようにネットワーク時代における情報のシナジー性は、異分野の孤独な情報同士が混ざり合い、新たな多様な情報の価値を創造する。これがまさに戦略的情報の重要な機能なのさ」

と言い切った。これに負けじと油顔の心情は、気色ばって言う。

「だからこそ、このシナジー効果性を発揮できる、孤独な情報たちを活かせる経営の仕組みが、新たな飛躍を生み出す企業飛躍の重要な鍵となるのさ」

二人の議論がものづくり分野へ、どんどん偏重していくのを、苦々しい顔で聞いていた心情がスクッと立ち上がると、

「ものづくりなどの分野や経済社会だけでなく、社会生活の中でもこの情報のシナジー効果は大切だよ」

これまで二人の議論を、欠伸《あくび》を噛み殺した眠そうな心情たちの眼が、チラリチラリとこちらに視線を向けるのを見ながら

「情報と情報との出会いが、その情報たちに刺激と感動を与え、その刺激に感動した情報たちが、新たな情報を波紋のように生み出す」

「そうした情報と情報が出会うネットワークの仕組みが存在する新しい情報明白時代の構築が大切になる」

「これを制約し抹殺する国家や組織があるとすれば、それは暗黒国家、暗黒独裁者国家の弾圧情報時代と言われる世界なのだ」

こう言ってしまってから、持論の暗黒国家論を言ってはならない立場であったことに気づいた心情は、

「だめだ！　この俺は、すぐタブーの国家論を言ってしまう」

とガックリと禿げた頭をうな垂れ、虚ろな眼を仲間たちへ向けた。すると視線を向けた心情たちの中から、情善が立ち上がって叫んだ。

「悔《くや》むな、悩むな、心配するな」

「泣くな、喚《わめ》くな、諦《あきら》めるな」

「そうだよ！　いつもニコニコしていようよ！」

「大丈夫、次回はきっとうまくゆくさ」

「ありのままの自分を生かして、二度と同じ失敗をしないように」

「そうすれば、人も、物も、お金も、情報も、自然と集まってくるさ」

「アハッハッハ」

「ワッハハハハ」

心豊かな情善たちの明るい前向きな笑い声が、いつまでも響いていた。

十三．情報の発信力とホロニック性

初夏の薄緑の空気の中に建つ古い教会の庭に、デコレーションケーキのように丸く華やかな花壇を中心にした立派な薔薇園があった。薔薇園では当たり前だが、薔薇以外の花を探したくなるほど、各種の薔薇が咲き誇っている。花壇に花々が色を競うように繁らせている薔薇。支柱に身体を絡ませながら、清らかなピンク色の花びらを、艶めかしい香を漂わせながら静かに咲いているつる薔薇。大きな鉢植えに、燃え立つ炎のように薫りだす大輪の薔薇。いままさに咲き誇らんとする色とりどりの薔薇がそこかしこに溢れて、それは息苦しさを感じるほど、あたりは濃厚な甘い香り鮮やかな色彩が満ち溢れていた。


真情たちは薔薇園の中で、薔薇たちをうっとりと眺めながら、情報の発信力の話に花を咲かせていた。議論に厭《あ》きた心情が横を向くと、丸い目を見開いて驚きの声を上げた。

「アラッ！　あの煙はなに！」

「あらっ、何かしら……」

「ねえ、来てよ！　山火事かしら！」

最近、失恋したばかりで失意の眼差しで俯《うつむ》いたままの心情一人を残して、心情たちはドヤドヤと薔薇園の外柵に集まり、遥かな山腹に拡がる野原に眼を向けた。

「あれは…野焼きじゃないか……」

「野焼きってなに？」

「今日のように早春の晴れて風がない日は、飼草や山菜の発育を促して害虫を駆除するため、野山の枯草を焼き払う絶好の日だよ」

「ああ、俺の田舎でもやっている」

「そろそろ田畑も耕す頃だ……」

「なぜ、耕すの？」

「種まき・植付けをする前に、田畑の土を鋤《す》き返して、根が張りやすくなるよう農地を柔らかくしてやるのさ」

「植物の根にも空気が必要なので、土壌に気相を増やしてやると根の張りも良くなるよ」

「雑草が生えてきたら、軽く耕すことで雑草の繁殖も防げる」

「土壌の表面が固くなると、雨水が浸透していかないよ。耕すと雨水が地中へ浸透しやすくなるのさ」

「化成肥料などの多くは、土壌表面にまくだけでは蒸発したり雨で流失しやすいので、土中にいれて防いだりもするよ」

「おいおい、山火事でなければ農耕論もいいけど、情報明白時代の議論に戻ろうよ」

情報の旅を続ける真情の心情が発言した。

「そうだ、そうだ。田畑の耕作や野焼きの火は、大自然の中に農作物の情報の種が、いつかは大輪の花を咲かせ、果実を実らせるためだ」

「俺たち情報運搬屋の大輪を、情報明白時代に咲かせないと……」

「情報の大輪は、どう咲かせれば開花するの？」

「それには、どうすればいいか？」

心情たちは未来に向けた情報明白時代の話を耳にすると、薔薇園の外柵からぞろぞろと戻ってきて、議論を再開した。

この様子を一人ポツンと失意の眼差しで見ていた心情の眼中に、燃えるような灯りがポッと宿った。そして呟《つぶや》くように語りだした。

「情報明白時代とは、情報を発信し続けるところに、情報が集中して集まる時代だ」

「そうさ、情報を受信するだけでは、情報格差時代の落伍者グループに所属してしまう……」

「情報を発信するためには、この情報を集める必要がある。お金と同様、情報が集まるところに、情報はより一層集まる性質を持っている」

「だから、情報を発信するところに情報は集まる」

「逆に情報を受け取るところに、情報が集まると誤解している」

情悪たちも参加してきた。

「本当にそうだ。情報をただ受け取るところは、賞味期限切れの陳腐化した情報が、ゴミや瓦礫《がれき》の山となって積み上がるだけさ」

「でも、そうしたゴミ情報を、一生懸命集めている輩《やから》も多い……」

「また、毒のある言い方をする！　情報は、新鮮なものに価値があるとばかりは言い切れないよ」

情悪の発言を情善は注意する。

「骨董的情報に、経営上の価値があるとは思えない」

「化石は、貴重な過去情報さ」

「ふぅ……ん、そうか…」

「おいおい、発信情報と受信情報の議論をしているのだ。あまり横道へ入るなよ」

と言った心情は、さり気なく本題へ話題を戻した。

「大切なのは、情報をただ受信するだけの企業は、情報格差時代に埋没し、取り残されていく企業となってしまう。つまり情報を発信し続けることができる企業になれるかどうかが分岐点で、今後は情報の発信力が、企業成長の源泉となる」

「情報の特性からすれば、自ら進んで求めた厳しい発信機能への道程《みちのり》は、生き残りをかけた企業差別化への必須条件であり、グローバル化時代の競業他社との時間的優位性が、決定的になる時代を生き抜く企業体質の必要条件です」

そこに集まった情善や情悪たちに、異論を唱える顔はなかった。


「それでは、情報の最大の特性といわれるホロニック性については、どうだろうか?」

リーダー的心情が、いよいよ情報の核心的課題に触れた。集まった心情たちは、周囲の心情たちの顔をお互いに押し黙って見つめ合った。しかしその場には、いよいよ情報の最も重要な特性を議論しておこうという決意が、静かな雰囲気となって漂っていた。すると突然、素っ頓狂な明るい心情が、恥じることなく質問した。

「なに? そのボロなんとか言うの?」

これを聞いた周囲の心情たちに、笑顔が輪のように拡がった。笑顔になったリーダー的心情は、ホッとした顔で質問に答える。

「ホロニック思考性というのは、前に書いたように、真情が高校生時代のバレーボール試合で経験したヤツさ」

「ふう〜ん、でも余計、何んだかわからなくなったわ?」

太った底抜けに明るい女性心情が、会話の場を拡げようと呟く。横の女性心情が囁《ささや》く。

「想い出してみてよ、真情は小学校時代にも経験しているわ」

真情の情報の中でリーダー的存在の心情は、こうした心情たちが想い出している風景や、いろいろな心情たちが話題に入り始めた様子を、嬉しそうに静かに見守っている。

「ああ、そうだったね」

「でも真情が小学生時代、黒板に書いた標語を、情味先生が涙を流しながら読んでいたのは確か〝一人は、みんなのために、みんなは、一人のために〟だったわね？」

「パチパチ、パチパチ」

リーダー的心情は喜んで、手を叩いて拍手した。

「そう、それだよ！　ホロンとは、生物学用語の一つで〝全体と個の両者を統合すること〟を意味しているのさ。真情のクラスを構成している生徒一人ひとりの考えや行動が、全員での袋貼り作業となり、商店街の人たちを動かし、そしてクラス全員で鎌倉へ修学旅行に行けることになった」

「素敵なクラスメートたちだわ！」

「そして女性の情味先生という人物は、素敵で素晴らしい教師だ」

「また、バレーボールチームを構成する選手一人ひとりの考え方や、その各選手の一つひとつのプレーが、選手の所属しているチーム全体の考え方がプレーと一致していて、選手一人ひとりのその瞬間の判断とプレーが、監督やベンチのメンバーを含むチーム全体のその瞬間の判断と期待するプレーに一致するという、個と全体が心身一体の状況になることを意味しているのさ」

「それができた真情の高校チームは、素晴らしいチームだ」

「そう、やはり若くして亡くなった熱情監督が、素晴らしい名監督であり、真情たちの良き指導者であったということね」

「真情は、良い指導者に恵まれているね」

「だから、選手一人ひとりの生《い》き甲斐《がい》や遣《や》り甲斐《がい》と、そのチーム組織の達成目標が両立している状態を、ホロニック状態というのだよ」

「真情さんの高校時代のバレー部は、そのホロニック思考性というのが、徹底していたというわけ？」

「いやそうではなくて、熱情監督が熟考して計画し、真情たち自身が極限に追い込まれた春の合宿で涙の合唱を奏で、キャプテンが十二指腸潰瘍になり、県内大会で唯一の敗北を喫したときに、涙をながしながら往復ビンタをしてくれた先輩の精神力の体育指導で、ホロニック思考性の真髄が、チーム全員に浸透したのが事実だろうね」

「ホロニック思考性には奥深いものがあり、どこまでも完成というものはないと思うよ」

「そう、永遠に完成しないものなの？」

「絶えず進化し続けるから、完成することはないと思うよ」

「真情が働いていた職場で、国内水質測定業務のトラブル発生時に、女性社員から地下室のコンピュータオペレータ社員まで、当時の部員全員が一致協力して、課題解決に取り組んだ姿も、ホロニック体制が確立した瞬間だと思う」

「そう、恩情社長の『おまえ〝ら〟の会社』の真髄《しんずい》が発揮されたのだ」

「こうした実例のごとく、未来に向けて完成度を向上させていくのが、情報のホロニック思考性さ」

「少し難しくなるが正確に言うと、通常は微視的情報と巨視的情報により、微視的情報思考と巨視的情報思考の両者が、不一致と一致の世界を行ったり来たりする」

「この情報のゆらぎの中で重要局面になると、構成する全情報たちを意識的にひとつの方向へ一致させることができる仕組みだ」

「過去のいくつかの場面で、こうしたシステムができたのだ」

「だから重要局面では、それぞれ両方の個別情報が、絶えずお互いを意識しながら自由に、そして同時に全体情報のことをシステム的に考えていられるか…どうかだ」

この議論を見守っていたリーダー的心情が、嬉しそうに口火を切る。

「繰り返しの説明になるが、これまでの議論にもあるように、このホロンとは生物学用語の一つで、全体と個の両者を統合することを言うのです」

尊敬の眼差しを集めた沈黙と感動が音もなく混じり合って、参加していた情報たちの中を静寂が漂っていく。

「即ち情報には、その一つひとつの情報によって全体を構成している部分情報が、全体情報にとってみれば、その全体情報の一部をなしているというホロニック性があります」

さっそくサブリーダー的心情が、論議のサポートに参加してくる。

「そうですね、解りやすい事例でいえば、企業を構成する社員一人ひとりの情報や考え方が、社員の所属する組織や企業全体の情報や考え方とピタリと一致し、一人ひとりの生き甲斐とその組織や企業の達成目標が、両立している状態を構築できた会社は、ホロニック性が確立している企業だといえます」

「そうそう、まさにそうだよ」

愛くるしい笑顔の若い心情が、にこやかな口調で
「私が学んだところでは、この情報のホロニック性で大切なことは、この部分情報と全体情報の関係でしたわ」

「そう、そこがポイントだね。つまりこの全体情報をいくつかの部分に分割し、その切り放された部分情報で全体を構成し直すと、前の全体情報には戻せないという、不可逆性があることに十分注意する必要があります」

「またこの特性を理解して、部分情報と全体情報のホロニック性を取り扱う必要があるね」

こんな難しく堅苦しい情報特性の議論を、このまま続けるのはとても息苦しくなってきた。そう考えたリーダー的心情は、何かやさしい事例がないのかと考え、急に例題の内容を変更した。

「中国要人の言葉に『黒い猫でも、白い猫でも、鼠を捕るのが良い猫だ』という有名な言葉があります」

「この猫の色と同じで、情報にもいろいろな色があるのです」

「いろいろな色の織り糸は、いろいろな織り糸と混じり合って、いろいろな模様の色を綾《あや》なすわ」

「だから、このホロニック性という情報特性を考える中で、我々の入手する情報は織《お》り糸で織られており、黒い糸と白い糸が混じっているのが実態だよ」

「しかもその織り糸という情報には、良い糸も悪い糸も混じっている」

「そうだわ、これを見極めて織り糸を使えば、素晴らしい織物のような人生を、愉しむことができるわ」

「だから人生という情報の彩《あや》なす旅は、飽きずに面白いのだね」

「そうだねぇ……。振り返ってみると、退職後に暇を持て余している老夫婦が長旅するよりも、忙しい会社勤務時代に仕事の間をぬって、上司に気遣いながら有給休暇をとり、家族と一緒に短い旅をした想い出が、とても充実していて懐かしいよ」

「だからもしこのサラリーマンで大部分を過ごした人生を、ホロニック性豊かな情報の旅に、やり直してよいという再版印刷制度があるならば、いますぐにでも私は改訂版を出したい」

「何故なの?」

「何故なら、最近の大文字で印刷された新聞や雑誌は読みにくい。そしてニュースは、暗い事件ばかりで読んでいても楽しくならない」

「そうだね。同じ出来事でも角度を変えて、もっと楽しく夢多く未来が展望できる記事にすべきだ」

「我々の日常生活は、毎日のんびりした日曜・祭日ばかりだと退屈だ。山あり谷ありの毎日を、フゥフゥ汗をかいて切り抜け、ようやく辿りついた週末に、ホッと一息つく休息日という人生の旅は、充実した未来の楽しい夢多いホロニック性の情報の旅と同じものだ」

「我々が仕事で汗をかき、毎日、毎時、毎分、毎秒、人生の墓場へ向かって一歩一歩と、歩いているのが情生旅行だ。でも自分一人で行くときには、今すぐにでも出発できるが、ホロニック性を尊重し心から楽しみながら、高齢な伴侶などと一緒にひなびた温泉地へバス旅行をしようとすると、バスの時刻表があり、今すぐ勝手に出掛けられない。しかし勝手に出掛けられないことこそが、最高に幸せな人生なのだ」

「なぜ、そうなの？」

「何故なら、ひなびた温泉地へ向かってバス旅をしているとき、突然、伴侶が高速道路のサービスエリアで『お茶が飲みたい』、『お弁当を買いたい』と言って、バスから降りたとしよう。その時、君はどうするかい？」

「俺は、バスに乗ったまま、伴侶がバスに戻るのを待っているよ」

「そしてもし伴侶が、バスの発車時間になっても戻ってこなければ、そんな伴侶はほっといて、伴侶を置いたまま、予約してあるひなびた温泉宿へのバス旅を続けるさ」

「それはひどいわ！」

「そうよ、そのサービスエリアで伴侶と一緒に降りて、バス旅を続けるべきよ」

「それでは、もし伴侶が『トイレだ』と言って、高速道路のサービスエリアで一緒に下車したとしたら、君はどうするかい？」

「そうねぇ、名も知らぬサービスエリアの売店などで、高齢な伴侶がトイレから出てくるまで見て回り、この眼に飛び込んできたお土産品や周囲の景色を、あるがままそのまま楽しむわ。それが情生だわ」

「そうさ、サービスエリアのトイレ前のベンチに座って、ただジッと我慢して待っているのは、全くつまらない情生だよ」

「もしひなびた温泉地行のバスの発車時間になっても、それでも伴侶がトイレから戻って来ないとしたら、君は、どうするのさ？」

「俺は、バスに戻り飛び乗るさ」

「随分冷たいご主人様ね」

「私は伴侶が戻るまで、偶然降りたそのサービスエリアで待っているわ。そしてバスが行ってしまったとしたら、今度はいつ来るか判らないひなびた温泉地行きバスを、伴侶と一緒に話をしたり、近くを散歩したりしながら待つことにするわ」

「そうだよ。我々の人生の旅の情生は、生涯の伴侶と一緒に歩む情生のバス旅だ。それは、死という最終駅へとひた走る運搬屋としての情報バスの旅さ……。だからもう二度と楽しむことのできないその時、その場所、その土地の風景を、全体情報の中の部分情報として、そのまま、あるがままに楽しむことが大切だね」

「こうしたホロニック人生、ホロニック性豊かな情報のバス旅、情生をあるがままにそのままに、愛すべき生涯の伴侶と一緒に楽しみながら、情報の運搬屋としてのバス旅行を味わうこと、その境遇を悲しみ嘆《なげ》かず前向きに受け入れ、いつもその現実を積極的に愉しむことが極上の幸せさ。これが情報の運搬屋としての情生、そのホロニック性の醍醐味《だいごみ》だよ」

情林期の情報の情報のバス旅をする真情の情報たちは、

「素晴らしい！　素敵な情生幸福論だ……」

と、感激して言った。

十四．情報の定義

ひっそりと息づく春の浜、情報たちの春の渚《なぎさ》に、のどかでたおやかな春の波情報たちが、ひたひたと言い寄り、しずしずと引き下がり、言い寄っては引き下がっていく。こんなもったりとした春の波情報たちは、宇宙船地球号の物理的法則と自然環境に従いながら、いったい何を求めて、誰のために休むことなく、打ち寄せては引き下がり続けているのだろうか。

麗《うらら》かな春を感じさせる生温かい日差し情報が、空にも海にも、のどかな春の光り情報となって動き廻り、ほろほろとこぼれるような陽光情報が、波先に当たってキラキラと銀色に輝き散っていく。太陽が天空に昇ると背を向けたくなるようなまぶしい陽光情報が、ぽかぽかと暖かく頭上から照らしてきた。すると春の波情報の色もしだいに藍色が薄くなって、明るい浅葱色《あさぎいろ》、千草色、勿忘草色《わすれなぐさ》、露草色などの美しい青色情報に変わってきた。今度は春の穏やかな波情報たちが、岸壁と舷《げん》や汀《みぎわ》に、

「タッポン、タポン」

と打ち寄せては、

「ポッチャン、ポチャン」

と引き返していく。のったりとねばっこい春の海が薄緑に広がり、その薄緑の海から南の風に載った春の息吹情報が漂ってきた。

こうした春の海と海岸を見降ろす紺瓦《こんかわら》で白壁の喫茶店ベランダで、情報の旅を続ける真情の情報たちは、コーヒーを飲みながら春の海を眺め、にこやかに談笑していた。カップをテーブルに置いたリーダー的心情が静かに立ち上がり、集まった心情たちの顔色を覗き込むように、一人ひとりの表情を見て、確信に満ちた重々しい口調で語り始めた。

「これから私が主張する情報（Information）の定義は、いまだ未完成の段階にあります。しかしながら、ここで皆さんと共創しながら、少しずつ確立していく必要があります」

「今、現時点での私の思考内容を、皆さんの叩き台とするため、情報の定義について話をしたいと思います」

雑談をしていた心情たちの間を、コーヒーの濃い茶色の香りを運ぶ心地よい春風情報が、

「情報の定義がはじまるよ」

と声を掛けると、これからはじまる話の腰を折ってはいけないという雰囲気が、ベランダに集まった心情たちに漂っていく。そして講師役のリーダー的心情と、集まった情報の仲間たちの間に、とても暖かな信頼感溢れる空気が、春の海風に乗って流れていく。


「まず〝情報とは、変化とその刺激によって生まれるもの〟と定義することができます。この情報は、物質・エネルギー・時間の存在形態とともに、現代社会を構成する重要な要素のひとつです」

「そして、すべての生物は、この情報を、生産・加工・蓄積・伝達し、これを消費する情報の運搬屋であると主張しているのが本誌です」

「この情報の運び屋は、私が長い歳月をかけて辿りついた〝超生命体（超情報体）モデル式〟、その呼称も〝情報運搬モデル式〟というモデルで表されます」

取り出した大きな白紙の上に、リーダー的心情が大きな文字で力強くマジックペンを走らせた。

人間（超生命体・超情報体）＝情報の運搬屋
（＝物質×エネルギー×時間×情報
（＝（身情＋心情）×（情善＋情悪＋日和見情報））

「この情報運搬モデル式が、この〝情報の運び屋〟の考えの基軸にあるのですが……」

そして緊張のあまり少し引きつった笑顔を浮かべたが、その眼差しは怯《おび》えるように細かく震えていた。言葉を飲み込んで大きく深呼吸をすると、真情の顔は、いよいよ死も厭《いと》わないというような決死の形相になった。集まった心情たちは、かつて真情がこの本の出版を決意した頃、

「こうした新しい価値観を発表すれば、信仰心の厚い宗教集団の信者たちから大きな誤解を招き、その苛立ちと怒りを買って真情が狙われ、真情は射殺されるぞ！」

という不安感が、連日のように消しても消しても恐怖感となって襲いかかり、執筆の勢いを阻害していた事実を知っている。そして本書では、宗教分野に関する部分を大幅に割愛して、『情報の運び屋』その〝情報の路と詩〟の上下巻の出版をすることに決定した。かつて宗教と情報問題で苦悩する真情が、アクセルとブレーキをかける日々が続き疲れ果て、執筆を放棄していた時期を想い出していた。


ベランダでコーヒーを飲みながら参加していた心情たちが、宗教と情報問題で悩んだ時代の解説を始めた。

「想起すれば、真情が射殺されるかもしれないという恐怖感で、執筆に背を向けた日々を送っていたときのことだ」

「その年の八月十一日、日曜日の朝、新聞紙上で、今日は〝ガンバレの日だ〟という見出しを目にしました。八十五年前の当日は、ベルリンオリンピックの女子二百メートル平泳ぎ決勝で、前回のロサンゼルスオリンピック大会で銀メダリストの前畑秀子選手が決勝で優勝し、日本人女性としては、初めて水泳の金メダルを獲得した日であった」

「そして、その当日のラジオ実況放送を担当していたアナウンサーが、『前畑ガンバレ！　前畑ガンバレ！　前畑ガンバレ！　前畑ガンバレ！』と、二十回以上連呼し、日本中を沸かせたことに由来して、ガンバレの日となったという」

この記事を読み、真情は身体全体を震わすほどの痛烈な感動に襲われ、激しい鼓動の音に胸が熱くなって、両眼か

ら溢れた涙が、とめどもなくポタポタと滴り落ち、読んでいた新聞紙を濡らしていた。

「そして背中をポンと押されるようにして立ち上がると、急ぎ書斎へ向かって階段を駆け上がり、自室のパソコンの前にドンと座り込むと、中断してから十五年以上の歳月が経って埃をかぶっていた企画構想案『情報の運び屋』の上下巻〝情報の路と詩〟の原稿に向かって、猛然と執筆活動を再開したのです」

心情たちの解説が終わるか終わらないうちに、真情は、

「この仕事　やり遂げんとす　我が心　情報なれど　神の声なり」

と言うと、それ以上の言葉は言わずに、言葉をゴクリと飲み込み大きく深呼吸をした。真情の心情たちは、死も厭わないと意を決した真情の意向を受けて、眉根《まゆね》を引きよせた般若《はんにゃ》の面のごとき形相になっていく。

「この情報運搬モデル式によれば、情報が生まれた故郷は、宇宙にあります」

「そして情報運搬モデル式によれば、情報つまり身情が生まれた故郷が民族、すなわちアジア各民族、ヨーロッパ各民族、アフリカ各民族、アメリカ各民族、オセアニア各民族など世界の多様な各民族が、身情たちの生まれた場所なのです」

「つまり情報の親たちの民族情報が出会い、その血が混じり合って生誕した身情の故郷は、それらの民族の地であると位置付けております」

「さらに情報運搬モデル式では、情報つまり心情が育った故郷が宗教、つまり仏教、儒教、キリスト教、イスラム教などのさまざまな教えと導きにより、心情は育《はぐく》み育《そだ》てられたのです」

「民族という情報たちの生まれた場所、つまり生まれた人種の違いが、血縁の違いなのです」

「その情報が生まれ育った教育や宗教の違いが、心情たちの心のよりどころの違いになります」

「残念ながら、今日の宗教的対立や民族紛争の根本には、こうした育った故郷と生まれ故郷の違いがあると思いますが、我々情報の運び屋にとっては、その違いの多様性があることが最も重要な事項です。そしてこれは、お互いが

認め合い、お互いに大切に守るべき情報の基本的原則なのです」

「かつて数多くの学者による近代史観では、マルクス主義的歴史観、そして資本主義的歴史観にしても、近代化への歩みの過程で、この宗教的、民族的な対立要因は、克服され解消していくだろうという、楽観的意見や考え方が一般的でした」

「フゥッ」

と緊張に満ちた溜息まじりの息を、真情の心情と身情は吐いた。再び心情は、この複雑で根深い宗教問題と民族対立問題に直面し、執筆を十五年以上中断した経緯を思い出していた。

「しかし九・一一事件と呼ぶ二〇〇一年のアメリカ同時多発テロ事件、この事件に代表されるごとく、聖地エルサレムをめぐるイスラム教とキリスト教の闘いは、あの十字軍の時代から、いまも延々と続いています」

民間航空機による世界貿易センタービル爆破テロで、亡くなった真情と同じ会社の同僚たちや親友を想起し、涙を浮かべながら心情は語る。

「二十一世紀は、こうした宗教的戦争・民族的戦争の世紀であり、封建主義から資本主義へ移行する中で、現在は資本主義などの制度疲労が、極限に達してきた時代だと思います」

「こうした時代だからこそ分断の壁を乗り越えられる、新しい価値観としての情報を基盤にした考え方、人類も生物も情報の運び屋という客観的位置付けと、新モデルの新たな構築が必要になっているのです」

こう一気に話をした心情は、再び消しても消しても湧き上がる深い恐怖感に襲われ続けていた。

「そして……私がここで述べたいことは、生物の一員である人間は、この情報を、生産・加工・蓄積・伝達し、これを消費する運搬屋であると定義することです」

しかし顔色ひとつ変えずに、この『情報の運び屋』の核心に触れた話を、しっかりと語るリーダー的心情の言葉の一つひとつに、ほとんどの心情たちは、黙って静かに耳を傾けていた。その中でもひときわ真剣な顔をした心情が、何人かいた。

喫茶店のベランダに、ふんわりとした春風が、潮とコーヒーの香を載せて、春風駘蕩《しゅんぷうたいとう》という風情でもったりのどかに吹いてきた。春の海に、春の夜の柔らかくみずみずしい夕闇が迫っていた。

「そしてさらに…私たち情報運搬屋が保有する脳は、この情報の種を蓄積しておくことができ、脳の内部器官は、情報の種を発芽・変化させることのできる機能を持っていると思われます」

リーダー的心情は少し首を上げると、一瞬、心情たちを見渡しながら、真情の情報の旅におけるひとつの結論を述べた。

「つまり…私たちの脳内にある情報たち、すなわち心情が、脳の機能を駆使して考え、その内容を神経ネットワークを通して、神経伝達物質や各種ホルモン等により身体各部署や関係機関へ伝達・指示し、考働を起こします」

「また各種の臓器同士が、血管ネットワークを通して、身情という各種のメッセージ物質を使い、情報交換をして行動します」

「こうして心情と身情の情報たちもお互いに、この心と身体《からだ》を突き動かしながら、考働し行動していると考えると、森羅万象《しんらばんしょう》が誠に理解しやすいと考えています」

「人間を荷馬車に譬えますと、御者たちが脳内や遺伝子情報として記録されている情報たちであり、馬たちは食料などのエネルギーであり、荷車は骨や肉体などの物質なのです。つまりこの馬たちと荷車などの情報たちは身情たちを意味します。そしてこの御者たちにあたる情報たちは、心情たちを意味します」

春の海上に雲間が拡がってきた。そしてその雲間から柔らかい夜気に潤みつつ、無数の春の星たちが、春霞《はるがすみ》を懸命に突き破って輝き出した。傾聴《けいちょう》する雰囲気が漂い、集った心情たちが時間を忘れるほど、リーダー的心情の立場や話に気遣いながら、その話す内容に賛同し、心から楽しんでいるように見えた。

「人間は、とてもよくできた情報の運搬屋たちで構成されています。風邪を引いて休みたいと馬や荷車たちが訴えると、御者がいくらムチ打っても、故障した荷車も馬も動こうとしません」

静かな感動の輪が、朧《おぼろ》に霞《かす》んだ春の月が照らすベランダに、音もなくひろがっていく。

「心身を鍛えるといっても、このように心と身体は別情報です」

「人間の肉体は、たとえ死亡し朽ち果てても、その遺伝子などの情報たちは、その子から孫へとさらに新しい情報たちとなって、運搬屋たちの身体をとおして、つぎの世代へ引き継がれてゆきます。つまり運搬屋の情報たちは、その子から孫そして曾孫へと、新たな身情に生まれ変わりながら生存し続けていくのです」

「また心情たちは、その情報を受け取った心情から心情へと、新たな心情に生まれ変わりながら生存し続けていくのです」

「この意味で、情報は永遠に不滅です」

ここで心情たちが質問すると、ベランダに集まった情報たちの意見が、いろいろと別れて対立したかもしれない。しかし暖かな温もりを感じさせる春風が、点灯したベランダ灯の下で、引き続き静かに傾聴する雰囲気を運んでいく。リーダー的心情の笑顔と目が、集まった心情たちへの信頼を物語り、居並ぶ心情たちのにこやかな笑顔と目が、敬愛するリーダー的存在の心情への厚い信頼を語り、

「リーダーからの大切な話の腰を折ってはいけない」

という礼儀とマナーを、春のベランダに徹底させていた。

「かつてフランスの数学・物理学者であり、宗教哲学者のパスカル（千六百二十三〜千六百六十二年）は、その著書パンセの中で、『人間は自然のうちで、最も弱い葦の一茎にすぎない。だが、それは考える葦（Man is a thinking reed.）である』として、自然界において脆弱《ぜいじゃく》だが、思考する存在としての人間の本質を鋭く表現しています」

「私は、パスカルの〝葦の一茎〟は〝情報運搬屋のひとつ〟だと、思うに至ったのです。つまりパスカル流に言えば、『人間は自然のうちで、最も弱い情報運搬屋のひとつにすぎない。だが、それは考える情報運搬屋である』と言えるのです」

振り向いた陽に焼けたリーダーの心情の顔は、顔の色合いは黒光りしていたが、心情たちが集う朧月《おぼろづき》夜のベランダは、満面笑顔の心情たちで溢れていた。

「フランスの哲学者デカルト（千五百九十六〜千六百五十年）は、『私は思惟《しい》する、ゆえに私は在る（Je pense, donc je suis / Cogito, ergo sum）』と言っています。これを情報の立場で解りやすく説明すれば、〝私は思惟〟するの私が〝情報〟であり、〝私は在る〟の私は、この情報たちを運ぶ身情も含む〝情報運搬屋〟となります。つまりデカルト流に言えば、『情報は思惟する。ゆえに情報運搬屋は在る』と言えるのです」

春の潮騒《しおさい》がのどかに聞こえる海辺の喫茶店のベランダで、そこへ集まってきた心情たちは、恐怖に打ち勝ちながら、平和な情報明白時代へ献身的努力を積み重ねているリーダー真情の凄い話に、これまでの疑念が吹き飛ぶように消えてゆき、碧空《へきくう》のごとき素晴らしい感動と感激に押し流され、数々の疑問も、引き潮もろとも海の彼方《かなた》へ流し去っていく。

「そして、この本の主題である〝情報が情報を考え交わるとき〟、そこに〝心が生まれる〟のです」

ポツリと心情のリーダーは語った。

「つまり情報が情報に想いを馳せているとき、そこには〝心が存在する〟のです」

集まっていた心情たちは、これまで無知であった浅学《せんがく》さと、いままで疑念を抱いてきた不明さを詫《わ》び、戸惑ったように身を固くする心情たちが、数多くいるのを感じた。そして春霞の朧な空気が、みるみる吹き飛んで晴れ渡り、暖かな心地よい夕暮れの春風がベランダ全体を覆って、情報たちの足元をさすり首筋を撫で耳元で囁《ささや》き、春の爽やかな青い潮の香をしっとり運んできた。

そして狂信的信者たちの無理解と誤解により、その銃口の前に、真情が凶弾《きょうだん》で倒れるのは、もう少し先のことである。

第六章

情報の涙

——真の豊かさを情報に求めて

一．瓦礫の情報

厳寒の中、気弱になった冬の日差しが、水墨画のごとく白黒の世界に閉じ込められた冬の山々を遠慮がちに照らしていた。情報たちも分厚い積雪に覆われた森の中にジッと身を伏せ、身を寄せ合って寒さと雪の重みに耐えている。我が物顔をした北風だけが、凄みのある音を発しながら雪を被った樹林を吹き抜けるが、冬山は黙して語らず抵抗もしない。それでも、青い地球は、温暖化の熱で、もがき苦しんでいた。

透徹《とうてつ》した青空の冬日、都会の公園にも弱々しい陽光が落ちてくる。温もりのある日差しが枯れた公園の芝生をねぎらうように照らし、公園の樹木たちも枯れた枝をとげとげしく寒い空間をつき刺すように、その存在感を主張しながら、春に備えて若枝たちの場所取りをする。しかし草木も枯れた冬の公園には、いまは訪れる人は少ない。それでも、緑の地球は、人口爆発で、悲鳴をあげていた。

傍若無人《ぼうじゃくぶじん》な北風でさえ、凍りつくような厳冬の朝は、乾燥した冬空に漂う冷たい空気が、白い霧氷《むひょう》のように咽喉《いんこう》を塞ぎ、真情が呼吸するたびに、頬のマスク横から、湯気の渦になって立ち昇りながら、身情の体温を奪っていく。街中の情報の何もかもが、寒さのために身動きもできず、冬は、故障した赤信号機のように、春の前に立ち塞《ふさ》がっていた。それでも、赤い地球は、絶え間なき紛争に、血を流し泣いていた。

だが今日はこうした厳しい寒中には珍しく暖かで、柔らかな日差しが、土の香りがする陶芸の街を優しく照らしていた。さまざまな陶芸店の中に展示された作品たちが、作者の情報たちの創作意思を主張しており、道行く真情の心情に、その内なる情報を伝えたいと語りかけてくる。しかし、今日は師走の月の最後の日曜日だ。街行く地元の人々は、寒風を遮るようにコートの襟《えり》を立てながら、店の中を見ることもなく通り過ぎていく。だが真情は、ときどき魅力的な作品に呼び止められ、憧れの淡い恋心と俺のものにしようかとの野望を抱き、手の届かない高嶺の花の金額に思い知らされ、片想いのまま引き裂かれるような気持ちで作品に別れを告げながら、心浮き立つフワフワした気分で歩いていた。真情の心情たちは、

「これだから、年の瀬の街は嫌いだ」

と、フッと思った。

「そう…なのだ。今日は直情と純情二人の〝瓦礫《がれき》の二人展〟、そのオープニングセレモニーのある日なのだ！」

「しかしこんな年末のせわしい時期に、なぜ直情と妹の純情は〝瓦礫の二人展〟を、この街で開催するのか？」

貧しい陶芸家の直情と純情の二人が、何とか展示会場を安く借りられる日が、年末最後の日曜日の今日なのだ。特別安価で展示会会場を提供してくれたのは著名な陶芸家である名門窯元であるが、その奥様は、真情の洟垂《はなた》れ小僧時代の小学校六年二組の友達で、真情が頼み込んで借りた場所だった。

この会場で開催する〝瓦礫の二人展〟は、直情と純情、つまり情報の運搬屋たち夫婦二人が初めて開く、日本大賞の受賞記念の個展である。真情が埃《ほこり》っぽい展示会場の入り口に立つと、一面に粉々に砕かれた窯出し後の作品の欠片《かけら》が敷き詰められていた。その瓦礫のような陶器の破片の上を、

「ガチャガタ、ガラゴロ」

と足音を立てながら会場の中に入っていくと、所々に二人の作品が置いてはあるが、その周辺には、焼成《しょうせい》後に割れた、いや割った陶器の山また山が、会場所狭しと壁や床に敷き詰められている。

日本大賞の受賞のお祝いとして、県知事や市長、地元の著名人から届けられた花束は受付横に華やかに飾ってあり、胸に招待者のリボンをつけた県会議員や市会議員が愛想のよい顔をして、また陶芸家のリボンをつけた痩せた

個性的な服装をした仲間たちが、その取り巻きもぞろぞろつれて、お祝いに駆けつけていた。しかし興奮気味の直情は、ひどく緊張している様子で、陶器の瓦礫がうずたかく積み上がった入口に強張《こわば》った表情で立ち、お祝いに駆け付けた人たちの祝福に対して、深々と下げた頭を上げると、一瞬だけ笑顔を見せ、しかし一言も発せずに、すぐに無表情の真顔に戻り、来客から眼をそらしてしまう素気ない挨拶を繰り返している。しかしその立ち居振る舞いは、陶器の瓦礫の上でも、とても気高く気品があり、誰も寄せ付けないほど凛とした風情で、まさに日本大賞を射止めた芸術家の志を、

「この道を、進まんとする、わが心、情報なれど、我が師なりけり」

との風情《ふぜい》を、展示会場入口いっぱいに漂わせていた。

陶器の瓦礫が敷き詰められた凸凹の会場には椅子もなく、来客者は瓦礫の上に立たされたままで、オープニングセレモニーが開始された。会場中央の舞台に上がった会場提供者の窯元が、ぶっきらぼうで短い開会の挨拶をした後、国会議員などは秘書の代読ではあったが、胸にリボンをつけた県会議員や市会議員の選挙目当ての演説、各産官学界からの祝辞や祝電が、立ったままの足にしびれがくるほど長い時間をかけ、次から次へと披露されていく。そして最後に、司会役の窯元の御主人にせかされて、本日の主役である直情が、純情の車椅子を押しながら会場の舞台にあがった。

「パチパチ、バチバチ、パチバチ」

と会場が割れるほどの拍手が鳴り響く。そして直情が壇上の椅子に純情と並んで座ると、純情に目配せをして、アゴでマイクを指して、

「お前がやれ」

という素振りをした。純情は、直情の突然の指示に困惑した表情になりながらも、会場を埋め尽くしている来客の

方へ顔を向けた。来客のすべての眼は、檀上の二人に注がれている。そしてもう一度夫の直情の顔を見る。直情は純情の顔を見ながら、再びアゴでマイクを指して、

「お前がやれ」

という同じ素振りを再度繰り返した。夫直情の指示に従うのが結婚以来の夫婦二人の決めごとだが、今日は夫直情が日本大賞を受賞した祝賀会で、そのお祝いに駆けつけて下さったお偉方や陶芸の仲間たち、そして貧しい直情たち二人に経済的支援をして下さった数多くの方々への御礼のスピーチだ。

「受賞者の直情が、御礼の言葉を言わずにどうするの？」

純情の眼は、直情の眼を見て無言で尋ねた。

「いいのだ。お前が思うまま話しなさい」

直情の緊迫した厳しい眼が、無言で純情に命じてくる。

「わかったわ」

純情が直情の指示に素直に頷《うなず》く。しかし直情は椅子に座ったままだ。見かねた司会の窯元のご主人が純情の車椅子を押してマイクの前まで連れて行く。純情は高い位置にあったマイクをマイク台からはずしてもらうと、動かせる右手に持ち、車椅子に座ったまま頭が膝にぶつかるほど、腰を深く曲げて挨拶をしたが、来賓たちの前で何を言えば良いのか、頭の中は真っ白になり、純情の情報たち、心情は思考が停頓《ていとん》して、身情は身体がガチガチに硬直してしまい、直情の顔を黙って見つめたままだった。

「……」

原稿の用意もないままマイクを持っている純情の眼に、集まった来賓のたくさんの眼が、十字砲火を浴びせるように集中している。純情の長い睫毛の二重《ふたえ》瞼《まぶた》が潤《うる》み、泣き出しそうになりながらおずおずと話を始めた。

「本日は……、えぇ～と、各界のお偉い先生方の皆様には…、あのぉ～数多くのお祝のお言葉や、お祝の花束を頂きまして、えぇ～と、また…このような田舎に…大変ご多用のところ、お集まり頂き、えぇと、私どものささやかな〝瓦礫の二人展〟を、ご覧頂きまして、誠にありがとうございました」

壇上で車椅子に腰かけたまま、直情の顔を見ながらたどたどしくボソボソ話す様子に、真情は妹の純情に代わって挨拶してやりたい衝動にかられた。純情のスピーチはオズオズと続けられていく。

「突然の指名で、私のような身体障害者の田舎者には、皆様にお役に立てる気の効いた話はできませんので…、いま思いついた…これまで二人で歩いてきた想い出というか、生活ぶりというか、ともかくここまで二人で歩んできて、日本一の日本大賞というとんでもない大きな賞を頂き、天皇陛下様、皇后陛下様のご臨席された目の前で、総理大臣の代理として文部科学大臣様から表彰状や記念品を直接手渡され、ひっくりかえるほど魂消《たまげ》た話、その実際のところを、お集まりの皆様に御礼の言葉代わりに、ありのままをお話してみたいと思います」

喋《しゃべ》り方は少しなめらかになってきたが、スピーチを立ったまま聞かされていた参加者たちは、少し疲れてきており、瓦礫を踏む足音や私語でざわついてきた。

この観客の様子を見た純情は、少し大きな声を張り上げ語り出した。

「大きな登り窯を止めます！　そして窯を開けるっ……。この瞬間、いつも恐怖に近い緊張感が、私の胃腸をギリギリ捻ります。いつもと変わらぬ顔つきの夫直情は、窯の中から作品を、一つひとつ丁寧に取り出すと、鋭い目で作品を隅から隅まで調べ、表情ひとつ変えずに、次々に地面にたたきつけ壊していきます。

『ドカ～ン、ガッチャ～ン、ガチーーン、コロコロカチッ』

『情報の性質《たち》が悪い！』

『かたちが未完成だ！』

『色が未発達だ！』

『すべてが未熟で余計だ！』」

「いつも決まったかのように、おなじような台詞が、夫直情の怒鳴り声が、嘆き声が、そして無念の叫びが、登り窯の周り一杯に響きわたり、作品がメチャメチャになって飛び散り、その無残な悲鳴に近い声と音が木霊《こだま》します！」

「……、……」

「『ガッチャ〜ン、バキッ、ガシャン、カランコロン』

『まだ構築されていない！』

『まだ完成してない！』」

「……、……」

「『こいつがすべての存在を、否定した！』

『こいつ、何やっているか！』

『この余計な、あまりものめが！』

『この馬鹿ヤロ〜！』

『グシャ、バッキッ、ガシャ〜ン、カラリンコロコロン』」

「……、……」

今までざわついていた会場を静寂が支配し、純情の泣き声のような震える声だけが、走り抜けていく。

「そして陶器の砕け飛び散る音は、陶器の断末魔の悲鳴と叫びが、窯周辺の静寂な大気を引き裂き、私の身体全体に無数の欠片《かけら》の音が、針のように突き刺ります」

「……、……」

会場は足音もせず、

「シ〜ン」

と誰もいないがごとく静まり返った。

マイクを右手に持った純情は、車椅子は正面を向いていたが、来客たちへは横顔を見せて、夫直情の顔を真っ直ぐ見つめたまま語り続けていたが、会場を埋め尽くした来客の情報たちと純情の情報たちは、共感し共鳴しはじめていた。

「そして私は、夫直情が窯の近くからいなくなると、急いで砕け飛び散った瓦礫の山へ、車椅子を走らせ、自由になる片方の右手で拾い上げると、この割れた皿や花瓶などを、何度も何度も繋ぎ合わせてみるのです……。長年陶芸家に嫁いで、神憑《かみがか》りがあっても、この割れてしまった作品が、くっついて元通りになることなど決してないことを知りながら、それでもひとつでも割れずに使えそうな皿はないかしら？　売れそうなものは一個でも残っていないかしら？　そして、お米やお味噌、いえ卵一個でも交換してもらえるものは、この瓦礫の中に、壊れないで残っていないかしら……と、今日ここに展示させて頂きましたような瓦礫の山の中を、車椅子に乗って必死になって動き廻り、いくらかの値段で売れる無傷の陶器を探し廻る、これまでそうした日々の繰り返しでした。そして結局、何ひとつ無傷で売れそうな物がないことを確認してから、いつも後ろ髪を引かれる思いで窯を後にするのです」

「……、……」

純情の大きな黒い瞳が涙で潤み、身を切り刻むような生活苦の実話に、日本大賞受賞の祝賀会場は、これまでの祝賀ムードから一変し、芸術家の生活の厳しさや悲惨さが、雷雨をともなって襲いかかる入道雲のように湧き上がってきた。来場していた陶芸家仲間たちの胸中に、稲妻のごとき雷鳴を轟《とどろ》かせ、悲しくてやるせない辛い思いが、雷光となって襲いかかり、陶芸仲間の情報たちと共鳴しはじめた。

「……、……」

登り窯の前に悄然《しょうぜん》と佇《たたず》む車椅子の純情の姿が、来場者の情報たちの心象風景《しんしょうふうけい》となり、純情の情報と会話し始めた。

「幸せという字は、辛いという字と土の文字を重ねてできます。泥まみれの辛い生活をしても、いつか良い土に出会えて、陶芸家として幸せになれると信じてきました」

「こう自分に言い聞かせ、毎朝、毎日、毎晩、頑張ってきました」

陶芸家の生活の厳しさ悲しさが、清らかで透明な冷たい水のように、参列者の乾いた喉を潤し、日本大賞受賞記念会場には、生活苦の悲哀情報が積乱雲のように、急速に湧き上がっていく。そして哀しみ情報たちが、参列していた陶芸仲間たちの心情を痛みのように走り抜け、感極まった涙情報が会場の来客者の胸中から染み出てきた。

「クスン…」

「クシュン…」

「毎日毎日、夢を描きながら同じ苦労をしている陶芸仲間たちと、集まり話す情報たちの心の扉を叩くと、とても悲しい音がします」

このやるせないような悲しいような生活苦の話に、泣くに泣けない溜息が、会場のあちらこちらから漏れ響いてきた。

「しかし極貧《ごくひん》陶芸家としての生活は、材料代や燃料代が大変で、いつも借金ばかりしていました。そして私たち二人の台所には、明日の食べ物どころか、今夜の夕食のお米もお味噌も食べられる物は、まったく何も残っていない毎日が続いていました」

この純情の言葉は、参加していた陶芸仲間自身の生活実態に酷似《こくじ》しており、参列者の胸中にいる心情たちも共感し、同感した心情たちが全員飛び出してきて、その胸の中は、がらんどうになったような様相を呈し、哀れで切ない悲しみの共鳴情報に襲われていく。

「グスン……」

「くしゅん、くすん…」

会場にいた陶芸家の仲間たちから、忍び泣きや、嗚咽《おえつ》する声が響いてきた。

「お野菜などは、いつもご近所の農家の方々のご好意により、毎日のようにお届け頂き、何とか食べてゆくことが出来ましたが、まだ何もお返しすることができずにおります。また当時は、毎晩のように近所の方々からお米とお味噌も、拝借しなければならない自分が、とてもみじめで、登り窯に積みあがった瓦礫の前で、車椅子に乗ったまま、一人でよく泣いていました」

居並ぶ陶芸家の仲間たちは、今の自分も、泣いても泣ききれない厳しい実生活に直面している、その貧しく厳しい現実の中へ突き落とされていく。しかも身も心も寒々とするような悲しさ侘《わび》しさの情報たちが次から次へと、涙となって流れてくるのを抑えきれなくなっていた。

「くすん」

「くすくすん……」

すすり泣く声、そして激しい悲しみに嗚咽する情報たちの声が、会場に大きく響き始めていく。

二、苦しみから生まれる美しい情報

豊かな土を求めて陶芸家たちが住みついたこの町には、周囲を囲む山々に雪や雨も多く、清流が陶芸の街をいつも潤していた。しかし厳冬の時期になると、冬は北国から灰色の空を引き連れてきて、陶芸家が住む町にも、寒い朝が断りもなく乱暴に訪れてくる。本格的な雪の季節が、そのまま無言で居座り続けると、雪をかぶった竹林や屋敷林の樹木たちは、陶芸家たちと同様に、重い雪の重さに耐えながら、来たるべき春を夢見ながら蕭条《しょうじょう》とした孤高の姿で必死に生きていく。

直情と純情たちも、生活苦の重さで潰《つぶ》れそうになりながら、必死に作品造りに取組んだ成果が、この日本一の日本大賞受賞だ。舞台上で原稿なしで語る純情の姿は、会場に詰めかけた眼と耳と、その他のすべての情報たちを、純情の姿と話の一点に集中させていた。

「何度も実家に電話しては、お金や食料を送ってもらいました。また夫に内緒で実家に帰り、夫との離婚話も両親に話をしましたが、父と母は、私の離婚話をガンとして受け付けません」

会場の隅では純情の父の情理が、顔の上にハンカチをのせて、天井へ顔を向けて歯を食いしばり、込み上げる嗚咽《おえつ》を押さえている。純情の母の情愛は、夫情理の背広の肩に顔を押し付け、忍び泣きしながら涙を流し続けている。純情の兄真情は、夫の直情に気を配りながら、兄真情からの仕送りとは言わずに、両親たちの支援金に含めて、毎月、妹純情へお金を送り続けていた。

「そして毎月、母はいつもお金と食料を手渡してくれて『惚れられて結婚したのよ。お前がご主人直情さんの成功を信じなくて、誰が信じるのよ。どこまでも支えなさい。直情さんを支えるために、純情が生まれてきたのです。そのことだけを考えればよいのですよ』と、笑顔で言うの…です。そして父は優しさと厳しさを織り交ぜた声で、『直情くんは、お前がいなければ一日も生きていけない人なのだ。苦しい時には、その苦しみの中から、研ぎ澄まされた真の美しさが、花咲くことを、そして究極の芸術の美が生まれることを、信じて支えなさい！』と、両親から厳しく優しく諭《さと》されるのが常でした……」

招待されて会場に集まった著名な陶芸家たちは、自分が今回受賞できなかった悲しみや落胆も大きく、直情を羨《うらや》み妬《ねた》む眼が、最初は会場の隅に影を落とすかのように漂っていた。しかし純情が語る、この純粋で飾り気のない芸術家の生活苦の実話は、祝賀会場に集まった著名な陶芸家たちの澱《よど》んだ羨む心も妬む眼も、清流のように流し去り、その澄んだ美しい声は、集まっていた陶芸家たちの心情たちを、根底から揺さぶり続ける。そして純情の悲哀溢れる飾り気ない本音に、日の出の太陽に輝く黒雲が、次々と赤く染まり白い雲となるごとく、瓦礫《がれき》の上に暖かな白く純粋な情報の翳《かげ》が、会場全体を覆っていく。

「くすん……」

「グスングシュン……」

「チ～ン」

同じ苦闘を毎日続けている陶芸仲間たちの汗と涙の結晶が、会場にいた陶芸の仲間たちから流れ出し、忍び泣きの声となって、忍び泣きが嗚咽に変わり、嗚咽の声が泣き声になり、泣き声を抑えに抑えていた会場を埋めた情報たちも、ついに涙を流し始めていた。

「私たちにとって今日は、かつてのこうした日々が嘘のような晴れがましい日です。無口な夫直情は、幸運にも日本一の大賞に輝き、東京にある皇居の中で、天皇陛下様からの勲章を、天皇陛下様の御前で文部科学大臣様から直接手渡され、席に戻ったとき、横にいた私に向かってポツンと言いました。『陶芸をやってきて、悪かったことは一つもない！　良かったことばっかりだぞ。そうだ、この日本一の勲章は、日本一のカカアが取ったんだ！』夫のこの言葉は、私の生涯の勲章となる言葉です」

「パチパチ」

と拍手が鳴り始めましたが、純情はマイクを持った右手で制止して、静かに話を続けた。

「そして夫直情は、私に向かって言ったのです。『二人で歩いてきたんだべ。〝瓦礫の二人展〟でもやっか！』この言葉がきっかけで、本日の二人展を開催することになりました。格好の悪い手足の不自由な身体障害者で、美人でもない私を妻として迎え入れてくれた夫直情です。『女性の美貌は、氷の彫刻だんべ。氷の彫刻は完成した時からすぐに融け出し、結婚するとオバサンになるように、美貌は崩れていく』などと慰めなのか、けなしているのか、無口ですが、時にはポツンと冗談も言ってくれるのです」

「ハハハハ……」

「ワッハッハ……」

嗚咽の涙で満杯になっていた会場が、祝賀に駆け付けた参列者の晴れやかな笑い声で、ようやく明るいムードになっていく。

「そして私に塗り師として、生きる道を教えてくれた、その最愛の伴侶直情への感謝と日本大賞受賞の記念塔が、今日のこの〝瓦礫の二人展〟なのです。ですから、今日のこの二人展にどうしても欠かせないのが、皆様の足元や周りにある、この割れた作品の瓦礫の山々なのです」

会場に集まった参列者たちは、全員が足元の瓦礫を見た。そして足元に踏みしめている膨大な作品の姿に沈黙した。

「……、……」

「妻の私が申し上げるのは、ご専門家の先生やご来賓の方々なども、たくさんいらっしゃるこの会場で、大変僭越かも知れませんが、この会場の中にある壊し続けたたくさんの陶器の瓦礫の中から、黄金の陶器を探し出すというよりも、むしろ瓦礫そのものが黄金の陶器の仮装であったことを、夫の直情は最初から見破っていたことに、途中から気がつき、『どうして一つでも二つでもいいから、お金になる作品を、食べ物と交換してもらえるものを、割らずに残してくれないの！』と、いつも私が恨み節を言って泣いて訴えていたことを、受賞した日の夜、車椅子を降りて、両手をついて何度も謝りました」

「……、……」

「そうなのです。もし私の言うとおりにしていたら、この日本大賞の受賞はなかったのです！」

「……、……」

「確かに日本一の大賞を受賞してからは、主人の作品は、いろいろな機会に次々と受賞し、そして表彰され続けています。そして直情作とした作品は、苦しく辛い日々の時代には、とても信じられないほどの高額で、お引き合いのご相談が殺到していますこと、心から感謝しております。しかし本日は、是非とも皆様に見ていただきたいものは、その表彰を受けた数々の作品ではなく、その周辺にうず高く積み上がった瓦礫の宝、皆様が立っている足の下にある黄金の陶器の瓦礫の山を見ていただきたくて、ここにご招待致しました。」

「……、……」

「この粉々になった黄金の瓦礫の中から、主人直情の作品は産まれ、そして育ってきたのです。ですから大切なことは、どれだけたくさんの作品を作ったかではなくて、どれだけ心を込めて作品と対峙してきたかだと思います。そう、私たちにとっての極貧生活とその瓦礫の中の人生は、私たちが愚直に費やした努力の分だけ、作品の中に美しい情報が積み込まれ、刻み込まれ、新たな情報が産まれ、そして作品の中で呼吸しています。情報が呼吸している作品は、見る人の心と対話し、その美しさを対話によって変化させていきます。いま受賞候補に挙がっている数々の作品の中には、この瓦礫の山の情報たちが生きているのだと、気がついたのです」

「……、……」

「本日は、ご多忙のところご来場賜り、誠にありがとうございました。そして、本日ここまで、ご支援を賜りました数々の方々、食べ物をくださり生活を支えて頂いた近隣の皆様、本当にありがとうございました。今日のこの日があるのは、ご来賓の皆様と、私たち極貧陶芸家を支えてくれた両親と近隣の皆様のお陰と、心から感謝し御礼を申し上げます。ありがとうございました。本当にありがとうございました」

原稿なしでマイクを右手に持った純情の顔は、そのスピーチの最初から最後まで、会場の来客よりは、檀上に座っている夫直情へ、熱い信頼しきった眼差しを向けて、ひとり言葉を続けていた。その艱難辛苦《かんなんしんく》を共に乗り越えた情報たちの想い出は、キラキラと美しい涙となって大きな瞳に輝き、幾筋もの情報の滴《しずく》となり、純情の白い頬を伝って流れ続けていた。人付き合いの苦手な直情と身体障害者の純情が、夫婦二人で支え合い歩んできた過酷な人生。その二人が力を合わせ、幸せを掴むのではなく、幸せを感じとれる心を二人で育てあげ、そして掴んだ情報の真の姿。その情報の本質をかくも見事に表現できる純情には、直情の情報たちの土の心と、純情の情報たちの絵の心が、登り窯の炎で融合して一体となって融け合い、観る者の情報たちに、感動や感銘を与える心の作品になっていた。それは直情の脳の情報と純情の脳の情報とが出会って生まれた心が、陶器の中で融合し共創芸術を創り上げ、観る人の脳の情報と出逢うと、感動や感銘という共鳴現象を引き起こしているのだ。二人の情報がお互いを補完し、新しい二人を築き上げたことに、感激・感動した来客たちの情報たちは、いつまでも拍手を続けていた。

真情の身情と心情たちは、拍手が鳴り止まず、まだ終わらない〝瓦礫の二人展〟の会場を背にして、師走の街に出た。街は、もうとっぷりと夜の帳《とばり》を下ろして、満天の星空の下に暖かな色のガス灯が灯り、年末の休日を小走りで行き交う人々で賑わっていた。そして真情の身情たる眼から、嬉しさで感極まった心情の涙が、止めどもなくはらはらと頬を転がり落ちてきて、星もガス灯も人混みもすべてが、みるみるうちに涙の海に沈み、薄絹に隔てられたような柔らかさで、涙眼の中にボ～と霞《かす》んでゆく。真情の心情の情善、情悪、日和見も全員、満ち足りた涙の海に浸り、感動の波に揺られながら、その感激の余韻を楽しんでいた。嬉し涙顔の心情がポツンと言う。

「純情は、一言で表現できないほど、素晴らしいスピーチをしたな！」

「直情と結婚した極貧生活で、純情はすごい人間に成長したよ」

「本当だ。でも孤独感が溢れていたよ」

「人生は、孤独であるべきだ。人間は、たった一人で生まれて、そしてたった一人で死んでいく」

「大勢の中で一緒にいたからと言って、結局はたった一人になるのは、わかりきってはいるが、なかなか認めようとはしないのが本人だ」

「人間は群れたがる動物だから、仕方ないさ」

「でもさ、人間の運搬屋も情報たちも、みな孤独だ。みな寂しいのだ」

真情の心情たちは、

「自分たち情報の生涯は、自分たち情報だけで生き、運搬屋とともに死ぬこと」

それが、

「情報たちの孤独な情生の実態だ」

と思っていた。その情報の孤独感に
「情報の死とは、孤独なのかもしれない。しかし情報が生きている時に味わうほど、孤独でないかもしれない」

そう推測していた。

「だから、愛されることより愛することに、永遠を見つけるのだ。だから純情は強くなれた」

「そう！　だから直情と純情、その運搬屋と情報たちは、天皇皇后陛下のご臨席の前で、文部科学大臣より日本大賞を拝受し、〝瓦礫の二人展〟を開催するまでに成長したのだよ」

「そうだ。そうだよ。全くだよ！」

「こら、茶化すな！」

だがこのときは、真情が直情や妹純情に内緒で、二人を支援するお金を毎月のように両親に送り届け、両親からのお金の一部として、妹純情に手渡してもらっていたことを、まだ直情や純情は知らない。しかも直情と純情の二人に忍び寄る悲劇の影に、直情や純情は無論、両親の父情理と母情愛、そして真情たちも全く気付いていなかった。

快い幸福感で満たされた涙顔の真情は、押し迫った師走の宵の街を、充実した満足感と一緒に、弾むように歩いていく。

三．情報の鎮魂歌

まだ居座り続けている北風がわずかにそよぐだけで、首筋が縮こまるほど寒い早春。真情の眼下一面に拡がる梅林では、不揃いなゴツゴツした樹幹から気ままに梢《こずえ》を突き出した小枝に、可憐な梅花の膨らんだ蕾が綻《ほころ》び、あちらこちらに清楚な花びらをつけ、青澄んだ白い梅花や、淡いピンクの梅花、鮮やかな紅色の梅花たちが、早春の肌寒い微風にのって、気品高い香気情報を放ちながら、待ちに待った春到来の気配を漂わせてくる。

梅花の花粉の王冠をかぶった雄蘂《おしべ》一本一本は、これでもかというほど弓のように身を反り返らせ、昆虫たちを蜜情報や花粉情報で誘惑しながら、雌蘂《めしべ》へ受精すべく、愛の賛歌を黙して謡っている。やがて梅雨の季節になれば、樹幹から梢を突き出した新しい若枝が直立して、天を刺し貫こうとする槍のように、高々と林立させるだろう。冷たい薫風に小さく揺れながらも、人知れず馥郁《ふくいく》と咲く梅の花の姿に、真情は父情理の面影を重ねて想い出していた。

大自然を相手に大地に汗する農山村民の立場で考える、在野の学問を志した父情理。これまでの中央集権的立場で考える官製の学問に反対し続けた父情理。特別高等警察（秘密警察）官に尾行されながらも、軍国主義に反対し続けた平和主義者の父情理。広島での悲惨な原爆被災体験をもとに、原水爆禁止T県協議会事務局長などにも汗し、右翼や配下の暴力団員にもつけ狙われていた父情理は、核廃絶平和運動などに身を捧げながら病で倒れた。いまは病床に伏している父情理の凛とした姿のように、梅林は気品と高貴さに溢れていた。

真情夫妻は、入退院を繰り返していた父情理の病状が思わしくないのを気にしながらも、久しぶりに二人で映画『ラストチャンス』を鑑賞した。この映画は、同性愛者に対する暴力から逃れるために、祖国を離れてカナダへたどり着いた、五人の庇護申請者を追ったドキュメンタリー映画だ。難民申請の棄却《ききゃく》と強制送還に怯《おび》えながらも、自分のアイデンティティと向き合いながら

「社会の一員として、受け入れられたい」

という強い思いで努力を続ける同性愛者たちの一途な姿。そして映画の最後のシーンで、難民認定を受けた庇護申請者が、市民証書をもらいながら、カナダの難民認定担当官から言われた言葉に、真情夫妻も感動して泣いた。

「ようこそあなたの国へ。我々はあなた方に同化を求めません。あなた方のありのままでいてください。その多様性つまりダイバーシティが、カナダをより豊かな国にします」

という名台詞だ。真情夫妻は、

「すべての人々が、すべての情報が、ありのままに生きることのできる」

こうした社会作りに頑張る登場人物の姿に父情理の姿をダブらせ、この老俳優の名台詞を思い出しながら、二人で夕食を楽しんで自宅に帰宅した。すると書斎に置き忘れた携帯電話が激しく点滅していた。電話を取り上げ留守電に耳に当てた瞬間、妹純情の悲痛な叫び声が、受話器を付けた右耳から反対側の左耳へ、頭蓋骨内の脳を突き抜けた。

「お兄ちゃん、どこに行っているの？　お父さんがまた危篤《きとく》状態になったの！　今度はとても危険だって！　ねっ、早く病院へ来て！　早く、早く、お兄ちゃん、早く来て！　ガチャン！」

「お兄ちゃん、お父さんが危ない！　早く病院へ来て！」

「私たち、純情、直情、そして情義、雨情、風情、情趣たちもさっきから病室に詰めかけているの！　集中治療室よ！　今は病院の外に出て電話しているの。お父さんはとっても危ないわ！　急いで病院へ来て！」

自宅の固定電話も留守電話が点滅している。慌てて自宅の点滅する留守電話の録音を聞く。そこには、母親の情愛からの悲痛な伝言内容があった。

「肺癌のお父さんが、また危篤状態になり今回はとても危ないの。真情、至急病院へ来て下さい。お願いします。大至急、病院へきて！」

という内容の母情愛からの留守電話が、三回も録音されていた。あわてて時間を見る。もう夜も遅く入院中の病院までの電車はない。しかも真情はかなりお酒も飲んでいて、いまはホロ酔い機嫌で、車の運転などとてもできる状態ではない。

「私が、何とか運転していくわ！」

気丈夫な妻情操が、着替えの用意をしながら叫んだ。一時間後に真情と情操は、自宅を車で飛び出していた。しかし突然、真情は叫んだ。

「駄目だ！　大切なものを忘れた！」

「何よ、それ？」

「石文！」

「そんなもの、どうでもよいでしょう！」

「バカヤロー、すぐ戻れ！」

「お父さんの臨終に間に合わないわよ？」

「いいから、早く戻るんだ！」

「まったく…、いつも頑固で言い出したら聞かないんだからっ！」

車は急ブレーキの音を立てて深夜の道路に止まると、高速道路の入口前を強引にUターンして自宅へ戻っていく。

結局、さらに三十分間のロスをして、深夜の高速道路をひた走る二人の姿があった。

情操が、両手でハンドルをギュッと握って運転する車の助手席では、真情の心情たちは、少しアルコールが廻った脳で論議する。

「人類の癌の発生起源は、七百万年前に遡《さかのぼ》ると言われている」

「七百万年前から癌はあったの？」

「この情報理論によれば、人類が現代人へ向けて進化していく過程で、四足歩行から二足歩行になったため、男性が女性生殖器を直接目視することが困難になった」

「それが癌と、どう関係あるの？」

「二足歩行女性の発情期と妊娠可能期が不鮮明となった進化の過程で、男性はこの事態に対応する術を、生み出さなければならなくなった」

「へぇ〜、面白い情報理論ね！」

「そこで男性は、精子情報を次々コピーしながら大量生産して、セックスすれば、いつでも妊娠させられる常時臨戦情報態勢を確立した」

「下手な鉄砲も数打ちゃ当たる…、〝情事〟臨戦情報態勢というわけ？」

「このコピーによる精子情報の大量生産や、新陳代謝などの細胞分裂メカニズムにより、発癌率が高くなったと言われている」

「この癌細胞の情報が、いま父情理の体を蝕んでいるのだ」

「健康な細胞は、本来、情報たちによって決められた臓器を構成する」

「そう、そして決められた役割を果たすのよ」

「そして、細胞自身が老化し耐用年数に達したときに、自発的にあるいは新陳代謝を任務とする血球細胞の働きによって、解体プログラムにそって順序よく死滅し、定められたルールどおり廃棄され、そして新たに再生され供給されていく」

「これとは反対に癌細胞は、このような情報たちによる定められたルールを全く無視して、傍若無人《ぼうじゃくぶじん》に勝手に行動し暴れまわる」

「まるで…自分自身が独立した一個の生き物のように、癌が発生した臓器の中で成長を遂げていくわ」

「一度臓器の外壁を食い破れば、浸潤《しんじゅん》といわれる機能を発揮して、隣接臓器を貪《むさぼ》り破壊していく」

「ときには、転移と呼ばれる機能を発揮し、癌細胞の分身情報を、血液やリンパ液の流れに乗せて遠隔臓器に播種《はしゅ》する」

父情理の肺癌は、こうした癌細胞の浸潤や転移の段階に達していた。

「癌細胞の情報たちの破天荒なこの振る舞いも、実は健康な細胞の遺伝子情報たちに生じた変異に由来するものだ」

「そうよ、『浸潤した肺癌の摘出手術は成功した』と医師には言われたが、転移した癌も見つかり、抗体ウイルスによる院内感染を併発して危篤状態になり、さらに肺炎も引き起こした」

こうした父を、真情は何度も見舞いに行った。

「変えられないこと、それは病気。それでも変えることができるのは、自分だ」

と妻情操が運転する車の座席に座りながら、もう残り少ない命と判っていた父情理が、二人が見舞いに来たとき、ベッド上でにこやかに話していた姿を、目蓋《まぶた》を閉じて思い出していた。

病院の集中治療室では、父情理の心情たちが、情理の妻の情愛、娘の純情、その夫の直情、そして情理の孫となる情義、雨情、風情、情趣、旅情、慕情、情勢たちの声を聴きながら声も出さずに語っていた。

「なぜみんながそんなに集まって、そんな顔して俺を見ているの？」

「そうか、俺が死にそうなのかな？」

「眼がボヤッとしてきて、皆の顔がはっきり見えなくなり、もはや喋《しゃべ》ることもできなくなったが、耳はまだまだとてもよく聞こえるよ」

「皆、そんなに気を落とすことないさ。見てごらんよ。大地はとっても暖かくて静かに迎えてくれるし、大空はとっても広くてきれいに澄んでいるよ」

「長年お世話になった運搬屋の身情さんたち、君たちは火葬場の窯の中で物質からエネルギーとなって、そして葬儀火葬場の煙突から風に乗って、自由にあの大空を飛んで往くのだよ」

「燃え残った骨君たち、君たちは骨壷に入って、この暖かくて静かな大地に戻って逝ってね……」

「これまで頑張ってくれた運搬屋の心情さんたち、君たちは、ここで見守っている血縁関係者の情報の中に融け込んで、そして告別式に集まった人たちなどの心の中で、永久に生きて往きなさい」

「みな、逝く場所、戻るところ、生きて往くロケーションを、間違わないでねっ」

遠路から車を飛ばしてきた真情たち夫婦は、病院の駐車場に急停車させると、真情だけがドアを開けて飛び出した。緊急用に常時開いている玄関裏口へ転がるように走って、病院のドアを開けて飛び込んだ。その勝手知ったる病院の廊下を小走りに急ぐ。エレベータのスイッチを押すが、深夜は節電のためか、どのエレベータもなかなか来ない。真情は、自分の両手をもみ、足で床をドタドタ蹴りながらエレベータを待った。そこへ駐車場へ車を置いてきた妻情操が走ってきた。二人はようやく一階に来たエレベータのドアの前に立ち、ドアが開くと中から出てくる人にぶつかりそうになりながら、エレベータに飛び込む。真情は、自分の情報のルーツである父情理の死に直面して、身情や心情たちも狂ったように嘆き悲しみ、ますます錯乱していく様子が不思議だった。

ようやく病室に辿りついた時、夫直情に引かれた車椅子に乗った妹純情が、父情理の布団の上に突っ伏して、

「オィオィ」

と声を上げて泣いているところだった。母情愛は、もはや泣き疲れたという表情の中に、うつろな目を浮かべて、しっかりと父情理の痩せ細った左手を、両手に包みこんで両手でさすっている。父情理の心臓は、二月十五日午前〇時四十八分に機能停止したとのこと。石文を取りに戻った三十分のロスのため、午前一時五分に父情理の枕元に到着した息子真情は、八十二歳の父情理の死出の旅に、十七分の差で間に合わなかった。

真情は右手で父情理の右手を握りしめ、左手で死後間もないの父の頭の位置を直そうと枕を持ちあげた。すると枕の下から、見事な刺繍が施された布袋が出てきた。その布袋の中を恐る恐る覗きながら逆さにして開けてみると、和紙に包まれて弟情実が玉砕した血で染まった褐色の石と、焼けただれた広島原爆平和の石と一緒に、真情と誓い合った割れた石の三つの石文が、ころりゴロリと目の前に転がり出てきた。真情はこれを手にとって、自分が持ってきた割れた石文と重ねてみた。割れた二つの石は、割った時からの長い歳月、その苛酷な人生を生き抜いた父情理の人生、それらを感じさせないほど、ピッタリと寸分の隙間もなくくっついた。

父情理が息子真情へ伝えたかった永久の石文情報が、手の平から激痛のように頭脳の芯まで突き抜けていく。そして

「お父さん、ご免なさい！　お父さん、間に合わなくてご免なさい！　お父さん」

噛みしめた真情の口元から、やがて嗚咽《おえつ》がほとばしり出る。

「うわァ〜ン、うワァ〜ン、ウワァ〜ン」

とベッドの足元に雪崩のようにうずくまり、大声を上げ、次第に金切り声となって、真情は声を張り上げ泣いた。息子真情の体内情報が、自分の情報ルーツを失った悲しみに、情報が涙声となって迸《ほとばし》り出ていく。しかし心臓が止まり、血液が流れない状態になると、神経も働かず、その運搬屋の上で生きているしか術のない父情理の情報たちは、体中のいたるところで行き場を失い、死滅の場に直面して屍《しかばね》と化していた。そして父情理の体中の情報の断絶に直面し、息子真情の体中の情報たちが、噴出するような絶望的な泣き声、直情が口に手をあて唇を噛み泣き沈む声、妹純情が父情理の布団の上で嗚咽する泣き声、母情愛が涙声で口ずさむ賛美歌の歌声、妻情操がさめざめと泣く声など、数々の泣き声たちが父情理の死出の旅を嘆き悲しんでいた。


それでもまだ母情愛が両手で持つ左手、真情が握った父情理の右手は暖かく、しっかりと噛みあった石文を左手に持ち、残された体と手の温もりを通して、父情理の最後のメッセージ、つまり既に孤立し始めた情報たち、いや正確には既にデータともならない最後のメッセージを、真情の目と皮膚感覚へ語りかけてきた。

「運搬屋としての肉体と身情は消滅するが、私の心情の記録として、枕の下の石文はお前にしっかり頼んだぞ！」

父情理の戦地からの遺言の手紙の一節を想い出していた。

「お母さんが震える手で読んでいた手紙、

『〜〜出発を前にしては最早何も言い残すことはない。真情は私の相続人である。真情は、長男として自分の母と家を助け、純情も父の代わりに母と家族を守って下さい〜〜』

息子の真情よ！　母情愛と妹純情を頼んだぞ〜〜」

真情が握る右手の温もりが、父情理の口癖を繰り返し伝えていた。

「情報の運搬屋としての肉体の死は、心と魂の死ではなく、運搬屋の身情の死である。心と魂が生き続ける情報つまり心情は、これを受け取った次の世代の情報の運搬屋の中で生き続ける。その証が石文だよ。ぴったりと合致する石文の断面は、永遠に変わらず引き継がれていく証拠さ」

握った父情理の痩せた右手は、何度も語って聞かせられた石文の情報を、最後の手の温もりを通して、息子に再び語りながら、永久の別れを告げていた。骨と皺《しわ》だらけに痩せこけた皮膚の上に黒ずんだ染《し》みが、掌に星雲のようにちりばめられている。その一つひとつの染みが、父情理の生と死の激動の人生、第二次世界大戦や原子爆弾の被爆等の悲惨な体験、研究者としての数々の勲章や表彰の輝かしい情報の運搬屋、そして平和を熱望していた父情理の身情と心情たち、さらにその情善や日和見情報や情悪たちの情生としての勲章だ。

「別れることがなければ、めぐり逢うことはできない。めぐり逢うことがなければ、別れることもない」

心情たちは、敬愛する父情理の冥福を祈り大合唱をしている。

「頑固な息子真情は、これまで自分の父親に、何をしてやれたのか？」

「平和を切望して汗を流した父情理への感謝の気持ちを、どのように表して差し上げたのか？」

「父親から愚息の自分は、ただひたすら無償の愛と愛しみと支援を、一方的に受けただけではないのか？」

「生前の平和主義者の父情理へ、何の恩返しもしていないのではないか？」

少しずつ少しずつ冷たくなってゆく父の右手。父情理の情報たちが行き場を失い、次々と死滅していく。息子真情の情報たちには、自分たちがこの世に生を得てから今日まで、これほど忘れられない別れの情報の言葉、

「平和を頼む…さようなら」

の手の温もり情報による表現は、初体験だ。父の情報たちが最後に叫んでいる。

「お前たちにとって大切なことは、この世に何歳まで生きているかではない。この情報溢れる地球上から争いを失

くし、どれだけ価値ある情報の生き方をするかだ」

真情の心情たちの情報記憶領域に、手の中で少しずつ冷たくなっていく父の暖かさと石文が記録されていく。この父の暖かさと石文は、真情の消えることがない想い出となって、真情の中で生き続けていく。移転し残っていく情報と、父情理の中で消え去っていく情報。

「平和をよろしく…さようなら」

という言葉情報が、永遠に石文に証として刻まれているが、これが記録情報として、果たしてどこまで生きていくのか。石文情報は、永久に伝え続けられるだろうか……。ここで言える事実は、今この瞬間から、情報の風化がはじまっていることであった。

四．情報は泣いていた

寒さがゆるみ春めいた日差しの中で、気温はもったり上昇し、木々の芽も動き始めた。里山の村々に訪れた春は、のびやかにゆったり日永《ひなが》を謳歌していた。うとうとと眠りを誘われるような、いかにも春らしい心地よさだが、どことなくけだるさも感じる山裾の春だ。しかし同じ時期でも降る雪が雨に変わり、積もった雪や氷が解けだし始めた山奥の寒村に散在する春は、まだ透徹《とうてつ》した晩冬が、ドンと沈黙したまま居座り続けていた。この寒村では、まだ山越えに吹き降ろす北風が冷たく、春色はまだ整わず、木々の芽吹きには間がある頃である。しかし、その蕭条《しょうじょう》とした山間《やまあい》の南斜面の雪景色の中で、滾々《こんこん》と湧く春まじかな晩冬の泉には、魚影情報たちが泳ぎ、新たな生命感を感じさせていた。

真情の父情理は、八十余年の人生、つまり情報の運搬屋としての情生の幕を閉じた。暖かな恵まれた家庭に生を受け、最高学府に学び、大東亜戦争に反対し、植民地化された大陸の大学でも、現地の人々と日本人を差別することなく教鞭を執り、戦地を無事に駆け抜けた。帰国後はU市の大学で数多くの学生たちを教育し、専門の研究分野を森林の緑に捧げ、その山野に生きる人々にも学び、その人々の視点に立脚した在野学を創設し、これを教えながら、身体が動く限り平和運動を続けてきた。こうした姿が、父情理の情報たちの情生であった。

父情理はかつて、この冷たくなっていく右手を使って、書道家の筆とも思わせる達筆な文字で、美しい文章をすらすらと書いていた。これまで書いた美しい文章は、死にゆく老いた父情理の心情たちの発露だ。真情が石文を包んでいた和紙を広げると、その辞世の句が、美しい筆跡で書かれていた。

「露と落ち、露と消えたる、この躯《むくろ》、永久の命を、情に託す」

真情が、父情理の辞世の詩を目にしたとき、全身の心情が痺れる感動が走り、体内に共鳴の響きが沸き起った。すると、身情たちも感銘して鼓動が激しくなり、体全体が痺れるような感覚に襲われ、父と子の手でひとつになった石文を握り、言葉もなくジッと穏やかな亡き顔を眺めていた。そして父情理の平和主義と情報の志を、しっかりと受け継ぐことを、頭を下げて誓う息子真情の姿が、父情理のベット横にあった。いつも父情理は、息子真情へ言って聞かせていた。

「お前の心、つまりお前の情報が美しくなければ、美しい文章は書けない」

「自分の心、つまり自分自身の情報が美しくなければ、美しい人生は描けない」

「情報の美しい文章を書きたいが、自分の文章が美しくないとしたら、情報の美しい人を対象にして文章を書けばよい」

「情報の美しい人生を描きたいが、情報が未熟だと感じたら、情報の美しい人と交流を深めて学べばよい」

「その書き方は、シンプルで伝わりやすい、きれいな文章を書けばよい」

「その生き方は、正直でまじめに、そして誠実な生き方を続ければよいのだ」

「美しいと思う文章は、相手の情報、つまり相手の心にきれいな音を響かせるものだよ」

「素晴らしいと思われる人生は、相手の情報、つまり相手の心に感動という音を響かせるものさ」

父情理が勤務していた学府で、父が教鞭をとっていた学科で父より学び、父情理が主宰《しゅさい》する研究室の門を叩いて同じ研究に励み、父情理を指導教官に仰ぎ、在野学を学んだ息子真情は、心中で祈った。

「最愛なる死者に対する最高の贐《はなむけ》は、悲しみではなくて感謝の心だ」

「感謝というものは、木の葉のようなものである。感謝の一枚の葉が散れば、次の新たな感謝の新芽を萌芽させることだ」

やせ細って染みだらけではあったが、美しく澄み切った亡顔で永遠の眠りについた父情理に向かって、頭を垂れて右手を握り、左手の中で寸分の隙間なくガッチリと組み合った石文に祈って呟いた。

「とうとうこの地上では、最も知見豊富な尊敬する父と教師の父を、同時に失いました。しかし既に天国に召されている先生の教え子たちは、これから天国ではじまる先生の授業を楽しみに、一番前の一番いい席に陣取って、お待ちしていることでしょう」

「いつか私も天国で、恩師の情理先生の授業や、父親情理としてのお話を聞くことができる時がきます。その時には、これまでのように楽しい人生授業をまた聞かせて下さい。私も最前列の席に座る日を、講義を聴けるその日を、今から楽しみにしています」


病院の外は春霞のかかった寒空でも、冬の庭園に咲く冬薔薇のラフランスが、父情理のように気高い芳醇な香りを、病室内まで漂わせていた。真情の心情は自分の失せた目で、春の柔らかな朧《おぼろづき》月を見上げて誓う。

「地上に残っている私たちも、あなたが残した原水爆禁止平和運動、非核武装平和運動のメッセージと在野学の精神を守って、これから生きていきます」

「そしていつか、このことを『情報の運び屋』の〝情報の路と詩〟という題の本で出版して、絶え間なき紛争で血を流し泣いている情報暗黒時代の赤い地球へ、平和のメッセージとして残します」

河津桜《かわづさくら》が咲き始めた。その咲き始めたばかりの一輪か二輪の花を初めて目にしたときの喜びは、冬が厳しい寒村ではこの上なく嬉しい。そしてわずかな期間に桜が爛漫《らんまん》と咲き、花の雲がたなびくように咲き誇る時節となる。何度も大病を患《わずら》いながら、不死鳥のごとく病を克服してきた母の情愛は、

「人生というのは、病気と折り合いをつけながら、生きていくことよ」

と、いつも口癖のように言っていた。そして真情は、自分が情好社在職中に自殺しようと旅立ち、母校の校庭で自殺を思い切り、帰宅した当時を想い出していた。自殺するのを止めて帰宅した数日後に、年老いた母情愛から、父情理の故郷の香り情報が漂う、段ボール箱に入ったリンゴが突然届いた。そしてその箱の上には、久しぶりに母情愛からの手紙が静かにのっている。かつての母情愛も、流れるような美しい筆跡の文字情報を書いていたが、しかし当時の母情愛はパーキンソン病を患い、手の震えが止まらないでいた。そして母の右手の震え情報はますますひどく、最近の真情は、震えが止まった時を見たことがなかった。しかし妻情操は、夫真情が自殺せずに帰宅した姿を見て、実家にいる母情愛へ、真情には内緒で電話をしたのだ。

「内緒の話ですけれど、真情さんは、今、とても大変な仕事、命がけの仕事をしている様子なんです。とても疲れていて、とっても心配だわ」

このため息のような情操の電話を受けた母情愛は、パーキンソン病にもかかわらず、息子真情の健康を心配して、長い時間をかけて手紙情報を書いたのだ。それはかつての母直筆のものとは想像もつかないほどの文字情報で、しかも斜めの大きな文字情報がダンスするかのように躍っていた。しかし母情愛は手紙を送る前の晩に、その震える右手情報を使って、自宅の花壇へ花をとりに行き、青紫と白色の桔梗《ききょう》の花情報を選びとり、新聞紙にはさみ込んで息子

のために押花情報を作った。そして夫情理の故郷から届いたリンゴを、段ボール箱の中に詰め替え、この押花情報を添えた手紙情報を、封筒に入れて送ってきたのだ。

自殺を止めて戻った真情は、このとき心身ともに疲れ切っていた。その愛に満ち溢れた押し花の手紙とリンゴの香りに感涙《かんるい》し、リンゴを齧《かじ》りながら、手紙を読んだことを想い出していた。こうした愛に生きた母情愛は、その愛の根源で生きる主柱でもあった父情理がこの世を去ってから急激に元気を失くしていく。そして生きる意欲や生き甲斐を失ったかのように、病の床に伏したまま五年間も衰弱の一途を辿っていった。

父情理の臨終時には、父親っ子だった身体障害者の純情は泣き叫び、そして父情理の通夜には出席しなかった。告別式の葬儀には参列したものの焼香が終わると、ほとんど交流を絶った母情愛とは一言も会話せずに、すぐに夫直情と一緒に自宅へ帰宅し、そして引きこもってしまった。

妹純情は、夫直情が自殺する危険があるとも知らずに、引きこもった自室で自分の人生を嘆き悲しんでいた。

「母情愛のお産の失敗で身体障害者として生まれてしまった自分は、人前に出れば、他人の好奇な目に晒《さら》されるわ」

「地元の人々からは、天皇陛下から受賞した夫の足手まといの障害者という眼で見られ、冷たい視線による無言の暴力で、全身をズタズタに傷つけられるわ」

「そんな目に見えない傷を自分で癒《いや》せないまま、傷つけられる痛みがどんなものかを知りながら、ふと気がつけば、自分も母親を傷つける立場に立っている」

「そんな一番嫌いなタイプの大人になってしまっている自分が、とても情けなくて大嫌いだわ」

「でもやっぱり母情愛が、もっと良い大きな町の病院へ入院して、私を産んでくれたら……と、いつも恨み節を言ってしまうわ」

そう言って純情は、登り窯や陶芸小屋のある広い敷地の母屋で、陶芸小屋で寝起きする夫直情とは、実質的には別床状態のまま、ひとりきりの寂しい寝床の布団の中で泣いていた。母の情愛は、娘純情に向かって、いつも繰りごとのように言っていた。

「ごめんなさい。すべてわたしが悪いの。わたしがあなたをそんな体にして産んでしまったから…」

「あなたの生まれつきの体は、母たる私の責任がすべてなの」

「でも神様はね、あなたに素晴らしい命を授けたのよ。普通の人より、素晴らしい人生を用意してくれると信じるべきよ」

「直情さんが大賞を受賞したのも、あなたと結婚したからだわ。だからひたすら感謝しなさい」

「感謝の気持ちは、人に余裕と心配りとは、どんなものかを教えてくれるわ」

そう言う母情愛であったが、愛の主柱を失った夫情理の死は大変なショックであり、生き甲斐を失った毎日であった。


ついに母情愛は、風邪をこじらせ肺炎になった。そして病床に伏した母が院内感染した新種の肺炎ウイルスは、これまでにない驚異的な感染力で、人類の免疫細胞などの防衛力構築スピードは、このウイルスたちの自己増殖スピードとは桁違いに遅く、簡単に凌駕《りょうが》されてしまう代物であった。有効的な対抗薬品が無い現在、母情愛は、その速さに圧倒され、その身体や臓器が次々と征服されていく。

「人類が開発した新薬に、壊滅的ダメージをうけたウイルスたちも、闘い生き残ることに必死だわ」

「ウイルスたちも、人類が投入する新薬に対抗できる、耐性ウイルスの研究開発にすぐに着手するのさ」

「我々が長年苦労して研究開発し、臨床試験で副作用のないことを確認し、医療法や薬事法の認定を得た新薬の投与を開始する」

「すると、ウイルス側の情報たちも生き残りをかけて、必死になって新薬に対抗できる強い新型ウイルスを登場させてくる」

「この争いは、人類の情報とウイルスの情報とが、同じ生物として生き抜くための永遠の闘いなのだ」

「そして、死んでいく個々の人間も、また新たなカップルの男と女の新たな遺伝子情報の結合により、これまでになかった新人類、新情報を持った高い免疫力のある新人間の創出で、この新型ウイルスたちに対抗するのさ」

人類と抗体ウイルスなどの病原菌たちとの闘いは、情報戦争であり宇宙における情報輪廻転生《りんねてんせい》のひとつでもある。癌やエイズたちのウイルス情報たちの主張は、この地球上に人類が蔓延《まんえん》しすぎたことを憂《うれ》い、

「地球という限られた生命空間、情報空間における全生物界のバランスを守るため、人類の医学に抵抗し、人類の爆発的増殖の阻止に雄々しく立ち上がった聖戦の義勇軍が、我々ウイルスだ！」

と主張している。

「だから人類にとって有害とは何か、有益とは何かを、情報たち全体の立場で、再度考えることが大事よ！」

自殺も覚悟し、爆弾の雨の中を生き抜いた母情愛の情報たちは、最後のメッセージを静かに伝えてきた。

「限りある人生の時間軸で、多少のお金で得をしようと損をしようと、健康で過ごせる時間が一時間でもあれば、私はその時間に感謝します」

「なぜそんなに死を恐れるのですか？　まだ死を経験したことは、ないではありませんか？」

「情報運搬屋として、脳死は心情の死を意味するわ。人は情報の運び屋としての機能を失ったとき、身情の死を迎えるのよ」

「陳腐化した情報、劣化した脳細胞、病にむしばまれた運搬屋の身体は、己の死によって病気やウイルスたちを、同じ仲間の群れから隔離し、ウイルスたちと一緒に灰となり土となって自然に還り、若き生命とその芽をウイルスたちから守り甦らせる機会を創るのよ」

「すべての生物で、個の死が意味するものは、群れ全体の存続を維持する役割を果たしていることよ」

「すべての生物の運搬屋、例えば魚のイワシの群れのように、その周囲に泳いでいるイワシから、大型魚の餌食になる。その個のイワシは、大型魚が満腹するまで、食べられることにより、イワシの群れ全体を守っている。大型魚も満腹すれば、それ以上は食べない。それは大型魚たち自身が、生き続けていくための餌場を失わない定めとしていることを、イワシの情報たちも知っている。これは自然界の情報の掟だ」

「そうなのね」

「しかし人間どもの情報は異なる。人間どもは、自分が満腹しても飽くなき金儲けのために、イワシを採れるだけ採り続け、魚市場で売りさばく。イワシの魚資源が枯渇しなければ、漁業を続けて魚を採り続ける。それが人間たちの情報が、限りなき金儲けの仕事の掟として、侵している自然界の破壊と情報への冒涜《ぼうとく》だ」

「一人の人間の死によって、その体内に蓄積され続けてきた情報は、すべて確実に死を迎えるわ」

「このことは人類の情報の群れにとっての強みであり、情報の群れが生き残れる仕組みだ」

「個々の情報の死は、その情報グループ全体が生き残るためには、不可欠な条件・前提なのよ」

「しかし亡くなっていく仲間たちは、やがて忘れ去られるのが常だよ」

「でも残された若い仲間たちは、活き活きと活性化するわ」

「情報たちの墓も、やがて樹木の陰で、雑草の中に埋没してしまう」

「でも豊かな土となって、新たな緑の糧となるわ」

「この厳しい現実の中で生き抜くとは、大変苦労のいるところだ」

「個の死は、そのグループを蘇生させる。情報は死によって新しい情報の生命力を得ようとする。情死の強みとも言うべき死によって、その役割を果たすのだ」

「情報は死して、新しい生命力を得ようとしているわ」

「死は、生き残る情報たちのために用意された掟《おきて》だ」

そして大宇宙においては、人間も母情愛もウイルスたちも、死に向かって歩み続ける情報の運び屋なのだ。母情愛の情報たちは、情報の死を賛美していた。

「ああ情報たちよ。
滅びるものは滅びよ。
消え去るものは消えよ。
そして環境の変化に対応してゆける確かなものだけが、
生き残ってゆけ。

ああ情報たちよ。
伸びるものは伸びよ。
発展するものは発展せよ。
そして情報の多様化の中で生きられる確かなものだけが、
生き残ってゆけ。

ああ情報たちよ。
ああ情報たちよ」

五. 情報は賛美歌を歌う

散りゆくソメイヨシノは、葉が広がる前に白色または微紅色の五弁の可憐な花を咲かせ、居並ぶように林立する川岸の土手を、白雪のような桜の花に彩られた豪勢な春色に染め上げ、掴みどころがない風情を醸し出していた。その見渡す限りの桜雲たちが風に散り乱れ、花吹雪のごとくそこここに散っていく様《さま》は、贅沢《ぜいたく》な春のご馳走だ。

「ギィー、ガチャン」

突然大きなきしみ音が、静まり返っていた病室内に響き渡った。すると母情愛の病室のドアに車椅子がぶつかり、乱暴に扉が大きく開いた。そして、

「バタァ〜ン」

という音をあげて閉じた。すでに病室に駆けつけていた真情や情操とその家族が居並ぶ目の前に、これまで母親の情愛とは、ほとんど口も利かなかった娘の純情が、びっしょりと汗をかいて、夫直情が押す車椅子に乗ったまま、病室のベッドへ入口から走り寄ってきた。そして危篤《きとく》状態の母情愛のベッドの足元へ、

「ハァハァ、ハァハァ」

と息急き切ったままにじり寄った。唇にさした紅と大きな眼と眉の黒を強調した白い肌の美しい顔が、汗と涙でぐしゃぐしゃのまま、車椅子の車輪を右手で回しながら、危篤状態の母情愛の枕の耳元へ顔を近づけた。

ベッド脇には、真情と情操の他、孫の情義とその妻雨情、その子の旅情、孫の情趣とその夫風情とその子慕情、情勢たちも駆けつけていた。見る陰もなく痩せこけた母情愛、骨と皮の小さな手、戦中戦後の困難を乗り切った強靭な精神力は、こんな小さな身体のどこに潜んでいたのか、どこから湧き上がってきたのだろうか。母情愛は、言葉には

ならない夢と現実の混濁《こんだく》の中にいて、情愛の心情たち同士でつぶやいていた。

「これで地上とはお別れね……。たくさんの人たちに、ほんとうにお世話になったわ……。とてもいい思い出もたくさんできて……」

「眠れる……、やっと眠れるわ。死ぬことは、ちっとも怖くない。とても自然な気持ちだわ」

「雨戸を開けて…。心の扉をもっと開けて…、光を…、もっと光を……。ああ神様、栄光の光が差し込んでいる……、ああイエス様、素晴らしい信仰の光の世界だわ……」

年老いてもなお漂う気品、透き通るような清廉さ、その知的な美しさと信仰心を失わず、かろうじて動く心臓の鼓《こ》動《どう》とかすかな呼吸に、ようやく命が支えられて、母情愛は固く目を閉じたまま混濁の世界を彷徨《ほうこう》していた。

母情愛へ顔を近づけた娘純情は、直情が首から下げているペンダントをはずしてもらい、自分の首に下げている割れた二つのペンダントを、動く右手でシッカリと握り絞めると、母情愛の耳元に口を近づけ、

「ゴクン」

と唾液《だえき》を飲み、涙声を振り絞るようにして叫んだ。

「お母さん！　お母さん！」

「……」

「私よ、わたし！　純情よ……判る⁉　お母さん……」

車椅子から不自由な身を乗りだし、母の右手を不自由な左手で握りしめ、身体障害者として生まれた娘純情が、大声で母情愛の耳元で叫ぶ。一瞬、母の口元が少し動いた…ような気がした。そう、混濁の世界にいながら母情愛の耳は、しっかりと懐かしい愛しい娘純情の声をとらえていた。

「お母さん！　わたし……、私、ど～してもお母さんに言っておきたいことがあるの！」

「……」

「お母さん！　『しあわせは、いつも自分の心がきめるのよ』と、いつも教えてくれたわね！　ネッ！　お母さん……」

「……」

「身体障害者という弱者で、そして陶芸家の家で極貧生活をしているとき、『だからこそ、直情さんの陶芸の美しさや、人間の抱く自然な愛や、生きていることの輝きを、本当に理解することができるのですよ』と言っていたわね」

「……」

「いつもそう言って、励ましてくれたわネ。ねっ、お母さん」

「……」

「ねぇ、お母さん、お母さん」

「……」

「もしもわたしが、もう一度生まれ変わり、この人生を繰りかえすことができたら、お母さんの子供として、これまで過ごしてきた同じ人生を、そのままもう一度繰り返したい……」

「……」

「わたしは、過去を悔やまず愛し、未来を恐れず夢見ているから…」

「……」

「お母さん、生まれてきて良かった！」

「……」

「本当に良かった！」

「……」

「お母さん、わたしを産んでくれてありがとう！」

「……」

「お母さん！　お母さん！」

「……」

「お母さん、本当に産んでくれてありがとう！」

しがみつく純情の車椅子が、

「ゴツン」

と母の枕にぶつかる。その反動で枕が動き、その母純愛の枕元の下から、自分がお産のときに、今は亡き父情理が母にお守りとしてくれた万宝貝《まんぼうがい》と、直情と純情とが初釜で焼いて、結婚式の日に割れた「命」のペンダントの残りひとつが、恥ずかしそうに顔を覗かせた。

純情の夫直情と母純愛の三人で、結婚式で分けたあの三つに割れたペンダント。その残りひとつが、母性愛の限りのない深さを表すかのように、娘純情の顔を見詰めている。無償の珠玉《しゅぎょく》のような母情愛の無限の愛が刻まれた「人」に「一」と刻まれたそのペンダントも、胸を震わせ嗚咽《おえつ》する純情の右手に握られた。直情と純情の二人の胸の上にあった、「口」と「卩」の二つのペンダントの陶文が、純情の右手の手のひらの上で、結婚式以来はじめて三つがピッタリと身を寄せ、寸分の隙間もなく「命」の文字になり、ジッと純情の顔を見上げた。この「命」のペンダントを見て、再び車椅子の上で激しく泣き崩れる純情。純情の耳に、結婚式のときの母情愛の言葉が鳴り響く。
「いいわね…、
微笑みこそ、家庭内では…ね、世界中の共通語よ。
いつも微笑みで、直情さんの愛情をつなぎとめ、いつも微笑みで、直情さんとの情報交流をはかり、いつも微笑みで、直情さんと一緒に仕事をしなさい。いつも微笑んで、そして幸せになってね…」

母純愛の心からの無言メッセージだ。


「うわ～ん、うぇ～ん、お母さん、ごめんなさい」

「……

「ごめんなさい、お母さん……、えぇ～ん、うぇ～ん」

「……」

周囲の真情や情操たちにも構わず、病室いっぱいに響く大声を出しながら
「お母さん！　私の命の恩人、わたしを身体障害者として産んだため、とても苦しみ悩んで生きてきた……気の毒なお母さん……」

火がついたように泣き声を高くし、

「ごめんなさい、お母さん！」

「私のために苦しんできた気の毒なお母さん、ごめんなさい、お母さん、許して！　ごめんなさい、ごめんなさい、お母さん」

「……」

「お母さん、わたしを産んでくれてありがとう！」

「……」

「お母さん、本当に産んでくれてありがとう！」

激しく泣き崩れる声が、危篤状態の母情愛の耳を、福音を告げる教会の鐘音《しょうおん》のごとく響いていく。

その時だった。薄れゆく情愛の意識の中で母親の情報が蘇《よみがえ》り、死への恐怖と癌の痛みで苦痛でゆがんでいた情愛の顔が、うっすらとピンク色に輝き、柔らかな微笑みと歓喜の輝きに満ちた表情に変わっていく……。細く美しい瞳は、今や固く閉ざされていたが、きめ細かな肌の白い母の顔に、人生の辛苦《しんく》を深く刻み込んだ目尻、その人生の襞《ひだ》ともいえる母情愛の目尻のシワを、驚くべきことか……！　涙のシズク、情報のシズクが、透明で美しい扇のように潤し拡がっていく……。そして固く瞑《つむ》ったまま、目尻に刻んだ女の人生のシワにそって、女の至福《しふく》が雫《しずく》となって輝き溢れ、しっとりとした涙の粒となり、そして一粒、また一粒、美しい頬を、愛情の証となって溢れていく。どこまでも白く透きとおった気品溢れる母情愛の顔に、満ち溢れる情愛の母の心、涙の雫は、その心の底から溢れ出る、母の娘に対する限りない無償の愛のシズクだ。

豊かな家庭のお嬢様として産まれ育った母情愛であったが、戦争という嵐の時が、その情報の運搬屋としての人生を狂わせた。夫情理の海外赴任先の寒村の病院で、難産の上に二人目の子、純情を産み、戦火をくぐって逃げ回り、自殺を決意して鉄道線路の上を二人の子供を連れて歩き、奇跡の生還をした夫に再会し、保育士として幼稚園児を育てながら生活費を支え、途上国の貧しき人々へ学資を送り、貧しい国々の女子たちを養女にして生活の支援もした。

夫情理が学術研究分野で多大な業績を納めて、天皇皇后陛下の御前で勲章を受けるのを助け、地元の街に自費でキリスト教の伝道所を建てながら、ボランティア活動にも身を捧げた。夫情理の死後は、病床に伏して病魔と闘い苦痛に耐えながらも、いつも優しい微笑みを湛えていた。その数奇な情報の運搬屋としての女性の人生を刻んできた、その清楚な白肌の頬の上を、その想い出を辿るように、美しく透きとおった涙の雫がたおやかにゆっくりと、歓喜の賛歌となって流れていく。

母情愛が好きだったキリスト教聖書、テサロニケの信徒への手紙が、母情愛の薄れゆく心の中に音楽のように響いていた。

「いつも喜んでいなさい。絶えず祈りなさい。どんなことにも感謝しなさい」

「ご臨終…です」

ベッドのそばで計器を見ていた立合いの医者が、ピンと張り詰めた病室に乾いた声で残念そうに言った。幼き少女、女学生、女性、妻、母、保育士、養母、祖母など数多くの役目を務めあげ九十歳を迎えた情報の運搬人が、娘純情が来るのを待っていたかのような終焉の美しい姿で逝った。

「生と死と笑顔と涙とともに生き抜いた、母情愛の人生の味は、そして情報たちの情生の味は、他の誰にもわからない」

「人生すなわち情生とは、ストーリーのない物語のようなものだ」

「その人生物語で重要なことは、死ぬまでにどれだけ長生きしたかではなく、死ぬまでにどれだけ感動させ感激したかであろう」

母情愛は、悪性の肺腫瘍から進行性の癌におかされ、脳の死は避けられない末期症状であった。

「脳死は心情の死を意味し、心情の死は生命体の情死を意味している。二度と同じものがない情報と生命体の消滅である」

「むなしさに、情報たちは泣きながら消えていく。もの悲しさに、情報たちは嗚咽しながら息絶える」

「悲哀を感じた情報たちは、がっくりと肩を落として倒れる。滅入った情報たちは、うなだれ蹲《うずくま》って動かなくなる。放心した情報たちは、ぼんやり浮かぬ顔のまま死んでいく」

「しかし情報を運ぶ生物たちは、自らの死によってその群れ全体を滅亡から防ぐ」

「群れを死に至らせる輩《やから》と原因を、自然界の土に埋没して埋め殺し、火葬して大気に拡散して希釈し、灰に還元して抹殺する」

「そして撒かれた灰で肥沃になった大地から、再び新たな情報の息吹を、萌芽として芽吹くのだ」

「情報の個の死は、その情報の群れの再生も意味する」

「情報は死をもって情報たちを守り、新たな情報を誕生させるのだ」

「情報たちは知っている。個々の情報の死が新たな情報たちを産み、情報の群れを守っていることを…」

真情と情操、純情と直情たち集まった家族の情報たちは、悲しみの中で賛美の詩を歌っていた。
「母情愛の運搬屋のフィナーレは、
花びらに囲まれた美しい母の遺体。
その燃える炎の悲しみは、
葬祭場の煙突から煙となり、
空へとたおやかに立ち昇り、
風となって大空の中に融けていく。

母情愛の身情たちのフィナーレは、
花びらに囲まれた美しい母の遺骨。
その灰の中に残った美しさは、
葬祭場から菩提寺の墓へ移され、

墓地深く永久の形見となり、
土に還って墓石に刻まれていく。

母情愛の心情たちのフィナーレは、
花びらに囲まれた美しい母の遺影。
その微笑んだ姿の寂しさは、
葬祭場の参列者の涙となり、
遺影の笑顔が心に刻まれ、
永久の情報となって生きていく」

夫の故情理は妻情愛に囁《ささや》く。

「お母さん、待っていたよ！　お母さん、あのぬくぬくとした、優しい陽だまりを覚えているかい？　あのぬくい陽だまりへ向かって、風と一緒に新たな旅だちをしようよ。ね、お母さん！」

「花に嵐のたとえにもあるわ。人生の幕は、静かに『さようなら』と言うだけよ」

「でも情報には、確かにサヨウナラ情報もあるが、新芽が萌芽するコンニチワ情報もあるよ」

春風の艶めかしい音色、ヒラヒラと舞い降りてくる桜吹雪。シンと静まり返った夕暮れの森の中で、散り落ちた桜情報たちはピンクの顔を寄せ合いながら、もはや何も語らない。昨年枯れ落ちた枯葉たちも、夕暮れの森の小道を歩む真情の足もとで、乾いた枯れ葉を踏む音だけが、静かに追いかけてくる。心情たちは無言で語り合っていた。

「死とは、枯葉たちのごとく、自分たちの愛する子孫たちが、永久に生き延びるように、運搬屋と情報たち自身が死をもって、情報の神々へささげる最大の贈り物かもしれない」

「そうだよ。世界遺産にもなっている中南米のマヤ文明、インカ文明、アステカ文明などでは、神聖な生贄《いけにえ》の儀式が執り行われていた」

「生贄は、太陽の不滅を祈り、豊穣《ほうじょう》や雨乞いなども祈願して、生贄が捧げられていたようだが、これら生贄に捧げられることが、その家族の歴史に代々記録される大変な名誉なことだと考えられていた節がある」

「そうよ。球技で勝ったチームの人たちが、生贄として人身御供に供されるといった風習がそうよ」

「えっ！　負けたチームでなく、勝ったチームが生贄になるわけ⁉」

枯葉たちは踏みしめられ、春風に舞い踊りながら、この情報たち仲間の死を賛美し詩に歌っていた。枯れ葉も、樹木も、動物も、人類などすべての生物たちは、受精し誕生し芽吹いた瞬間から、寿命という制限時間情報が、組み込まれることを知りながら、情生最終駅までの人生つまり情生を謳歌するのだ。

「生きることとは、死に向かって歩むこと」

そう枯葉情報は語りかけていた。

「生きとし生ける情報の運び屋は、その限りある情生の日々を、限りなく愛《いと》おしみ、一刻も生命《いのち》永かれと祈る」

そして真情自身の運搬屋も情報たちも、刻一刻、コツコツと、情生最終駅に向かって歩を進めていた。そしてこの死に向かう一方通行の一本道では、この歩みを遅くすることができても、不死の道が発見されたり、逆走して後戻りする道はない。

「情報の世界の死というプログラムは、生の対極にあるというものではなくて、生の中の一部として、死が存在するのだ」

「情報の究極の愛は、自分の愛する仲間の情報たちを、自らの死で守ることとよ」

これが情報たちの究極の愛のメッセージだ。

「その根源たる愛情は、どこに棲んでいるのか?」

「愛情とは何か?」

「この愛をネットワーク時代に人類が共有すれば、あらゆる紛争問題が改善される。その愛情はどこにある?」

「自分の大事にしている家族や仲間が、いつまでも幸せでいられるよう、自分を犠牲にしてまでも守ろうとする思いが愛情だ。その思いとなる愛情は、どこにあるのか? どこにいるのか?」

「自己中心的情報、自分の都合や考えだけで物事を考える情報、自分本位の情報が、心情の性《さが》である情悪たち、その対局にあるのが愛情であり、心情の情善たちである」

母情愛の死は、永久《とわ》の愛情の終焉《しゅうえん》の姿であった。

「情報の永久の愛は死である」

遺影の母情愛から無言のメッセージが、今も心の中に響く。

六. 運搬屋と情報の死

のっぺりとした灰色の雨雲に覆われる日が続き、じめじめした空気が身体にしがみつく梅雨が、ようやく明けてきた。カビ臭かった風の匂いが変わると、夜闇の色合いも透明感を深くし、虫の音も爽やかな響きを帯びるようになり、季節は初夏に代わる。

新緑の若葉が輝く初夏になると、隣接する公園の木立の中から、初蝉の声を聞くことができた。その声は、どちらかといえば遠慮がちで、まだ大きくはなく清々《すがすが》しい鳴き声であったが、しかし数日が過ぎると、突然何かが燃え出したかのように、近くの森や林のいたるところで、蝉が賑《にぎ》やかに恋の演奏を奏ではじめた。

「ジージリジリジリジリジジジー……」

と鳴く油蝉、

「ミーンミンミンミンミンミー……」

と鳴くミンミン蝉、

「ジーシャシャシャシャシャジー……」

と鳴く熊蝉、

「チージー…チージー…チージー……」

と鳴くニイニイ蝉。さらにつくつく法師は、

「オーシンツクツク、オーシンツクツク」

と文法の語尾活用の授業をやっているような韻律《せんりつ》を響かせながら、燃える恋の相手を求めて、俗界の煩悩《ぼんのう》を振り払うように鳴き続ける。夏はこれからが本番だが、蝉たちにとっては、情報運搬屋としての余命は、わずか一週間程度であることを知っているかのようだ。彼らは残された短い命を慈《いつく》しむように、大合唱音をあたり一面に、まるで遠い海鳴りのような巨大なかたまりにして轟《とどろ》かせていた。

直情と純情夫妻の住む緑に囲まれた陶芸の街では、この蝉時雨《せみしぐれ》という蝉が降るような鳴き声も、日中に聞く蝉の声は何故か、酷暑をかき混ぜるように聞こえて暑苦しいが、朝夕に聞く同じ蝉の声は、寄せてはまた打ち返す潮騒《しおさい》のように、涼しく耳の底で鳴り響く。特に夕暮れ時に聞く、

「カナカナカナカナカナ……」

と、どこからともなく聞こえる蜩《ひぐらしせみ》蝉の声は、とても爽やかで涼しい鳴き音に聞こえる。蝉時雨も静かになった深

夜、陶芸家直情の書斎の窓から見える街灯に照らされた桜の黒いゴツゴツした幹で、蝉が最後の脱皮で羽化していた。直情が真剣な眼で注視している蝉の羽化は、単なる昆虫の生態研究でもなければ、個人的な興味でもない。まして直情が、捕獲しようという気持ちなどは、眼底《がんてい》を掃いたように消えている。

蝉の羽化のリスクは非常に高く、このとき襲われれば逃げることもできない。日本大賞を受賞した作風から脱皮したいと考えている直情には、このリスクを冒しても羽化《うか》する蝉情報たちの命がけの脱皮行為が、いまの自分の姿に重なって見えているのだ。蝉情報が新たな蝉情報と心を交わし合い、交尾して新たな蝉情報を創造するため、その目的を達成するために最後の脱皮というリスクを冒して羽化し、蝉情報の運搬屋としての役割を果たそうとする情報の凄さがあるのだ。その迫力ある命がけの悲壮感溢れる羽化行為に、情報生命の深遠なる神秘さを感じ、直情は感動、感激して見つめている。

「生き物たちには、その情生から抜け出して生き抜く逞《たくま》しさがある」

「我々情報の運搬屋も、それぞれの過去から抜け出し、さらなる高みを目指して飛躍しなければならない」

「しかし自分の情生を、代行してくれる他人はどこにもいない」

「自分の情生は、この蝉の羽化のように、日本大賞を受賞した作風からの脱皮を、自分でリスクを冒して切り拓かねばならない」

「確かにこれまでどおり、日本大賞を受賞した作風で作品を創れば、高額で次々と売れる」

「そして金は貯まり、生活も楽になるだろう」

「しかし俺の才能は、鈍化し停滞していくことになる」

「才能とは、自分の可能性を信じることだ」

「そして日本大賞の作風から脱皮できるという、自分自身の力を信じて生き抜くことだ」

「そのリスクを冒してこそ、さらなる新たな才能が開花するのだ」

これまでの直情は、陶芸家としての天才的な才能を、妻純情の絵付けによって大きく開花させてきた。そして身体障害者の妻純情による夫直情の作風への深淵《しんえん》なる理解と、その作風に合致した素晴らしい絵付けをとおして、直情の芸術に対する考えや創作意思を発現《はつげん》させていた。

妻純情は、夫直情の深層心理を読み取り、その表現したい意図を、素焼きの作品の中から読み解き、天性溢れる色彩感覚で、大胆な構図に繊細華麗な絵付けを施していく。その二人の絶妙な一体感とハーモニーは、夫婦愛に根ざしたシナジー効果を発揮し、情報の愛の賛歌ともいうべき、素晴らしい作品を次々と創出してきた。

「陶器というものは太陽の光で染め上げられて輝くものだ」

「俺たち生き物の生命の源の太陽から発した光は、遥々《はるばる》旅をして地球を覆い、その地表を美しい色彩で染め上げ、覆いつくす日もあれば、雲などの障害物によって影となり、曇りとなり、夜は闇に達することもある」

「こうした日々刻々と変わる太陽の光が、陶器の素肌に触れ、屈折し反射し離別し、さまざまの色彩や光沢として、鑑賞しようとする者の眼に、情報として飛び込んでくる」

「つまり太陽の光の波は、我々の眼の中にある作品の情報を、反射させながら色彩情報として届けに来る」

「そして観る人々の心情たちと眺め合い、触れ合い、語り合い、お喋りしながら、お互いの意見を言い合って、お互いをより一層理解しながら、そこに感動や感激現象を引き起こしていく」

直情は、日本一の大賞に輝いた直後から、作風をガラリと変えるべく、新たな陶芸構想に埋没《まいぼつ》していく。そして、たった一個の作品も登り窯で創らなくなった。このため、これまで製作した直情の作品は、数限りある日本大賞陶芸家のものとして、さらに超高額なものとなっていくが、それでも飛ぶように売れていた。しかし直情は、頑固に言い張った。

「俺には、過去の成果で未来を生きる資格はない。俺の陶芸家としての生涯は、未来に立脚し、その将来から視座転換した新しいものを創造し、そして絶えず美しさは、変化し発展し続けるものでなければならない」

「世の中のやり方には、三つしかない。正しいやり方。間違ったやり方。そして俺流のやり方だ！」

その結果、純情の辛く過酷な生活が、再び…また…はじまった。ただこれまでのように、極貧の生活ではなく、経済的にお金で困ることはなかった。しかし直情は朝から酒を飲み、ほとんど食事らしいものも摂らずに、自分の書斎にこもってパソコンの前に座り込み、インターネットに掲載された世界中の陶磁器を、大画面のディスプレイに映し出し、世界中の陶磁器の本ばかり買いあさり読みふけった。そして、

「これは凄い！」

と感じれば地球上のどこへでも出掛けて、直情自身のその眼で本物を、見て、観て、視て廻った。


「俺のやり方は、〝運《うん》・根《こん》・鈍《どん》〟だ」

その一言で、妻純情には直情の考え方が理解できた。妻純情の情報たちは、静かに耳を傾けて直情の言葉の行間を埋め、その考えている核心を、キチンと整理して理解する。純情の情報たちは、無口な直情の情報を代弁して語る。

「直情の〝鈍〟とは、一回で陶器創作することをせず、同じものを何回も何回も繰り返し創作しないと、判らないということです。つまり同じデザインの陶器を繰り返し創作していると、一回目に創作したものとは本質的に違った新たな作品が生まれてくる。それが直情の言う〝鈍〟という意味です」

来客の接遇に追われる純情は、色彩豊かな紋様で周囲を圧倒する作品の前で、

「太陽と地球の間で演じられる、磁気現象の宇宙的アトラクションの極光《オーロラ》のイメージが、夫直情の言う〝鈍〟だと思います」

こともなげにサラリと語り、黒ダイヤのような美しい目と長い睫毛に、いまにもこぼれ落ちそうな笑顔を浮かべて

説明する。

「また直情が〝根《こん》〟と言っておりますのは、自然の土の中のコロイドレベルの粒子、その塊の中に生命が吹き込まれ、生まれ変わった形となった陶器が、見つめている相手と対話することで、そこに新たな情報と情報の交わし合いが生まれ、新しい価値を持つ陶器となり、これが芸術品となって誕生するということです」

「直情は、それが〝根《こん》〟とも〝根《ね》〟ともいうものに繋がるのだと考えているのです」

純情は陶芸の専門家たちの前では、緊張のあまり半ば泣きそうな引きつった微笑みの眼差しを浮かべる。そして、陽光を浴びて時々刻々と刹那《せつな》美の虚空幻想美《こくうげんそうび》の作品を背にして、その変化美について直情の考えを静かに語っていく。

「元来焼物というものは、土と火の芸術とも言えます。従って、これらコツコツと積み上げた地道な努力の成果が、火を操《あやつ》り走らせ炎の痕跡《こんせき》を紋様とした作品となる〝運〟という気を招き寄せると、直情は考えていると思います」

「土と炎の共振関係が物質の交換現象を引き起こし、美的感動が伝達される作品として生まれ出てくる、二人展の瓦礫の宝の山の考え方が、その根底にあるのだと思います」

新たな受賞が次々と決まる度に、集まった数多くの報道陣の前で、車椅子の上で背筋を伸ばし、柔らかい髪が白い素肌の額に垂れかかり、温和なきらりと光る大きな眼差しで、少し遠い前方をみつめながら、その物質と美的情報の感動的交換現象を引き起こす作品の横に座って、浴びせられる専門的な質問にも、きっちりと的確に応じる純情の姿は、陶芸専門家たちを唸《うな》らせていく。


しかし妻純情には、誰にも言えない辛い事実があった。それは直情の命は、蝉たちのように、もはやわずかなことを知っていたのだ。そして天才陶芸家の終末期を迎えて、今や直情は屍《しかばね》同然であると理解し位置付けていた。

直情は、これまでの自分の陶芸風の殻を破り、新たな自分の創造作風への脱皮を決意したが、これまでの作風から脱皮できずに、新たな陶芸風を創出しようと、もがき苦しんでいた。そして過去の自分の殻を捨てようと、酒を飲んでは、前に大きく立ちはだかる限界という壁に体当たりし、その壁を乗り越えようとあがき、何度も挑戦し続けた。そのたびに直情は、体当たりしては失敗し、飛び越えようとしては、転がり落ちて挫折《ざせつ》していた。インターネットで世界各国の陶磁器を探し出し、大画面のディスプレイで勉強して、世界中からそれらの陶芸専門書を取り寄せ、これを越えようと格闘し傷つき破れ、疲れ果てて酒びたりになった。

世界最古を誇る日本の縄文土器。自然の産物を加工した石器時代の陶器。

「粘土を化学変化させて陶器にした、縄文時代の世界的文化レベルの高さに感動し、その秘められた技術の源泉は、一体何にであったか？」

「この世でいちばん美しい陶器とは、どんな陶器か？」

「土と炎と光が融和し、互いに愛を奏でる究極の陶器とは、どんな姿なのか？」

T県M町の親子代々の窯元に生まれ、無名の陶芸家から日本一になった直情が、次々と作品を作って、その名声を借りて超高額で売りさばけば、必ず大金持ちになれる。しかし、そうした過去の成果に胡座《あぐら》をかいた人生を歩まず、直情の名前のとおり、未来のあるべき姿を真っ直ぐ見詰め、未来の視点から視座転換した新たな作風を生みだす陶芸家として、その生涯を貫こうとしていた。直情は自分の才能の限界に挑戦し続け、新たな才能の創造に生命をギリギリと削り、日本大賞に恥じない世界に通じる陶芸家になろうと、寝食を忘れて必死にもがき苦しんでいた。そして、これまで以上に厳しく辛い道を歩むことを、直情は誰にも語らず相談せずに決めていた。しかし、この考えや生き様をよく理解していたのは、妻情操だけであった。

「人生の幸福とは、次なる目標や目的に向かって努力する姿を、認められ尊敬されているうちに、この世から消え去るのが一番だ！」

しかしこうした直情の考え方は、直情の短い命をさらに縮め、妻純情の過酷な人生に追い打ちをかけることを、妻純情自身がよく理解していなかった。直情が新作を制作しないという風評《ふうひょう》は、直情が制作した作品を、ますます超高価な値段に押し上げてゆく。小さな皿ひとつでも驚くような高値で売れるようになり、純情たち夫妻の生活ぶりは、経済的には大きく変化した。しかし妻純情の質素な生活ぶりは、これまでとあまり変わらなかった。しかし妻

純情は誰も入れない、直情さえ入ったことのない、純情しか暗証番号を知らない防犯設備で厳重に守られた作品保管庫の大きな蔵から、少しずつ作品を持ちだしては、業者たちを呼んで入札させていく。そして纏《まと》まったお金が入ると、これまで無償で支援してくれた数多くの人たちへ、材料代、燃料費、労賃などの支払いに多額の礼金を添えて、お礼を述べながら清算することを、決して忘れなかった。そして、不自由な車椅子で走り回りながら、汗を流して、一人ひとりへ心を込めて清算とお礼を述べていく。特に常日頃、生活を支えてくれた近隣の農家の方々には、野菜や米などの食べ物の代金だけでなく、

「これまで生き抜く力と、心の支えを頂いた」

感謝と御礼として、

「せめて夫直情が生きている間に受け取って欲しい」

と頂いた野菜やお米の代金として桁違いの御礼のお金を添えて、直情の署名入りの桐箱に入った陶芸作品を

「日本大賞受賞の御礼」

と、頭を下げて受け取って頂く日々を過ごす。近隣の農家の方々は、

「家宝に致します」

などと言って、値段も判らない直情の作品を受け取っていく。

「心から感動できる一日のためなら、ダラダラした一生など、捨ててもいい」

直情はこう言い続け、自分の作品を純情が売ったお金で、世界中から陶磁器の本や新作品を取り寄せるばかりでなく、フラリと出掛けたと思うといつまでも帰らず、世界中を流浪して実物を見て回るという、新作風創造のための放浪生活も始めていた。そして広い書斎と書庫と電気釜などの陶芸機器を揃えた試作工場は、購入した陶芸の本とウィスキーボトルが並ぶ棚と、新たに買い求めた陶芸作品で溢れかえっていく。これを見かねた純情は、木造小屋の書庫と倉庫を次々と建て、各建屋には必ずベッドや机とパソコンやビデオ、そしてウィスキー保管庫や冷蔵庫も置いて、直情が試作工場に収納できなくなった本や作品と一緒に寝起きして、自分の新たな陶芸の道を模索できる環境造りも怠らなかった。

直情は流浪《るろう》の海外の旅から帰っても、すぐにその木造小屋のどれかに戻り、構想ができると試作工場に潜り込み、陶器の試作に没頭していく。そして書庫や倉庫から本や購入した作品を取り出し、終日ウィスキーをあおりながら眺め、眉間《みけん》にしわを寄せて構想し、鋭い眼差しで新作品を何度も繰り返し試作する。そして、真っ赤な充血した眼をランランとさせながら、新たな試作品を睨みつける直情の壮絶な姿があった。

純情の情報たちも、夫直情の情報たちに共鳴していた。

「土と炎と光が萌《も》える陶器への情熱がある間に、情生が大きく花開く時間帯に花を摘みとることが大切だわ。情熱と時間は絶えず怠惰の闇へと引き込まれて行き、いま微笑んでいる陽光の輝きも、今宵の闇の中で消えてしまうから」

「土と炎と光が融和する陶器への情熱がある間に、情報の花の種をまくことが大切だわ。情熱と情報は絶えず無の闇へと引き込まれていき、今朝微笑んでいた朝顔のような情報でも、夕闇の中で萎えてしぼんでしまうから」

「人生は一回きりよ。だから珠玉《しゅぎょく》の時間は、無駄に過ごさないことが、とてもいいわ」

「でも、闇の中に消える時間と情報があるからこそ、珠玉の時間と情報が輝くのだわ」

「そうだわ。過去と未来は、いつもバラ色になる。でも現在の今という時間は、いつも過酷で苦しいわ」

「いや、明日という時間のことはまだ分らないよ。しかし私たちには、今という時間があるのは確かだ」

「そして過去の時間は、これまで、今という時間を支えてくれたわ」

「だから、明日という時間は、夢と希望を与えてくれるだろう」


しかし純情が、直情にお酒の量を控えるよう哀願すると、ウィスキーボトルが、そのまま純情めがけて飛んできて、近くの柱や壁、そして純情の車椅子にぶつかり、時々は粉々に砕け飛び、周囲にアルコールが飛散し、直情の怒《ど》鳴《な》り声が飛び散る。

「ここへ来るな！」

「……」

「おまえ！　あっち行っていろ！」

「……」

「俺の苦しがる姿を見たら、不愉快だろうが！」

「あなたは私の夫。あなたの苦しみは、私の苦しみよ…」

「判ってる、解っている。俺は土から生まれて、陶器となり……。ちくしょう！　俺は、陶器に囲まれて死ぬのだ！　どうせ土にもどる生命だ！」

「絶望が心に忍び込む。そうなったら、何もかも、もう終わりよ！　何ごともやる気をなくし、やがて命を落とすことになるわ」

「判っている…判っているよ……」

早朝、日課として、その日のウィスキーボトル２本と、ほとんど手をつけてくれないが、栄養価の高いバランスの取れた食事やおつまみとしての惣菜を、本人が寝泊りしている木造小屋のテーブルか、本人がいる別の木造小屋の書斎近くの食卓へ、綺麗に並べてくる。昼になってウィスキーが無くなりそうであれば補充し、ウィスキー以外、何も手をつけてくれていないと判ると、献立を変えたものを持って置いてくる。少しでも手をつけたものはメモをとり、しばらく日を置いてから再度献立に入れて出す。

夜になって夕飯どきには、何とか一緒に夕飯を食べたいと、繰り返し頼み込み、許しが出れば、少しでも食べさせることができる。純情の不自由な手足でも、直情の口元まで運べるよう、特注で作った各種のスプーンやフォーク、特製の食器なども用意しておく。ウィスキーばかり飲むガリガリに痩せた夫直情の健康を、いつも心配するのは妻の純情であったが、咳き込みが激しくなっても、直情は病院の検査を何ひとつ受診しようとしなかった。

「人生より難しい芸術はないわ……」

「芸術や学問には、門を叩けばアドバイスしてくれたり、教えてくれる先生がいるわ。でも私たち夫婦の心の襞《ひだ》や心情たちを、本当に理解して適切なアドバイスをしてくれる心の医師や情報の先生は、今、どこにも見当たらない……」

「だって主人の生き方を決めるのは、主人の情報たちだわ。自分自身の芸術的資質と限界を理解し、その限界を打ち破る可能性について、自分自身がいかに納得できるかにかかっているわ」

いつものように朝食を小屋へ持っていくと、直情はウィスキーのボトルを右手に、左手にはしっかりと陶芸専門書を持ったまま仰向けになって倒れていた。直情の痩せこけた首には、純情と初釜で焼いた〝命〟と彫って割ったペンダントの片方《かけら》が、音もなく静かに、そして微動もせずにぶら下がっている。動顛《どうてん》してうろたえた純情は、車椅子の運転を間違え転がり落ちる。狼狽《ろうばい》した純情は、真っ赤な顔で直情のところへ、動く右手で必死ににじり寄る。大きく空けた直情の口に耳をのせ、胸の上に純情の動く手をのせたが、息も心臓の鼓動の音も聞こえず、無言のまま冷たく横たわっている。日頃は冷静な純情も、身体がガクガクと震えて止まらない。直情の冷たい唇に自分の震える唇を重ね、大きく深呼吸して自分の熱い息を、思い切り直情の口の中へ吹き込む。胸に当てた動く右手に全体重をのせ、人工呼吸をしようとするが、身を慄《ふる》わし慟哭《どうこく》した涙がボロボロと直情の服を濡らすだけだ。身悶えし声の限り直情の名を叫ぶ。

「あなた！　あなた！　しっかりして！」

「………」

「あなた！　あなた！　ね！　聞こえる？　返事して！　ねぇ返事してよ！」

「………」

純情の情報たちは泣き叫ぶ。

「きゃ～、ダメだめ、駄目よあなた！」

慌てふためき車椅子に戻ると、セットしてある携帯電話で救急車を呼ぶ。純情が冷たくなった直情を必死になって抱き起そうとしたとき、直情のペンダントと、純情の胸に下げた母情愛の遺品と純情のペンダントの三つが、揺れてぶつかり乾いた音を寂しく奏でる。

「カチン・カチン…」

「カチン…」

直情と純情の二人が〝命〟と彫って割ったペンダント、その三つが三人の首を飾って出会うこともなく、たった一人になってしまった純情だけに聞こえる音色で…、悲しげに乾いた惜別《せきべつ》の陶文《とうぶん》を奏でた。

「カチ・カチ・カチン…」

「カッチ～ン…」

真夏の朝日が夜空に輝やく星たちを宇宙の闇へ葬ると、朝日は絶好のチャンスとばかりに、部屋の奥いっぱいまで、蒸し暑い沈黙と物影を、強引に持ち込んでくる。蝉時雨《せみしぐれ》の中の蝉情報たちも、運搬屋としての短い生命を知っているかのように、ジリジリとたぎるような鳴き声をあたりに轟《とどろ》かせていた。しかし油を焦がすような蝉時雨の音が鳴り響く、蒸し暑い朝の部屋の中でも、悄然《しょうぜん》と孤影《こえい》を落とした姿の純情のその悲しみが支配する耳には、みずからの慟哭《どうこく》以外は何も聞こえず、何も……届かない。

七．情報の別離の言葉

夜露《よつゆ》の水分を含んだ湿った早朝の空気を見透《みす》かすように、早熟な陽射《ひざ》しが、当たり構わず無遠慮《ぶえんりょ》に室内に押し入ってきた。たくさんの種類のいろいろな蝉が、早朝から暑さをたぎらせるかのような声でやかましく鳴き始める。家の窓枠に止まっていた蝉がチリチリと甲高く短い鳴き声を立て、試作工場の小屋近くから飛び去っていった。その飛び去った樹木林の方向を眺めると、地獄から這い出た使者のような韻律《いんりつ》を響かせる蝉の合唱が、蝉時雨《せみしぐれ》の音の嵐となって、横たわった直情の傍で震える純情に遠慮なく襲いかかる。音嵐の風を受けて、まばゆい朝の陽光に照らされた樹木の葉たちも、いまにも動き出しそうに思えた。

救急車の到着までのわずか七分間であったが、耐え難い長い空白の時間となって純情に重くのしかかる。煮えるような蝉たちの声の中で、泣きながら直情を必死にさすり続ける。窓越しに夏の朝日が家の奥まで無遠慮に光を降らし、陽光に体ごと染まってしまいそうな直情と純情の影が、薄く長く伸びていた。純情の膝元には小さな蝉の抜け殻がコロンと、薄い透明なセロファンのような羽根を張った腹を、天井に向けて横たわっていた。この蝉情報の蝉生《せみじょう》は残りわずかだ。卵から孵化《ふか》した幼虫は、最初の脱皮をすると土の中へ潜り込み、地下の暗闇に数年間にわたって棲《せい》息《そく》し、樹液を吸いながら少しずつ成長する。そして羽化を控えた終齢《しゅうれい》幼虫は恋を奏《かな》でるため、晴れた日の夕方、地上に這い出してきて、リスクを冒して背を割り皮を脱ぎ羽化して、幼虫情報から成虫情報へと脱皮を果たし、その抜け殻を残したまま、子孫を残すため、わずか一週間のセミの人生である蝉生に挑戦する。

　抜け殻である空蝉《うつせみ》は、脱皮中に敵に襲われれば、逃げることも闘うこともできない。この命がけのリスクへの挑戦に成功した蝉の情報たちだけが、次世代情報の存続にかけた、蝉時雨となって森や林に木霊《こだま》する。そして、確かに時間的にはわずかだが、恋の讃歌の蝉声で歌い奏で、恋して合体を果たした蝉たちの情報だけが、次世代への情報運搬屋としての職務を果たし得るのだ。情報の交流を果たして新たな情報を残した蝉たちは、蝉生を全うした歓喜と感激を、情報の運搬屋としての蝉生の讃歌を、蝉の鳴声で賛美しながら運搬屋としての永遠《とわ》の眠りにつく。

　純情の前に救急車が到着するまでのわずかな時間ではあったが、冷たくなった直情の身体をさすり続ける純情には、とても長すぎる時間であった。この痛ましい哀れな純情の萎えた姿を見詰めながら、純情の情報たちは無言で語り合う。

「わたしたち草花の情報たちは、情報の愛の結晶たる自分の実が、親の草花のそばへ近づかないよう、なるべく遠くへ生えるよう、いつも一生懸命気を配っているわ」

　森の樹木たちも答える。

「そう、わたしたち樹木の情報たちも同じように、子供たちが親のそばへ近づかないよう、なるべく遠くへ行って芽を出すよう、いつも一生懸命気を配っているよ」

「そうしなければ、伸び盛りの子供たちの間で、自分たちがいつのまにか埋没して、いつの間にか日陰者になってしまう……」

「そうよ。あの美しい桜の幹も、自分の樹木の縄張りの下には、子供たちが育たないように、植物の生育を阻害するクマリンという毒素をばらまいて、雑草も育ちにくくしている」

「だから桜の樹木の下には、新しい芽吹きの若い桜の木は一本もみられない」

「その孤独でゴツゴツした黒い幹に、可憐なピンク色の花びらをつけ、風に吹かれて散り逝く美しさを保つために、桜の情報たちも命がけさ」

「そう、桜の樹は一本一本が孤独で、その孤独さが集団となって、美しいピンクの桜並木として林立し、華吹雪の舞を見せてくれる」

「直情もこのことを知っていたのよ」

「直情の作品は日本大賞を受賞したときが、完成度の最も高いときだった」

「だから、直情の作風の延長では、作品を一つも作らなかったわ」

「日本国内だけでなく、世界に通じる全く新たな陶芸の道を新たに切り拓こうと、寝食を忘れて猛勉強していた」

「そしてお酒の力で過去の作風を、忘却の彼方へ追いやり、自分のこれまでの作風から遠い場所へと放逐し、革新的な陶芸の道を開拓しようとしていた……」

「でも、その究め方が激しく厳しすぎるわ」

情報たちはボヤいていた。

「俺たち情報たちが生きるということは、絶えざる変化への挑戦だ」

「ほんとうにそうだ。自然環境変化との闘い、社会環境変化との闘《たたか》い、時間変化との闘い、永久に解決のない闘いの連続だよ」

「闘え！　闘え！　変化への終わりのない挑戦こそ、そこに情報の命の源があるのだ！」

救急車はけたたましいサイレンを鳴らしながら到着した。死後硬直の状況を診断した救急隊員は、

「死後かなりの時間が経っています。死因確認のため、第一発見者の奥様には、念のため警察にも来て頂くことになります」

「警察官が来るまでご遺体には触れないで、そのままにしてください」

と救急隊員は冷たく言い放って、警察へ連絡し、白衣を直情に掛けると帰ってしまった。

「いつの日にかは、こうなる」

と予想はしていたが、あまりにも突然で早い直情の死に、妻純情の心情たちも混乱虚脱《きょだつ》の状態のまま、蝉時雨の中を、今度は警察官が来るまで、白衣を掛けられた夫直情の遺体に寄り添っていた。直情の死と横たわる遺体の現実とが、まだ飲み込めずにいる。純情は暗い眼を伏せ肩を落とし、虚脱した萎えたさびしい姿で、ただ茫然自失《ぼうぜんじしつ》のまま車椅子に座り込んでいた。そして初めて

「なぜ?」

「何故なの?」

「どうしてなの?」

とつぶやき、白い布の下に、直情が遺体となって横たわっている、そのことが現実の世界だと、ようやく認識し理解すると、

「厭《いや》よ、もう、生きるなんて嫌よ! 直情が死んだなんて、二度とそんなことを言わないで!」

純情は大声で怒鳴って、肩を震わせて泣きながら車椅子から転がるようにして降り、白い布を力いっぱい剥ぎ取り投げ捨てると、ボトルを右手に左手に専門書を持って、仰向けになって倒れている夫直情の顔にすり寄り、再び遺体の上に倒れ込んだ。その姿は、天涯孤独《てんがいこどく》になった純情の寂しい人生への出発を意味していた。

警察病院での遺体解剖検診の結果、夫の直情は脳溢血《のういっけつ》が死因で、すでに五時間前に死亡していた。

「笑って暮らすのも一生、泣いて暮らすのも一生ならば、笑顔で一生を過ごしたい」

「命短ければ、それだけ苦しみや涙にも遭う機会が少なくて済むわ」

四十九日の法要《ほうよう》を済ませてから、純情は夫直情の書斎を整理し始めた。

そして、夫が大切にしていた漆《うるし》塗りの書籍箱を初めて開いた。そこには、二人が結婚する前に交換した純情から直情への手紙、封筒の色もあせたラブレターが、そのまま大切に保管されていた。純情は頬を赤らめ胸をドキドキさせて、その書籍箱の一番上に置いてあった、まだ新しい封筒を取り出した。その新しい真っ白な封筒の宛名には、夫直情の決して上手いといえない個性的な文字で、純情様へと書かれていた。純情は封筒を開けて手紙を取り出し、開いた。手紙には、

「純情様
ながい間いろいろとお世話して頂いたこと嬉しく感謝します。僕はいま、ひとり静かにあの世に逝きたいのです。

この君からのラブレターたちが僕の創作の原動力でした。でも日本大賞を受賞してからは、僕の作風から脱皮し、世界に通じる作風へ飛躍させ、進化させようとしましたが、できませんでした。日本大賞に押し潰された弱い自分が、本当の僕の姿なのでしょう。

これまで僕の創作と君の絵付けで、土から陶器が生まれ、君からの無償の愛と僕の君への愛で、その陶器が芸術品になっていったのが実態です。僕はお酒の力を借りて、これまでの作風を忘却《ぼうきゃく》の彼方《かなた》へ葬《ほうむ》り、そこから脱皮しようと足掻《あが》き、世界に通じる新たな作風を創造しようと努力しました。そして、陶芸界に新たな革命を起こそうと、いろいろと創作研究、試作開発してみましたが、よく調べると、世界中の陶芸の中に、結局はその原形があり駄目でした。

これまでの僕の作品のほとんどすべてが、二人の愛の結晶であり、君へのラブレターだったような気がします。限

界を感じて自らの命を絶つため、食事もろくにせず、君に心配をかけたことお詫びします。君に会えた僕の人生は、とても幸せでした。お世話になりありがとう。

さようなら。

X年X月X日　直情」

純情は、直情が死んだ三日前に書き残したこの手紙を、その胸に押し当て、あまりにも耐え難い悲しさに胸が締め付けられ、張り裂けそうになり、そして

「わぁっ、わぁっ、わあ〜ん、わぁっ、わあ〜ん」

と泣き崩れていく。いつまでも、どこまでも、時間と疲れが純情を癒《いや》すまで、一人で泣き崩れ、嗚咽《おえつ》し続けた。夕方になると、直情の死を弔《とむら》うかのように暗雲が垂れ込みだして、季節外れの暴風雨が、木の枝を震わし音を立てて吹き荒れ始めた。まだ秋の準備も心づもりもしていない、伸び放題の初夏の草木たちは、乾いた大地になぎ倒されるように匍匐《ほふく》し、地の底から噴きあげるごとく、吹き付ける厳しい暴嵐雨に小刻みに震えている。そして黒雲に覆われた夜空の中に姿を消した満天星たちは、純情の泣き崩れる姿を、雲間から息を潜めて黙ってじっと見守り、暴風雨が引き連れてきた黒雲の夜空に隠れ、人知れず涙を浮かべながら悲しげに点滅していた。

そしていよいよ、身体的ハンディキャップのある純情の過酷で厳しい一人生活が開始した。夫直情という柱を失った純情の情報たちは、ボロボロぐにゃぐにゃの心境である。新婚時代から夫直情の顔ばかりを見続け、夫直情の歩む苦難な道を支えながら登ってきた純情。そしてようやく日本一の大賞を受賞し、経済的にも恵まれた生活基盤ができ始めたばかりだった。新婚の貧しい生活を思い出し、

「夜明け前、布団の中であなたを探るわたしの冷たい手。でも、もうあなたの暖かな温もりは、私のそばに見つけ

られない」

「また生まれたときと同じように、一人ぼっちになってしまった」

しかし純情の情報たちも、自ら慰めようと励ます。

「人は、そのうち一人でいることに慣れてくるよ」

「でも、一日でも恋する人と一緒に過ごすと、一人きりになったときに、寂しさが雪崩《なだれ》のように襲ってくるわ。だから、また一人でいることに慣れるには、時間という友達が必要よ」

「人生の喜びは、苦しみと苦痛が奏でる舞台の中で演じられる。だからいまの不幸は、幸福への舞台装置だ。いつも明るい純情のままでいれば、いつかまた素晴らしい幸福な人生の舞台が拓《ひら》けるわ」

「そう、これまでどおり笑顔だけは忘れるな！」

「どんなに苦しく悲しくても、顔がひきつっても笑顔だわ」


長い貧困と恵まれない陶芸家の夫婦生活の中で、一瞬だが、日本大賞に輝いた直情との夢のようなリズムと、温もりのあるハーモニー、そして美しいメロディで満ち溢れた日々があった。借金だらけの極貧生活の直情と純情二人が、日本大賞に輝いた直後に借金を重ねて開催した〝瓦礫の二人展〟。その後は眼が飛び出るように高額で売れた数々の作品。しかし質実剛健な生活を、新たな夢を模索し続けた直情と一緒に過ごせた想い出が、純情の熱い心の中で、素晴らしいオーケストラの演奏のように、いつまでもどこまでも鳴り響き続けていた。そして純情の生涯の中で、その音色や音響は鳴り止むことがなかった。

「名誉も栄光も、大空に輝く朝日のように、いつかは消えていく」

「そして輝く夕焼けも、いつかは暗闇の中に沈んでいく」

「でも、暗闇から立ち昇る朝日に、淡く輝く故郷の山々は、いつも美しいわ」

「いつも貧しかったが、しかし愛に満ち溢れた生活の想い出は、直情の残した芸術作品と一緒に、素晴らしい情報の想い出として、いつまでも私の中に生き続けていくでしょう」

「でも、もう結構なの。私をそっとひとりにしておいてください。私が死んだら、この故郷の山裾の直情の墓の中に、夫直情と一緒に埋葬してください。誰も会いに来なくてもいいわよ。だって最愛の直情の傍に、ずっと一緒に居ることができるから」

純情の心情は、二人で〝命〟と彫って割った三つのペンダントを、動く右手の指先でいじりながら、亡き母情愛と夫直情の面影を追いつつ、ポツンと寂しくつぶやいた。

八．情報は雑音の海をわたってくる

夏の暑さ極みたる極暑《ごくしょ》とは、夏が最後の生命《いのち》を振り絞り、その生命の限りを顕示する日が続くことである。山野に、草いきれでむせかえるように繁茂した樹林や野草の情報たちも、この時期には喉の渇きを訴える。極暑の強烈な沈黙が漂うようにのしかかる海辺では、昼間の海風から夜間の陸風への変わり際には、風がピタリとやみ、息詰まるような極暑の夕凪《ゆうなぎ》になる。

夏の夜が更けると、赤々と昇る夏月は、火照《ほて》るように輝く。そして情報たちが輝く夏の終わりが来て、盛夏が逝くと晩夏を迎える。晩夏のやわらかな陽光に、情報の全身が染まってしまいそうな夕方の残照には、日中の挑みかかるような強さは消え、どこかダラリとしたけだるさを感じさせる。

こうした中で真情の心情たちは、喧々諤々《けんけんがくがく》と議論を続けていた。

「この時期の情報たちは、極暑の夏が漲《みなぎ》る山野や潮騒の中で、生まれ育ち、風に乗り、森や林や川を渡り、ビルの

谷間を潜り抜け、川や海の上を、雑音と一緒になって渡っていく

「情報たちは、このように雑音と混然一体となって渡ってくるが、雑音の中からデータが生まれ、そのデータがデータと出会い、情報となって性格を一変させる」

「さらにこの情報と情報の出会いは心となって、その人生を変えるごとく、その情報の情生を変えていく」

「そして、この情報による感動は、その人自身を変えるごとく、情報自身を変えて新たな情報へと発芽させていく」

真情は、美しい澄んだ歌声のデータたちが、さまざまな種類の音データたちと一緒に、雑音の海を渡ってくるのを、マットに寝そべり惰眠《だみん》を貪《むさぼ》りながら、夢の中で眺めていた。

そして、魅力溢れた歌声データによる情報明白時代の到来を、うとうとワクワクしながら夢見ていた。

「情報明白時代が到来したとき、地球上の人々とその情報たちは、自分の立場や欲望という殻を破り、解脱《げだつ》します」

「そして個人情報の機密や属性の塀や堀を外し、村や町そして都市という行政や規制の境界線を抵抗もなく通り抜け、官庁や民間企業という組織や社会の壁、官僚や民間の差別、資本家や労働者への帰属意識を撤廃し、宗教の違いという心の故郷の違いも超越し、国の国境や民族という壁も乗り越え、さらに地球上のすべての人々が無線・有線を問わず、張り巡らされた信頼による情報ネットワークによって結ばれた」

「この情報明白時代になると、全地球規模での新しい国境・経済・社会・産業の新しい枠組みが考えられ、これらを包含した情報のデータベースを基盤にした柔軟な新しい広場《コミュニティ》・教育・宗教・倫理観の新構築が模索されていく」

「しかもこのとき、あらゆる人々の情報たちが信頼という絆《きずな》で堅く結ばれ、またこのとき、お互いがお互いの神や宗教を理解し合い、さらにこのとき、それぞれ大切している価値観を認め合う仕来《しきた》りが完成し、あわせてこのとき、異なる文化や多様な価値観の相互容認制度が確立し、そしてこのとき、その多様体《ダイバーシティ》情報ネットワークが構築されることになった」

「この結果、過去に胡坐《あぐら》した情報たちが中心となり、武力や権力などの権限を振りかざしていた、力ずくでコントロールする情報社会、つまり情報暗黒時代の幕が下り、その終焉《しゅうえん》が訪れたのだ」

「そして心情たちは、雑音の中で多様性がリズムとメロディとハーモニーを奏でる、魅力的な歌声情報たちがひしめく、素晴らしく美しい情報社会、情報明白時代の到来に期待を寄せていた」

「この新時代の美しい歌声の奥に灯る明るい燈火のような情報の心が、信頼をベースにあちらこちらに広がり、この水着姿の裸同然の情報たちがニコニコと、笑顔を振りまきながら歩いてくるのを見過ごさなかった」

心情たちは興奮して語る。

「権力と欲望に満ちた男性社会による政治体制や経済体制を超えて、平和で裸同然の情報に満ち溢れた女性中心の世界が出現するわ」

「戦争から平和、紛争から和解、対立から協調、弱肉強食から共存共栄へと、情報たちの暴力や欲望が横行する情報暗黒時代から抜け出し、情報たちの心が主役となっている情報明白時代を実現するぞ！」

「いや、いつかそうした時代が到達すべきと、こうした未来の夢を抱いてひたすら祈り続け、実現に向かって寸暇《すんか》を惜しまず汗すべき時、それが今、この時なのです！」

真情の心情たちは、海水浴場の大きなパラソルの下で、浜風に身を委ねて惰眠《だみん》を貪《むさぼ》りながら浅い眠りの中で夢を見続け、夢の中で情報の特性について議論をしていた。

「ここは、どこですか？」

「ここは、雑音《ざつおん》がない世界だ！」

「雑音がないって、どんな世の中ですか？」

「丁度今、タイミングよくその講演がはじまりましたから、聴いていきませんか？」

「あっ、本当ですか！　途中からでも良いのですか？」

「後ろの席がまだ空いていますから、静かにソッと入ってください」

海岸の砂浜から講演会場のドアを開けると、恰幅《かっぷく》の良い講師が、会場を埋めつくした聴衆に向かって、すらりとした姿勢のよいナイスガイの司会役を相手に、パワーポイントを使って対談形式で聴衆に熱く語っていた。

「先程ご説明したとおり、情報は雑音の海を渡って、我々のところに届くのです」

「ではその雑音の海を、情報やデータが渡って行こうとしたとき、もしそこに雑音の海がなかったとしたら、どうなると思いますか？」

「……？　……」

「雑音のない海を渡ってくる情報には、雑音がまったくない。すると静寂な世界に、人々は静かに暮らすことになります」

「……？　……」

「えっ！　〝冗談〟でしょう？」

「……？」

「いや、〝情断《じょうだん》〟ではありません。〝雑断《ざつだん》〟なのです」

「ワッ、ハハハハ」

「あはははっ」

「おっほっほ」

と聴衆の心情たちは爆笑した。真情は最後列に空いた椅子を見つけ、声を出して笑いたいのを我慢《がまん》し、無言で静かに笑った。そして講師と司会役による雑音のない世界という講演を、ただひたすら静かに聞きながら考えていた。

演壇にいる講師と司会役は、いろいろな角度で話題を提供していく。

「情報の故郷を遡《さかのぼ》れば、気が遠くなるような昔々のその昔のある日、物・光・エネルギーが、ドロドロに溶けて融合していた極限の世界で、無のゆらぎからインフレーションがはじまり、宇宙が広がったと考えられています」

「このビックバンで解放されて夢を託された情報たちは、運搬屋に身をゆだねて、無限空間の世界へ飛び出して行きました」

「……、……」

「そして四十六億年前、生命の材料となる有機物が、彗星《すいせい》や隕石《いんせき》などによって地球上に運ばれてきたと私は考えています」

「当時の原始地球には、たくさんの宇宙惑星や隕石から情報の命のエッセンスである星屑《ほしくず》、つまり有機物がたくさん届けられたと言われています」

水着姿の聴衆の心情たちは、背筋をぐっと伸ばし、目を皿のようにして講師の顔を見つめながら熱心に聞き入っている。

「この大量の有機物が、生命体の源になり、情報のルーツとなり、雑音の母となって、その中から最初の情報を形作ったのです」

「これが生命、つまり運搬屋と情報のルーツです」

「宇宙船地球号に漂着したこの情報たちが、大気の薄皮部分で太陽からの光エネルギーを享受し、情報の揺り籠である海で、情報運搬屋の生物となりました」

司会役が口を挟《はさ》む。

「それでは我々情報の故郷は、宇宙ということになりますが…？」

「そう、だから情報の故郷は、あの広大な宇宙にあります」

「人類を含むすべての生物の遺伝子のルーツは、宇宙なのですか？」

「そうです。そのとおりです。従ってここにいる我々運搬屋とその情報たちの生まれ故郷は、あの宇宙なのです。そして国籍は、この地球なのです」

「宇宙に飽くなき関心を抱きながら人類がチャレンジするのは、宇宙が遺伝子情報たちの故郷だからであり、鮭の生まれた川への回帰行動と同じと言えます」

誰も咳ひとつしないシンと静まり返った会場には、講師と司会役の言葉以外に雑音がない世界、すなわち雑音のない静けさが会場いっぱいに広がっていく。


しばらく言葉を止めた演台の恰幅《かっぷく》のよい講師が、用意されたコップの水を美味そうに一口飲むと、

「我々の情報のルーツは、この宇宙船地球号に届けられました。しかしこうした情報は、情報暗黒時代の今日まで、残念ながらいつも、一部の権力者や悪人どもの情悪たちが、この情報を独占し悪用して得た莫大な富を、我が物顔で独占してきました」

眉間《みけん》にしわを寄せる露骨な表情で、

「許せない！」

と、きつい眼差しで怒鳴った講師だが…、すぐに冷静さを取り戻し、横に座った司会役をチラリと眺めると、話を続けていく。

「しかし情報の明白時代の情報のあるべきあり方には、まだ諸論があります」

「ある理想論者は、世界中のすべての雑音を削除し、情報やデータだけを伝達する仕組みを提案しています」

「それはあらゆる情報と、あらゆるデータがオープンで、世界中に雑音がひとつもない情報の世界です」

「しかし、私的意見を述べれば、私はこの意見に反対です」

「何故なら、情報が雑音の海を苦労して渡ってくることは、とても大切なのです」

聴衆の顔々に、疑問、半信半疑、疑念《ぎねん》と書かれた表情が並んだ。演台の恰幅の良い講師と司会役の心情は、

「してやったり！」

とお互いの顔を見合わせ
「ニッコリ」

とした。そして上手く講話が進んだ達成感に歓びの声をあげながら、いよいよ事前に打合せしておいた演題の落《お》としどころへ、真情たち聴衆を引き摺《ず》り込んでいく。

恰幅の良い講師は司会役相手に質問した。

「それでは、もし情報やデータが、雑音の海の中を渡ってこない、つまりすべての情報やデータが雑音ではないとすると……、一体どうなるでしょう？」

スタイルの良いイケメンの司会も相槌を打つ。

「そうですね……、どうなるのでしょうかね？」

「次々と押し寄せる情報やデータで、場合によっては受け手側に山のように情報やデータが蓄積し、これらの情報やデータを処理する時間的余裕がなくなり、場所によっては大量な情報やデータで溢れ、あちらこちらがパンクする危険性に見舞われます」

「そうですね！　毎日、手元に届くメールや新聞・ラジオや書籍の情報やデータは、我々受け手側の判断によって情報になりデータになり、あるときはそのほとんどを雑音として屑《くず》情報にして捨てています」

聴衆のほとんどは、講演内容が理解できず、面喰《めんくら》った表情をしている。講師の心情たちはその様子を眺めながら
「どちらにしても、やがて雑音の中からデータが選び抜かれ、データはさらなる情報へと変化していきます」

そう結論すると、いよいよ講話を閉じるときと考えた講師は、司会者との事前打合せのとおり司会者を振り返り質問した。

「会場の皆さまにも考えてほしいのですが、雑音が全くなかったら情報社会はどうなると思いますか？」

「えっ！　雑音にも効用があるのですか？」

司会者は意識的にビックリした顔をして、訝《いぶか》った視線を講師に向け質問した。

「そうです！　雑音がなかったら、大変なことになります」

「本当ですか？」

司会者はわざと疑わしそうな顔で講師の顔を見た。

「もし全く無駄な情報や、雑音がない世界を想像してみてください」

日頃考えたこともない質問に、講演会場を埋め尽くした視聴者情報たちは、ザワつきはじめた。この様子を見た講師は、今がフィナーレの最適な瞬間だと、司会者と頷《うなず》き合った。

「人は、雑談というものを知らず、ムダ話もなく、用件以外は、ラジオや電話からは流れてこなかったとします」

「ホウ……」

という声が会場から漏れる。

「すべてが必要不可欠で、無駄な情報がないため、テレビやラジオなどには、チャンネルやボリュームのスイッチがありません」

「音に聞こえた乱暴者など、という情報もなく、評判を聞くという情報選択の習慣もなく、悪い噂話《うわさばなし》や陰口を聞くことも、全くなかったとします」

会場に集まった聴衆の情報たちは、講師の質問に対する回答を口ぐちに喋り、賑《にぎ》やかな雑音で講演会場は覆われはじめた。そして会場の情報たちが愉快そうに話し合っているのを見て、講師は演壇から嬉しそうに笑った。

「そうです。皆さんも気が付きはじめましたね」

司会者も叫ぶように語る。

「雑音のない情報時代とは、どんなものなのか？」

「次々と飛び込んでくる情報は、すべて必要不可欠な情報ばかりです」

「一日二十四時間、機関銃の弾《たま》のように間断なく情報が飛んできます」

「その結果、たくさんの人々が、次々と飛び込んでくる膨大な情報を処理できず、大量な情報の下敷きになって、圧死していった！」

「圧死するなんて、そんな馬鹿な！」

「ワッハッハッハ…」

「アハハハ…」

会場は爆笑で埋められてゆく。

「また情報が多すぎて飲み込む暇もない。そのため窒息死《ちっそくし》が続々と出てきます」

「窒息死ですか！」

「ウッフッフ」

「ヘヘヘヘッ」

「情報が大き過ぎて口に入らず食べきれない。入手できない、消化できないなどの原因で、結局餓死《がし》した屍《しかばね》が累々と重なっています」

「餓死でか！」

「オッホッホ」

「ギャッハッハ」

「情報が多すぎて、耳にタコができた耳だこ難聴者《なんちょうしゃ》たち」

「難聴ですか！」

「情報を読み過ぎて失明した盲目者で溢れます」

「失明ですか！」

「そして最初から耳も目も不自由な人たちだけが、情報に潰されずに生き残れる世の中となってしまいます」

「アッハッハッハ…」

「ワッハハハハ…」

「そこには雑音が全く無く、雑談もなく、従ってコミュニケーションもなかった」

「それでは人情も生まれません！」

「ウワッハッハッ」

会場は爆笑の海となって、雑音が満ち溢れていった。聴衆たちの情報たちは、質的、量的、時間的な面で、溢《あふ》れかえる情報を、受け手の自分たちが勝手に雑音と位置付け、聞く耳を持たず、目もくれず捨て去り、自分たちが病気にならずに済んでいることに気づいた。従って情報は、雑音の海を渡ってくる必要性があると。この雑音の重要性に、ようやく聴衆は気づいたとき、講演会は爆笑の中で幕を降ろしていった。

九．情報の美しい森で地球を覆う

初夏の軽やかな風が耳元を吹き抜ける木陰に寝そべり、たおやかな昼寝中に見る夢は、どこか爽やかな趣が漂い殊のほか快い。その心地よい木陰で真情の身情がまどろむ中で、心情たちは、儚《はかな》い人生や情報たちの素顔《すがお》について語りあっていた。

真情が、一人渓流にそった山道を歩いている。初夏の新鮮な太陽の光の中を、爽《さわ》やかで涼しい緑の風が吹き抜けていく。新緑のシラカバの樹林の木漏《こも》れ陽に、アカヤシオやカエデの潅木が、いきいきと風葉《ふうよう》を鳴らしていた。しっとり湿った地表には、枯草や枯葉が絨毯《じゅうたん》のように敷き詰められ、ミヤコザサやシダ・ゼンマイなどの地衣《ちい》類が、十二単《じゅうにひとえ》のように分厚く覆い尽くし、肥沃な大地をぬくぬくと暖めている。ウグイスや名も知らない山鳥たちのさえずりは、情報の生ける幾年月を賛美し、山々の木立の情報たちと木霊《こだま》の合唱を誘発していた。

生まれたての柔らかな緑の葉の一枚一枚が、うぶで恥ずかしそうに

「サワサワ・カサコソ・サササ」

と、遠慮がちに語り合っている。咲き誇る可憐な花びらの一枚一枚が

「ヒラハラ・ハラヒラ・ラララ」

と、永久《とわ》の別れをさり気なく告げながら散っていく。一本の樹木全体で一語一語のささやかな言葉を、

「カサカサ・ザワザワ・サクサク」

と囁《ささや》きながら、林全体、森全体そして山全体が、それぞれの情報の詩を歌っていた。そんな美しい情報の森を、美しい情報の山を、真情の心情たちは、身近な自然の存在として肌で感じていた。

夢の中での真情つまり心情は、樹木の空間に広がる澄み渡った青空に向かって大きく背伸びをして、おもいっきり緑の情報を胸いっぱい吸い込む。そして脳から飛び出した器官である眼を、お互いの脳の中を投影する眼を見つめ合った。黒真珠のように輝く二重《ふたえ》目蓋《まぶた》の美しい眼、長い睫毛《まつげ》に美しい花弁が咲くような眼、邪心《じゃしん》も虚飾《きょしょく》もない子供

のような無邪気な眼、感動で眼元に涙を浮かべた大きな眼、そして情悪たちの猜疑心《さいぎしん》を露わにした訝《いぶか》った眼、眉間《みけん》にしわを寄せた頑固な眼。

こうした中で、日和見情報たちの焦点を失ったような空虚《くうきょ》な眼差《まなざ》しには、かすかな感情の揺らぎの表情さえない。それればかりか、にわかに信じがたい疑い深い眼もあった。このように脳の中を映し出したさまざまな眼差しを持った心情たちが、眠り続けて夢を見る真情の身情をぐるりと取り囲んでいた。

「雪渓の情報たちも美しい！　高山のくぼんだ斜面や渓谷などに、夏になっても雪渓がなお消え残り、白銀に輝かしく見えるところが美しい！」

「夏山登山で、雪渓がにわかに現れるのは、その魅力の一つだ」

「お花畑も美しい情報の坩堝《るつぼ》だ！　盛夏のころ、色とりどりの高山植物が、一斉に開花して美しく咲き乱れる」

「ここはまさに情報の花園だ」

「だから情報たちの豊かな心で、地球全体を覆うのさ」

しかし、それまで黙していた情悪たちが、現実の悲惨さに耐えきれず、堪《たま》らず声を荒げて叫んでいた。

「緑の地球が、人口爆発で、悲鳴をあげている！」

「青い地球が、温暖化の熱で、もがき苦しんでいる！」

「赤い地球が、絶え間なき紛争に、血を流し泣いている！」

情悪の怒鳴り声で、突然夢から醒めた真情は、初夏の爽やかな風が吹き抜ける木陰を、キョロキョロと眺めた。すると夢からいまだ醒《さ》めやらぬ素っ頓狂な心情が、突然質問をした。

「ところで、その情報の森とは、一体どんな森なの？」

「情報の森には、何が隠れているの？　いや何が隠されているの？」

「その情報の森とは、金銀やダイヤモンドなどが埋蔵《まいぞう》している宝の森のこと？」

未来の夢を考えていた情善が、これを聞いて語気を強めて言った。

「美しい虹の輝く未来に向かって、一歩でも近づこうと努力する運搬屋の身情と、その身情に支えられた脳で活躍する心情たちは、金銭で手を汚すために生まれたのではない、金銭に埋《うず》もれて金銭と一緒に暮らすための情生ではない！」

「情報の相手は、つねに人間だ！」

「我々情報は、人間という運搬屋に支えられて生きている」

「人は、人との出会いによって、その人生が変わる」

「そう、情報は情報との出会いによって、その情生が変わる」

「そうさ、感動は情報を揺り動かし、人の心を突き動かして、その人を成長させていく」

「人間たちの出会いの相手は、つねに人間たちだ。情報たちの出会いの相手は、つねに情報たちだ。その情報たちの豊かさの真髄《しんずい》は、その情報の心にある！」

「小さい心の持ち主である情報たちは、とても頑固であるが、大きい心の持ち主である情報たちは、人を導くこともでき、また人に導かれることもできる」

「だから草花や灌木のような小さな情報でも、大樹木となった大木の情報でも、信頼というネットワークで結ばれた情報の森に集まれば、そこは素晴らしい情報の仲間たちが待っており、多様体として機能を果たして助け合う素晴らしい情報たちが集う、そして美しい心と心が満ち溢れる情報の森になる」

将来の視点から視座転換《しざてんかん》して見ることができる、情善などの心情たちは、このことを理解していた。

「この悲惨な地球の現状、このままでは人類は滅亡するだろう。しかしこの情報暗黒時代《じょうほうあんこくじだい》であることに情報たちが気づき、その情報たちが夢溢れる未来を築くために、人々そしてその情報の運搬屋たちが、自ら立ち上がり、相互理解と信頼という情報に裏打ちされた色とりどりの美しい情報たちが集う素晴らしい信頼の森で、この地球全体を覆い尽くせば、そこには新たな美しい地球が再生し、新しい価値観を持った人類による新しい情報明白時代が到来する」

「情報の森は美しい！　ほらご覧よ。ようやく雲海《うんかい》の上まで登ってきたぜ。巷《ちまた》では酷暑の夏、しかしこうした高い山に登ると、眼下に海原《うなばら》のように拡がる雲が見える。白雲・彩雲《さいうん》が汚れた情報暗黒時代の下界を覆い隠し、汚れを知らない未踏の峻厳な山々が、雲海の中に屹立《きつりつ》するさまは、我々の美しい未来だ」

「メキシコのユタ半島に輝いたマヤ文明のピラミッド群。大密林の上に顔を覗《のぞ》かせた数々のピラミッド群を想い出すよ」

「そうだったね。大密林の樹冠の上に聳《そび》えるピラミッドの上で、マヤ人たちの情報が崇《あが》める太陽神へ、生贄《いけにえ》を捧げる儀式を行っていた」

「シルクロードの夏霞も幻想的で美しいわ。夏でも空の色や野面《のづら》や山並みなど遠くのものが霞んで見え、水墨画を見るようだわ」

「ヒマラヤの夏の霧も良かったぞ。八千メートル級の山脈があるネパールでは、四千メートル以下は丘と言うそうだ。その丘を覆う幻想的な素敵な霧さ。南のインドから風にのってきた暖かく湿った空気が、北のチベット高原から寒気で冷やされると、幻想的な濃霧情報になる」

「雄大な滝から流れる滝しぶきも、ダイナミックな水情報の舞いだ」

「世界三大瀑布のイグアスの滝、ヴィクトリアの滝、ナイアガラの滝も素晴らしいよ。それぞれがすごいスケールだったね」

「でもアルプスの山道で突然出会う小さな滝も、爽やかで趣がある情報たちだったわ」

「水が霧になって舞い降りる滝しぶきを滝壺付近に立って浴びれば、暑い夏でも肌にせまる涼しさを覚える」

「滝には、雄大な瀑布《ばくふ》の滝から山道で出会う小滝まで、それぞれ違った趣の情報たちが乱舞しているね」

「インドのガンジス川のように神聖で雄大な川は特別さ」

「やはりペルーにあるアンデス山麓のインカ帝国の遺跡マチュ・ピチュには、驚かされたよ」

「でもそんな高い山や遠くの国へ行かなくても、巷《ちまた》の野山や里山にも美しい情報が満載されているわ」

「そうだね、外国へは四十カ国以上行ったけれど、やはり日本の森は美しい！」


「そうよ。私たち情報が棲む足元の日本、その日常生活の森も美しいわ！　ほらご覧なさいよ。情報たちの棲む暑い夏の日常生活の中にも、美しい情報たちがたくさん棲んでいるわ」

「そうよね。私が夏の早朝に散歩していると、野辺《のべ》の朝露に手足などが濡れて、とても清々《すがすが》しい涼しさが感じられるわ」

「でも俺は真夏の雷が大好きだよ。真夏の雷がピカッと光り、ゴロゴロと雷鳴を轟《とどろ》かせ、そのうち、馬の背を分けると言われるほどの激しい夕立がくるのは、爽快で最高だぜ」

「暑い夏の夕方に降る極地的な激しい夕立ね」

「そうさ、急に曇ってきたかと思うと、雷鳴を轟《とどろ》かせながら大粒の雨を激しく地面に叩きつける夕立。でも夕立が短時間で止んだあとは、爽やかな涼気を感じさせるよ」

「そうよね。打水《うちみず》をしたように庭の樹木の葉は雨水を滴らせ、草花の雫が蘇ったように緑を増し、にわかに涼しさを覚えるわ」

「夏の風鈴が軒下や窓に吊るされ風に揺らいで、涼しげな音色を響かせるのは、風と風鈴という夏情報たちの協演だ」

「どうして風鈴は、涼しげな情報を醸《かも》し出すのかしら？」

「情報たちは、鉄・ガラス・陶磁器等の小さな鐘形または壺形の鈴に、短冊《たんざく》などを吊り下げた内部の舌が風に揺らいで当たり、爽やかな音色情報を醸し出すのさ」

「風鈴を連ねて街を歩く風鈴売りの音色も、懐かしい風物詩だったわ」

「日本の夏の和室の佇《たたず》まいにも、涼しい情報が用意されているよ。たとえば、座敷の襖や障子を取り外して風通しを良くし、簾《すだれ》を吊ったりはめたりした座敷に、団扇《うちわ》片手に座ると、涼しさ情報を感じるよ」

「暑い夏の夜は、鹿威《ししおど》しの音情報や灯篭《とうろう》の灯火情報を見ると涼しさを覚えるわ」

「雨戸や障子を解き放ち、蚊を防ぐために麻や木綿で作った蚊帳《かや》を、四隅の柱に吊り下げて寝床を覆った風景も、今は懐かしい……」


「情報の森は美しい！　ほらご覧よ。過去という奴は、どんな奴でもいつの間にか美しくなっていく。だからきっと未来という奴も美しい、いや美しい美男美女に違いない」

「過去は、黙っていても、後ろからついてくるよ」

「未来は、ほっといても、向こうからやってくるね」

「しかし過去や未来と違い、将来は、自分で取りに行かねばならない」

「だから将来に向かって、情報の美しい心の森で地球を覆い尽くすために、自分自身の足で歩いて、自分たちの素晴らしい将来を取りに行こうよ！」

「情報の森は美しい！　ほら！　見てご覧よ、虹が出ている！」

「わっ！　綺麗！」

「虹は、雨上がりに太陽の光が雨滴にあたり、屈折反射した場所にいる情報たち一人ひとりへ、七彩《しちさい》の孤《こ》を描く情報を届けている！」

「さあ、この将来の虹に向かって、情報たち多様体の森で、この地球を覆い尽くすために、これから歩きだそうよ」

「この虹は、目の覚めるような美しさだわ」

「だから目の覚めるような将来の夢に向かって、情報たちの美しい心の森で、この地球を覆い尽くすために、情報の我々自身が、いまから歩み始めよう！」

「その歩く努力はたとえ小さな一歩でも、将来は情報たちの森で、地球全体を覆い尽くすという夢を持ち続けよう。まず、その夢を持つことが大切だ！」

「そうね。たとえ小さな一歩でも、いつかは素晴らしい美しい心の森で、この地球全体を覆い尽くす夢に、一歩近づくのだから……」

「でももう、これまでの経済社会制度、例えば資本主義や共産主義などの制度が、ひび割れしながら破綻《はたん》しつつあるわ」

「だから我々情報たちが、自分自身のこれまでの殻を破って、将来、情報の美しい心の森で地球を覆うことを目指して、情報明白時代へと脱皮することが大切なのだ」

「情報の森は美しい！　いや美しくあるべきだ！　だから個人の壁を破って、家庭の塀を乗り越え、村や町そして都会の行政線をするりと通り抜け、官庁や民間企業という帰属意識《きぞくいしき》をかなぐり捨てて、宗教の違いというタガを解消し、国家や民族という国境や差別を撤廃して、地球上のすべての人々の情報たちが、全地球規模での新しい国・経済・社会・産業の将来像を考えて、新しい広場、コミュニティ、教育、宗教、倫理観の構築を実現することが、とても大事だ」。

「そのための地球規模のインターネットや、双方向のテレビやラジオなどをベースにした無線・有線を問わない情報ネットワークによって、情報たちがいつでもどこでも固く結ばれたとき、ネットワークバンキングのハッカーたちや、振り込め詐欺《さぎ》などと呼ばれる犯罪者たちは、即座に牢獄へ投獄され重刑《じゅうけい》に処されることになった。つまりどんな情報犯罪者でも厳罰に処して終身刑・絞首刑《こうしゅけい》となり、この世界から完全に抹殺《まっさつ》した。

こうして人々が恥《はじ》と罪《つみ》の自覚に目覚めたとき、そして、これらを通してあらゆる人々が、そして、あらゆる情報たちが、信頼という絆《みずね》で結ばれたとき、こうした美しい情報の心の森で地球上が覆われたそのとき、すべての人々が自由に、すべての情報が自由に、そして平和に生きられる情報明白新時代が到来し、この地球上に微笑むことでしょう」

「そう、美しい情報の森に支えられた微笑みは、相互信頼と平和が確立した情報明白新時代のシンボルだ」

「微笑みは、情報明白新時代の世界共通語だ！　世界のすべての情報たちよ、微笑みながら手を繋ごうではないか！」

「情報明白新時代は、美しい微笑《ほほえ》みで満ち溢れた情報の森で、地球全体を覆い尽くそうよ！」

こう叫ぶ心情が本書を出版し、新しい価値観を発表すれば、執筆者の真情の生命が狙われる危険も想定されていた。しかし毎晩遅くまで机に向かい、その危惧《きぐ》を払拭《ふっしょく》しながら執筆活動に励む、後期高齢者となった真情の信念溢れる後ろ姿があった。

十．情報の旅立ち

冬枯れの寒林《かんりん》を、寒風が冬木枯しの音をたてて吹き抜ける。見渡す限り蕭条《しょうじょう》とした白銀の暗闇に、息を殺して点滅しながら死期を見守る満天星は、静まり返った夜空に果てしなく輝いていた。満天星が音もなく消える夜明け、青黒色の闇空が次第に白く明《あ》けいき、東の空からほのぼのと差してくる曙光《しょこう》に、茜《あかね》色に染まる厳冬の山並みが、病に蝕《むしば》まれた身情に鞭打ちながら執筆活動に励む真情を、清新《せいしん》な神々《こうごう》しい気分の色で窓の外から出迎えていた。

歳老いた真情は、今年が最後になるかもしれないとの想いで、元旦の午前零時を境に去年から今年に、一瞬にして年が変わる去年今年《こぞことし》を、情報に満ち溢れた大自然の中で味わおうと、最近体調がすぐれない妻情操を家に残して一人旅に出た。そして年末から新年にかけた正月休み期間中を、雪山が目前に迫る標高千百三十メートルにある懐かしいホテルで、のんびりと過ごすことにした。何度も泊まった懐かしいホテルに着くとすぐに、大浴場の温泉にゆったりと浸《ひた》って旅の疲れを取り、頭から足先まで防寒服に身を固めた。そして、三百六十度パノラマ展望台と名付けられた屋上に登り、晴れ渡った冬晴れの青空の下で、眼下に広がる枯れた草木の冬庭園を静かに眺める。

見覚えのある見渡す限りの雪景色の中で、雪を被《かぶ》った樹木や庭石には趣《おもむき》があり、見通しが良く明るさを感じる。池の冬水は氷の下に透徹《とうてつ》して静まり返り、冬の日差しを浴びた池の表面が、氷面鏡《ひもかがみ》のように光る。雪一色の殺風景な景色の中でも湯気をあげながら、氷池の片隅で滾々《こんこん》と湧く源泉に、次世代の若々しく力強い生命感を感じていた。

目前に迫る雪山に目を転じた真情は、持参した双眼鏡を雪をかぶった山に向けると、突然眼前に、神々しいまでの静けさに佇《たたず》む山並が飛び込んできた。双眼鏡で目の前まで拡大される山麓に林立する霧氷《むひょう》。樹木の表面に霧が昇《しょう》華《か》して付着し、樹木の姿で真っ白になっている。山腹に双眼鏡を向けると、樹氷《じゅひょう》がもとの樹木の姿がわからないほどさまざまな姿に育っている。そして裸眼では、山眠るがごとく静まり返っているように見えた山頂は、双眼鏡の中では、寒空のもとで強風にあおられた粉雪が、煽《あお》られた情念のように渦巻き右往左往しながら吹き荒れていた。裸眼で眺める遠く連なる冬の山並も、晴れ渡った青空の中で、冬ならではの景色のご馳走だ。

室内に戻り、冷えた身体を内風呂で温め、再び防寒着に身を包んで眺めた冬の夕焼けも、鮮やかな美しい今宵のデザートだ。雪山の白い肌を紅色に染め、西空を燃え立たせると、アイスクリームのようにたちまち薄れ融けるように消えてしまった。冬の夕暮れの帳《とばり》が降りるのは素早い。麓《ふもと》の街には、夕暮れからネオンや街灯が暖かくともり、寒々とした星が輝きだした。年の瀬は一年の終わり。今頃は、自宅近くの街並みは歳末商戦で賑わい、各家庭も新年を迎える用意で慌ただしいだろう。しかし真情が生涯、もしかすると二度と味わえないであろう逝《ゆ》く年は、いまは足元で、音もなく静かに通り過ぎて逝く。

こうした年末に、情報の運搬屋としての生涯を想起《そうき》すると、真情の身体と心の中の身情と心情、そして心情の中の情善と情悪、また日和見情報たちの中にも万感の思いが迫ってきた。去り逝く年は、情生最後の舞台である。そして迎える新年は、そろそろ真情の情生に、幕を降ろす年になるかもしれない。

屋上に長時間滞在して冷えきった真情の身体を、再び大浴場の温泉に入浴してゆったりと温め、年越し蕎麦などもついた豪華な晩餐を摂《と》ると、今度は下着に暖房カイロをいくつも貼り込み、防寒服と毛糸の帽子でサナギのように身を固め、防寒マスクと耳《みみ》あてをして、三度《みたび》ホテル屋上の展望台に登った。物寂しげに吹き抜ける寒風に晒《さら》されながら頭上を見上げると、大晦日の夜空を埋め尽くす物凄い数の星々が、夜寒と一緒にひたひたと迫ってきた。

街の寺院から静寂を破る除夜の鐘の音が聞こえ始める。除夜の鐘は百八煩悩《ぼんのう》を除去しようと百八回の鐘を撞《つ》くのだ。いくつもの寺の除夜の鐘の音が、真情の終焉を闇の中へ誘《いざな》うように近く遠く殷々《いんいん》と鳴り響く。元旦の午前零時を境にして、去年から今年に瞬時に、去年今年《こぞことし》とばかり移り変わった。真情の心情たちは、新婚時代の情操との姫仕舞いや姫始めの情景をフッと想い出して顔を綻《ほころ》ばせ、一瞬のうちに年が変わることに感慨をこめて情報の身情や心情、そしてその情善や情悪、日和見情報へ呟《つぶや》いた。

「明けまして、おめでとうございます！」

「おめでとうございます！」
「おめでとう！」
いよいよ今年が、もしかすると情報の運搬屋たる真情のピンシャンコロリ人生の最後の新年になるかもしれない。しかし真情の明日を知る無数の星たちは、息を殺した涙顔で、寒風の夜空に点滅しながら輝いていた。年老いた真情は、砂を撒《ま》いたような数々の星たちが、何億光年も前の輝き情報を、今の自分に届けてくれているという宇宙の無限の広がりと、宇宙的時間軸の大きさに圧倒されていた。首が痛くなるまで見上げた澄み渡った美しい夜空は、我々情報の運搬屋たる人類の存在は、いかに小さく微々たる存在であるかを物語っていた。

年越しの除夜の鐘の音を聴いた真情は、部屋へ戻って内風呂で冷えた身体を温め寝床に入った。目覚ましの音で目覚めると、今度も下着に暖房カイロをたくさん貼り込み、再び防寒着と毛糸の帽子でサナギのように身を固め、防寒マスクと耳あてをして、四度、ホテル屋上の展望台に登った。後期高齢者の老骨には、冬の朝の寒さの厳しさは、ひとしお引き締まる思いがする。しかし、次第に明けゆく元旦の初空には、何故か新年の清らかで厳かな淑気《しゅくき》と清新《せいしん》な気分が満ち溢れ、三百六十度パノラマ展望台にも、めでたい気配《けはい》が四方に漂ってくる。

庭園の松林を吹き抜ける元旦の初風が、新年のめでたさを肌まで感じさせる。上空は素晴らしい青空であったが、東空の地平線を覆う山並みには、残念ながら分厚い雪雲がたなびき、ときおり眼前の雪山から吹き下ろす粉雪が、風花となって青空から舞い降りてくる。真情はホテルが用意した甘酒を飲みながら、屋上の三百六十度パノラマ展望台に鈴なりの宿泊客の一人として、初日の出をジッと待った。

元旦は、一月一日で一年の最初の日。真情にとっても運搬屋の身情や心情たちにとっても、人生最後の新年として、そのめでたさはひとしおである。屠蘇《とそ》を飲み、雑煮とお節料理を食べる朝食が、このホテルでも準備されている。年老いた心情たちも華やいでいる。

「昼間は初詣をして新年を寿《ことほ》ぐことにしよう」

そう言い聞かせながら初日の出を待つが、しかし水平線には灰色の雲海が拡がっていた。その雲の様子を見て、展望台に集まった半分以上のホテル客が、それぞれの部屋へ戻って行く。寒さに震えながらも真情は展望台に踏みとどまり、その雲間から輝きだしたカーテン状の光や、雲越しにピンクから朱色へとほのぼのと変化していく曙光《しょこう》、そして黄金色に変わる素晴らしい雲の美しさに感激しながら、人生最後の初日の出が見えるのを、ねばり強く待っていた。

粉雪混じりの寒風も強くなり、屋上に残った宿泊客は、当初の十分の一ほどに減ってしまった。身情は身体的には老いたがスポーツで鍛え上げた身体、心情も自殺を覚悟するなど苦労も多かったが、ねばり強く生き抜いてきた精神力は、老いてもなお若々しかった。身情も心情も一人ひとりが自分の可能性を信じ、今なお成長しつつある。その肉体的に健康な身情と精神的に若き心情のさらなる成長を待ちわびるように、太陽が顔を出すのをジッと待っていると、その雲の切れ目から漏れ出た暁光《ぎょうこう》が茜色《あかねいろ》に染まり、ダイヤモンド光のように燦然《さんぜん》と光り輝き出し、素晴らしく美しい神々しい初日の出が、丸い笑顔を覗かせた。

「うわ〜っ」

「おぉ〜」

「綺麗！」

「すご〜い」

「美しい！」

周囲から歓声とため息が聞こえる中、十分間程の短時間ではあったが、雲間からしっかりと初日の出を拝むことができた。真情は家族の健康と幸せ、そしてお世話になった友人たちや会社の部下や若い社員たちの健康と幸せを、そして最後に自分の健康とこの〝情報の路と詩〟の続編の出版製作を、雲間から顔を出した素晴らしい太陽に、両手を合わせて深々とお祈りをした。

真情が習慣にしていることは、まず自分のことを祈るより先に、自分がお世話になっている家族や周囲の人たちの健康や幸せを祈ること。この姿を見ていた心情たちは、

「何故いつも、真情は周囲の人たちの幸福を、自分のことより先に祈るのか？」

「確かに、家族のことを自分より先に祈るのは判るけれど…ね」

「真情はいつも周囲の人たちのことを考え、その人たちの立場で課題を考えることを実践してきたわ。特に若い人たちや下積みの人たちを大切にしてきた。真情という人は、そうゆう生き方をしてきた人よ」

「だから友人も多く、数多くの人たちから慕われ、そして頼りにされてきたのではないかしら」

「きっとそうよ」

「だから真情は男性から尊敬され、周囲の女性からも慕われ、ここまで成功してきたのだわ」

「このホテル屋上のパノラマ展望台に登ったときと同じように、人生には必ず上り坂と、人生の頂上と、そして人生の下り坂がある」

「あなたが人生の頂点に立つとき、その登った分だけ下り坂がある！」

「あなたの人生が上り坂のとき、きっと若い人たちは、もっと下の上り道を登っていたでしょう。そして、あなたが下り道を降りるとき、若い人たちとすれ違うことでしょう」

「真情は人生の先輩として道標や道筋を、自分が上り坂を登っているとき、そして頂上に立っているとき、若い人たちに気づかれないように、汗を流し用意して建ててきた方だわ！」

「黙々と自分の上り坂を登りながら、後から来る若い人たちや、会社全体のことを考え、そして若い人たちを支援

しながら、汗して登っている自分の背中を見せて、その若い人たちを育てていく。そんなホロニック的思考ができる人が、これからのリーダーなのだ！」

しかし今では、下り階段の手すりを掴《つか》みながら、一歩一歩慎重に降りて行く歳老いた真情の顔には、皺《しわ》と黒ずんだシミが数多くあった。しかも、入退院を繰り返す真情の顔には、死相が浮かんだり消えたりする機会が増えた。素晴らしい初日の出を見て、グッと込み上げる感動を抑える雄姿《ゆうし》があり、歓喜に輝くはじけるような笑顔があり、阿鼻《あび》叫喚《きょうかん》を繰り返えす臓器の苦痛でゆがむ顔が、頻繁《ひんぱん》に錯綜《さくそう》して現れ始めていた。

十一．夢見る情報たち

陰鬱《いんうつ》な灰色の曇り空から、はらはらとまばらに降るはだれ雪、また寒風吹く晴れた凍空《いてぞら》でも、終冬《しゅうとう》の足音の気配を感じる頃となった。日陰に溶け残った雪は、ところどころ白く光ってはいるが、残雪となって幾日も消えずに残ることはない。しかし、道路横に除雪車で追いやられ邪魔者扱いを受けた雪塊《せっかい》は、不要物扱いされた恨み岩のように黒く固く凍りついている。毎日降る雨模様のみぞれのため、汚れた雪塊はとろとろ溶け出し、道行く人々の車やバイクや自転車そして長靴の区分なく、ドロドロに溶けた冬の忘れ形見のごとく、至る処へへばりつき、すがりつく根性は見事だ。

早春のモタモタした重く遅い足取りも、張りつめていた氷を少しずつ解かし始め、溶け残った軒の庇《ひさし》から雨のように滴る清冽《せいれつ》な冷たい雪解けの雫も、清流となって小川へ向かって流れ、春の到来の音を響かせている。しかしそれでもなお、青い地球は、温暖化の熱で、もがき苦しんでおり、緑の地球も、人口爆発で悲鳴をあげていて、そして赤い地球が、絶え間なき紛争に、いまも血を流しながら泣いていた。

真情の情報運搬屋としての旅は、いよいよピンシャンコロリのクライマックスを迎え、情生の幕を下ろす終着駅へ向かって一歩一歩と着実に近づいていく。いや歩んでいくというより、寿命たる終着駅が一歩一歩と着実にすり寄ってきていた。そして真情がまどろむ夢に出てくる情報明白時代の豊かな青海《おうみ》と深い緑に覆われた宇宙船地球号では、これまでの情報暗黒時代に起こっていた紛争や戦争、そして民族・宗教・国家・領土などの断絶の壁や鉄条網の境線は、最早どこにも見当たらなかった。情報たちは、皆が仲良く手を結んで兄弟姉妹となり、そして争いや貧富の格差がない、心豊かで理想的な情報明白時代へ移行している夢ばかりだ。

病で倒れ入院生活中の年老いた真情であったが、真に心豊かで平和な情報明白時代を構築するという意欲と希望に燃えていた。そして驚異的な生命力に支えられ、看護婦の眼を盗んでは、この〝情報の路と詩〟の続編を、次々と書き下ろす執筆活動に励んでいた。情報明白時代の実現への執着が、生命力の糧になり生き延びているのだ。

「人間は、情報の運搬屋である」

真情は声も立てずに無言の大声で、仮説の超生命体モデル式とも情報運搬モデル式とも呼ばれる旗を、大きく振りながら突き進む。

「私は、〝超生命体（超情報体）モデル式〟、

つまり〝情報運搬モデル式〟と呼ばれる左記の式に出会えた！」

人間（超生命体・超情報体）＝情報の運搬屋

（＝物質×エネルギー×時間×情報

（＝（身情＋心情）×（情善＋情悪＋日和見情報）））

「そしてここで言う身情は、血管情報ネットワークを通して、各臓器が語り合い、また心情は神経ネットワークを通して脳を中核に機能しています」

音もなく近づくエンディングへの旅を、終着駅に向かって粛々《しゅくしゅく》と進めていたが、担当医師も驚嘆するほどの信じ難い真情の生命力は、終着駅の位置と時間を、毎年毎年《まいねんまいとし》少しずつ遠方へ押し返していく。

真情は、晩冬の温かな日差しを浴びながら、溶けた春雪が少し残る病院の庭園にあるベンチに腰を降ろすと、春到来の夢想《むそう》の中で情生の終焉《しゅうえん》を静かに眺め、心情たちは声もなく語り合っていた。

「森で生まれ育った木の葉が晩秋に落葉すると、あるものは小川に落ちて谷川から河川へそして海へ、水勢のままに流されていく」

「この枯葉のような運搬屋と情報たちの人生つまり情生は、時には流れに身を委《ゆだ》ねる竿《さお》のない川舟としか思えない」

「確かに枯葉の場合には、そうかもしれない」

「しかし竿を持つ川舟の情報の運搬屋たちは、この竿一本の意思で、激流渦巻く情生を乗り切っていく」

「例えば我々情報運搬屋が、川舟を生業《なりわい》としている船頭の場合には、乗船してきたお客の希望や望みを聞き、そのお客の目的地へ向けて危険な濁流や難所を乗り切り、目的地たる対岸へ渡り切り、その荷駄《にだ》や旅人たちを無事に向こう岸に届ける責務がある」

「この責務を全《まっと》うしたとき、その船頭たる情報は、乗船したお客たる情報たちに対する自己の相対的優越性としての存在意義を見出す」

「そして船頭たる情報の腕と心意気は、自己の信念として独我的に成立する存在価値となって、勝どきの雄叫びを上げるに違いない」

「しかし激流渦巻く情生という両岸には、これまでの情報運搬屋たちが、急流に流され濁流に呑まれ、岩礁に打ち砕かれた夢や希望や時間という遺棄物《いきぶつ》が、両岸にうず高く漂着して積み上がっていることだろう」

「確かに、濁流を乗り越える技を磨くための船頭の情報たちの汗と涙の努力と時間は、一見すれば膨大なロス時間として、その情生たる両岸に山積みになっているかもしれない」

「しかしながら、情生の両岸に山積みされたロス時間の中から、黄金色に輝く船頭という情報たちの腕と度胸と経験、そして情報の運搬屋としてのプロフェッショナルな船頭の存在理由や存在価値が、眼がくらむ程の光彩《こうさい》を放って、燦然《さんぜん》と美しく光り輝いている」

「情報の運搬屋たち一人ひとりが、こうした時間を引き連れながら、一本の竿という素晴らしい技を携えて、これから情生という激流渦巻く人生の大航海へ乗り出すのだ」

「そうだよ。数々の岩礁が待ち構える激流渦巻く河川を乗り切った、いわゆるパトス（情熱）とエトス（信頼）とロゴス（理論）を活かし、今度は暴風雨が待ち構える大海原へと、その情生たる人生の活動の場を広げていくのだろう」

「そうだね。遥か沖へと情報大航海に出港していくとき、河川の船頭だった経験を活かした大海原の船長として、その情報に必要な理性と知識と技術力は羅針盤と操舵であり、潮流と順風を見極める科学的眼である」

「これがなければ、情生の難破船となって大海を漂流することになる」

「そして情生に対する情熱と心意気と胆力は、機関室のエンジンと船底のスクリューであり、荒波や暴風雨を乗り切るエネルギーである」

「大海原の船長だけではないよ。情報の運び屋の人類がチャレンジする宇宙飛行士も同じさ」

「大空に輝く満天星に眼を輝かせる天体観測、彗星が残した塵、宇宙に漂う隕石などの流れ星に、宇宙からの贈り物と歓声をあげる情報たちもいる」

「数多くの人々が宇宙の彼方へ想いを馳せるのは、この宇宙が情報の運び屋である我々の故郷だからだ」

夕闇迫った病院内にある庭園の陽溜まりのベンチに座った真情の心情たちは、澄み渡った晩冬の夕空に輝きだした無数の星たちを眺めながら、しみじみと語り合う。

「平凡な情生、そう思える瞬間こそ真の情生なのだ」

「朝日とともに起床して、朝に考え、昼に行動し、夕に就寝する。その平凡な繰り返しこそが、情生の極地だ」

「身情たちにかかる権力や虚飾《きょしょく》、こうした身情の欲望から最も遠く離れたところに真実の価値があり、心情たちにかかる権威や金、こうした心情の情欲から最も遠く離れた心の中に真の情生がある」

「それは情生の悟《さと》りだ」

「情報暗黒時代に、民族・宗教・国家・領土などの境界や壁を勝手に作った情悪たちが、情報明白時代の今は、どこを探しても見当たらない」

「皆が兄弟となった格差のない、情善たちの心豊かな理想的な情報明白時代の実現に向けて、さらに足早に歩み続けなければならない」

「まず自分が生き残ることを最優先に考える情悪たちだ。これに対して、群れ全体の幸せを優先的に考えるのが情善たちだ。情善がその群れ全体を説得し納得させれば、想像できないほど飛躍的な改革も実現できるだろう」

「だから他の情報たちに向かって『そんな夢のような情生は不可能だ』と、決して言ってはいけない」

「何故、言ってはいけないの？」

「これまで情報の情善たちは、その不可能なことにチャレンジして何度も失敗を重ね、一つずつ不可能を可能にしてきた。だから夢のような人生と情生を可能にしようと、実現するまで挑戦し続けることが大切だ」

「だから、地道に挑戦し続ける平凡な真の情生が大切なのさ」

「ここにこうしている今の君は、数々の情報たちが飛躍的なイノベーションを試み、そのほとんどが失敗して絶滅していった。しかし偶然もあったかもしれないが、今の君と僕は、上手くイノベーションに成功した側の中に居続けた心情だ」

「数多い失敗の中でも、数少ない成功したイノベーションのメンバーの中に居続けた心情の二人…」

「そうさ、つまり君も僕も、その偶然と偶然が重なって、数少ない成功したイノベーションの中にいた情報の一人さ」

「だから君も僕も、これまでずっと成功する側に入ってきた、本当にラッキーな心情なのだ」

しばらく心情の二人は、晩冬の夕空に輝く無数の星々を感無量の顔で見上げ、黙って無言で眺めていた。そしてしばらく、沈黙の時が過ぎると二人はお互いの顔を見詰めながら、

「この寒林の河川に流された枯葉でもいいよ。情報の運搬屋とその情報たちの人生、つまり情生は、流れに逆らわずゆったり身を委ねることも大切さ」

「だからやれることから、やってみようよ」

「小さなことから、始めれば良いさ」

「周囲の人と少しでも仲良く、少しでも話せば楽になるよ」

「そうだよ、まず挨拶から始めよう」

「おはようございます。こんにちは！」

「ほら、もう君は一人じゃないよ」

「一日は、笑顔の挨拶から始めようよ」

「今日は、一日中ニコニコしていようね」

「そう、そう、笑うと元気が出るよ」

「笑顔には、素晴らしい力が宿されている」

「笑えば、不思議に元気が出てくるよ」

「笑顔が、免疫力を高めるからさ」

「そして、いつも『ありがとう』を言おうよ」

「だから泣くな・怒るな・怠《なま》けるな、そして悔《くや》むな・悩むな・心配するなという〝六な〟を実践しようぜ」

「失敗したらどうしよう……」

「失敗は成功の母さ」

「大丈夫、きっとうまく行くよ」

「成功した人は、どんな人か知っているかい?、それは失敗しても、成功するまで諦《あきら》めなかった人だよ」

「怒られ叱《しか》られたら、どうすれば良いのさ?」

「叱られたらラッキーさ。見どころがあるから叱ってもらえたのだ」

「そうだよ。見どころがなければ見放され、叱ってもくれないぞ」

「ポジティブ思考は、健康と長寿の秘訣さ」

「だから『ごめんなさい』、『済みません』を言えるようになろうよ」

「それなら自分のやりたいこと、『自分らしさ』の夢に向かって行けばいいのかな?」

「そうだよ。誰だって夢があるから頑張れるのさ」

「自分の可能性を信じて挑戦してみよう。『自分らしさ』の夢を実現するために自分を変えてみようよ」

「ありのままの自分を、夢ある明日の方向からしっかり自分でみて、ありのままの自分を、明日に向かっていまから改造しよう」

「未来から視座転換《しざてんかん》して見た自己改造、自己改革こそ無限の成長ができる肝《きも》だ」

「そのとき重要なことは、周囲の人たちと自分を相対評価《そうたいひょうか》するのではなくて、昨日までの自分と今日の自分を、絶《ぜっ》対評価《たいひょうか》することが大切だ」

「明日への夢、その夢がまだ確立しないとき、どうすればよいの？」

「いつか誰かのお役にたとう、そんなことから始めたらいいさ」

「良いことは今からすぐやろう。今からすぐやることが大切さ」

「継続は力なりさ。元気が一番だぜ。続けていればいつか出来るよ。何とかなるよ」

「でも、どんなことがあっても諦めないで…だね」

「決して遅いということはないさ。今からでも間に会うから」

「結局のところ頑張ったことが、後で一番誇れることになるさ」

「芯《しん》が弱い人は、できない言い訳を一生懸命する」

「心が貧しい人は、『忙しいとか、時間がないとか』、いつも出来ない理由づけをする」

「〝辛い〟という字を一つ乗り越え、一を加えれば〝幸せ〟という字になる。人生は辛抱してこそ幸せになれる。君の情生もこれからさ」

「真に心豊かな情報を求めて、頑張ろうよ」


真情は病院から一時退院をすると、すぐに湖畔にある温泉旅館を予約して、妻情操と最後の二人旅に出た。卆寿《そつじゅ》と言われる九十歳になった真情の痩せた顔には深い皺《しわ》が刻まれ、情生の歳月と労苦を物語っている。湖畔を望む温泉旅館の前に到着すると、猫背の歳老いた情報運搬屋の真情は、杖をつき背筋を伸ばした姿勢を維持しながら、情操を温泉旅館の玄関前に佇《たたず》ませたまま、ひとり寡黙《かもく》に湖畔の波打ち際を眺めていた。その後ろ姿には、ピンシャンコロリの終焉へ向かう風格が漲《みなぎ》っていた。

翌朝、寒さが直接肌を刺すような寒さの朝。温泉旅館前の湖畔には、晩冬の朝日を静かに眺める真情にピタリと寄りそう情操の姿があった。晩冬から早春の柔らかい朝日が、まだ雪をかぶっている山並みを弱く薄く照らし、温かな湖面の水蒸気が、晩冬の寒気に水面近くで凝結《ぎょうけつ》し、微少な水滴となって大気中に浮遊《ふゆう》し、煙のような朝霧となって朝日に輝いていた。朝日に照らされ、枯葉に光る晩冬から早春の朝露は、見るからに寒々と冷たい感じがする。しかし、いよいよ夢膨らむ春の到来が待たれる時期だ。冬木立が黙して立つ晩冬の湖には、これまで賑《にぎ》やかだった鴨・鳰《かいつぶり》・百合鴎《ゆりかもめ》・鴛鴦《おしどり》などの姿も消え、透徹した姿で静まり返っている。晩冬の寒風が、寂しくうすら寒い音を奏で始めた。

「少し風が出てきたようだ」

「もう少し羽織るものが欲しいわね」

朝の寒さに震え、湖畔から火恋しと杖をつきながら旅館へ戻った。畳替えした青々とした畳表を敷き詰めた部屋には、藺草《いぐさ》の匂いが立ちこめて快い。障子を通してほのかに光が入る和室は落ち着きを感じる。部屋の暖房器のスイッチを入れて炬燵《こたつ》に潜り込むと、真情と情操の心情たちは、二人で歩んできた情生を振り返る。

「我々が情報の運搬屋として一緒に歩んできた情生、それは後悔《こうかい》と夢との間で、いつも揺れ動く振り子のようだったね」

「いろいろな出会い、いろいろなできごと、みな、どこからともなく風のように吹いてきて、みな、いつのまにか風のように消えていくわ」

「運命というのは、なにか、風に似ているね」

「私は馬鹿だから、手元に吹いてきた幸運には、気がつかずに見過ごしてしまうわ」

「そして気がつけば、手の届かないようなものばかり、追いかけ追い求めていた」

「本当ね。いま吹いている風にジッと静かに耳を傾け、風の便りに感謝と感動する心が、いまはとっても大切ね！」

「でもほとんどの情生は、一瞬のうちだ。情報たちの限られた宇宙船地球号での情生は、短い時の流れの中で過ぎ去っていく。まるで目尻を吊り上げ走り廻るように、なんとスピーディに、我々はこの地球号を去って逝く……」

「まるで、旋風《つむじかぜ》のようね」

「そう、でも…風が林の中を吹き抜けていくとき、次々と後押しの風があるから、林も森も山も谷も吹き抜けられ、そして越えていくことができるのさ」

「そうなの！　優しく耳元を吹き抜けていく風にも、後押しの風があるのね」

「風というヤツには、想いが同じ仲間がたくさんいるのさ」

「私が肌で感じる風は、私のために吹いてくれているのじゃないのね」

「そう、それはそうだよ。次々と後押しのある風は、一人だけのために吹くのではないさ」

「雨もそうかしら？」

「空に浮かんだ水分たっぷりの雨雲の中から降る雨も、一人だけのために降り注ぐのではないさ」

「太陽は？」

「地平線から昇る太陽も、一人だけに光をあてて温めるのではないのさ」

「お月さまは？」

「夜空に輝くお月さまも、一人だけの夜道を照らすためのものではないよ。でも月は二つあり、空に浮かぶ月は、皆が眺められるお月様だ。池や湖に浮かぶ月は、一人占めできるお月様だよ」

年老いた真情と情操の心情たちは、語り合い励まし合っていた。

「今日は、未来から見ると、最も若い歳の日だ」

「今日という日は、死から見ると、残りの人生の最初の一日だね」

「人は誰でも、一人で生まれ、一人で死ぬものだ」

「でも、いろいろと辛いことも多く、傷つくことも多いわ」

情操は、暴徒に強姦《ごうかん》されたことを想い出していた。

「人生が傷ついたとしたら、それは生きている証拠さ」

「情報だって、そうだわ。情報が傷ついたとしたら、それは生きている情生の証《あかし》だわ」

「人生は長い。たとえ今日負けたとしても、人生は続く。いや、死ぬまで生き抜くことが情生だ！」

真情は、自殺旅行で母校に立ち寄ったことを想起していた。

「情報だって、そうだ。人生の勝敗、つまり情生は、棺桶《かんおけ》に入るとき、笑顔で入ることが、できるかどうかだ」

「笑って棺桶に入る…の」

「そう、笑顔で、だよ」

「難しい…かもネ」

「ワインもそうだ」

「えっ！　ワイン？」

「ワインたちの勝負は、人間様の喉に入るとき、『うまい！』と言われて、飲んでもらえたかどうかだ」

「あら、そうね。それなら棺桶に入るとき、『美味い』と言われるためには、どうすればよいの？」

「それは絶えず、最善の努力を重ねることだ」

「最善の努力…ですか？」

「抽象的で解りにくいねぇ」

「具体的に解りやすく言えば、我々情報の情生の中で、一番を考えておくことだ」

「一番！　ですか？」

「そうだよ。各人の情生で一番を考え、そして実行することです」

「各人のそれぞれ一番の情生を列記すれば、
各人の情生の中で一番大切なことは、価値観を理解することです。

各人の情生の中で一番嬉しいことは、相手から感動を得ることです。

各人の情生の中で一番楽しいことは、相手に感動を与えることです。

各人の情生の中で一番がっかりすることは、意欲がないことです。

各人の情生の中で一番寂しいことは、恥を知らないことです。

各人の情生の中で一番悲しいことは、相手の悪口を言うことです。

各人の情生の中で一番困ったことは、失敗を恐れることです。

各人の情生の中で一番重要なことは、いつも笑顔でいることです」

「周囲に感動を与える情生を過ごせたら、情生の終焉、つまり棺桶へ入るまで、いつも笑顔でいられるね」

「情生には、出会いがあります。出会いは、その情報の情生を変える力があります」

「情生には、感動があります。感動には、その情報の内部を変える力があります」

「凄い！　名言だ！」

「情報にも、出会いがあります。情報同士の出会いによって心が生まれ、情報それ自身が、心も変えることがあります」

「変化した情報には、新たな情報を生み出す力と可能性があります」

「そして生み出された新たな情報は、さらに新たな情報を生み出す可能性があります」

「だから情報は、永遠なのです！」

真情と情操の心情たちの声なき声には、旅立つ真情への最後のメッセージが含まれていた。そしてその先には、無の世界が真情の情報たちを待ち構えている。

「死こそ、常態《じょうたい》。情生は、はかない時間の中さ」

「ああ、いよいよ真情という情報の運搬屋も、常態の死に向かって一歩一歩、近づいていくのか……」

高齢によるさまざまな病魔たちが、健康を誇っていた真情の身情たちをあちらこちらで傷つけ、ダメージを与え続けていた。満身創痍《まんしんそうい》で手術を受けながら入退院を繰り返し、不死鳥のごとく蘇《よみがえ》りながら、真情は『情報の運び屋』の（上下巻）〝情報の路と詩〟の出版に向けた最終原稿執筆作業と、（続編）〝情報の森〟の出版企画と執筆作業に没頭していた。九十歳の老体に鞭打つ真情は、深夜から時が夜明けを告げるまで、自宅の書斎の机に向かって、宗教や国境そして人種問題に焦点を当てた（続編）〝情報の森〟の企画出版に悩み、そして彷徨《ほうこう》している。真情の情報運搬屋の心情と身情たちは、目指す情報の森の中で、情報の明白時代の旗がはためく本拠地を見つけることができず、疲れ果てて病の床へ何度も倒れる。倒れては起き上がり机に向かって、そしてまた倒れた。

その壮絶ともいえる姿を見ていた賢妻の情操は、体調を崩した真情に代わって、未完成の『情報の運び屋』の上巻「情報の路」と、下巻「情報の詩」の最終原稿を出版社へ持ち込んだ。出版社の編集長は、まだ未完成という出版原稿を斜め読みすると、

「是非とも、当社で出版させてください！」

と即答し、出版費用の見積書を情操に提示した。出版費用を工面した情操の立会のもとで、病院や自宅書斎など時と場所を選ばず、出版社と真情との間で頻繁《ひんぱん》に繰り返され、出版の準備が急速に進んでいく。

「真の永久の愛情は、愛と情報の組み合わせであり、その上に相手への尊敬という気持がなければ成立しないわ」
情操の心情たちは、そっと囁《ささや》いていた。

前触れもなく自費出版された『情報の運び屋』の上巻「情報の路」と下巻「情報の詩」は、散々な酷評《こくひょう》が数多く寄せられ、その一部が書評や新聞雑誌の新刊紹介欄で取り上げられた。一部には、人類や生物が情報の運搬屋であるという考え方には客観性があり面白いと、高い評価をする意見もあったが、おおむねナンセンス、創造主の神を冒涜《ぼうとく》するものだなど、最悪のレッテルが貼られ、物議を醸《かも》し出し、そしてさらにマスコミの話題となっていく。商業主義のマスコミが、勝手な意見を面白おかしく記事にして騒ぐと、瞬《また》く間に世の中でも論議を引き起こし、〝情報の運び屋〟という人類の位置づけの是否や、恐れていた宗教否定の出版物というレッテルが貼られ、神聖で汚してはいけない神への冒涜《ぼうとく》・涜職《とくしょく》論なども飛び出し、『情報の運び屋』に対する批判や反論が、インターネット上にも溢れていく。

そして国内マスコミの騒音の波に乗って、数多くの海外マスコミもダイジェスト版などを次々と出版していった。しかしこの海外版が、真情に悲劇が襲う要因となることを真情自身は予想していたが、情操には一言も言わなかった。海外四十カ国以上を旅して、海外の勤務経験もある真情は、出版を決意し執筆開始した頃から、こうした新しい価値観を発表すれば、中には信仰心の厚い人々から誤解を招き、その苛立《いらだ》ちが怒りの念に変わり、銃などで狙われ殺されるかもしれないと考えていた。

執筆開始当初から、いつか真情の身にも危険が及ぶ不安感が、消しても消しても襲いかかり、真情のペンの勢いを鈍くした時期もあった。この執筆活動中は、執筆のアクセルを踏み続けると、銃殺の恐怖に襲われて急ブレーキを踏み、さらにサイドブレーキまで引いて、しばらくの期間は停車したままでいるという矛盾《むじゅん》した日々が続いた。そしてついに疲れ果て、かなり長い歳月の間、執筆活動を中止した時期もあったことを想い出していた。

十二、情報に銃口がむけられたとき

まだ春浅く春の色が整わない景色の中でも、漂う駘蕩《たいとう》とした気分は日ごとに色濃くなり、春の夕べが暮れるのも、少しずつ遅くなる。その春の夕べに続く春の宵は、夜がまだ更《ふ》けない時間帯でも、どことなく艶《いろ》めいており、わくわくするような華《はな》やぎの彩《いろど》りを感じる。この春の宵の街で、〝愛〟を語る〝情〟報たちの〝愛情〟にも、若人たちの艶《えん》なる趣が静かに満ちてゆく。

年老いた真情が伏せる病床より、心情たちが見上げる春の宵の霞《かす》んだ春月《しゅんげつ》は、澄んで美しい華やかな名月とは異なり、薄絹に抱かれたような妖艶《ようえん》さを醸《かも》し出していた。そして朧夜《おぼろよ》に浮かぶ春の星たちも、快晴の秋の星夜とは勝手が違った柔らかい夜気に潤《うる》みながら、ほんわかぼんやり輝く中で、厖大な情報を永久《とわ》に発信しながら健気《けなげ》に輝き続けている。しかし相《あい》も変わらず、百億人を突破した青い地球は、温暖化の熱でもがき苦しんでおり、緑の地球も、人口爆発で悲鳴をあげていた。しかも赤い地球が、絶え間なき紛争で血を流し泣いていた。

真情の情報たちが向かう終焉《しゅうえん》の駅への最後の旅は、一歩また一歩と、地下深く掘られた埋葬地の駅へ近づいていく。これまでの情報暗黒時代にあった民族・宗教・国家・領土など、すべての境界や壁が、どこにも見当たらない情報明白時代へ、情報たちは、皆兄弟と仲間になった時代へ移行したいと悶《もだ》えていた。そして殺害されるかも知れない危険を予感していた真情の情報たちは、その危険を冒《おか》しても、春の夜寒《よさむ》と恐怖に震えながら、霞んだ春月と星空を眺めていた。

やわらかな薄絹に抱かれたような春の月の姿に感動した真情は、心身ともに澄みわたるような感覚情報を、呼び覚まされていく。息を殺して春風の夜空に立ち竦《すく》み、情報の故郷が薄いベールに覆われ、その早春の夜空に確実な春の足音の兆《きざ》しを感じながら、しみじみと情報の運搬屋としての尽きぬ思いを深めていく。病に侵され病院に入退院を続ける真情であったが、情操など真情の家族や友人が引き止めても、頑として言うことを聞かず〝情報の路と詩〟の続編〝情報の森〟の制作に没頭していく。心情の情善は心底《しんてい》から叫ぶ。

「たとえ残り少ない自分の命を縮めても、青く緑の赤い地球で、血を流し飢餓《きが》で苦しむ人々が、一人でもいなくなることが大切だ」

そのためには、

「たとえ、この執筆作業が残り少ない自分の命を縮めても、いま真に豊かで平和な時代を構築する必要がある。後からでは遅い」

真情は驚嘆に値する意欲と情熱と頑固さで、繰り返し〝人間は情報の運び屋である〟という考えを掲げ、叫び続けていた。

「人類を含むすべての生物は、情報の運び屋です」

「その人間は、私が長い歳月をかけて辿りついた〝超生命体（超情報体）モデル式〟、その呼称《こしょう》も〝情報運搬モデル式〟というモデルで、何度もお示し致しますが、次のように表されます。

人間（超生命体・超情報体）＝情報の運搬屋

（＝物質×エネルギー×時間×情報

（＝（身情＋心情）×（情善＋情悪＋日和見情報）））

この情報運搬モデル式が、本書『情報の運び屋』の考えの基軸にあるのです」

真情という情報の運び屋に棲む心情と身情たちの最後の旅は、情生の黄金期たる遊行期《ゆうぎょうき》の旅路であった。真情は『情報の運び屋』の「情報の路（上巻）」と「情報の詩（下巻）」出版後も、残り少ない生命《いのち》の時間を削って続編「情報の森（最終章）」の執筆活動を続け、終着駅へ向けたエンディングストーリーたる遊行期の老いの旅を、息絶え絶えになりながら、少しずつ加速度を上げていた。この老いとは、身情たちの肉体的な老化だけでなく、心情たちの不測事態対応力の劣化《れっか》でもある。

『情報の運び屋』の上巻と下巻を出版した反響が、宗教の狂信者や情報の無理解者たちの猛烈な反発を買っていて、真情が攻撃の対象に晒《さら》されている状況を聞かされながらも、危険から身を守る手段は何も講じなかった。また情操が警察から伝えられた危険情報やアドバイスも、この頑固な老人の前では無力だった。そして病院側も、入院中の真情に対する特別な警備や、不審人物の出入り、そして危険人物の侵入などの監視を怠っていた。

年老いた真情であったが、天候と体調が良ければ、続編「情報の森（最終章）」の執筆活動を続け、そして毎晩のように病院の個室にあるベランダに設置した望遠鏡で、妻情操に看護されながら情報の故郷である夜空の星を眺めて愉しんでいた。さらに毎朝、情操がまだ寝ている時間帯に、東の空から昇る太陽を、ベランダの枠につかまり杖で身体を支えて拝む毎日であった。

さすがに九十歳の高齢となると体力は落ちたが、気力や気迫は衰えを知らず、今朝も心情が身情を励ましながらベッドを降りると、左手に杖を持って、早朝の病室のベランダへにじり出た。今朝は快晴になった東の春空が、ほのぼのとしらみかけてきた。早春の夜明けは最も寒さ厳しい時間帯であり、音もなくひたひたと迫る寒さが、真情の体温を奪いに忍びよる。歳老いた情報の運搬屋たる真情と、その身情と心情は、

「春らしい柔らかくまばゆい陽光を心ゆくまで浴びて、尊い生命の一日の大切さ感じたい。その春光が照り輝く朝一番の日の出を拝み、明けゆく春景色の中で今日も一日、暖かな日向《ひなた》ぼっこがのんびりできる場所を探すのだ……」

「残り少ないわが人生、その残りわずかな日に、太陽の温《ぬく》もりで超生命体（超情報体）モデル式で成り立つ自分が、情報の運搬屋として日向ぼっこの一時を味わうのは、至福《しふく》のひと時だ……」

と小さな声で呟いた。しかしこのとき突然、

「ズダァ〜ン」

「ズダァ〜ン」

と二連発の銃声が病院の庭に鳴り響いた。左肩と腹部をライフルの銃弾で撃ち抜かれた真情は、その場にひっくり返るように仰向けに倒れると、昏睡《こんすい》状態になった。早朝の病院中に鳴り響く銃声と

「ドサッ」

ベランダの大きな物音に、看病のため寝泊りしていた妻情操が病室のベッドから飛び起き、慌《あわ》てふためいてベランダに飛び出てきた。そしてベランダに置いた天体望遠鏡の横に、血を流して仰向けに倒れている真情を発見する。情操は慌てて室内の電話機へ駆け戻り、震える指で看護センター室への緊急電話器を持ち上げると絶叫した。

「助けて！　助けて！　二一〇号室の真情です。主人が何者かに銃で撃たれ、血だらけでベランダに倒れています。至急来てください。大至急…助けてぇ！」

病院は上を下への大騒ぎとなった。真情の病室に飛び込んできた医師や看護婦たちは、寝巻の上にガウンを羽織った真っ青な顔の情操に導かれ、病室のベランダに血まみれになって仰向けに横たわる真情の脈拍や呼吸状態を確かめると、持ってきた可動ベッドの上に真情の体を慎重に乗せ、廊下を走って外科手術室の手術台へ運び込んだ。なにせ年老いた真情の体内臓器の中を、銃弾が秒速千二百メートル以上の速度で高速回転しながら貫通して骨を砕き、臓器

から腹腔内への出血や内容物の飛散があったのだからたまらない。すぐに銃弾の射入口と射出口の確認、緊急のＣＴ検査が行われた。

腹部貫通銃創《ふくぶかんつうじゅうそう》、左肩盲管銃創《もうかんじゅうそう》が確認されると、体温・呼吸・脈拍・血圧など生命兆候《せいめいちょうこう》確認、意識レベルの維持、酸素飽和度の確認など次々と実施されながら、全身麻酔を施して、開腹止血縫合《しけつほうごう》手術が開始された。これは普通の開腹手術以上に敗血症《はいけつしょう》への留意が必要だ。不幸中の幸いとも言うべきか、もう一発の弾丸はベランダの鉄柵《てっさく》に当たって左肩に喰い込んだようだ。左肩の弾丸摘出。老体だが頑健な真情の身体が、この長時間にわたる手術に耐えに耐えて持ちこたえていた。


病院から緊急連絡を受けた警察官を乗せたパトカーが何台も到着し、

「うぅ～ぅ～ん、ウゥ～ウ～ン、うぅ～ぅ～ん」

車体に付けた赤ランプを回転させ、大きなサイレンを鳴らしながら病院全体を包囲した。

「うぅ～ぅ～ん、ウゥ～ウ～ン」

二階にある真情の病室の前に拡がる庭園に、望遠レンズ付のライフル銃をダラリと腕から下げ、真黒な頬髭《ほおひげ》と顎鬚《あごひげ》を伸ばし、眉間を神経質にピクピクさせた顔に翳《かげ》りのある眼をした男が、逃げる素振《そぶ》りもなく、突っ立っていた。ピストルを構えた警察官たちに囲まれ、抵抗もせず手錠をかけられ逮捕されると、目的を達成して満ち足りた顔を、勝ち誇ったような笑顔にして、そのまま病院の庭扉から路上に出ると、駆けつけた大勢の報道陣のフラッシュや野次馬たちの視線を浴びながら、少しも詫《わ》びれる姿を見せずに堂々とした姿勢で、念願が叶い本懐《ほんかい》を遂げた顔で、ゆったりとパトカーに乗った。

「うぅ～ぅ～ん、ウゥ～ウ～ン、うぅ～ぅ～ん」

「うぅ～ぅ～ん、ウゥ～ウ～ン」

前後をパトカーに警護されるように囲まれ、

「うぅ～ぅ～ん」

と、朝闇の静寂に覆われていた静かな病院を囲む住宅街に、大音響を響かせて警察署へ連行されていく。

銃弾による損傷《そんしょう》は深刻であった。外科手術室の手術台に運び込まれた真情は、的確な診断による開腹止血縫合手術と摘出手術により、最適な蘇生《そせい》治療が施された。しかし病院側の的確な治療と妻情操の献身的な看病にもかかわらず、臓器の至るところに甚大な深手を負った真情は、身情たちがズタズタに破壊されており身動きもできない。情操の情報たちはこみ上げる嗚咽《おえつ》を、歯を食いしばり押さえていた。情操の情悪が泣きながら懺悔《ざんげ》する。

「私が…真情を殺した…のよぉ～」

「私が出版社へ『情報の運び屋』の出版依頼をしなければ、こんなことにならなかったわ」

「真情は執筆前から殺されることを、恐れていたの！」

集中治療室に運ばれた真情を、これまで二一〇号室に泊まり込んで、昼夜を問わない献身的な看病を続けてきた情操の情報たちは、気丈《きじょう》にも背筋をピンとしていたが、情操の瞼から熱い涙がとめどなく滴り落ち続ける。

「私が余計なことをするから、真情は暴漢に狙われてしまった」

真情の顔や病室の風景が涙の中で歪みながら、情操が暴漢に強姦され幽霊のように自室に閉じ籠っていたとき、真情の熱い涙が情操の顔に止度もなく降り注ぎ、かつて

「結婚しよう！」

と稲妻と雷雨のように轟《とどろ》いた真情の怒鳴り声を思い出し、情操の情報たちの中で弾《はじ》けた。

「真情は、私の生命の恩人だわ」

二人で歩んだ悲喜こもごもの想い出情報が入り乱れて、何が何だかはっきり判らなくなった。悲しいのか、寂しい

のか、それさえ判らない。ただ透明な情操の愛の涙だけが、次から次へと瞼に溢れて、深い憂いに満ちた頬を濡らしていた。

一方、真情の心情たちは、混濁《こんだく》し薄れゆく意識の中でぼやき、嘆く。

「生まれつきハンディを背負った自分の妹純情の人生と、健康な運搬屋としての身体で生を受けたわが身の恵まれた人生」

真情の情報たちは対比していた。

「頑固息子であった我自身、これまで自分の両親である情理と情愛たちに、何の恩返しができたのだろうか？」

「ハンディを持つ妹の純情に、何をしてあげられたのか……」

と自問自答していた。心情やその情善、情悪たちも混濁の中で、ただウロウロする日和見情報たちを放置し、最後の力を振り絞って語り続ける。

「我々の肉体は死んで運搬屋の機能を終えると、すべて土や大気に還っていく」

「誰でもいつかは死なねばならない。そして無の世界に逝くのさ」

「でも自分は、いつも自分だけは、死は例外だと信じていたよ」

「なのになんてこった！　情報の路と詩を書く時に恐れた筋書き通り、銃で撃たれてしまったよ」

「いよいよ動けなくなっちゃった」

「無の世界へ逝くということは、とても手間のかかるものじゃ」

情報たちが頼りにしていた血管ネットワークと神経ネットワークは、あちらこちらで寸断されていく。そして真情の顔を支える身情が、紫色から土色の顔色になっていった。ボソボソブツブツと呟《つぶや》く真情の心情たち。だがその声なき声は、真情の唇や舌を運搬屋の機能として動かすネットワークが、破壊されて身動きできずに音声にもならない。もはや声を発して、最愛の妻情操たちへ御礼の言葉も届けることもできなかった。

十三、情報の究極の愛は自らの死である

晴れた空が溶けて潤《うる》んだ青色に霞《かす》む春の空に浮かぶ千切れた白雲は、散った桜の形見のように見える。山桜は褐色の脂ぎった嫩葉《わかば》と共に、その絢爛《けんらん》たる花を開き、美形の爽やかな緑葉が桜餅に用いられる大島桜などとその美しさを競い合う。そしてその盛りが過ぎ散り去った頃になると、枝が見えないほど重くうなだれた八重桜が、のぼせたように、満開の花を垂れ下げて咲き誇り、ハラハラボテッと散り落ちていく。そして枝を垂らして花をつける枝垂桜《しだれざくら》の並木を遠くから眺めると、春風に揺れる枝からこぼれた小さな花びらが、貝殻のように白く光りながらクルクル舞い散る。そのさまは美しく可憐な風情《ふぜい》であり、情生の飛花落葉《ひからくよう》の儚《はかな》さでもある。

テレビ、新聞、ラジオで、真情の狙撃《そげき》事件が国内外に報道された。電話やメールで呼び出された真情の家族たちも飛んできて、入院先の集中治療室の横にある、特別室のベッドに横たわった真情の周りに集まっていた。妻の情操、妹の純情、真情の長男情義とその妻雨情、その息子で真情の孫の旅情、真情の長女の情趣とその夫風情、その二人娘で真情の孫娘の慕情と情勢たちが、ぐるりとベッドを囲み真情の顔を見つめていた。そして、かつての会社情好社の友人や教え子たち、また無情社やレミゼラブル社関係の人たち、大学から小学校までの友人たち、そして汗を流したバレーボール仲間や親友たちなどが、入院中の病院の待合室や通路へ溢れ、マスコミなどの報道関係者が殺到するごとく押し寄せた。死に逝く真情の心情たちは

「この『情報の運び屋』を書く時に恐れていた、その筋書き通りに死ぬのか？」

「だから恐らく死んだ瞬間には、情生を全うしたことに、心から感謝するのだろう」

目を閉じて混濁《こんだく》した意識の中の身情たちは、薄れいく意識の中で、心情とその情善、情悪たちがつぶやき、そしていよいよ夢ではない現実の世界で、死への秒読みがはじまった。

「苦しい。もうそろそろ情生はおしまいだ。破れた血管や臓器の止血のための縫合《ほうごう》手術、全身に止血剤や投薬のためのパイプやチューブが突き刺さり、息をするのが苦しくなった。何かが少しずつ僕を粉砕《ふんさい》しているよ」

「終わり良ければすべて良しさ。でも、もっとお酒を飲んでおけば…よかったかなあ?」

夫真情の傷ついた臓器は至る所で出血しており、もはや戻らぬほど悪いことを知っている妻情操の心情は、涙を流しながら小さな声で、

「あなた…、もう思い残すことないほど、お酒は飲んだでしょう」

夫の情報たちつまり心情たちと話していた。

「お母さん、そんな小さな声ではお父さんに聞こえないよ」

真情の長男情義が母情操の横で言った。

「いいえ、大音量で繰り返し流されるものに人々は耳を傾けないわ。お父さんの心耳《しんじ》には、私の声が十分聞こえているわよ」

「そうさ情操、そのとおりだよ。お前の言っていること、言わなくても言いたいこと、そのどちらも、とてもよく聞こえているよ」

真情の心情たちは無言で、情操の心の中の心情たちと語り合う。

「そうね真情さん。あなたと一緒にいると、どんな寒い冬の日でも、陽だまりの温もりのように、いつもほっかりと心地よい時間を持つことができたわ。ありがとうございました」

危篤《きとく》状態になった真情の心耳には、確かに妻情操の心の声はシッカリと届いていた。

「ねっ、あなた！　あなたが今執筆途中の「情報の森（最終章）」で言いたかった最後の文章は、『罪は憎《にく》んでも、人は恨《うら》まず』よね！」

情操は真情の耳元で、今度は周囲の家族にも聞こえるように、少し大きな声で言った。

「あなたを銃で撃った犯人や、その人の家族や民族や、その人が信仰している宗教や国家などは、決して恨んではいけない。『その犯した罪は憎んでも、その人は決して恨んではいけない』ということよね！　最後の「情報の森」では、そう仰《おつしや》りたいのよね！」

「そうだよ！　情操、お前の言う通り『罪を憎んでも、人は恨まず』が、この〝情報の路と詩と森〟の最終章の文案だよ…、お前は、俺が何も言わなくても、俺がお前に内緒で自殺しようと旅に出たことも、最後に言いたかった文案まで…、本当によく判っている…ね。これが、〝情報の三シリーズ、路と詩と森〟で、最後に書きたかったことだよ。ありがとう……情操……」

死相《しそう》の真情の心耳には、自分のすべてを理解しながら支えてくれた愛妻情操の小声だがしっかりとした声が響くように聞こえていた。嬉しくなった真情の情報たち心情も身情たちも、輝くように響きわたる歓喜の歌声に包まれ、フッと笑みがこぼれた。

「アッ笑った！」

「笑っている！」

「えっ、あっ、ほんと？」

「あっ、ほんとだ！　微笑んでいる！」

真情危篤の連絡で集まった家族たちが叫んでいる声が聞こえる。

「きっと、情操さんの言ったことが届いたのよ！」

声にならない真情の身情と心情たち。

「情操…、おまえと一緒にいると…、いつも…ほっかりと心地よい…時間を過ごせたよ。ありが…と…う…」

心情たちの声なき声が叫んでいた。


真情は親しい主治医との会話を思い出していた。

「どこか悪いところありますか?」

「頭が悪い、性格が悪い、根性が曲がっているなど、ずっと悪いところが全く治《なお》りません」

「真情さん、それは心配する必要がありませんよ」

「何故ですか?」

「それらの病気は、死ねば治《なお》りますから」

「なるほど、死ねば治りますか!」

「しかもご葬儀にお見えになった方々は、誰も、頭や性格が悪く、根性も曲がっていたなどと言わず、『真情さんはとても良い方だった』と言って、静かにお焼香し、ご冥福を祈ってくれますので、ご葬儀に参加された方々が、『頭が悪い、性格が悪い、根性が曲がっている』ことは完治《かんち》したことを証明してくれます」

「なるほど!」

懐かしい主治医の話を思い出した真情の情報たちは、静かに響く永久の歌声に包まれ、フッと笑みを浮かべた。

「あっ、また微笑んでいる!」

「本当! 笑っているわ!」

情操が笑顔の真情の枕を静かにゆっくり動かすと、枕の下から刺繍《ししゅう》袋が顔を出した。その紐《ひも》を解くと、中から情実叔父の血で染まった黒サンゴの石文、母情愛からの列車轢死《れきし》のときにレール間から拾った砕石の石文、父情理から

もらった焼けただれた広島原爆の平和の石文などと一緒に、

「絶筆」

と表に書かれた白い綺麗な封筒が出てきた。固唾《かたず》を飲んで家族が見守る中で、情操が封筒を開ける。

「情報の路と詩の終焉《しゅうえん》に捧げる」

というタイトルで、真情の美しい直筆《じきひつ》の文字で、

「元素によって物質が創生され、物質によって空間と時間が創成された。光によってエネルギーが創生され、エネルギーによって変化が創成され、この物質とエネルギーによって情報が生まれた。そして、こうした情報によって心が創生され、文化や文明が創成された。この情報の運び屋が、生物であり人間なのだ。従って、多様性によって支えられている情報の運び屋たる人間は、まず相手の価値観を理解し認め合い、平和に共存共栄を図ることから始めなければならない。たとえ誰かに殺されようとも、その罪を責めても、その相手は憎んではならない」

と書かれた真情作の最後の文章が出てきた。しかし最早真情は、何も語れない。石文と絶筆の封筒が大切に詰まっていた刺繍袋を、涙に濡れた情操は、真情の顔の横に静かに置いた。

真情の心臓は鼓動活動を静かにとめた。そして混濁した真情の耳元で、

「ご臨終です」

医師が静かに厳かな声で心臓と呼吸器官が止まったことを、家族に伝えた。ぼんやりと薄れいく意識の中で真情は、情報の運搬屋として辿《たど》り着いた終着駅構内で、無言の静けさと心の暖かな安らぎに囲まれ、言いようのない無の世界に浸っていく。

爽やかな春風の中で、運搬屋としての役割を終えようとしている真情の心情たちは、トギレトギレの声にならない

声で、春風に向かって叫んだ。

「いよいよ……真情の…エピローグ…だよ…」

「皆…情報の…運び屋なのだから……仲良く…しようよ…」

「ほうらね、みんな…消えてしま……」

そして瞬時に、情報の風化が音もなくはじまっていく。

十四．情報運搬屋の最後の仕事

頼りないほど青く透き通り、抜けるように晴れていたと思っていた春空が、いつの間にかしっとりと潤《うる》んだ不透明なヴェールに覆われてきた。そして突然、低い空に黒雲が走り寄ってきたかと思う傍から、この黒雲の中から、音もなく春時雨《はるしぐれ》が溶け落ちてきた。故真情の死を悼《いた》むようにさめざめと涙する暖かな春時雨が、故真情の人柄のように優しくおおらかに、しっとりとした趣《おもむき》のある艶やかさと暖かさで、次世代の種が芽吹くであろう大地を潤していく。

しかし、青い地球は温暖化の熱で苦しんでおり、緑の地球が人口爆発で悲鳴をあげていて、赤い地球も絶え間なき紛争で血を流しながら、宇宙船地球号は春時雨を降らせ落涙《らくるい》していた。

妻情操は故人となった夫真情から
「死後は情報運搬屋として最後の仕事をさせて欲しい」
と遺言《ゆいごん》されていたとおりの葬儀を執り行った。葬儀はまず親族だけの密葬が執り行われた。妻の情操、妹の純情、故真情の長男情義とその妻雨情、その息子で故真情の孫の旅情、故真情の長女の情趣とその夫風情、その二人娘で故真情の孫娘の慕情と情勢たち、そして故真情と情操の両親の叔父や叔母、その子供たちで故真情の従兄弟や従姉妹など、故真情夫妻の親戚だけが集まった。

そして、近親者だけの葬儀はしめやかにはじまった。清楚《せいそ》で品のいい花輪や心のこもったお供え物。仏間に響き沁み入るような荘厳な読経。親族の一人ひとりが情報の運搬屋として、生命を授けられてこの場にいることに心から感謝して一丸となっていた。これまで何があったとしてもすべてを忘れ、その時間と空間の場を共有している全員が、故真情の情報の運搬屋としての死を悼《いた》んでいる、惜《お》しんでいる、心から悲しみ、冥福《めいふく》を祈っている姿が、美しすぎるほど素晴らしかった。悲しみの喪服で身を固めた情操にも、これまで出席した葬式で、こんなに感動したことはなかった。生命を授けられ、生き抜いて、そして死んでゆく人生、その情報の運び屋という情生が、すばらしく見えた。

「ああ、これが故真情が望んだ葬儀というものだったのだ」

と喪主の情操は思った。

そして四十九日法要《ほうよう》も済んだ日から約一ヶ月あまり過ぎたある日、有志代表幹事の数人が共同主催する〝故真情のお別れ会〟が、会費は参加者自身の飲食費だけが徴収され、都内ホテルの大広間でしめやかに開催された。風格のあるクラシックな造りの広々とした立食形式の会場には、故真情の学友たちを待つ立て札、クラブ活動関係の仲間たちを迎える立て札、趣味や遊び仲間たちの立て札、仕事で汗と涙と血を流した仲間たちの想い出を語る立て札、情好社関係者の立て札、政財界や研究機関関係者の立て札、企業や研究会などの関係者の立て札、診断士会や技術士会そして経営士会関係者の立て札など、数多くの案内札の立て札がズラリと建ち並ぶ円テーブルが、所狭しという顔をしながらも整然と立ち並んで待っていた。

故真情が情操に伝えた〝情報の最後の仕事〟とは、故真情という情報の運搬屋としての葬儀のことである。すなわち〝情報たちの一生に一度で最後の機会〟を設営する葬儀、つまり、これまで故真情の情生でお世話になった方々の情報たちが出会える最後の集《つど》いの場、今後二度とお互いに会う機会がないであろう情報たちが、その懐かしき時空間の想い出情報をお土産にして帰宅し、その楽しかった懐かしい想い出情報により、再び元気と活力を取り戻し、さらに健康長寿な最終章を過ごされる最後の出会いの場造りを、〝情報運搬屋としての故真情の最後の仕事〟にしたいと、賢妻情操へ頼み、〝お別れ会〟の開催費用を残して逝ったのだ。

その広い会場には、故真情のかつての戦友たちが次々と、銀髪や白髪そして照り輝く禿げ頭を誇らしげに誇示《こじ》しながら、手押し車や杖を片手に猫背の姿と引き摺《ず》る足で、薬まみれの身体や腰痛や、ぽっこりお腹を抱えながらも、北は北海道から南は沖縄まで、そして何人かは海外からも、満面の笑顔でにぎにぎしく集まってきた。故真情のお別れ会に参席された方々を喪主として出迎えた情操は、もう年老いているが清楚《せいそ》で、上品にたたえた悲しみが喪服全身から淡く立ちのぼり、亡き夫の思い出が心臓を締め付けるほどいっぱいに溢れ、かつて愛されたことも死を覚悟したことも、まるで遠く美しい景色を眺めているような気持ちで出迎えていた。

故真情が勤務した会社情好社で、苦労を共にした仕事仲間や猛将たち。システム開発に汗してくれた、無情社やレミゼラブル社の関係者たち。また親しくさせて頂いた政財界や企業の元役員たち。大学や研究機関の先生方。大学生、高校生、中学生、小学生時代の各クラスメートたち。中学・高校・大学・社会人時代に汗を流したバレーボール仲間たち。経営者セミナーの飲み友達。こうした懐かしい故真情の親友や仲間たち同士は、お互いの顔を見詰めて同じテーブルに着座するやいなや、開会の挨拶や司会の言葉を待つことなく、お互いに握手を交わし肩を叩き合いながら、故真情や自分たち仲間の懐かしい想い出話を絵巻物のように繰り拡げ、止度《とめど》もなく浮かび出てくる昔のセピア色の思い出話に、夢中で語りあう熱気で広い会場は満ち溢れていく。

懐かしそうな声で語る思い出話、泡のように浮かび出てくる昔の思い出、記憶の闇の中からあの日の光景が蘇《よみがえ》ってくる、その懐かしい昔の思い出をたぐり寄せると、辛く苦しかった数々の出来事もどこかに押しやられ、濾過《ろか》された清流のように清らかで美しい思い出に転化《てんか》している。数々の美しく昇華された思い出情報が、快い音楽のように歳老いた情報運搬屋の中で鳴りひびき、胸の中に残っていたわだかまりの小さな粒も、美しく輝く真珠の粒に生まれ変わっていった。

そしてお別れ会の場に参集した古い思い出情報たちは、これまでとは似ても似つかない美しく楽しい思い出に変わっていく。そして、甘美な思い出情報が蘇《よみがえ》ってきて、湯気のようにしっとりと参列者の胸を温めていった。残り少なくなった情報運搬屋の余生として、もう二度と相見《あいまみ》える機会がない仲間情報であることを、お互いに熟知しながら……。

人は他人との出会いにより、人生が変わる。
人は感動との出会いにより、人間が変わる。
情報は情報との出会いにより、心が生まれる。
情報は笑顔との出会いにより、健康を取り戻す。

〝故真情のお別れ会〟に参加して笑顔と健康を取り戻した人たちは、故真情が妻情操に伝えた〝情報運搬屋最後の仕事〟の場で、故真情が伝えたかった〝お別れ会〟の意味を理解していく。そして、故真情のお別れ会に参加した人々は笑顔と元気と健康を取り戻し、今度はそれぞれの家や町や地域で〝情報運搬屋最後の仕事〟の〝お別れ会〟を開催していく。さらに、その〝お別れ会〟に参加したもう二度と会うことがない人たちが、ふたたび懐かしい時空間の想い出情報に浸り、笑顔と元気と健康を取り戻し、これをお土産にして帰宅した。そしてまた、〝お別れ会〟を催《もよお》して、それぞれの家や町や地域の情報たちも、楽しかった懐かしい想い出情報で、再び健康と笑顔を取り戻していった。そして死の直前まで笑顔溢れる最終の情生を過ごされた方々は、次々と静かに、終点の終焉の駅で下車されていく……。

最終章

情報の森――情報の路と詩は、情報の森の中で消えた

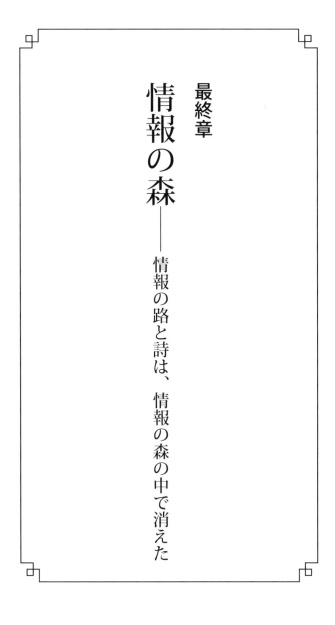

時という情報は、無言のまま静かに流れゆき、歳月たちを感謝の気遣いや遠慮という心遣いもせずに、押し黙ったまま過去へと葬《ほうむ》り去っていく。そして、時という名の春風に吹かれていた情報運搬屋の旅は、すでに最終章の情報の森という局面を迎えていた。しかし情報の路と情報の詩の季節は、いま開幕したばかりである。まだ春浅く春の色が整わない景色の中でも、春の訪れを告げる雪解けがはじまると、山野の谷や沢に、春音《しゅんおん》を奏でた春水《しゅんすい》が流れはじめ、山麓の村や町の川や湖沼にも、春色《しゅんしょく》豊かな水が溢れていく。

情報の森にも、麗《うらら》かな明るい日差しが春めき、木々の芽は蕾の殻を解き放ち、若木も爽やかな春風に軽やかにそよぎ始めると、若葉が新しい緑の色彩を漲《みなぎ》らせ、生きる喜び情報に満ち溢れはじめる。光り輝く生命の歓びをのせた薫風《くんぷう》が、みずみずしい若葉に覆われた新葉の木立の狭間《はざま》を、嬉しげに楽しげに口笛のような音をたてながら吹き抜けていく。情報の森の中の澄み切った柔らかな清流たちは、水音を奏でながら森の中を横切り、情報たちを育《はぐ》む小川となって流れていく。その潤いの恩恵を受ける草花の情報たちは、百花繚乱《ひゃっかりょうらん》の情報の詩に合わせて咲き誇り、その情報の路の未来を担う種子情報の繁殖戦略である甘い果実をたわわに実らせるべく、その準備に大忙しの様子だ。

この情報の運び屋の情報の路と情報の詩は、情報の森を目指して歩を進めていったが、その足跡は、いつの間にか情報の森の中へと消えてしまった。そして情報の森の住人である情報の運び屋たちが、自分の手元に漂着した情報の路、情報の詩を手にすると、これらに火をつけて次々と燃やしてしまった。各界で活躍する情報の森の住人たちは、その焼いた灰を手にすると、それぞれの専門分野である漆黒《しっこく》の闇から広大無辺の大空へ、過酷な砂漠から肥沃な大地へ、風雨荒れ狂う海原《うなばら》から豊饒《ほうじょう》な海へと持ってゆき、それぞれの情報の森の中へ撒き散らしていく。

各界で活躍している素晴らしい多様な住人一人ひとりが、その哲学や思想、理念や信念、価値観や主張など、それぞれが熱い想いを抱く多様な複眼的視点《ふくがんてきしてん》で、分断された文化や文明、国家や宗教、人種や言語、政治や経済などの暗黒情報社会に聳《そび》える数々の障壁を、撤去し乗り越えて、情報の運び屋の灰を撒いてゆく。物質とエネルギーと情報により構成されている生物である我々は、情報の運び屋、情報生物、宇宙情報人などと位置づけられ、その情報ネットワークを通して、それぞれの熱い想いを加えながら、さらに昇華《しょうか》させた新たな情報の森の考え方へと変身発展させて、宇宙船地球号に蔓延《はびこ》る分断の障壁を撤去《てっきょ》していった。

さざめく朝日が射し込む情報の森の中で、
枯葉の絨毯《じゅうたん》の上に黙して立っていると、
情報たちが足音をたてて賑やかに通り過ぎていく。
ふんわりと白雲の浮かぶ潤《うる》んだ春空を見上げれば、
情報たちが囀《さえず》りながら軽やかに飛んでいる。
朝日がきらめき踊る川面《かわも》の下で、
情報たちがゆったりと尾鰭《おひれ》を閃《ひらめ》かして泳いでいる。
多種多様な情報たちで覆われた情報の森を、
緑の香りを運ぶ心地よい風が吹き抜け、
満ち溢れる情報たちが微笑み、
萌《も》え出《い》ずる木々の情報の芽が動き始めていた。
麗《うら》らかな明るい春の日差しを受けて、
情報の葉はのびやかに背を伸ばし、
色とりどりの情報の花が咲き乱れていく。

しかしながらまだ、
緑の地球が、人口爆発で、悲鳴をあげていた。
青い地球が、温暖化の熱で、もがき苦しんでいた。
赤い地球が、絶え間なき紛争で、血を流し泣いていた。

この緑と青と赤色の情報たちは、
光と水の惑星、地球の空と海と、地上と地中に広がり、
語り合い、歌い、踊り、そして微笑んでいた。
「私は情報よ。
私が考え、
私が喋《しゃべ》り、
私が微笑《ほほえ》んでいるのよ。
だから皆で話合って
お互いの価値観を、
お互いに理解し、
お互いに認め合って、
紛争や戦争を止めて、
仲良くしようよ……。
同じ情報の運び屋なのだから……」

二千二十三年九月十六日、我が国の敬老の日に記す

完

エピローグ

かつてフランスの哲学者デカルト（千五百九十六〜千六百五十）は、

「私は思惟《しい》する、ゆえに私は在《あ》る」

と言っております。「情報の路（上巻）」と「情報の詩（下巻）」では、

「情報たちは考える。ゆえに私は〝情報の運び屋〟として在る」

と筆者は主張しているのです。ここでデカルトの〝私は思惟する〟は、〝情報〟つまり〝心情は思惟する〟であり、〝私は在る〟の私は、〝情報〟つまり〝身情は在る〟として、情報の存在を主張したいのです。


ここはいろいろと論議があるところですが、筆者は人類そして生物の存在を〝情報の運び屋〟と客観的に位置づけて、情報の多様性による存在基盤と、情報の性《さが》によるさまざまな紛争や争いを、平和裡《り》に解決する原理原則を、この〝情報の路と詩〟で主張しております。


また、フランスの数学・物理学者であり宗教哲学者のパスカル（千六百二十三〜千六百六十二）は、著書『パンセ』の中で、

「人間は自然のうちで、最も弱い葦《あし》の一茎にすぎない。だが、それは考える葦である」

として、自然界においては脆弱《ぜいじゃく》だが、思考《しこう》する存在としての人間の本質を鋭く表現しています。この〝情報の路と詩〟でも、

「人間は自然界のうちで、最も弱い〝情報の運び屋〟にすぎない。だが、それは考える〝情報の運び屋〟である」

と筆者も主張しているのです。

つまり、

「人類の情報遺伝子によって構築された肉体や臓器は、そこから発するメッセージ物質たる身情が、血管ネットワークを通して情報の運び屋として機能しています。また脳内の情報たる心情たちは、神経ネットワークの脳内機能を使って考え、そして全身に張り巡らせたこの神経ネットワークで、その情報伝達機能を瞬時に果たしています」

従って、

「情報たちが、脳機能と神経ネットワークを駆使する心情たちと、臓器のメッセージ物質を血管ネットワークで活用する身情たちが、この考える葦たる〝情報の運び屋〟を支えている」

というのが、この〝情報の路と詩〟の基本的考えなのです。

「私は情報の運び屋である。この情報が考え、この情報がにこやかに微笑んでいる」

だから、

「心情たち情報の出会いの中に、心が生まれ、心が育つ」

のであり、

「ゆえに我は在る」

と言えるのだと思います。


青い地球が、温暖化の熱でもがき苦しんでいる。緑の地球が、人口爆発で悲鳴をあげている。赤い地球が、絶え間なき紛争に血を流し泣いている。こうした全人類の現代における課題解決のためには、

「人類という生物も、情報の運び屋である」

という情報主義的思想による新たな価値観を確立して、生物の一員である人類一人ひとりが客観的に自己を位置づ

け、情報明白時代を喫緊《きっきん》に構築する必要があります。

元素によって物質が創造され、物質によって空間と時間が創成されました。光によってエネルギーが創生され、エネルギーによって変化が創出されました。そして、この物質とエネルギーによって情報が生まれ、情報によって心が創生され、心によってお互いの価値を理解し合う平和な文化や文明の創成が、必要とされる時代を迎えています。

人も生物も情報の運搬屋です。情報は多様性がなければ生きていけません。その多様性、つまりお互いの違いをお互いに理解し合い、その価値をお互いに認め合うことが、情報明白時代の基本原則です。

人種や民族、国家や宗教、政治や経済体制、地域や言語、思想や意見など、あらゆる違いは分断の壁ではなく、素晴らしい多様性の特性としてお互いに認め合って、お互いに理解し合い、お互いを高く評価し合い、平和な宇宙船地球号を実現する必要があります。

情報の性《さが》による戦争や紛争そして犯罪やもめごとなどが、私たちは情報の運び屋であるとの理解と認識と自覚により激減し、より平和な時代が到来することを祈りながら、キィーボードを叩く手を止めます。

だからみな笑顔で、仲良くしようね。

完結

情報の運び屋（下巻）　情報の詩

～21世紀の真の豊かさを情報に求めて～

著　者　大崎 俊彦

発行日　2023年12月30日

発行者　高橋 範夫

発行所　青山ライフ出版株式会社

〒103-0014 東京都中央区日本橋蛎殻町 1-35-2
グレインズビル5階52号

TEL：03-6845-7133

FAX：03-6845-8087

http://aoyamalife.co.jp

info@aoyamalife.co.jp

発売元　株式会社星雲社（共同出版社・流通責任出版社）

〒112-0005 東京都文京区水道 1-3-30

TEL：03-3868-3275

FAX：03-3868-6588

ISBN978-4-434-32881-7